ANNE DE GREEN GABLES

www.editorapedaletra.com.br
(11) 3733-0404 / 3687-7198

Projeto gráfico: **Quatria Comunicação**

Equipe editorial
Gustavo H. Mendes - Capa
Cibele Camargo - Diagramação
Karina Regina dos Santos Pereira - Tradução
Shirley Sodré - Revisão

Dados Internacionais de Catalogação na Publicação (CIP)
(eDOC BRASIL, Belo Horizonte/MG)

M787a Montgomery, Lucy Maud, 1874-1942.
Anne de Grenn Gables / Lucy Maud Montgomery. – Barueri, SP: Pé da Letra, 2020.
272 p. : 16 x 23 cm

Título original: Anne of Grenn Gables
ISBN 978-65-86181-13-5

1. Ficção canadense. 2. Literatura canadense – Romance. I.Título.

CDD 808.899282

Elaborado por Maurício Amormino Júnior – CRB6/2422

ANNE DE GREEN GABLES

Lucy Maud Montgomery

PE da letra

CAPÍTULO I
A Sra. Rachel Lynde é surpreendida

A Sra. Rachel Lynde vivia exatamente onde a estrada principal de Avonlea descia até um pequeno vale cercado por amieiros e brincos-de-princesa, atravessado por um riacho que tinha sua nascente bem dentro da floresta da antiga propriedade dos Cuthbert. Era conhecido por ser um riacho intrincado e impetuoso no início de seu curso através dessa floresta, com lagoas e cascatas obscuras e secretas. Porém, quando alcançava o Vale Lynde, era um córrego quieto e bem conduzido, pois nem mesmo um riacho poderia atravessar a porta da Sra. Lynde sem o devido respeito pela decência e pelo decoro. O riacho provavelmente estava ciente de que a Sra. Lynde estava sentada à janela, mantendo um olhar afiado em tudo que se passava, fossem riachos ou crianças, e que se ela notasse qualquer coisa estranha ou fora de ordem, nunca descansaria até descobrir os porquês daquilo.

Há muitas pessoas em Avonlea e fora de lá que conseguem vigiar de perto os assuntos de seus vizinhos ao deixarem seus próprios assuntos de lado; mas a Sra. Rachel Lynde era uma dessas criaturas competentes que conseguem cuidar de seus próprios interesses e, ainda por cima, dos interesses das outras pessoas também. Ela era uma dona de casa admirável; seu trabalho sempre estava feito e bem feito: ela gerenciava o Grupo de Costura, ajudava a administrar a escola dominical, e era o elemento mais forte da Sociedade de Auxílio da Igreja e do Auxílio às Missões Estrangeiras. Além disso, a Sra. Rachel encontrava tempo abundante para se sentar durante horas à janela da sua cozinha, tricotando colchas de barbante – ela havia tricotado dezesseis delas, como as donas de casa de Avonlea, com vozes impressionadas, estavam sempre prontas a contar – e mantendo um olhar atento na estrada principal que cruzava o vale e serpenteava a colina vermelha e íngreme mais além. Como Avonlea ocupava uma pequena península triangular que sobressaía do Golfo de St. Lawrence com água dos dois lados, qualquer um que saísse ou entrasse lá teria que passar por aquela estrada e, portanto, ser alvo do "olho que tudo vê" da Sra. Rachel.

Ela estava sentada lá à tarde no começo de junho. O sol estava entrando pela janela, quente e brilhante; o pomar na encosta abaixo da casa estava enfeitado como uma noiva com flores brancas-rosadas, com o zumbido de uma infinidade de abelhas acima. Thomas Lynde – um homenzinho dócil, que as pessoas de Avonlea chamavam de "o marido da Rachel Lynde" – estava plantando suas sementes de nabo temporão no campo da colina para lá do celeiro; e Matthew Cuthbert deveria estar plantando as suas no grande campo vermelho perto do riacho em Green Gables. A Sra. Rachel sabia disso porque ela o tinha ouvido dizer a Peter Morrison na noite anterior, na loja de William J. Blair em Carmody, que queria plantar suas sementes de nabo na próxima tarde. Peter havia perguntado a ele, claro, pois Matthew Cuthbert nunca tinha dado informações voluntariamente sobre qualquer coisa em toda a sua vida.

E ainda assim aqui estava Matthew Cuthbert, às três e meia da tarde em um dia movimentado, dirigindo calmamente pelo vale e para cima da colina. Além disso, ele vestia um colarinho branco e seu melhor terno, o que era prova clara de que estava saindo de Avonlea. E ele estava com a charrete e com a égua alazã, o que indicava que viajaria por uma distância considerável. Agora, onde Matthew Cuthbert estava indo e por que ele estava indo lá?

Se fosse qualquer outro homem em Avonlea, a Sra. Rachel, habilmente somando dois mais dois, poderia ter dado um bom palpite para ambas as perguntas. Mas Matthew tão raramente saía de casa que deveria ser algo urgente e incomum que o estava levando. Ele era o homem mais tímido do mundo e odiava estar com estranhos ou ter que ir para qualquer lugar onde precisasse falar. Matthew, vestindo um colarinho branco e dirigindo uma charrete, era algo que não acontecia com frequência. A Sra. Rachel, por mais que imaginasse, não conseguia pensar em nada e sua satisfação da tarde foi estragada.

"Eu vou até Green Gables depois do chá e vou descobrir pela Marilla onde ele foi e por quê", a digna mulher finalmente concluiu. "Ele normalmente não vai para a cidade nessa época do ano e ele NUNCA faz visitas. Se ele tivesse ficado sem sementes de nabo, não se arrumaria e levaria a charrete para buscar mais. Ele não estava dirigindo rápido o suficiente para estar indo ao médico. Ainda assim, algo deve ter acontecido desde a noite passada para dar corda nele. Eu estou totalmente intrigada, isso sim, e não terei um minuto de paz até descobrir o que levou Matthew Cuthbert de Avonlea hoje."

Assim, depois do chá, a Sra. Rachel saiu. Ela não precisava ir longe; a grande e ampla casa abrigada pelo pomar onde os Cuthbert viviam ficava a menos de um quarto de milha de Lynde's Hollow pela estrada. Na verdade, o longo caminho tornava a distância um tanto maior. O pai de Matthew Cuthbert, tão tímido e silencioso quanto o próprio filho, foi para o mais distante possível de seus companheiros, sem de fato recuar para dentro da floresta, quando fundou sua propriedade. Green Gables foi construída no canto mais distante do terreno e ali permanecia, quase invisível a partir da estrada principal, ao longo da qual as outras casas de Avonlea estavam tão sociavelmente situadas. A Sra. Rachel Lynde não considerava que viver naquele lugar era, de jeito algum, VIVER.

"É só FICAR, isso sim", ela disse enquanto andava pelo caminho de grama profundamente sulcada, rodeado por arbustos de rosas silvestres. "Não me surpreende que Matthew e Marilla sejam ambos um pouco esquisitos, vivendo tão longe aqui sozinhos. As árvores não são boa companhia, embora Deus saiba que se fossem, haveria companhia até demais. Eu prefiro ver gente. Com certeza, eles parecem bem satisfeitos; mas imagino que é porque estão acostumados. Um corpo pode se acostumar a tudo, até à forca, como dizem os irlandeses."

Com isto, a Sra. Rachel saiu do caminho para o quintal de Green Gables. Aquele era um quintal muito verde e limpo, com grandes e patriarcais salgueiros de um lado e com álamos empertigados do outro. Nenhum graveto ou pedra fora de lugar podia ser visto, pois a Sra. Rachel teria visto caso houvesse. Particularmente, ela era da opinião de que Marilla Cuthbert varria aquele quintal com a mesma frequência que varria sua casa. Seria possível comer direto do chão sem ultrapassar o tanto de sujeira de que falam no provérbio.*

A Sra. Rachel bateu astutamente na porta da cozinha e entrou ao receber permissão. A cozinha de Green Gables era um lugar agradável – ou seria se não tivesse sido dolorosamente limpa para dar a impressão de uma sala sem uso. Suas janelas estavam viradas para leste e oeste. Através da janela oeste, com vista para o quintal, entrava um jorro de suave luz do sol de junho; mas a

*N.T.: "É preciso "comer um tanto de sujeira" antes de morrer", diz o provérbio.

janela leste, da qual se tinha um vislumbre das cerejeiras de flores brancas no pomar à esquerda, e das bétulas pendentes e esguias para baixo do vale perto do riacho, verdejava através de um emaranhado de vinhas. Aqui se sentava Marilla Cuthbert, nas raras ocasiões em que se sentava, sempre levemente desconfiada da luz do sol, que lhe parecia muito dançante e irresponsável para um mundo que foi feito para ser levado a sério. E ali ela estava sentada, tricotando, e a mesa atrás de si estava servida para a ceia.

A Sra. Rachel, antes de ter fechado a porta com firmeza, tomou mentalmente nota de tudo que estava naquela mesa. Havia três pratos postos, então Marilla deveria estar esperando alguém em casa com Matthew para o chá. Mas os pratos eram comuns e havia apenas compotas de maçãs silvestres e um tipo de bolo, portanto a companhia esperada não devia ser especial. Mas e quanto ao colarinho branco e à égua alazã? A Sra. Rachel estava ficando tonta com este estranho mistério sobre a silenciosa e nada misteriosa Green Gables.

"Boa noite, Rachel", Marilla disse energicamente. "Este é um lindo fim de tarde, não é? Não vai se sentar? Como vai a família?"

Algo que, por falta de nome melhor, poderia ser chamado de amizade, existia e talvez sempre tenha existido entre Marilla Cuthbert e a Sra. Rachel, apesar de – ou talvez por causa de – suas diferenças.

Marilla era uma mulher alta e magra, com ângulos e sem curvas; seu cabelo preto exibia alguns fios brancos e estava sempre agressivamente preso para trás em um pequeno nó com dois grampos de arame. Ela parecia uma mulher de experiência restrita e consciência rígida, o que ela era; mas havia algo guardado em sua boca que, se tivesse se desenvolvido ao menos um pouco, poderia ser considerado um indício de um senso de humor.

"Estamos todos muito bem", disse a Sra. Rachel. "Mas eu estava com um pouco de medo de que VOCÊ não estivesse, quando vi o Matthew partir hoje. Eu pensei que talvez ele estivesse indo ao médico."

Os lábios de Marilla se contraíram firmemente. Ela havia esperado a Sra. Rachel. Ela sabia que a visão de Matthew saindo tão inexplicavelmente seria demais para a curiosidade de sua vizinha.

"Ah, não, eu estou muito bem, embora tenha sentido uma forte dor de cabeça ontem", ela disse. "Matthew foi até Bright River. Nós vamos ficar com um menininho de um orfanato em Nova Scotia e ele está chegando de trem hoje."

Se Marilla tivesse dito que Matthew tinha ido a Bright River encontrar cangurus da Austrália, a Sra. Rachel não teria ficado mais surpresa. Ela ficou embasbacada por cinco segundos. Era inconcebível que Marilla estivesse tirando sarro dela, mas a Sra. Rachel foi quase forçada a considerar isso.

"Você fala sério, Marilla?", ela exigiu saber quando sua voz voltou.

"Sim, é claro", disse Marilla como se receber meninos de orfanatos em Nova Scotia fosse parte das tarefas rotineiras de primavera em qualquer fazenda bem regulada de Avonlea, em vez de uma inovação nunca ouvida antes.

A Sra. Rachel sentiu que havia levado um grande choque. Ela pensou em pontos de exclamação. Um menino! Dentre todas as pessoas, Marilla e Matthew Cuthbert adotando um menino! De um orfanato! Bem, o mundo estava certamente de cabeça para baixo! Ela não se surpreenderia com nada depois disso! Nada!

"Mas como surgiu uma ideia dessas na sua cabeça?", ela perguntou de forma desaprovadora.

Isso havia sido feito sem que o conselho dela fosse solicitado, e deveria, portanto, ser desaprovado.

"Bem, nós temos pensado nisso há algum tempo. Por todo inverno, na verdade", devolveu Marilla. "A Sra. Alexander Spencer esteva aqui um dia antes do Natal e disse que ficaria com uma menina do orfanato em Hopeton na primavera. A prima dela vive lá e a Sra. Spencer soube tudo ao visitá-la. Então, eu e o Matthew temos conversado sobre isso desde então. Nós pensamos em ficar com um menino. Matthew está passando da idade, você sabe, ele tem sessenta anos, e não é mais tão ágil como antigamente. O coração dele dá muito trabalho. E você sabe quão difícil é conseguir contratar ajuda. Nunca há alguém disponível, a não ser aqueles estúpidos e imaturos meninos franceses; assim que você os faz pegar o jeito e aprender alguma coisa, eles vão para as fábricas de beneficiamento de lagostas ou para os Estados Unidos. No começo, o Matthew sugeriu um refugiado. Mas eu disse um 'não' categórico a isso. 'Eles podem ser aceitáveis, não estou dizendo que não são, mas não quero pedintes das ruas de Londres aqui', eu disse. 'Pelo menos me dê um nativo. Haverá um risco, não importa quem escolhermos. Mas eu me sentiria mais tranquila e dormiria melhor se ficássemos com um canadense.' Então, no fim das contas, nós decidimos pedir à Sra. Spencer para escolher um para nós quando fosse pegar sua menininha. Nós ficamos sabendo na semana passada que ela estava indo, então mandamos um recado pelo pessoal de Richard Spencer, em Carmody, para nos trazer um menino esperto e agradável de dez ou onze anos. Decidimos que essa seria a melhor idade: velho o suficiente para ser útil em algumas tarefas logo de início e jovem o suficiente para ser treinado corretamente. Nós queremos dar a ele uma boa casa e educação. Recebemos um telegrama da Sra. Alexander Spencer hoje, o carteiro trouxe da estação, dizendo que eles estavam vindo no trem das cinco e meia hoje. Então, Matthew foi para Bright River encontrá-lo. A Sra. Spencer irá deixá-lo lá. Claro que ela mesma vai seguir até a estação White Sands."

A Sra. Rachel orgulhava-se de sempre dizer o que pensava. Ela começou a falar, tendo colocado os pensamentos em ordem a respeito daquela notícia incrível.

"Bem, Marilla, eu direi a você apenas que está fazendo algo muito tolo, algo arriscado, isso sim. Você não sabe o que está pegando. Está trazendo uma criança estranha para a sua casa e seu lar e não sabe nada a respeito dela, nem qual a sua disposição, nem que tipo de pais teve, nem o que se tornará. Veja, na semana passada mesmo, eu li no jornal que um homem e sua esposa no oeste da ilha pegaram um menino de um orfanato e ele colocou fogo na casa à noite, colocou DE PROPÓSITO, Marilla, e quase os deixou em cinzas em suas camas. E eu conheço outro caso, em que um menino adotado costumava chupar os ovos das galinhas, não conseguiam fazê-lo parar. Se você tivesse pedido o meu conselho sobre a questão, o que você não fez, Marilla, eu teria dito, pela misericórdia de Deus, para não pensar em tal coisa, isso sim."

Este trabalho de consolo não pareceu ofender nem alarmar Marilla. Ela continuou a tricotar firmemente.

"Eu não nego que há algo de verdadeiro no que você disse, Rachel. Eu mesma tive algumas dúvidas. Mas o Matthew estava decidido. Eu percebi, então cedi. É tão raro Matthew colocar algo na cabeça que, quando ele o faz, sempre sinto que é minha obrigação ceder. E quanto ao risco, há riscos em praticamente tudo que uma pessoa faz neste mundo. Há riscos em ter os próprios filhos, se formos falar sobre isso, eles nem sempre acabam bem. E também Nova Scotia é bem perto da ilha. Não é como se o estivéssemos trazendo da Inglaterra ou dos Estados Unidos. Ele não pode ser muito diferente de nós."

"Bem, eu espero que acabe bem", disse a Sra. Rachel em um tom que indicava claramente suas dolorosas dúvidas. "Só não diga que não avisei se ele queimar Green Gables ou colocar estricnina no poço. Eu soube de um caso em New Brunswick onde um órfão fez isso e a família toda morreu em uma agonia tenebrosa. Só que era uma menina nesse caso."

"Bem, nós não vamos ficar com uma menina", disse Marilla, como se envenenar poços fosse uma realização estritamente feminina e não devesse ser temida no caso de um menino. "Eu jamais sonharia em pegar uma menina para criar. Eu me surpreendi com a Sra. Alexander Spencer por fazer isso. Mas ELA não hesitaria em adotar um orfanato inteiro se colocasse isso na cabeça."

A Sra. Rachel teria gostado de ficar até que Matthew voltasse para casa com seu órfão importado. Mas ao refletir que a chegada levaria ao menos duas horas, ela acabou por subir a estrada até a casa de Robert Bell para lhe contar as notícias. Certamente causaria uma sensação sem igual, e a Sra. Rachel amava causar uma sensação. Então ela se foi, para alívio de Marilla, que sentia suas dúvidas e medos ressurgirem sob a influência do pessimismo da Sra. Rachel.

"Bem, de todas as coisas possíveis e imagináveis!", exclamou a Sra. Rachel quando estava seguramente fora, "parece mesmo que eu estou sonhando. Bem, eu sinto muito por este pobre jovem, e não é para menos. Matthew e Marilla não sabem nada sobre crianças e vão esperar que ele seja mais sábio e rígido que o próprio avô, se é que ele já teve um avô, o que eu duvido. De alguma forma, parece extraordinário pensar em uma criança em Green Gables. Nunca houve uma lá, pois Matthew e Marilla já eram crescidos quando a nova casa foi construída, se é que eles já foram crianças, o que é difícil de se acreditar quando se olha para eles. Eu não gostaria de estar no lugar daquele órfão de jeito nenhum. Ah, mas eu tenho pena dele, isso sim.

Assim a Sra. Rachel disse para os arbustos de rosas silvestres, de todo o seu coração, mas se ela tivesse visto a criança que estava esperando pacientemente na estação Bright River naquele momento, a pena dela teria sido ainda maior e mais profunda.

CAPÍTULO II
Matthew Cuthbert é surpreendido

Matthew Cuthbert e a égua alazã trotaram confortavelmente pelas oito milhas até Bright River. Era uma estrada bonita, que passava por fazendas bem arranjadas e, aqui e ali, alguns bosques de abetos balsâmicos ou um vale onde pendiam flores diáfanas das ameixeiras silvestres. O ar estava doce com o aroma de muitos pomares de maçãs e os prados se inclinavam à distância nas brumas do horizonte em púrpura e perolado, enquanto

Os passarinhos cantavam como se fosse
O único dia de verão no ano inteiro.

Matthew aproveitou o passeio à sua maneira, exceto durante os momentos em que encontrou mulheres e teve que acenar para elas, pois na ilha de Prince Edwards espera-se que você acene para tudo e para todos que encontrar na estrada, quer os conheça ou não.

Matthew tinha horror a todas as mulheres, exceto Marilla e a Sra. Rachel. Ele tinha um sentimento desconfortável de que as misteriosas criaturas estavam secretamente rindo dele. Ele deveria estar bem certo ao pensar assim, pois era uma personalidade esquisita de se ver, com uma figura desajeitada e cabelos grisalhos que chegavam aos seus ombros curvados, e uma barba cheia e castanha que ele usava desde que tinha vinte anos. Na verdade, aos vinte anos ele tinha se parecido muito com o que parecia aos sessenta, exceto pelos fios grisalhos.

Quando ele chegou a Bright River, não havia sinal de trem algum. Ele pensou que havia chegado muito cedo, então amarrou seu cavalo no pátio do pequeno hotel Bright River e foi até o prédio da estação. A longa plataforma estava quase deserta; a única criatura viva à vista era uma menina que estava sentada em uma pilha de cascalho no canto mais afastado. Matthew, mal notando que ERA uma menina, passou de lado por ela, o mais rápido possível, sem olhá-la. Se ele tivesse olhado, não poderia ter deixado de notar a rigidez tensa e a expectativa de sua atitude e expressão. Ela estava lá esperando por algo ou alguém e, já que se sentar e esperar eram as únicas coisas a fazer naquele momento, ela se sentou e esperou com todas as suas forças.

Matthew encontrou o chefe da estação trancando a bilheteria para poder ir para casa jantar, e perguntou a ele se o trem das cinco e meia chegaria logo.

"O trem das cinco e meia já chegou e já se foi há meia hora", respondeu o vigoroso oficial. "Mas havia um passageiro que deixaram para você, uma menininha. Ela está sentada lá no cascalho. Eu pedi a ela que fosse para a sala de espera das senhoras, mas ela me informou seriamente que preferia ficar lá fora. "Há mais oportunidade para a imaginação", ela disse. Ela é uma peça, eu devo dizer.

"Eu não estou esperando uma menina", disse Matthew vagamente. "Eu vim por causa de um menino. Ele deveria estar aqui. A Sra. Alexander Spencer ficou de trazê-lo de Nova Scotia para mim."

O chefe da estação assoviou.

"Parece que houve um erro", ele disse. "A Sra. Spencer saiu do trem com aquela menina e a deixou aos meus cuidados. Disse que você e a sua irmã a estavam adotando de um orfanato e que você viria para buscá-la pessoalmente. É tudo que sei sobre isso, e eu não tenho mais nenhum órfão escondido por aqui."

"Eu não entendo", disse Matthew desamparadamente, desejando que Marilla estivesse por perto para lidar com a situação.

"Bem, é melhor você explicar a situação para a menina", disse o chefe da estação, sem muita preocupação. "Eu ouso dizer que ela será capaz de explicar, ela tem uma língua e tanto, isso é certo. Talvez eles não tivessem mais meninos do tipo que você queria."

Ele partiu despreocupadamente, já que estava faminto, e o infeliz Matthew ficou para fazer o que era mais difícil para ele que enfrentar um leão em sua toca: ir até uma menina, uma menina estranha, uma menina órfã, e exigir dela o motivo de não ser um menino. Matthew lamentou em sua alma, enquanto se virava e se arrastava pela plataforma na direção dela.

Ela o estava observando desde que ele passou por ela e tinha seus olhos nele agora. Matthew não estava olhando para ela e nunca teria visto como ela realmente era se estivesse olhando, mas um observador comum teria visto isso: Uma criança de aproximadamente onze anos, vestida com um vestido muito curto, muito justo e muito feio de sarja amarelo-acinzentado. Ela vestia um chapéu desbotado de palha marrom e por baixo do chapéu, descendo por suas costas, havia duas tranças de cabelo grosso e visivelmente vermelho. Seu rosto era pequeno, branco e magro, e com muitas sardas; sua boca era grande e seus olhos também, parecendo verdes ou cinza, dependendo da luz e do estado de espírito.

Até então, era o que um observador comum veria; um observador extraordinário poderia ter visto que o queixo era muito pontudo e pronunciado; e os grandes olhos eram cheios de espírito e vivacidade; que a boca tinha lábios doces e expressivos; que a testa era ampla e cheia; em resumo, nosso observador extraordinário e perspicaz poderia ter concluído que não era uma alma comum que habitava o corpo dessa menina-mulher abandonada de quem o tímido Matthew Cuthbert sentia um medo tão absurdo.

Matthew, entretanto, foi poupado do tormento de falar primeiro, pois assim que ela concluiu que era o motivo da vinda dele, levantou, agarrando com uma mão fina a alça de uma bolsa de viagem surrada e fora de moda, e estendeu a outra mão para ele.

"Eu suponho que o senhor seja Matthew Cuthbert de Green Gables?", ela disse em uma voz peculiarmente clara e doce. "Eu estou muito feliz em vê-lo. Estava começando a temer que o senhor não viesse me buscar e estava imaginando todas as coisas que poderiam ter acontecido para impedi-lo. Eu tinha decidido que se o senhor não viesse hoje, eu desceria pelo trilho até aquela grande cerejeira na curva, e subiria nela para passar a noite. Eu não ficaria nem um pouco assustada, e seria adorável dormir em uma cerejeira toda branca com as flores ao luar, não acha? O senhor poderia imaginar que estava hospedado em um palácio de mármore, não poderia? E eu tinha certeza de que o senhor viria me buscar pela manhã, se não viesse hoje."

Matthew tinha apertado a mãozinha magricela na sua; naquele momento ele decidiu o que fazer. Ele não podia dizer àquela criança de olhos brilhantes que tinha havido um erro. Ele a levaria para casa e deixaria que Marilla fizesse isso. Ela não poderia ser deixada em Bright River de qualquer forma, não importava qual erro tivesse sido cometido, então todas as questões e explicações poderiam ser adiadas até que ele estivesse a salvo de volta a Green Gables.

"Sinto muito ter me atrasado", ele disse timidamente. "Venha. O cavalo está no pátio. Dê-me sua mala."

"Ah, eu posso carregá-la", a criança respondeu alegremente. "Não está pesada. Eu tenho todos os meus bens materiais nela, mas não está pesada. E se não for carregada de uma certa forma, a alça sai, então é melhor eu ficar com ela porque sei o jeito certo. É uma bolsa de viagem extremamente velha. Ah, eu estou muito feliz que o senhor veio, mesmo que pudesse ser agradável dormir em uma cerejeira. Nós temos uma longa viagem pela frente, não temos? A Sra. Spencer disse que eram oito milhas. Eu estou feliz porque amo viajar. Ah, parece tão maravilhoso ir viver com vocês e pertencer a vocês. Nunca pertenci a ninguém, não de verdade. Mas o orfanato era o pior. Eu estive lá há quatro meses, mas foi o suficiente. Suponho que o senhor nunca tenha vivido em um orfanato, então não poderia entender como é. É pior do que qualquer coisa que o senhor poderia imaginar. A Sra. Spencer disse que era maldade eu falar desse jeito, mas eu não quis ser malvada. É tão fácil ser malvado sem perceber, não é? Eram boas, sabe, as pessoas do orfanato. Mas há tão pouca oportunidade para a imaginação em um orfanato, apenas nos outros órfãos. Foi muito interessante imaginar coisas sobre eles; imaginar que talvez a menina que sentava a seu lado na verdade era filha de um conde de estirpe, que foi roubada de seus pais na infância por uma ama cruel que morreu antes de poder confessar. Eu costumava ficar acordada à noite e imaginar coisas assim, porque eu não tinha tempo durante o dia. Imagino que é por isso que eu seja tão magra. EU SOU terrivelmente magra, não sou? Sou pele e osso. Gosto de imaginar que sou bonita e rechonchuda, com covinhas nos meus cotovelos."

Com isso, a companhia de Matthew parou de falar, em parte porque estava sem fôlego, e em parte porque eles tinham chegado à charrete.

Ela não disse outra palavra até que eles tivessem deixado o vilarejo e estivessem descendo a colina íngreme, por uma parte da estrada que tinha sido recortada tão fundo no solo macio que as barranceiras, cercadas por cerejeiras em flor e esguias bétulas brancas, estavam diversos pés acima de suas cabeças.

A criança colocou a cabeça para fora e quebrou um galho de ameixeira que roçou a lateral da charrete.

"Não é lindo? O que aquela árvore inclinada na barranceira, toda branca e rendada, fez você pensar?", ela perguntou.

"Ora, bem, eu não sei", disse Matthew.

"Ora, uma noiva, é claro, uma noiva toda de branco e com um adorável véu transparente. Eu nunca vi uma, mas posso imaginar como seria. Eu não espero algum dia ser eu própria uma noiva. Sou tão sem graça que ninguém vai querer se casar comigo, a não ser que seja um missionário estrangeiro. Suponho que um missionário estrangeiro não seria muito exigente, mas espero que um dia eu tenha um vestido branco. Esse é o meu maior ideal de paraíso terrestre. Eu simplesmente amo roupas bonitas. E nunca tive um vestido bonito na minha vida do qual possa me lembrar, mas é claro que isso é mais um motivo para querer um, não é? Assim eu posso imaginar que estou maravilhosamente vestida. Esta manhã quando saí do orfanato eu me senti tão envergonhada porque tinha que usar este vestido horrível e velho de sarja. Todas as órfãs precisam usar, sabe? Um comerciante em Hopeton no inverno passado doou trezentas jardas de sarja para o orfanato. Algumas pessoas disseram que era porque ele não conseguia vender, mas eu prefiro acreditar que foi pela bondade do seu coração, o senhor não? Quando nós entramos no trem, eu me senti como se todos estivessem olhando para mim e sentindo pena. Mas não perdi tempo e imaginei que tinha o vestido de seda azul-claro mais lindo, porque quando ESTAMOS imaginando, devemos imaginar algo que valha a pena, e um grande chapéu cheio de flores e plumas, um relógio de ouro, luvas de pelica e botas. Eu me senti animada imediatamente e aproveitei minha viagem para a ilha com toda a minha energia. Não fiquei nem um pouco enjoada vindo de barco. Nem a Sra. Spencer, embora ela normalmente fique. Ela disse que não tinha tempo para ficar doente, vigiando para ter certeza de que eu não cairia no mar. Ela disse que nunca tinha visto alguém que gostasse tanto de perambular. Mas se a impediu de ficar enjoada, é uma bênção que eu tenha perambulado, não é? E eu queria ver tudo que havia para ser visto naquele barco, porque não sabia quando teria outra oportunidade. Ah, há muitas outras cerejeiras em flor! Esta ilha é o lugar mais florido. Eu já a amo, e eu estou tão feliz por vir morar aqui. Eu sempre ouvi que a ilha Prince Edward era o lugar mais lindo do mundo, e eu costumava me imaginar vivendo aqui, mas nunca esperei que acontecesse. É maravilhoso quando a nossa imaginação se torna verdade, não é? Mas aquelas estradas vermelhas são tão engraçadas. Quando entramos no trem em Charlottetown e as estradas vermelhas começaram a passar por nós, perguntei à Sra. Spencer o que as tornava vermelhas e ela disse que não sabia, e pelo amor de Deus, para não fazer mais nenhuma pergunta. Ela disse que eu já devia ter feito mais de mil. Eu suponho que tinha mesmo, mas como vamos descobrir as coisas se não fizermos perguntas? E o que TORNA as estradas vermelhas?

"Ora, bem, eu não sei", disse Matthew.

"Bem, essa é uma das coisas para se descobrir em algum momento. Não é esplêndido pensar em todas as coisas que há para se descobrir? Isso me faz sentir feliz por estar viva. É um mundo tão interessante. Não seria nem metade tão interessante se soubéssemos tudo sobre todas as coisas, não é? Não haveria oportunidade para a imaginação nesse caso, haveria? Mas estou falando muito? As pessoas estão sempre me dizendo que sim. O senhor preferiria que eu não falasse? Se disser que sim, eu vou parar. Posso PARAR quando me decido a fazer isso, embora seja difícil.

Matthew, para sua surpresa, estava se divertindo. Como a maioria das pessoas silenciosas, ele gostava de pessoas falantes quando estavam dispostas a falar por elas mesmas e não esperavam que ele fizesse sua parte. Mas ele nunca havia esperado gostar da companhia de uma menininha. Mulheres eram complicadas o suficiente de um modo geral, mas menininhas eram piores. Ele detestava o modo como passavam de lado por ele timidamente, com olhares enviesados, como se esperassem que ele as devorasse em uma bocada só se elas se atrevessem a dizer uma palavra. Esse era o tipo de menina bem-criada de Avonlea. Mas esta bruxinha sardenta era muito diferente, e embora ele achasse difícil para sua inteligência lenta manter o ritmo dos enérgicos processos mentais dela, pensou que ele "meio que gostava do papo". Então, disse tão timidamente quanto de costume:

"Ah, você pode falar quanto quiser, eu não me importo."

"Ah, eu fico tão feliz. Eu sei que o senhor e eu vamos nos dar muito bem. É um alívio conversar quando se quer e não ter que escutar que crianças devem ser vistas e não ouvidas. Tive que escutar isso um milhão de vezes. E as pessoas riem de mim porque uso palavras grandes. Mas se temos grandes ideias, devemos usar palavras grandes para expressá-las, não devemos?"

"Ora, bem, isso parece sensato", disse Matthew.

"A Sra. Spencer disse que a minha língua deve estar cortada ao meio. Mas não está; ela está firmemente presa em uma ponta. A Sra. Spencer disse que a sua casa se chamava Green Gables. Perguntei a ela tudo a respeito. Ela disse que havia árvores por toda volta. Fiquei mais feliz que nunca. Eu simplesmente amo árvores. E não havia muitas delas no orfanato, apenas algumas coisinhas de nada na frente, com gaiolinhas caiadas de branco ao redor delas. Elas mesmas pareciam órfãs, aquelas árvores. Eu costumava sentir vontade de chorar só de olhar para elas. E tinha o costume de dizer a elas 'Ah, suas POBREZINHAS! Se vocês estivessem lá fora em uma grande floresta com outras árvores ao seu redor e com musgos e lineias crescendo sobre suas raízes, um riacho não muito longe e pássaros cantando em seus galhos, vocês poderiam crescer, não poderiam? Mas vocês não podem onde estão. Eu sei exatamente como vocês se sentem, arvorezinhas.' Eu me senti mal por deixá-las para trás esta manhã. Nós nos apegamos tanto às coisas, não é? Há um riacho perto de Green Gables? Eu esqueci de perguntar à Sra. Spencer."

"Ora, bem, sim, há um bem embaixo da casa."

"Fantástico. Sempre foi um dos meus sonhos viver perto de um riacho. Mas nunca esperei que acontecesse. Sonhos nem sempre se tornam realidade, não é? Não seria bom se fosse assim? Mas agora eu me sinto quase perfeitamente feliz. Eu não posso me sentir perfeitamente feliz porque... bem, de que cor você chamaria isto?"

Ela torceu uma de suas longas e brilhantes tranças sobre seu ombro magro e a ergueu até os olhos de Matthew, que não estava acostumado a decidir sobre as cores dos cabelos das senhoras, mas neste caso não havia muita dúvida.

"É vermelho, não é?", ele disse.

A menina deixou a trança cair para trás com um suspiro que pareceu vir de sua alma e exalar todas as dores do mundo.

"Sim, é vermelho", ela disse resignadamente. "Agora o senhor vê por que eu não posso ser perfeitamente feliz. Ninguém com cabelo vermelho poderia. Eu não me importo muito com as outras coisas... as sardas, os olhos verdes e a minha magreza. Eu posso imaginá-los de outra forma. Posso imaginar que tenho uma forma linda de pétala de rosa e adoráveis olhos violetas. Mas NÃO consigo imaginar o cabelo vermelho diferente. Faço o meu melhor. Eu penso comigo mesma: 'Agora o meu cabelo é de um glorioso preto, preto como a asa do corvo. ' Mas o tempo todo eu SEI que é apenas vermelho e isso parte o meu coração. É a dor da minha existência. Uma vez eu li em um livro sobre uma garota uma que tinha uma dor em sua existência, mas não era cabelo vermelho. O cabelo dela era puro ouro ondulando pela sua fronte de alabastro. O que é uma fronte de alabastro? Eu nunca consegui descobrir. O senhor poderia me dizer?"

"Ora, bem, eu receio que não", disse Matthew, que estava ficando um pouco tonto. Ele sentia como havia se sentido em sua audaciosa juventude, quando outro garoto o atraiu até o carrossel em um piquenique.

"Bem, o que quer que seja deve ter sido bom porque ela tinha uma beleza divina. O senhor já imaginou como seria ter uma beleza divina?"

"Ora, bem, não, não imaginei", confessou Matthew, ingenuamente.

"Eu já, com frequência. O que o senhor preferiria ter, se pudesse escolher, uma beleza divina, uma inteligência ofuscante ou uma bondade angelical?"

"Ora, bem, eu... eu não sei exatamente."

"Nem eu. Eu nunca consigo decidir. Mas não faz muita diferença, pois não é provável que eu tenha qualquer uma delas. É certo que nunca terei uma bondade angelical. A Sra. Spencer diz, 'Ah, Sr. Cuthbert! Ah, Sr. Cuthbert!! Ah, Sr. Cuthbert!!!'."

Não era isso que a Sra. Spencer tinha dito; e Anne também não havia caído da charrete, nem Matthew havia feito nada de extraordinário. Eles tinham simplesmente feito a curva na estrada e chegado à "Avenida".

A "Avenida", assim chamada pelas pessoas de Newbridge, era uma estrada de quatrocentas ou quinhentas jardas de comprimento, completamente rodeada por enormes e amplas macieiras plantadas há anos por um fazendeiro velho e excêntrico. Acima deles, havia um longo dossel de flores brancas e perfumadas. Abaixo dos ramos, o ar estava cheio de um crepúsculo purpúreo e, mais além, um vislumbre do céu pintado com o pôr do sol brilhava como um grande vitral no fim do corredor da igreja.

Sua beleza pareceu deixar a criança muda. Ela se inclinou para trás na charrete, suas mãos magras apertadas diante de si, o rosto levantado em êxtase para o esplendor branco acima. Mesmo quando eles já tinham passado e estavam descendo a longa encosta para Newbridge, ela não se moveu nem falou. Ainda em êxtase, ela olhou adiante para o pôr do sol, a oeste, com olhos que viam sonhos desfilando esplendidamente ao longo daquele cenário iluminado. Através de Newbridge, um vilarejo pequeno e agitado onde os cachorros latiam para eles, meninos pequenos gritavam e rostos curiosos espiavam das janelas, eles passaram, ainda em silêncio. Quando mais três milhas tinham se passado, a criança ainda não tinha falado. Ela conseguia manter o silêncio, era evidente, tão energicamente quanto conseguia falar.

"Eu imagino que você esteja se sentindo muito cansada e com fome", Matthew se aventurou a dizer, enfim, atribuindo o longo silêncio à única razão em que conseguia pensar. "Mas não estamos muito longe agora... só mais uma milha."

Ela saiu de seu devaneio com um profundo suspiro e olhou para ele com o olhar sonhador de uma alma que estava com a imaginação longe, nas estrelas.

"Ah. Sr. Cuthbert", ela suspirou, "aquele lugar de onde viemos... aquele lugar branco... o que era aquilo?"

"Ora, você deve estar falando da Avenida", disse Matthew depois de alguns momentos de profunda reflexão. "Até que é um lugar bonito."

"Bonito? Ah, BONITO não parece ser a palavra certa para usar. Nem lindo. Elas não vão longe o suficiente. Ah, foi maravilhoso... maravilhoso.

É a primeira coisa que eu já vi que não poderia ser melhorada pela imaginação. Simplesmente me satisfaz aqui" – ela colocou uma mão no coração – "causou uma dor engraçada e ainda assim foi uma dor agradável. O senhor já teve uma dor como essa, Sr. Cuthbert?"

"Ora, bem, eu não consigo me lembrar de já ter tido isso."

"Eu tenho a todo o momento, sempre que vejo algo realmente lindo. Mas eles não deveriam chamar aquele lugar adorável de Avenida. Não há significado em um nome assim. Eles deveriam chamar de... deixe-me ver... o Caminho Branco do Encanto. Não é um belo nome imaginário? Quando eu não gosto do nome de um lugar ou de uma pessoa, eu sempre imagino um novo e sempre penso neles assim. Havia uma menina no orfanato cujo nome era Hepzibah Jenkins, mas eu sempre a imaginei como Rosalia DeVere. Outras pessoas podem chamar aquele lugar de Avenida, mas eu sempre chamarei de Caminho Branco do Encanto. Nós temos mesmo só mais uma milha antes de chegarmos em casa? Eu estou feliz e triste. Estou triste porque este passeio foi tão agradável e sempre fico triste quando coisas agradáveis acabam. Algo ainda mais agradável pode vir depois, mas nunca sabemos. E é tão frequente que não seja mais agradável. Esta tem sido minha experiência, de qualquer forma. Mas fico feliz de pensar em chegar em casa. Sabe, eu nunca tive um verdadeiro lar de que possa me lembrar. Sinto aquela dor agradável novamente só de pensar em chegar a um verdadeiro lar. Ah, como é lindo!"

Eles tinham chegado ao topo de um morro. Abaixo deles havia uma lagoa, parecendo quase um rio de tão longa e sinuosa. Uma ponte a dividia no meio e dali até o seu ponto mais baixo, onde uma faixa de areia cor de âmbar a separava do golfo azul-escuro abaixo. A água era uma glória de muitas tonalidades alternantes: os tons mais espirituosos de açafrão, rosa e verde etéreo, com outras colorações fugidias para as quais nenhum nome foi encontrado. Acima da ponte, a lagoa seguia até bosques margeados de abetos e bordos e jazia escura e translúcida em suas sombras hesitantes. Aqui e ali uma ameixeira se inclinava da barranceira como uma menina de vestido branco na ponta dos pés para ver seu reflexo. Do brejo à nascente da lagoa vinha o canto claro e lamentoso dos sapos. Havia uma casinha cinza espreitando ao redor de um branco pomar de maçãs em uma encosta além e, embora ainda não estivesse escuro, uma luz estava brilhando de uma das janelas.

"Esta é a lagoa do Barry", disse Matthew.

"Ah, eu também não gosto desse nome. Eu chamarei de... deixe-me ver... o Lago das Águas Brilhantes. Sim, esse é o nome certo. Eu sei por causa da emoção. Quando eu chego a um nome que serve perfeitamente, sinto uma emoção. As coisas alguma vez lhe dão uma certa emoção?

Matthew ruminou.

"Ora, bem, sim. Sempre me dá uma emoção ver as feias larvas brancas que atacam os pepinos. Odeio olhar para elas."

"Ah, eu não acho que seja o mesmo tipo de emoção. O senhor acha que é? Não parece haver conexão entre larvas e lagos de águas brilhantes, não é? Mas por que as outras pessoas chamam de lagoa do Barry?"

"Eu acho que é porque o Sr. Barry mora ali naquela casa. Pomar Slope é o nome deste lugar. Se não fosse por aquele grande arbusto ali atrás, você poderia ver Green Gables daqui, mas nós temos que passar pela ponte e atravessar a estrada, então é quase meia milha de distância."

"O Sr. Barry têm filhas pequenas? Bem, não tão pequenas, mas do meu tamanho."

"Ele tem uma de uns onze anos. O nome dela é Diana."

"Ah!", com uma inspiração longa. "Que nome adorável!"

"Ora, bem, eu não sei. Tem algo terrivelmente pagão nisso, ao que me parece. Eu preferiria Jane ou Mary ou algum nome sensato como esses. Mas quando Diana nasceu havia um professor lá e eles pediram a ele que desse o nome, e ele a chamou de Diana."

"Eu gostaria que houvesse um professor desses por perto quando eu nasci, então. Ah, aqui estamos na ponte. Vou fechar bem os meus olhos. Eu sempre tenho medo de passar por pontes. Não consigo evitar imaginar que talvez quando chegarmos ao meio, elas vão se dobrar como um canivete e nos engolir. Então, eu fecho os meus olhos. Mas sempre os mantenho abertos para tudo quando penso que estamos chegando ao meio. Porque, veja, se a ponte desmoronasse MESMO, eu gostaria de VÊ-LA desmoronar. Que barulho divertido ela faz! Sempre gosto dessa parte. Não é esplêndido que haja tantas coisas assim no mundo? Aqui, acabou.

Agora vou olhar para trás. Boa noite, querido Lago das Águas Brilhantes. Eu sempre digo boa noite para as coisas que amo, da mesma forma como diria para as pessoas. Acho que elas gostam disso. Aquela água parece que está sorrindo para mim."

Quando eles tinham subido a colina e estavam fazendo uma curva, Matthew disse:

"Nós estamos bem perto de casa agora. Aquela é Green Gables ali no..."

"Ah, não me diga", ela interrompeu sem fôlego, pegando o braço parcialmente estendido dele e fechando os olhos para que não pudesse ver seu gesto. "Deixe-me adivinhar. Eu tenho certeza de que vou acertar."

Ela abriu os olhos e olhou ao redor. Eles estavam no topo de uma colina. O sol havia se posto há algum tempo, mas a paisagem ainda estava clara na luz suave. A oeste, uma igreja escura se erguia sobre um céu cor de damasco. Abaixo, havia um pequeno vale e, mais além, uma encosta suave pontuada por fazendas bem arranjadas. Os olhos da criança percorreram uma a uma, ávidos e pensativos. Finalmente, eles permaneceram em um caminho ao leste, longe da estrada, vagamente branco com árvores floridas no crepúsculo da floresta circundante. Além dele, no imaculado céu do Sudoeste, uma grande estrela branca cristalina estava brilhando como uma lâmpada de orientação e promessa.

"É ali, não é?", ela disse, apontando.

Matthew bateu as rédeas nas costas da égua, encantado.

"Ora, bem, você adivinhou! Mas eu acho que a Sra. Spencer descreveu para que você soubesse..."

"Não, ela não descreveu. Não mesmo. Tudo que ela disse poderia ter sido sobre a maioria dos outros lugares. Eu não tinha a menor ideia de como realmente se parecia. Mas assim que vi, eu me senti em casa. Ah, parece que estou sonhando. Sabe, meu braço deve estar roxo do cotovelo para cima, pois eu me belisquei tantas vezes hoje. A cada minuto um sentimento horrível vinha sobre mim e eu ficava com tanto medo de ter sido tudo um sonho. Então, eu me beliscava para ver se era real, até que, de repente, eu lembrei que, mesmo supondo que fosse apenas um sonho, era melhor continuar sonhando o máximo possível, então parei de beliscar. Mas É real e nós estamos quase em casa."

Com um suspiro de arrebatamento, ela recaiu no silêncio. Matthew guiou desconfortavelmente. Ele se sentia feliz por ser Marilla e não ele quem teria que dizer àquela criança abandonada que o lar que ela buscava não seria dela no fim das contas. Eles foram até Lynde's Hollow, onde já estava escuro, mas não tão escuro que a Sra. Rachel não pudesse vê-los de sua janela privilegiada, para cima da colina e para dentro do longo caminho de Green Gables. Quando eles chegaram à casa, Matthew estava se encolhendo diante da eminente revelação com uma energia que não compreendia. Não era sobre Marilla ou ele próprio que ele estava pensando, a respeito das consequências que aquele erro provavelmente teria, mas no desapontamento da criança. Quando ele pensou naquela luz extasiada sendo extinguida dos olhos dela, teve um sentimento desconfortável de que ajudaria no assassinato de alguma coisa – o mesmo sentimento que vinha até ele quando tinha que matar um cordeiro, um novilho ou qualquer outra criaturinha inocente.

O quintal estava escuro quando eles chegaram e folhas de choupo farfalhavam suavemente.

"Ouça as árvores falando durante o sono", ela cochichou, conforme ele a descia para o chão. "Que sonhos bonitos elas devem ter!"

Então, segurando firmemente a bolsa de viagem que continha todos os seus bens materiais, ela o seguiu para dentro da casa.

CAPÍTULO III

Marilla Cuthbert é surpreendida

Marilla avançou rapidamente assim que Matthew abriu a porta. Mas, quando seus olhos pousaram na pequena figura com o vestido rígido e feio, com as longas tranças de cabelo vermelho e os olhos ávidos e luminosos, ela parou de repente, perplexa.

"Matthew Cuthbert, quem é essa?", ela exclamou. "Onde está o menino?"

"Não havia nenhum menino", disse Matthew miseravelmente. "Havia apenas ELA."

Ele acenou para a criança, lembrando que não havia nem perguntado o nome dela.

"Nenhum menino! Mas DEVIA haver um menino", insistiu Marilla. "Nós avisamos a Sra. Spencer para trazer um menino."

"Bem, ela não trouxe. Ela trouxe esta MENINA. Eu perguntei ao chefe da estação. E tive que trazê-la para casa. Ela não podia ser deixada lá, não importa em que momento o erro aconteceu."

"Bem, este é um problema e tanto!", exclamou Marilla.

Durante este diálogo, a criança tinha permanecido silenciosa, seus olhos se movendo de um para o outro, toda a animação desbotando de seu rosto. De repente, ela pareceu entender o que havia sido dito. Deixando sua preciosa mala de viagem cair, ela pulou para a frente e apertou as mãos.

"Vocês não me querem!", ela disse, chorando. "Vocês não me querem porque não sou um menino! Eu deveria ter esperado. Ninguém nunca me quis. Eu deveria saber que era tudo muito lindo para durar. Eu deveria saber que ninguém realmente me queria. Ah, o que vou fazer? Vou me desfazer em lágrimas!"

E desfez-se em lágrimas mesmo. Sentada em uma cadeira à mesa, lançando os braços para a frente e enterrando o rosto neles, ela começou a chorar tempestuosamente. Marilla e Matthew olharam um para o outro depreciativamente por cima do fogão. Nenhum deles sabia o que dizer ou fazer. Finalmente, Marilla aproximou-se, sem convicção.

"Ora, ora, não há motivo para chorar por isso."

"Sim, há SIM!" A criança levantou a cabeça rapidamente, revelando um rosto manchado de lágrimas e lábios trêmulos. "A senhora choraria também, se fosse uma órfã e tivesse que ir a um lugar que pensava ser um lar e eles não a quisessem por não ser um menino. Ah, essa é a coisa mais TRÁGICA que já aconteceu comigo!"

Algo como um sorriso relutante, um pouco enferrujado pelo pouco uso, suavizou a expressão sombria de Marilla.

"Bem, não chore mais. Nós não vamos colocá-la para fora hoje. Você terá que ficar aqui até investigarmos este assunto. Qual é o seu nome?"

A criança hesitou por um momento.

"A senhora poderia me chamar de Cordelia, por favor?", ela disse avidamente.

"CHAMAR você de Cordelia? Esse é o seu nome?"

"Nã-ã-ão, não é exatamente o meu nome, mas eu adoraria ser chamada de Cordelia. É um nome perfeitamente elegante."

"Eu não sei o que é que você quer dizer. Se Cordelia não é o seu nome, qual é?"

"Anne Shirley", cedeu relutantemente a dona daquele nome, "mas, ah, por favor, me chame de Cordelia. Não deve importar muito para a senhora como deve me chamar, já que vou ficar aqui só um pouquinho, não é? E Anne é um nome tão pouco romântico."

"Romântico! Que bobagem!", disse Marilla, sem solidariedade. "Anne é um excelente nome, simples e sensato. Você não precisa ter vergonha dele."

"Ah, eu não tenho vergonha dele", disse Anne, "é só que eu gosto mais de Cordelia. Eu sempre imaginei que meu nome fosse Cordelia. Sempre imaginei, pelo menos, nos últimos anos. Quando eu era mais nova, costumava imaginar Geraldine, mas gosto mais de Cordelia agora. Mas se a senhora puder me chamar de Anne, por favor, me chame de Anne com E."

"Que diferença faz como se escreve?", perguntou Marilla com outro sorriso enferrujado enquanto pegava a chaleira.

"Ah, faz MUITA diferença. PARECE tão melhor. Quando ouve um nome soletrado, a senhora não consegue vê-lo em sua mente, como se estivesse impresso? Eu consigo; e A-n-n parece terrível, mas A-n-n-e parece tão mais distinto. Se a senhora me chamar apenas de Anne com E, tentarei me conformar por não me chamar Cordelia."

"Muito bem, então, Anne com E, você pode nos dizer como esse erro aconteceu? Nós avisamos à Sra. Spencer para nos trazer um menino. Não havia meninos no orfanato?"

"Ah, sim, há um monte deles. Mas a Sra. Spencer disse CLARAMENTE que a senhora queria uma menina de uns onze anos. E a diretora disse que achava que eu serviria. A senhora não sabe como fiquei encantada. Eu não pude dormir durante a noite toda de tanta alegria. Ah", ela acrescentou em tom de censura, virando-se para Matthew, "por que o senhor não me disse na estação que não me queria e me deixou lá? Se eu não tivesse visto o Caminho Branco do Encanto e o Lago das Águas Brilhantes, não seria tão difícil."

"O que é que ela quer dizer com isso?", perguntou Marilla, encarando Matthew.

"Ela... ela está se referindo a uma conversa que tivemos na estrada", disse Matthew apressadamente. "Eu vou sair para colocar a égua para dentro, Marilla. Apronte o chá para quando eu voltar."

"A Sra. Spencer trouxe mais alguém além de você?", continuou Marilla quando Matthew tinha saído.

"Ela trouxe Lily Jones para si própria. Lily tem apenas cinco anos e é muito bonita, com cabelo castanho. Se eu fosse muito bonita e tivesse cabelo castanho, a senhora ficaria comigo?"

"Não. Nós queremos um menino para ajudar Matthew na fazenda. Uma menina não seria de utilidade alguma para nós. Tire o seu chapéu. Eu vou deixá-lo com a sua bolsa na mesa da antessala."

Anne tirou seu chapéu humildemente. Matthew voltou e sentou-se para a ceia. Anne, no entanto, não conseguia comer. Em vão ela mordiscou o pão com manteiga e beliscou a compota de maçã no pires de vidro ao lado do prato. Na verdade, ela não fez nenhum progresso.

"Você não está comendo nada", disse Marilla severamente, olhando para ela como se fosse um sério defeito. Anne suspirou.

"Eu não consigo. Estou nas profundezas do desespero. A senhora consegue comer quando está nas profundezas do desespero?"

"Eu nunca estive nas profundezas do desespero, então não posso dizer", respondeu Marilla.

"Nunca esteve? Bem, então a senhora já tentou IMAGINAR que estava nas profundezas do desespero?"

"Não, não tentei."

"Então, eu não acho que a senhora pode entender como é. É um sentimento muito desconfortável mesmo. Quando a gente tenta comer, um caroço sobe pela garganta e a gente não consegue engolir nada, nem mesmo uma bala de chocolate. Eu comi uma bala de chocolate uma vez há dois anos e era simplesmente deliciosa. Tenho sonhado desde então que tenho um monte de balas de chocolate, mas sempre acordo bem quando vou comê-las. Eu espero que a senhora não fique ofendida por eu não conseguir comer."

"Eu acho que ela está cansada", disse Matthew, que não tinha falado desde seu retorno do celeiro. "Melhor colocá-la para dormir, Marilla."

Marilla estava se perguntando onde Anne deveria ser colocada para dormir. Ela havia preparado um sofá numa parte da cozinha para o desejado e esperado menino. Mas, embora fosse limpo e arrumado, de alguma forma não era apropriado para uma menina. Mas o quarto de hóspedes estava fora de questão para uma criança abandonada como aquela, então havia apenas o quarto do frontão leste. Marilla acendeu uma vela e disse a Anne para segui-la, o que Anne fez sem ânimo, pegando seu chapéu da mesa da antessala ao passar. A antessala estava assustadoramente limpa, e a pequena câmara no frontão em que ela se encontrou parecia ainda mais limpa.

Marilla colocou a vela em uma mesa de três pernas e três cantos e puxou a roupa de cama.

"Eu suponho que você tenha uma camisola?", ela questionou.

Anne assentiu.

"Sim, eu tenho duas. A diretora do orfanato fez para mim. Elas são terrivelmente apertadas. Nunca há o suficiente no orfanato, então as coisas são sempre apertadas... pelo menos em um pobre orfanato como o nosso. Eu odeio camisolas apertadas. Mas podemos sonhar tão bem nelas quanto em camisolas longas e adoráveis, com babados no pescoço, o que é um consolo."

"Bem, vá se trocar o mais rápido que puder e vá para a cama. Vou voltar em alguns minutos para buscar a vela. Não me atrevo a confiar em você para apagá-la. Você provavelmente colocaria fogo aqui."

Quando Marilla tinha ido, Anne olhou ao redor melancolicamente. As paredes caiadas de branco eram tão dolorosamente vazias que ela pensou que deveriam sofrer por isso. O chão também estava vazio, exceto por um tapete trançado e redondo no meio, como Anne nunca tinha visto antes. Em um canto estava a cama alta e antiquada, com quatro pilares escuros e baixos. No outro canto, estava a já mencionada mesa de três cantos decorada com uma volumosa alfineteira de veludo, dura o suficiente para dobrar a ponta do alfinete mais ousado. Acima dela, estava pendurado um pequeno espelho seis por oito. No meio do caminho entre a mesa e a cama, estava a janela, com um babado transparente de musselina de um branco glacial, e de frente para ela estava o lavatório. O cômodo inteiro era de uma rigidez que não podia ser descrita em palavras, mas que dava arrepios até na medula dos ossos de Anne. Com um soluço, ela apressadamente se despiu de suas vestes, colocou a camisola apertada e atirou-se na cama, onde enterrou o rosto no travesseiro e puxou as cobertas sobre a cabeça. Quando Marilla subiu para buscar a vela, vários artigos de vestimenta espalhados desorganizadamente pelo chão e uma presença tempestuosa sobre a cama eram os únicos indícios de uma existência que não fosse a dela própria.

Ela deliberadamente pegou as roupas de Anne e as colocou ordenadamente em uma cadeira amarela empertigada e, então, levando a vela, foi até a cama dela.

"Boa noite", ela disse, um pouco sem jeito, mas não sem bondade.

O rosto branco de olhos grandes de Anne apareceu sobre as cobertas com uma brusquidão inesperada.

"Como a senhora pode chamar de BOA noite quando sabe que deve ser a pior noite que já tive?", ela disse, em tom de censura.

Então mergulhou na invisibilidade novamente.

Marilla desceu lentamente para a cozinha e começou a lavar os pratos da ceia. Matthew estava fumando – um sinal claro da perturbação da sua mente. Ele quase nunca fumava, pois Marilla considerava isso um hábito sórdido; mas, de quando em quando, ele se sentia levado a isso e, então, Marilla tolerava a prática, percebendo que um pobre homem deve ter algum desabafo para suas emoções.

"Bem, é uma bela confusão", ela disse furiosamente. 'É nisso que dá mandar recado em vez de ir pessoalmente. O pessoal do Richard Spencer deve ter distorcido a mensagem de alguma forma. Um de nós terá que ir ver a Sra. Spencer amanhã, com certeza. Essa menina precisa ser enviada de volta para o orfanato."

"Sim, suponho que sim", disse Matthew relutantemente.

"Você SUPÕE que sim! Você não sabe?"

"Ora, veja, ela é uma coisinha bem boazinha, Marilla. É uma pena enviá-la de volta sabendo que ela gostaria tanto de ficar aqui."

"Matthew Cuthbert, você não quer dizer que pensa que devemos ficar com ela!"

"Ora, bem, não, eu acho que não... não exatamente", gaguejou Matthew, desconfortavelmente encurralado pelo significado das palavras. "Eu suponho... ninguém esperaria que ficássemos com ela."

"É claro que não. Quem bem ela nos faria?"

"Nós poderíamos fazer bem a ela", disse Matthew repentina e inesperadamente.

"Matthew Cuthbert, creio que a criança o enfeitiçou! Eu consigo ver claramente que você quer ficar com ela."

"Ora, veja, ela é uma coisinha realmente interessante", persistiu Matthew. "Você devia ter escutado a conversa dela quando voltamos da estação."

"Ah, ela consegue falar bem rápido. Eu já vi de cara. Não é nenhuma vantagem. Eu não gosto de crianças que têm tanto a dizer. Eu não quero uma menina órfã e, se quisesse, ela não é do tipo que eu escolheria. Há algo que eu não entendo sobre ela. Não, ela precisa ser despachada imediatamente de volta para o lugar de onde veio."

"Eu poderia contratar um menino francês para me ajudar", disse Matthew, "e ela faria companhia a você."

"Eu não estou sofrendo por falta de companhia", disse Marilla brevemente. "E eu não vou ficar com ela."

"Ora, bem, como você quiser, é claro, Marilla", disse Matthew levantando e guardando seu cachimbo. "Eu vou para a cama."

Matthew foi para a cama. E para a cama, quando tinha guardado a louça, foi Marilla, franzindo a testa resolutamente. E lá em cima, no quarto do frontão leste, uma criança solitária, faminta de amor e sem amigos chorou até cair no sono.

CAPÍTULO IV
Manhã em Green Gables

Era plena luz do dia quando Anne acordou e se sentou na cama, encarando confusa a janela por onde um alegre jorro de luz do sol se derramava e alguma coisa branca e emplumada ondulava através de vislumbres do céu azul.

Por um momento, ela não conseguia se lembrar de onde estava. Primeiro, veio uma emoção deliciosa, como algo muito agradável; depois uma lembrança horrível. Esta era Green Gables e eles não a queriam porque não era um menino!

Mas era manhã, sim, e havia uma cerejeira em flor do lado de fora da janela. Com um salto, ela saiu da cama e atravessou o quarto. Ela levantou a janela – que subiu rígida e rangendo; como se não houvesse sido aberta há muito tempo, o que era o caso; e ficou tão presa que nada foi necessário para segurá-la.

Anne caiu de joelhos e observou a manhã de junho lá fora, seus olhos reluzindo com encanto. Ah, não era lindo? Não era um lugar encantador? E pensar que ela não ficaria ali! Ela imaginaria que sim. Havia oportunidade para imaginação ali.

Uma enorme cerejeira crescia lá fora, tão perto que seus ramos tocavam a casa, e estava tão carregada de flores que quase não se via uma só folha. Em ambos os lados da casa havia um grande pomar, um de macieiras e um de cerejeiras, também carregados de flores; e a grama estava toda salpicada com dentes-de-leão. No jardim abaixo, havia lilases roxos com flores, e sua doce e estonteante fragrância soprava até a janela com a brisa da manhã.

Abaixo do jardim, um campo verde e exuberante de trevos descia até o vale, onde o riacho corria e pontos de bétulas brancas cresciam, brotando etereamente de uma mata insinuante de encantadoras possibilidades com samambaias, musgos e troncos. Além dele, havia uma colina verde e enfeitada com espruces e abetos. Havia um espaço nela de onde podia ser visto o frontão cinza da pequena casa que ela havia enxergado do outro lado do Lago das Águas Brilhantes.

À esquerda, estavam os grandes celeiros e além deles, para baixo dos campos verdes e levemente inclinados, tinha-se um vislumbre brilhante e azulado do mar.

O olhar de Anne, apaixonado pela beleza, prolongou-se, absorvendo tudo com avidez. Ela havia visto tantos lugares nada adoráveis em sua vida, pobre criança. Mas isso era mais adorável que qualquer coisa que já tinha sonhado.

Ela ficou ajoelhada lá, alheia a tudo, menos à beleza ao seu redor, até que foi surpreendida por uma mão em seu ombro. Marilla tinha chegado silenciosamente perto da pequena sonhadora.

"Já era hora de você estar vestida", ela disse bruscamente.

Marilla realmente não sabia como falar com a criança, e sua ignorância a fazia soar rígida e seca, mesmo quando ela não o desejava ser.

Anne parou e deu um longo suspiro.

"Ah, não é maravilhoso?", ela disse, acenando com a mão para abranger o belo mundo lá fora.

"É uma grande árvore", disse Marilla, "e ela floresce bem, mas as frutas não são lá grande coisa; pequenas e cheias de vermes."

"Ah, eu não quis dizer apenas a árvore; é claro que é adorável; sim, é RADIANTEMENTE adorável; ela floresce como se tivesse um significado, mas eu quis dizer tudo, o jardim, o pomar, o riacho e a floresta, o belo mundo inteiro. A senhora não sente como se amasse o mundo em uma manhã como esta? E eu consigo ouvir o riacho rindo até lá em cima. A senhora já notou que coisas alegres os riachos são? Eles estão sempre rindo. Mesmo durante o inverno, eu já os ouvi sob o gelo. Estou tão feliz por haver um riacho perto de Green Gables. Talvez a senhora pense que não faz diferença alguma para mim, já que não vão ficar comigo, mas faz. Eu sempre lembrarei que havia um riacho em Green Gables mesmo que nunca mais o veja de novo. Se não houvesse um riacho, eu seria ASSOMBRADA pelo sentimento desconfortável de que deveria haver um. Eu não estou nas profundezas do desespero esta manhã. Eu nunca consigo, não pela manhã. Não é uma coisa esplêndida que haja manhãs? Mas eu me sinto muito triste. Eu fiquei imaginando que era realmente a mim que a senhora queria, no fim das contas, e que eu ficaria aqui para todo o sempre. Foi um grande consolo enquanto durou. Mas o pior de imaginar as coisas é que uma hora temos que parar e isso dói."

"É melhor você se vestir, descer e deixar para lá a fantasia", disse Marilla assim que conseguiu tomar a palavra. "O café da manhã está esperando. Lave o rosto e penteie o cabelo. Deixe a janela aberta e dobre as cobertas ao pé da cama. Seja o mais eficiente possível."

Anne evidentemente podia ser eficiente quando queria, então, em dez minutos, já estava lá embaixo, com as roupas bem vestidas, o cabelo escovado e trançado, o rosto lavado, e com uma consciência confortável impregnada na alma de que havia cumprido todas as exigências de Marilla. Na verdade, entretanto, ela havia esquecido de dobrar as cobertas.

"Eu estou com muita fome esta manhã", ela anunciou enquanto deslizava para a cadeira que Marilla separou para ela. "O mundo não parece mais um deserto selvagem como parecia à noite passada. Estou tão feliz por ser uma manhã ensolarada. Mas eu também gosto de manhãs chuvosas. Todos os tipos de manhãs são interessantes, a senhora não acha? Não sabemos o que vai acontecer ao longo do dia, e há muita oportunidade para a imaginação. Mas estou feliz por não estar chovendo hoje, porque é mais fácil ser alegre e tolerar as aflições em um dia de sol. Eu sinto que posso suportar tudo. É muito bom ler sobre sofrimentos e se imaginar atravessando tudo heroicamente, mas não é tão bom quando nós mesmos passamos por isso, não é?"

"Pelo amor de Deus, segure a língua", disse Marilla. "Você fala muito para uma menina tão pequena."

Portanto, Anne segurou a língua tão completa e obedientemente que seu silêncio prolongado deixou Marilla nervosa, como se estivesse presenciando algo fora do normal. Matthew também segurou a língua, mas isso era natural, então a refeição foi muito silenciosa.

Enquanto continuavam, Anne tornou-se mais e mais retraída, comendo mecanicamente, com seus grandes olhos fixos firmemente no céu lá fora. Isto deixou Marilla mais nervosa que nunca. Ela tinha um sentimento desconfortável de que enquanto o corpo daquela criança estranha estava à mesa, seu espírito estava bem longe em algum reino de nuvens etéreo, carregado pelo vento nas asas da imaginação. Quem iria querer uma criança daquelas em casa?

Ainda assim, Matthew queria ficar com ela, por mais inexplicável que parecesse! Marilla sentiu que ele assim desejava naquela manhã tanto quanto havia desejado na noite anterior, e que continuaria a desejar. Aquele era o jeito de Matthew – colocar uma vontade na cabeça e se agarrar a ela com a mais incrível e silenciosa persistência – uma persistência dez vezes mais potente e eficaz em seu silêncio do que se ele a tivesse discutido.

Quando a refeição foi finalizada, Anne saiu de seu devaneio e se ofereceu para lavar a louça.

"Você sabe lavar a louça direito?", perguntou Marilla, desconfiada.

"Muito bem. Mas eu sou melhor em tomar conta de crianças. Eu tenho muita experiência com isso. É uma pena que vocês não tenham nenhuma aqui para eu cuidar."

"Eu duvido que ia querer mais crianças para cuidar do que já tenho agora. VOCÊ já é problema suficiente, no fim das contas. Não sei o que será de você. Matthew é o mais ridículo dos homens."

"Eu o considero adorável", disse Anne em tom de censura. "Ele é tão simpático. Não se importou com quanto eu falei, pareceu gostar. Senti que ele era uma alma amiga assim que o vi."

"Vocês dois são bem estranhos, se é o que você quer dizer com almas amigas", disse Marilla bufando. "Sim, você pode lavar a louça. Pegue bastante água quente e veja se secou direito. Eu tenho muito o que fazer esta manhã porque terei que ir até White Sands à tarde para ver a Sra. Spencer. Você virá comigo e nós veremos o que será feito de você. Depois que tiver terminado a louça, suba e arrume sua cama."

Anne lavou a louça habilmente, conforme Marilla, que tinha mantido um olhar aguçado no processo, percebeu. Mais tarde, ela arrumou a cama com menos sucesso, pois nunca havia aprendido a arte de domar uma colcha de penas. Mas, de alguma forma, ela foi dobrada e alisada; e então Marilla, para se livrar dela, disse a ela que poderia ir lá fora e se distrair até a hora do jantar.

Anne voou em direção à porta, o rosto aceso, os olhos brilhantes. Bem na soleira, ela parou de repente, girou nos calcanhares, voltou e sentou-se à mesa, luz e brilho apagados tão completamente como se alguém tivesse colocado um abafador sobre ela.

"Qual o problema agora?", perguntou Marilla.

"Eu não ouso sair", disse Anne, no tom de um mártir renunciado a todas as alegrias mundanas. "Se não posso ficar aqui, não há motivo para amar Green Gables. E se eu sair lá fora e fizer amizade com todas aquelas árvores, flores, o pomar e o riacho, não serei capaz de evitar amá-los. Já é bem difícil agora, então não vou tornar ainda mais difícil. Eu quero tanto sair, tudo parece estar me chamando, 'Anne, Anne, venha até nós. Anne, Anne, nós queremos um amigo para brincar', mas é melhor não. Não há motivo para amar as coisas se temos que nos separar delas, não é? E é tão difícil se impedir de amar as coisas, não é? É por isso que fiquei tão feliz quando achei que viveria aqui. Eu pensei que teria tantas coisas para amar e nada para me impedir, mas este breve sonho acabou. Estou resignada com o meu destino agora, então acho que não sairei por medo de ficar inconformada novamente. Qual é nome daquele gerânio no parapeito da janela, por favor?"

"Aquele é o gerânio-maçã."

"Ah, eu não quis dizer esse tipo de nome. Eu quis dizer um nome que a senhora mesma tenha dado. A senhora não lhe deu um nome? Posso dar um, então? Posso chamá-la, deixe-me ver, Bonny deve servir. Posso chamá-la de Bonny enquanto estiver aqui? Ah, por favor, deixe!"

"Deus do céu, eu não me importo. Mas qual o sentido de dar um nome a um gerânio?"

"Ah, eu gosto que as coisas tenham nomes mesmo que sejam apenas gerânios. Faz com que se pareçam mais com pessoas. Como a senhora sabe que não magoa os sentimentos do gerânio chamá-lo apenas de gerânio e mais nada? A senhora não gostaria de ser chamada de nada além de mulher o tempo inteiro. Sim, chamarei de Bonny. Eu nomeei aquela cerejeira fora da janela do meu quarto esta manhã. Eu a chamei de Rainha Branca porque era tão branca. Claro, não vai estar sempre florida, mas podemos imaginar que está, não podemos?"

"Nunca em toda minha vida eu vi uma coisa igual a ela", resmungou Marilla, retirando-se para o celeiro para buscar batatas. "Ela até que é interessante, como Matthew disse. Eu já posso sentir que estou imaginando qual a próxima coisa que ela vai dizer. Ela vai colocar um feitiço em mim também. Já colocou no Matthew. Aquele olhar que ele me deu quando saiu disse tudo o que ele falou ou insinuou na noite passada mais uma vez. Eu gostaria que ele fosse como os outros homens e falasse as coisas. A gente poderia responder e colocar algum juízo na cabeça dele. Mas o que se pode fazer com um homem que só OLHA?"

Anne tinha recaído em seu devaneio, com o queixo nas mãos e os olhos no céu, quando Marilla voltou de sua peregrinação até o celeiro. Ali Marilla a deixou até o almoço estar na mesa.

"Imagino que eu possa ficar com a égua e a charrete hoje à tarde, Matthew?", disse Marilla.

Matthew assentiu e olhou melancolicamente para Anne. Marilla interceptou o olhar e disse severamente:

"Eu vou até White Sands para dar um jeito nisso. Levarei Anne comigo e a Sra. Spencer provavelmente vai fazer os preparativos para enviá-la de volta para Nova Scotia de uma vez. Eu vou preparar o chá para você e vou voltar para casa a tempo de ordenhar as vacas."

Ainda assim, Matthew não disse nada e Marilla sentiu que havia desperdiçado palavras e fôlego. Não há nada mais irritante que um homem que não responde – a não ser uma mulher que faça o mesmo.

Matthew atrelou as rédeas na charrete na hora certa e Marilla e Anne saíram. Matthew abriu o portão do quintal para elas, e enquanto passavam lentamente, ele disse, aparentemente para ninguém em especial:

"O pequeno Jerry Buote do Creek estava aqui pela manhã, e eu disse a ele que achava que o contrataria para o verão."

Marilla não respondeu, mas ela chicoteou a infeliz alazã com tanta ferocidade que a gorda égua, desacostumada a tal tratamento, relinchou indignamente pela estrada em um passo alarmante. Marilla olhou para trás uma vez, enquanto a charrete balançava, e viu que o irritante Matthew se encostava no portão, olhando melancolicamente para elas.

CAPÍTULO V
A história de Anne

"A senhora sabe", disse Anne em tom confidencial. "Eu decidi que vou aproveitar esta viagem. Pela minha experiência, quase sempre podemos aproveitar as coisas se decidirmos firmemente fazer isso. Claro, devemos decidir FIRMEMEMENTE. Não pensarei sobre voltar ao orfanato enquanto estivermos viajando. Pensarei apenas na viagem. Ah, veja, há uma pequena rosa silvestre florescendo! Não é adorável? A senhora não acha que ela deve ser feliz por ser uma rosa? Não seria bom se as rosas pudessem falar? Eu tenho certeza de que elas nos diriam coisas adoráveis. E rosa não é a cor mais fascinante do mundo? Eu a amo, mas não posso usá-la. As pessoas ruivas não podem usar rosa, nem mesmo na imaginação. A senhora já soube de alguém que tivesse cabelo vermelho quando jovem, mas que mudou de cor quando a pessoa cresceu?"

"Não, nunca soube, nem conheci", disse Marilla impiedosamente. "E não creio que seria provável acontecer no seu caso também."

Anne suspirou.

"Bem, aí se vai outra esperança. 'Minha vida é um perfeito cemitério de esperanças enterradas. ' Essa é uma frase que eu li em um livro uma vez, e repito para me consolar sempre que me decepciono com algo."

"Eu não vejo onde está o consolo nisso", disse Marilla.

"Ah, porque parece tão bonito e romântico, como se eu fosse a heroína de um livro, sabe. Eu gosto tanto de coisas românticas, e um cemitério cheio de esperanças enterradas é a coisa mais romântica que alguém poderia imaginar, não é? Eu estou muito feliz por ter um. Nós vamos atravessar o Lago das Águas Brilhantes hoje?"

"Nós não vamos pela Lagoa do Barry, se é isto que você quer dizer por Lago das Águas Brilhantes. Nós vamos pela estrada litorânea."

"A estrada litorânea parece uma boa ideia", disse Anne sonhadoramente. "É tão bonita quanto parece? Quando você disse "estrada litorânea' eu a vi numa imagem na minha mente, rápido assim! E White Sands é um nome bonito também; mas não gosto tanto quanto Avonlea. Avonlea é um nome adorável. Parece música. Qual a distância até White Sands?"

"São cinco milhas; e já que você está evidentemente disposta a falar, você bem poderia falar com um propósito e me dizer o que sabe sobre si própria."

"Ah, o que EU SEI sobre mim mesma não vale a pena contar", disse Anne avidamente. "Se a senhora me deixar contar o que EU IMAGINO sobre mim mesma, a senhora vai achar muito mais interessante."

"Não, eu não quero nenhuma das suas fantasias. Só que você se atenha aos meros fatos. Comece do começo. Onde você nasceu e quantos anos tem?"

"Eu fiz onze anos em março", disse Anne, atendo-se aos meros fatos com um pequeno suspiro. "E eu nasci em Bolingbroke, Nova Scotia. O nome do meu pai era Walter Shirley, e ele era um professor na Bolingbroke High School. O nome da minha mãe era Bertha Shirley. Walter e Bertha não são nomes adoráveis? Eu fico muito feliz por meus pais terem bons nomes. Seria uma verdadeira desgraça ter um pai chamado... bem, digamos, Jedediah, não seria?"

"Eu acredito que não faça diferença qual o nome de uma pessoa, contanto que ela se comporte", disse Marilla, sentindo-se chamada a instaurar uma moral boa e útil.

"Bem, eu não sei." Anne parecia pensativa. "Eu li em um livro uma vez que uma rosa de qualquer outro nome ainda teria um doce perfume, mas eu nunca consegui acreditar. Eu não acredito que uma rosa SERIA tão boa se fosse chamada de cardo ou repolho-gambá. Eu suponho que o meu pai poderia ter sido um bom homem mesmo que tivesse se chamado Jedediah; mas tenho certeza de que teria sido uma cruz. Bem, minha mãe era uma professora no colégio também, mas quando se casou com o meu pai, ela desistiu de ensinar, é claro. Um marido já era responsabilidade suficiente. A Sra. Thomas disse que eles eram um par de crianças e pobres como ratos de igreja. Eles foram viver em uma minúscula casinha amarela em Bolingbroke. Eu nunca vi aquela casa, mas eu a imaginei milhares de vezes. Acho que deveria ter uma madressilva ao lado da janela da sala, lilases no quintal da frente e lírios do vale dentro do portão. Sim, e cortinas de musselina em todas as janelas. Cortinas de musselina dão um ar especial à casa. Eu nasci naquela casa. A Sra. Thomas disse que eu era o bebê mais sem graça que ela já viu, eu era tão magricela e pequena e só tinha olhos, mas minha mãe achava que eu era simplesmente linda. É certo pensar que uma mãe é capaz de julgar melhor que uma pobre mulher que veio para fazer a limpeza, não é? Fico feliz que ela estivesse satisfeita comigo, de toda forma. Eu me sentiria muito triste se pensasse que era uma decepção para ela, porque ela não viveu muito depois disso, entende. Ela morreu de febre quando eu tinha apenas três meses. Eu realmente gostaria que ela tivesse vivido o suficiente para que me lembrasse de a ter chamado de "mãe", a senhora não? E meu pai morreu quatro dias depois de febre também. Isto fez de mim uma órfã e o pessoal estava desesperado, assim disse a Sra. Thomas, sobre o que fazer comigo. Sabe, ninguém me queria mesmo naquela época. Parecia ser o meu destino. Meu pai e minha mãe tinham vindo de longe e todos sabiam que eles não tinham parentes vivos. Finalmente, a Sra. Thomas disse que ficaria comigo, embora ela fosse pobre e tivesse um marido bêbado. Ela foi minha ama-seca. A senhora sabe se há alguma coisa que faz as pessoas criadas desse jeito sejam melhores que as outras? Porque, sempre que eu era levada, a Sra. Thomas me perguntava, de modo reprovador, como eu podia ser uma menina tão má se ela havia sido minha ama-seca."

"O Sr. e a Sra. Thomas se mudaram de Bolingbroke para Marysville, e eu morei com eles até ter oito anos de idade. Eu ajudei a cuidar das crianças deles; havia quatro deles mais novos que eu, e eu posso dizer que eles deram muito trabalho para ser cuidados. Então, o Sr. Thomas morreu caindo embaixo de um trem e a mãe dele se ofereceu para ficar com a Sra. Thomas e as crianças, mas ela não me queria. A Sra. Thomas estava DESESPERADA, assim ela disse, com o que fazer comigo. Então, a Sra. Hammond, que morava rio acima, veio e disse que ficaria comigo, vendo que eu tinha jeito com crianças, e fui rio acima morar com ela em uma pequena clareira no meio da floresta. Era um lugar muito solitário. Eu tenho certeza de que nunca poderia ter morado lá se não tivesse uma imaginação. O Sr. Hammond tinha uma pequena serraria lá, e a Sra. Hammond tinha oito crianças. Ela teve gêmeos três vezes. Eu gosto de bebês com moderação, mas ter gêmeos três vezes seguidas é DEMAIS. Eu disse à Sra. Hammond firmemente, quando o último par veio. Eu costumava ficar terrivelmente cansada de carregá-los para todo lado.

"Eu morei rio acima com a Sra. Hammond por mais de dois anos, então o Sr. Hammond morreu e a Sra. Hammond desistiu de ser dona de casa. Ela distribuiu os filhos entre os parentes e foi para os Estados Unidos. Eu tive que ir para o orfanato em Hopeton, porque ninguém queria ficar comigo. Eles não me quiseram no orfanato também, disseram que estavam cheios, e estavam. Mas tiveram que me aceitar e eu fiquei lá por quatro meses até a Sra. Spencer chegar."

Anne terminou com outro suspiro, desta vez de alívio. Evidentemente, ela não gostava de falar sobre suas experiências em um mundo que não a tinha desejado.

"Você já foi à escola?", questionou Marilla, guiando a égua alazã até a estrada litorânea.

"Não muito. Eu fui um pouco no último ano em que fiquei com a Sra. Thomas. Quando eu fiquei rio acima, nós estávamos tão longe da escola que eu não poderia andar até lá no inverno e havia férias de verão, então eu só poderia ir durante a primavera e o outono. Mas é claro que eu fui enquanto estava no orfanato. Eu posso ler muito bem e sei muitos poemas de cor, 'A Batalha de Hohenlinden', 'Edinburgh depois de Flodden', 'Bingen do Reno', e boa parte de 'Dama do Lago' e a maior parte de 'As Estações' de James Thomson. A senhora não ama as poesias que dão um arrepio na espinha? Há uma parte no Quinto Livro de Leitura, 'A Queda da Polônia', que é cheia de emoções. Claro, eu não estava no Quinto Livro de Leitura, estava apenas no Quarto, mas as meninas maiores costumavam me emprestar os delas para ler."

"Aquelas mulheres, a Sra. Thomas e a Sra. Hammond, foram boas para você?", perguntou Marilla, olhando para Anne com o canto do olho.

"A-a-a-h", hesitou Anne. Seu rostinho sensível de repente corado de vermelho e o constrangimento visível em sua face. "Ah, elas QUERIAM ser, eu sei que elas queriam ser tão boas e gentis quanto fosse possível. E quando as pessoas querem ser boas para nós, não nos importamos muito quando elas não o são sempre. Elas tinham muito com o que se preocupar, sabe. É muito penoso ter um marido bêbado, sabe; e deve ter sido muito penoso ter gêmeos três vezes seguidas, a senhora não acha? Mas eu tenho certeza de que elas queriam ser boas para mim."

Marilla não fez mais perguntas. Anne caiu em um arrebatamento silencioso na estrada litorânea e Marilla guiou a égua distraidamente enquanto ponderava profundamente. A pena de repente estava comovendo seu coração pela menina. Que vida faminta e mal-amada e ela deve ter tido – uma vida de trabalho duro, pobreza e negligência; pois Marilla era astuta o suficiente para ler nas entrelinhas da história de Anne e adivinhar a verdade. Não era de se admirar que ela tivesse ficado tão encantada com a possibilidade de um verdadeiro lar. Era uma pena que ela tivesse que ser enviada de volta. E se ela, Marilla, fizesse a vontade inexplicável de Matthew e a deixasse ficar? Ele estava decidido a isso, e a criança parecia uma coisinha gentil e ensinável.

"Ela tem muito a dizer", pensou Marilla. "Mas pode ser ensinada a não fazer isso. E não há nada rude ou baixo no que ela fala. Ela é uma mocinha. É provável que os pais dela fossem boas pessoas."

A estrada litorânea era "silvestre, selvagem e solitária". À direita, abetos selvagens, de espíritos intactos mesmo depois de longos anos de luta com os ventos do golfo, cresciam grossos. À esquerda, havia rochedos de arenito vermelho, tão perto da estrada em alguns lugares que uma égua de menos firmeza que a alazã poderia ter abalado os nervos das pessoas atrás dela. Na base dos rochedos havia pilhas de pedras gastas pela rebentação ou pequenas grutas arenosas incrustadas de seixos como joias do oceano; mais além estava o mar, cintilante e azul, e sobre ele pairavam gaivotas, suas asas brilhando prateadas à luz do sol.

"O mar não é maravilhoso?", disse Anne, saindo de olhos arregalados de um longo silêncio. "Uma vez, quando eu morava em Marysville, a Sra. Thomas contratou uma carroça e levou todos nós para passar o dia na praia a dez milhas de distância. Eu aproveitei cada minuto daquele dia, mesmo tendo que cuidar das crianças o tempo inteiro. Eu revivi esses momentos em sonhos felizes durante anos. Mas esta praia é melhor que a de Marysville. Aquelas gaivotas não são esplêndidas? A senhora gostaria de ser uma gaivota? Eu acho que gostaria, quer dizer, se não pudesse ser uma garota humana. A senhora não acha que seria bom acordar ao nascer do sol e deslizar sobre a água e para longe dentro daquele adorável céu azul o dia todo; e então, à noite, voar de volta para o ninho? Ah, eu consigo me imaginar fazendo isso. Que grande casa é aquela ali na frente, por favor?"

"Aquele é o Hotel White Sands. O Sr. Kirke o administra, mas a alta estação ainda não começou. Americanos aos montes vêm para cá durante o verão. Eles acham que a praia é perfeita."

"Eu temia que pudesse ser a casa da Sra. Spencer", disse Anne tristemente. "Eu não quero chegar lá. De alguma forma, parecerá o fim de tudo."

CAPÍTULO VI

Marilla toma uma decisão

E lá elas chegaram, no tempo previsto. A Sra. Spencer morava em uma grande casa grande em White Sands Cove, e ela veio até a porta com surpresa e boas-vindas misturadas em seu rosto benevolente.

"Ora, ora", ela exclamou, "vocês são as últimas pessoas que eu esperava encontrar hoje, mas estou muito feliz em vê-las. Vão colocar o cavalo para dentro? E como vai você, Anne?"

"Bem, na medida do possível, obrigada", disse Anne seriamente. Uma sombra parecia ter recaído sobre ela.

"Eu suponho que ficaremos um pouco para descansar a égua", disse Marilla, "mas prometi ao Matthew que chegaria cedo em casa. O fato é, Sra. Spencer, que houve um erro estranho em algum lugar, e eu vim para descobrir como aconteceu. Nós mandamos um recado, Matthew e eu, para você nos trazer um menino do orfanato. Nós pedimos a seu irmão Robert para dizer a você que queríamos um menino de dez ou onze anos."

"Marilla Cuthbert, não me diga!", disse a Sra. Spencer, perturbada. "Ora, o Robert mandou o recado pela filha dele, Nancy, e ela disse que você queria uma menina, não disse, Flora Jane?", apelando para sua filha, que tinha aparecido nos degraus.

"Ela disse mesmo, Senhora Cuthbert", corroborou Flora Jane fervorosamente.

"Eu sinto muitíssimo", disse a Sra. Spencer. "É uma pena, mas certamente não foi minha culpa, veja, Sra. Cuthbert. Eu fiz o melhor que pude e pensei que estava seguindo suas instruções. A Nancy é uma coisinha avoada. Eu já tive que repreendê-la várias vezes por sua desatenção."

"Foi culpa nossa", disse Marilla, resignadamente. "Nós devíamos ter vindo até você pessoalmente e não ter deixado uma mensagem importante ser passada de boca em boca dessa maneira. De qualquer forma, o erro foi cometido e a única coisa a fazer é consertá-lo. Podemos enviar a criança de volta para o orfanato? Suponho que eles a aceitarão de volta, não?"

"Suponho que sim", disse a Sra. Spencer pensativamente, "mas eu não acho que será necessário enviá-la de volta. A Sra. Peter Blewett estava aqui ontem, e estava me dizendo quanto gostaria de ter me pedido para buscar uma menininha para ajudá-la. A Sra. Peter tem uma família grande, sabe, e ela acha difícil encontrar ajuda. A Anne será a menina certa para ela. Eu chamo isso de obra da divina Providência."

Marilla não parecia achar que a Providência tinha muito a ver com o assunto. Ali estava uma inesperada boa oportunidade de tirar aquela órfã indesejada de suas mãos, e ela nem mesmo se sentia grata por isso.

Ela conhecia a Sra. Peter Blewett, apenas de vista, como uma mulher pequena e de cara rabugenta, sem um grama de carne supérflua nos ossos. Mas ela tinha ouvido a seu respeito. A Sra. Peter era conhecida por ser "uma terrível trabalhadora e condutora", e jovens empregadas dispensadas contavam histórias assustadoras sobre seu temperamento e mesquinhez, e sobre sua família de crianças petulantes e briguentas. Marilla sentiu um peso na consciência ao pensar em entregar Anne à misericórdia daquela mulher.

"Bem, eu irei e nós conversaremos sobre o assunto", ela disse.

"Mas se não é a Sra. Peter vindo pela estrada neste exato momento!", exclamou a Sra. Spencer, apressando seus convidados através do corredor até a sala, quando um frio letal os atingiu, como se o ar tivesse sido tão forçado através das persianas verde escuras e cerradas, que tivesse perdido toda partícula de calor que já tinha possuído. "Foi muita sorte, pois podemos resolver o assunto imediatamente. Sente-se na poltrona, Sra. Cuthbert. Anne, você sente aqui no pufe e não se mexa. Deixe-me pegar seus chapéus. Flora Jane, saia e coloca a chaleira para ferver. Boa tarde, Sra. Blewett. Nós estávamos falando agora mesmo que sorte foi você ter aparecido. Deixe-me apresentá-la a duas damas. Sra. Blewett, Sra. Cuthbert. Por favor, deem-me licença por apenas um momento. Eu esqueci de dizer a Flora Jane para tirar os pães do forno."

A Sra. Spencer desapareceu depois de abrir as persianas. Anne, sentada silenciosamente no pufe, com as mãos apertadas em seu colo, encarava a Sra. Blewett fascinada. Seria ela deixada aos cuidados daquela mulher de rosto e olhar aguçado? Ela sentiu um caroço subindo pela garganta e seus olhos arderam dolorosamente. Ela começou a temer que não fosse capaz de segurar as lágrimas quando a Sra. Spencer retornou, corada e radiante, capaz de levar toda e qualquer dificuldade física, mental ou espiritual em consideração e solucioná-la imediatamente.

"Parece que houve um erro com esta menininha, Sra. Blewett", ela disse. "Eu tinha a impressão de que o Sr. e a Sra. Cuthbert queriam adotar uma menininha. Foi certamente o que me disseram. Mas parece que eles queriam um menino. Então, se você ainda for da mesma opinião de ontem, creio que ela será perfeita para você."

A Sra. Blewett lançou os olhos em Anne, dos pés à cabeça.

"Quantos anos você tem e qual o seu nome?", ela perguntou.

"Anne Shirley", hesitou a menina, trêmula, sem ousar fazer quaisquer estipulações quanto à ortografia, "e tenho onze anos".

"Hunf! Você não parece ser grande coisa. Mas é resistente. Eu não sei, mas as resistentes são melhores no fim das contas. Bem, se eu ficar com você, você terá que ser uma boa menina, entendeu? Boa, esperta e respeitosa. Eu espero que você ganhe o seu sustento, sem dúvidas quanto a isso. Sim, eu suponho que posso tirá-la das suas mãos. Sra. Cuthbert. O bebê é terrivelmente agitado, e eu estou esgotada de tanto cuidar dele. Se quiser, posso levá-la para casa agora mesmo."

Marilla olhou para Anne e comoveu-se diante do rosto pálido da criança com seu olhar de desgraça muda – a desgraça de uma pequena criatura que se encontra mais uma vez presa na armadilha da qual tinha escapado. Marilla sentiu uma desconfortável convicção de que, se ela negasse o apelo daquele olhar, ele a assombraria até a morte. Além disso, ela não gostava da Sra. Blewett. Entregar uma criança sensível e temperamental a uma mulher daquelas! Não, ela não tomaria a responsabilidade de fazer isso!

"Bem, eu não sei", ela disse lentamente. "Eu não disse que Matthew e eu já havíamos decidido absolutamente não ficar com ela. Na verdade, posso dizer que Matthew está disposto a ficar com ela. Eu apenas vim para descobrir como o erro havia ocorrido. Acho que é melhor levá-la para casa novamente e discutir o assunto com Matthew. Sinto que não poderia decidir nada sem consultá-lo. Se decidirmos não ficar com ela, nós iremos trazê-la ou enviá-la a você amanhã à noite. Se não o fizermos, você saberá que ela ficará conosco. Está de acordo, Sra. Blewett?"

"Suponho que não tenho escolha", disse a Sra. Blewett grosseiramente.

Durante o discurso de Marilla, uma alvorada havia despertado no rosto de Anne. Inicialmente, o olhar de desespero desfez-se; então veio um leve rubor de esperança; seus olhos se tornaram profundos e brilhantes como estrelas da manhã. A criança estava transformada, e um momento depois, quando a Sra. Spencer e a Sra. Blewett saíram em busca de uma receita que esta viera pegar emprestada, ela deu um salto e correu através da sala até Marilla.

"Ah, Sra. Cuthbert, a senhora realmente disse que talvez me deixe ficar em Green Gables?", disse ela, em um suspiro ofegante, como se falar em voz alta pudesse destruir a gloriosa possibilidade. "A senhora realmente disse? Ou eu apenas imaginei?"

"Acho melhor você aprender a controlar essa sua imaginação, Anne, se não puder distinguir o que é real do que não é", disse Marilla, zangada. "Sim, você me ouviu dizer isso e nada mais. Ainda não está decidido e talvez cheguemos à conclusão que a Sra. Blewett deve ficar com você, afinal. Ela certamente precisa de você muito mais do que eu."

"Eu prefiro voltar ao orfanato a ir morar com ela", disse Anne apaixonadamente. "Ela parece uma... uma broca."

Marilla sufocou um sorriso sob a convicção de que Anne deveria ser reprovada por tal discurso.

"Uma menininha como você deveria ter vergonha de falar assim sobre uma dama que não conhece", ela disse severamente. "Volte, sente-se bem quieta, segure a língua e comporte-se como uma boa menina deve se comportar."

"Eu tentarei ser qualquer coisa que a senhora quiser, se ficar comigo", disse Anne, voltando mansamente para o seu pufe.

Quando elas chegaram de volta a Green Gables naquela noite, Matthew foi a seu encontro na estrada. Marilla o havia notado espreitando de longe e adivinhou o motivo. Ela estava preparada para o alívio que leu em seu rosto quando viu que ela havia ao menos trazido Anne de volta com ela. Mas ela não disse nada a ele a respeito do assunto até que estivessem ambos no pátio atrás do celeiro ordenhando as vacas. Então, ela brevemente contou a ele a história de Anne e o resultado do encontro com a Sra. Spencer.

"Eu não daria um cachorro do qual eu gostasse para aquela mulher Blewett", disse Matthew com uma energia incomum.

"Eu mesma não gosto do estilo dela", admitiu Marilla, " mas é isso ou ficarmos nós mesmos com ela, Matthew. E já que você parece querê-la, suponho que eu esteja disposta, ou tenha que estar. Eu estive pensando na ideia até me acostumar a ela. Parece uma espécie de dever. Eu nunca eduquei uma criança, especialmente uma menina, e ouso dizer que será uma bela confusão. Mas farei o meu melhor. Pelo que me diz respeito, Matthew, ela pode ficar."

O rosto tímido de Matthew estava iluminado de encanto.

"Ora, bem, eu imaginei que você veria as coisas desse jeito, Marilla", ele disse. "Ela é uma coisinha tão interessante."

"Seria melhor se você pudesse dizer que ela é uma coisinha útil", retorquiu Marilla, "mas tomarei para mim a responsabilidade de garantir que ela aprenda a ser útil. E saiba, Matthew, que você não deve interferir com os meus métodos. Talvez uma velha como eu não saiba muito sobre educar uma criança, mas imagino que saiba mais que um velho solteirão. Então, deixe-me lidar com ela. Quando eu falhar, será o seu momento de se intrometer."

"Calma, Marilla, você pode fazer as coisas do seu jeito", disse Matthew de forma tranquilizadora. "Apenas seja tão boa e gentil quanto puder com ela, sem mimá-la. Eu acho que ela é do tipo que fará o que você quiser, se você a ensinar a amá-la."

Marilla bufou para expressar seu contentamento pelas opiniões de Matthew em relação a qualquer coisa feminina, e foi para a leiteria com os baldes.

"Eu não vou dizer a ela esta noite que ela pode ficar", ela refletiu, enquanto passava o leite pelas desnatadeiras. "Ela ficaria tão animada que não pregaria o olho. Marilla Cuthbert, você está bem certa disso. Você alguma vez imaginou que chegaria o dia em que adotaria uma menina órfã? É bem surpreendente; mas não tão surpreendente quanto Matthew estar por trás disso, ele que sempre pareceu ter horror a menininhas. De qualquer forma, nós decidimos experimentar e Deus sabe no que isso resultará."

CAPÍTULO VII

Anne faz suas preces

Quando Marilla levou Anne para a cama naquela noite, ela disse rigidamente:

"Agora, Anne, eu percebi que na noite passada você atirou suas roupas pelo chão depois de tirá-las. Esse é um hábito muito desleixado, e não posso permiti-lo. Assim que você tirar qualquer peça de roupa, deve dobrá-la bem e colocá-la sobre a cadeira. Não preciso de garotinhas bagunceiras."

"Eu estava tão angustiada na noite passada que nem pensei nas minhas roupas", disse Anne. "Hoje vou dobrá-las direito. Eles sempre nos mandavam fazer isso no orfanato. Mas eu quase sempre esquecia, porque estava com tanta pressa de ir para a cama bem e tranquila e imaginar coisas."

"Terá que lembrar um pouco melhor se quiser ficar aqui", repreendeu Marilla. "Aqui, mais ou menos assim. Faça suas preces agora e vá para a cama."

"Eu nunca faço nenhuma prece", anunciou Anne.

Marilla a observou horrorizada.

"Como, Anne, o que você quer dizer? Você nunca aprendeu a fazer suas preces? Deus sempre quer que as menininhas façam suas preces. Você não sabe quem é Deus, Anne?"

"Deus é um espírito infinito, eterno e imutável, em Seu ser, sabedoria, poder, santidade, justiça, bondade e verdade", respondeu Anne pronta e simplesmente.

Marilla olhou para ela de certa forma aliviada.

"Então, você sabe alguma coisa, graças a Deus! Você não é bem uma pagã. Onde aprendeu isso?"

"Ah, na escola dominical do orfanato. Eles nos fizeram aprender todo o catecismo. Eu gostava bastante. Há algo esplêndido sobre algumas das palavras. 'Infinito, eterno e imutável.' Não é magnífico? Tem um certo ar, igualzinho a um grande órgão tocando. Não poderíamos chamar exatamente de poesia, eu acho, mas soa bastante parecido, não é?"

"Nós não estamos falando de poesia, Anne. Estamos falando sobre dizer suas orações. Você não sabe que é uma coisa muito perversa não fazer suas preces todas as noites? Temo que você seja uma menininha muito má."

"A senhora acharia mais fácil ser má do que ser boa se tivesse cabelo vermelho", disse Anne, em tom de censura. "As pessoas que não têm cabelo vermelho não sabem o que é problema. A Sra. Thomas me disse que Deus fez o meu cabelo vermelho DE PROPÓSITO, e eu nunca mais me importei com Ele desde então. E de qualquer forma eu estava sempre cansada demais à noite para me dar ao trabalho de rezar. Não podem esperar que pessoas que precisam cuidar de gêmeos façam suas preces. Agora, a senhora realmente acha que podem?"

Marilla decidiu que o treinamento religioso de Anne deveria começar imediatamente. Claramente, não havia tempo a perder.

"Você deve fazer suas preces enquanto estiver sob o meu teto, Anne."

"Claro, se a senhora quiser", concordou Anne alegremente. "Eu faria qualquer coisa para agradá-la. Mas a senhora terá que me ensinar como fazê-las, só desta vez. Depois que eu estiver na cama, imaginarei uma bela prece para fazer sempre. Eu acredito que será bem interessante, agora que parei para pensar nisso."

"Você deve se ajoelhar", disse Marilla, constrangida.

Anne ajoelhou-se aos pés de Marilla e olhou para cima seriamente.

"Por que as pessoas devem se ajoelhar para rezar? Se eu realmente quisesse rezar, eu direi à senhora o que faria. Eu iria até um enorme campo, completamente sozinha ou para dentro de uma floresta bem fechada, e olharia para o céu, bem para cima, para aquele adorável céu azul que parece não ter fim. E então eu só SENTIRIA a prece. Bem, estou pronta. O que devo dizer?"

Marilla sentiu-se mais constrangida que nunca. Ela pretendia ensinar a Anne o clássico infantil, "Agora deito-me para dormir." Mas ela tinha, como havíamos dito, vestígios de um senso de humor, o que é simplesmente outro nome para um senso de aptidão para as coisas; e de repente ocorreu a ela que aquela simples oraçãozinha, sagrada para a infância inocente, balbuciada nos joelhos maternos, era completamente inadequada para esta bruxinha sardenta que não sabia nem se importava com o amor de Deus, já que nunca o teve transmitido a ela através da forma de amor humano.

"Você já tem idade para rezar sozinha, Anne", ela finalmente disse. "Apenas agradeça a Deus por suas bênçãos e peça a Ele, humildemente, as coisas que deseja."

"Bem, eu farei o meu melhor", prometeu Anne, enterrando o rosto no colo de Marilla. "Misericordioso Pai Celestial, é assim que o pastor diz na igreja, então suponho que fica bem em orações particulares, não é?", ela interrompeu, levantando a cabeça por um momento.

"Misericordioso Pai Celestial, eu O agradeço pelo Caminho Branco do Encanto e pelo Lago das Águas Brilhantes, pela Bonny e pela Rainha Branca. Eu realmente estou extremamente grata por eles. E, por ora, essas são todas as bênçãos sobre as quais consigo pensar para agradecê-Lo. Quanto às coisas que eu quero, são tantas que levaria muito tempo nomeá-las todas, então apenas mencionarei as duas mais importantes. Por favor, deixe-me ficar em Green Gables; e por favor me faça bonita quando crescer. Respeitosamente, Anne Shirley."

"Pronto, fiz direito?", ela perguntou, avidamente, ao se levantar. "Eu poderia ter floreado mais se tivesse tido mais tempo para pensar."

A pobre Marilla foi poupada de um completo colapso por lembrar-se de que não era irreverência, mas simplesmente ignorância espiritual da parte de Anne que era responsável por esse extraordinário pedido. Ela acomodou a criança na cama, prometendo mentalmente ensinar-lhe uma oração no dia seguinte mesmo, e estava saindo do quarto com a vela quando Anne a chamou de volta.

"Acabei de pensar nisso. Eu deveria ter dito, 'Amém' em vez de 'respeitosamente', não devia?... Do modo como os pastores fazem. Eu tinha esquecido, mas senti que uma oração deveria ser terminada de alguma forma, então coloquei o outro. A senhora acha que vai fazer alguma diferença?"

"Eu... eu creio que não", disse Marilla. "Vá dormir agora como uma boa menina. Boa noite."

"Eu posso apenas dizer boa noite hoje com uma consciência limpa", disse Anne, aninhando-se luxuosamente entre os travesseiros.

Marilla retirou-se para a cozinha, colocou a vela firmemente na mesa, e encarou Matthew.

"Matthew Cuthbert, já era hora de alguém adotar aquela criança e ensiná-la alguma coisa. Ela é quase uma perfeita pagã. Você acredita que ela nunca tinha feito uma prece em toda a sua vida até esta noite? Eu a mandarei para a paróquia amanhã e pegarei emprestado o livro de catecismo, é o que farei. E ela irá à escola dominical assim que conseguir fazer algumas roupas apropriadas para ela. Já posso prever que terei muito trabalho. Ora, ora, não podemos passar por esse mundo sem nossa cota de problemas. Eu tive uma vida muito fácil até agora, mas minha hora chegou e suponho que terei que fazer o melhor possível."

CAPÍTULO VIII
A educação de Anne começa

Por razões que apenas ela própria conhecia, Marilla não disse a Anne que ela ficaria em Green Gables até a tarde seguinte. Durante a tarde, ela manteve a criança ocupada com várias tarefas e a observou com um olhar atento enquanto as executava. Ao meio dia, ela havia concluído que Anne era esperta e obediente, disposta a trabalhar e rápida a aprender. Sua falha mais grave parecia ser a tendência a cair em devaneios no meio de uma tarefa e esquecer completamente dela até ser severamente chamada de volta ao mundo por uma reprimenda ou uma catástrofe.

Quando Anne tinha terminado de lavar a louça do jantar, ela confrontou Marilla repentinamente com o ar e a expressão de alguém desesperadamente determinado a ouvir o pior. Seu corpinho magro tremia dos pés à cabeça; seu rosto corado e seus olhos dilatados até quase ficarem negros. Ela segurou as mãos firmemente e disse em uma voz que implorava:

"Ah, por favor, Sra. Cuthbert, a senhora pode me dizer se vai me mandar embora ou não? Eu tentei ser paciente a manhã inteira, mas eu realmente sinto que não posso mais suportar não saber. É um sentimento terrível. Por favor, diga-me."

"Você não deixou o pano de prato de molho na água quente como lhe falei para fazer", disse Marilla, imóvel. "Apenas vá e faça isso antes de perguntar qualquer outra coisa, Anne."

Anne foi e cuidou do pano de prato. Então, ela voltou para Marilla e lançou olhares implorantes para o rosto dela. "Bem", disse Marilla, incapaz de encontrar qualquer desculpa para prorrogar ainda mais a explicação, "eu suponho que possa lhe dizer. Matthew e eu decidimos ficar com você... isso é, se você tentar ser uma boa menininha e se mostrar grata. Ora, criança, qual é o problema?"

"Estou chorando", disse Anne em um tom de perplexidade. "Não entendo o por quê. Estou mais feliz que nunca. Ah, FELIZ não parece ser a palavra certa. Eu estava feliz com o Caminho Branco e as cerejeiras, mas isto! Ah, é algo mais que feliz. Eu estou tão contente. Eu tentarei ser boa. Será trabalho duro, eu imagino, porque a Sra. Thomas sempre me disse que eu era extremamente má. Entretanto, eu farei o meu melhor. Mas pode me dizer por que estou chorando?"

"Creio que seja porque você está toda animada e agitada", disse Marilla de forma desaprovadora. "Sente-se naquela cadeira e tente se acalmar. Receio que você chore e ria de modo fácil demais. Sim, você pode ficar aqui e tentaremos fazer o certo com você. Você deve ir à escola, mas faltam apenas duas semanas até as férias, então não vale a pena você começar antes de começarem novamente em setembro."

"Como devo chamá-la?", perguntou Anne. "Devo chamá-la de Sra. Cuthbert? Posso chamá-la de Tia Marilla?"

"Não, você irá me chamar apenas de Marilla. Eu não estou acostumada a ser chamada de Sra. Cuthbert e isso me deixaria nervosa."

"Parece terrivelmente desrespeitoso dizer apenas Marilla", protestou Anne.

"Creio que não haverá nada desrespeitoso nisso se você tiver o cuidado de me chamar respeitosamente. Todos, jovens e velhos, em Avonlea me chamam de Marilla, exceto pelo pastor. Ele diz Sra. Cuthbert, quando se lembra."

"Eu adoraria chamá-la de Tia Marilla", disse Anne tristemente. "Nunca tive uma tia ou qualquer outro parente, nem mesmo uma avó. Faria eu me sentir como se realmente pertencesse a você. Não posso chamá-la de Tia Marilla?"

"Não. Eu não sou sua tia e não concordo em chamar as pessoas por nomes que elas não têm."

"Mas nós podíamos imaginar que você fosse minha tia."

"Eu não poderia", disse Marilla severamente.

"A senhora nunca imagina as coisas diferentes do que realmente são?", perguntou Anne de olhos arregalados.

"Não."

"Ah!" Anne deu um longo suspiro. "Ah, Sra... Marilla, não sabe o que está perdendo!"

"Eu não acredito em imaginar as coisas diferentes do que realmente são", retrucou Marilla. "Quando Deus nos coloca sob certas circunstâncias, Ele não pretende que as imaginemos diferentes. E isto me faz lembrar. Vá para a sala, Anne, veja se seus pés estão limpos e não deixe nenhuma mosca entrar, e me traga o cartão ilustrado que está na prateleira. A Oração do Senhor está nele e você dedicará seu tempo livre esta tarde a aprendê-la de cor. Não deve haver mais orações como a que eu ouvi na noite passada."

"Suponho que tenha sido muito desajeitada", disse Anne se desculpando, "mas é que, veja, eu não tinha nenhuma prática. A senhora não poderia esperar que uma pessoa rezasse muito bem na primeira vez que tentou, não é? Eu pensei em uma prece esplêndida depois de ir para cama, como prometi à senhora que faria. Era quase tão longa quanto a do pastor e tão poética. Mas, a senhora pode acreditar? Eu não me lembrava de uma só palavra quando acordei hoje de manhã. Receio que nunca serei capaz de pensar em outra tão boa. De alguma forma, as coisas nunca são tão boas quando são pensadas uma segunda vez. A senhora já notou?"

"Aqui está algo para você notar, Anne. Quando eu disser a você para fazer algo, eu quero que me obedeça de uma vez e não que fique parada discutindo a respeito. Apenas vá e faça o que mandei."

Anne prontamente partiu em direção à sala, através do vestíbulo. Mas ela não retornou. Depois de esperar dez minutos, Marilla largou seu tricô e marchou até ela com uma expressão sombria. Ela encontrou Anne parada imóvel em frente a uma imagem pendurada na parede entre as duas janelas, com seus olhos perdidos em devaneios. A luz branca e verde filtrada através das macieiras e vinhas entrelaçadas lá fora recaía sobre a figura arrebatada com uma luminosidade que não parecia deste mundo.

“Anne, em que é que está pensando?”, perguntou Marilla bruscamente.

Anne voltou à terra com um susto.

“Naquilo”, ela disse, apontando para a figura, um vívido cartão cromado intitulado “Cristo Abençoando as Criancinhas”, “e eu estava imaginando que era uma delas, que eu era a menininha de vestido azul, sozinha de pé ali no canto como se não pertencesse a ninguém, como eu. Ela parece solitária e triste, a senhora não acha? Acho que ela não teve pai nem mãe. Mas ela queria ser abençoada também, então esgueirou-se timidamente, um pouco longe da multidão, esperando que ninguém a notasse, exceto Ele. Sei exatamente como ela se sentia, tenho certeza disso. O coração dela deve ter batido forte e suas mãos deviam estar frias, assim como as minhas estavam quando perguntei à senhora se poderia ficar. Ela estava com medo de que Ele não a notasse. Mas é provável que Ele tenha notado, a senhora não acha? Eu estive tentando imaginar tudo, ela chegando um pouquinho mais perto o tempo inteiro até estar bem perto dEle; e então Ele a olharia e colocaria Sua mão no cabelo dela, e, ah, ela sentiria tanta alegria! Mas eu queria que o artista não O tivesse pintado parecendo tão triste. Todas as imagens dEle são assim, se a senhora notar. Mas eu não acredito que Ele pudesse parecer tão triste ou que as crianças pudessem ter medo dEle.”

“Anne”, disse Marilla, perguntando-se por que não havia interrompido aquele discurso antes, “você não deveria falar desse jeito. É desrespeitoso, definitivamente desrespeitoso.”

Os olhos de Anne se admiraram.

“Ora, eu achei que foi tão respeitoso quanto possível. Eu tenho certeza de que não tive a intenção de ser desrespeitosa.”

“Bem, imagino que não, mas não parece direito falar com tanta familiaridade sobre tais coisas. E outra coisa, Anne, quando eu mandá-la buscar algo, você deve trazer de uma vez e não ficar sonhando acordada diante de figuras. Lembre-se disso. Deixe esse cartão e venha para a cozinha. Agora, sente-se ali no canto e aprenda a oração de cor.”

Anne colocou o cartão na frente de um jarro de flores de maçã que ela havia trazido para decorar a mesa do jantar. Marilla tinha olhado aquela decoração com desconfiança, mas não disse nada. Apoiou o queixo nas mãos, e passou a estudá-lo atentamente por diversos minutos silenciosos.

"Gosto disso", ela anunciou em um certo ponto. "É lindo. Eu já ouvi antes. Ouvi o superintendente da escola dominical do orfanato dizer uma vez. Mas não gostei naquela ocasião. Ele tinha uma voz quebrada e rezou tão penosamente. Tive certeza de que ele pensava que rezar era uma tarefa desagradável. Isto não é poesia, mas faz com que eu me sinta do mesmo jeito que a poesia faz. 'Pai Nosso que estais no céu, santificado seja o vosso nome.' É igual a uma letra de música. Ah, eu estou tão feliz que a senhora pensou em me ensinar isso, Sra... Marilla."

"Bem, aprenda e segure a língua", disse Marilla brevemente.

Anne empurrou o vaso de flores de maçã perto o suficiente para dar um beijo suave em uma pétala rosada, e então estudou diligentemente por mais alguns minutos.

"Marilla", ela questionou naquele momento, "a senhora acha que eu terei um amigo do peito em Avonlea?"

"Um amigo do... do quê?"

"Um amigo do peito, um amigo íntimo, sabe? Uma alma amiga à qual eu possa confiar o interior do meu espírito. Eu sonhei em conhecer uma toda a minha vida. Nunca imaginei que conheceria, mas tantos dos meus sonhos mais adoráveis se tornaram realidade de uma vez que talvez este também se torne. A senhora acha possível?"

"Diana Barry mora no Pomar Slope e tem aproximadamente a sua idade. Ela é uma menininha muito simpática, e talvez seja uma colega para você quando voltar para casa. Ela está visitando a tia em Carmody agora. Mas você terá que tomar cuidado com seu comportamento. A Sra. Barry é uma mulher muito particular. Ela não deixaria Diana brincar com qualquer menininha que não fosse simpática e boa."

Anne olhou para Marilla através das flores de maçã, seus olhos brilhando com interesse.

"Como é a Diana? O cabelo dela não é vermelho, é? Espero que não. Já é ruim que eu tenha, mas eu não poderia suportar isso em um amigo do peito."

"Diana é uma menininha muito bonita. Ela tem olhos e cabelos negros e bochechas rosadas. E ela é boa e esperta, o que é melhor que ser bonita."

Marilla gostava tanto de princípios morais quanto a Duquesa do País das Maravilhas, e estava firmemente convencida de que um desses princípios deveria ser pregado a cada consideração feita para uma criança que estava sendo educada.

Mas Anne deixou a moral inconsequentemente de lado e aproveitou apenas as encantadoras possibilidades à sua frente.

"Ah, fico tão feliz por ela ser bonita. Já que não podemos ser nós mesmos bonitos, isso é impossível no meu caso, o melhor seria ter um lindo amigo do peito. Quando eu morei com a Sra. Thomas, havia uma estante de livros com portas de vidro em sua sala de estar. Não tinha nenhum livro ali; a Sra. Thomas mantinha sua melhor porcelana e suas compotas nela, quando ela tinha alguma compota para guardar. Uma das portas estava quebrada. O Sr. Thomas a quebrou uma noite em que estava ligeiramente embriagado. Mas a outra estava inteira e eu costumava fingir que o meu reflexo nela era uma outra menininha que morava ali. Eu a chamava de Katie Maurice, e nós éramos muito íntimas. Eu costumava falar com ela toda hora, especialmente aos Domingos, e lhe contar tudo. Katie era o conforto e consolo da minha vida. Nós costumávamos fingir que a estante era encantada e que se eu soubesse o feitiço, poderia abrir a porta e entrar na sala onde Katie Maurice vivia, em vez de encontrar as prateleiras de porcelanas e compotas da Sra. Maurice. E então Katie teria me pegado pela mão e me levado para um lugar maravilhoso, cheio de flores, raios de sol e fadas, e nós teríamos vivido ali para todo o sempre. Quando eu fui morar com a Sra. Hammond, partiu meu coração deixar Katie Maurice. Ela sentiu terrivelmente, também. Sei que ela sentiu porque estava chorando quando me deu um beijo de adeus através da porta da estante. Não havia estante de livros na Sra. Hammond. Mas acima do rio, a um curto caminho da casa, havia um pequeno vale longo e verde, e o eco mais adorável vivia ali. Ele ecoava de volta cada palavra que você dizia, mesmo se não falasse muito alto. Imaginei então que havia uma menininha chamada Violetta. Nós éramos grandes amigas e eu amava quase tanto quanto amei Katie Maurice, não tanto, mas quase, sabe. Na noite anterior à minha ida para o orfanato, eu disse adeus à Violetta e, ah, o adeus dela me veio em tons tão, tão tristes. Eu fiquei tão apegada a ela que eu não conseguiria imaginar um amigo do peito no orfanato, mesmo se eu tivesse tido alguma oportunidade para a imaginação lá.

"Eu acho muito bom que não tenha tido", disse Marilla secamente. "Eu não aprovo tais coisas. Você parece quase acreditar em suas fantasias. Será bom para você ter um amigo de verdade para colocar juízo nessa sua cabeça. Mas não deixe a Sra. Barry ouvir você falando sobre suas Katie Maurices e suas Violettas ou ela vai pensar que você inventa histórias."

"Ah, não vou. Eu não poderia falar delas para todo mundo. Suas memórias são muito sagradas para isso. Mas eu achei que gostaria que a senhora soubesse sobre elas. Ah, veja, aqui há uma grande abelha saindo de uma flor de maçã. Apenas imagine que lugar adorável de viver, em uma flor de maçã! Que maravilha dormir nela quando o vento a estiver balançando. Se eu não fosse uma menina humana, acho que gostaria de ser uma abelha e viver entre as flores."

"Ontem você queria ser uma gaivota", bufou Marilla. "Acho que você é muito volúvel. Eu disse a você para aprender aquela oração e não falar. Mas parece impossível a você parar de falar se tiver alguém para ouvi-la. Então vá para o seu quarto e decore."

"Ah, eu já sei quase tudo agora, tudo menos a última linha."

"Bem, ainda assim, faça como eu disse. Vá para o seu quarto, termine de aprender bem, e fique lá até eu chamá-la para me ajudar com o chá."

"Posso levar as flores de maçã comigo para ter companhia?" suplicou Anne.

"Não, você não quer seu quarto abarrotado de flores. Você deveria tê-las deixado na árvore para começo de conversa."

"Eu também meio que senti que deveria ter feito isso", disse Anne. "Senti como se não devesse diminuir suas adoráveis vidas ao colhê-las, eu não gostaria de ser colhida se fosse uma flor de maçã. Mas a tentação foi IRRESISTÍVEL. O que a senhora faz quando se depara com uma tentação irresistível?"

"Anne, você me ouviu dizer para ir para o seu quarto?"

Anne suspirou e retirou-se para o frontão leste, e sentou em uma cadeira na janela.

"Pronto, eu sei esta oração. Aprendi a última frase vindo aqui para cima. Agora vou imaginar coisas neste quarto para que elas sempre permaneçam imaginadas. O quarto está coberto por um tapete de veludo branco com rosas cor-de-rosa por todo o lado e há cortinas de seda cor-de-rosa nas janelas. Nas paredes estão penduradas tapeçarias de brocado dourado e prateado. A mobília é de mogno. Eu nunca vi nenhum mogno, mas parece TÃO luxuoso. Este é um sofá todo coberto por belíssimas almofadas de seda, rosa e azuis e vermelhas e douradas, e eu estou graciosamente reclinada sobre elas. Posso ver meu reflexo naquele grande e esplêndido espelho pendurado na parede. Sou alta e majestosa, vestida em um traje de esvoaçante renda branca, com uma cruz de pérolas em meu peito e pérolas em meu cabelo. Meu cabelo é escuro como a meia-noite e a minha pele é clara como o mármore. Meu nome é Lady Cordelia Fitzgerald. Não, não é, eu não posso fazer ISSO parecer real."

Ela dançou até o pequeno espelho e olhou através dele. Seu rosto pontudo e sardento e seus solenes olhos cinzentos olharam de volta para ela.

"Você é apenas Anne de Green Gables", ela disse seriamente, "e eu posso vê-la, assim como você se parece agora, sempre que tento imaginar que sou Lady Cordelia. Mas é um milhão de vezes melhor ser Anne de Green Gables do que Anne de lugar nenhum, não é?"

Ela curvou-se para frente, beijou seu reflexo afetuosamente, e dirigiu-se à janela aberta.

"Querida Rainha Branca, boa tarde. E boa tarde queridos ramos vale abaixo. E boa tarde, querida casa cinzenta na colina. Eu me pergunto se Diana será minha amiga do peito. Espero que seja, e eu a amarei muito. Mas nunca deverei esquecer Katie Maurice e Violetta por completo. Elas ficariam muito magoadas se isso acontecesse e eu odiaria magoar os sentimentos de alguém, mesmo uma menininha da estante ou uma menininha do eco. Eu devo ter cuidado em me lembrar delas e enviar-lhes um beijo todos os dias."

Anne mandou alguns beijos das pontas de seus dedos para o ar, além das cerejeiras e, então, com o queixo nas mãos, foi luxuosamente arrastada para um mar de sonhos.

CAPÍTULO IX

A Sra. Rachel Lynde fica completamente horrorizada

Anne estava há duas semanas em Green Gables antes da Sra. Lynde chegar para inspecioná-la. A Sra. Rachel, para lhe fazer justiça, não era culpada por isso. Um ataque severo e irracional de gripe havia confinado aquela boa senhora em sua casa depois da ocasião de sua última visita a Green Gables. A Sra. Rachel não ficava doente com frequência e tinha um desprezo bem definido por aqueles que ficavam; mas a gripe, ela afirmou, era como nenhuma outra doença no mundo e poderia ser apenas interpretada como uma das visitas especiais da Providência. Assim que o médico a autorizou a colocar os pés para fora, ela correu até Green Gables, explodindo de curiosidade para ver a órfã de Matthew e Marilla, sobre a qual todos os tipos de histórias e suposições tinham corrido em Avonlea.

Anne fez bom uso de cada momento acordada durante aquelas duas semanas. Ela já havia conhecido cada árvore e arbusto do lugar. Ela havia descoberto que um caminho se abria abaixo do pomar de maçãs e correu por um cinturão de bosques. E ela o tinha explorado até o seu limite mais distante em seus deliciosos caprichos de riachos e pontes, matas de abetos e cerejeiras silvestres, cantos cheios de samambaias e atalhos cobertos de bordos e tramazeiras.

Ela fez amizade com a nascente vale abaixo, aquela maravilhosa e profunda nascente gelada, circundada por pedras lisas de arenito vermelho e rodeada por moitas de samambaias aquáticas que pareciam palmeiras. E mais além havia uma ponte de madeira sobre o riacho.

Aquela ponte levou os pés dançantes de Anne até uma colina arborizada mais a frente, onde o crepúsculo eterno reinava embaixo dos abetos e espruces retos e cheios. As únicas flores ali eram miríades de delicadas lineias, as mais tímidas e doces das flores silvestres, e algumas pálidas e etéreas borragens, como os espíritos das flores do ano passado. Teias de aranha brilhavam como fios de prata entre as árvores e os ramos e as franjas dos abertos pareciam proferir um discurso amigável.

Todas essas arrebatadoras expedições foram feitas nas horas ocasionais em que ela tinha permissão para brincar, e Anne falava pelos cotovelos com Matthew e Marilla sobre suas descobertas. Não que Matthew reclamasse, para dizer a verdade; ele ouvia tudo com um sorriso mudo de divertimento em seu rosto. Marilla permitia o "papo" até que se descobriu interessada demais nele, a partir do que, então, ela prontamente continha Anne com uma breve ordem para segurar a língua.

Anne estava no pomar quando a Sra. Rachel veio, perambulando à própria vontade através da grama vistosa e banhada pela luz avermelhada do fim de tarde. Então, aquela boa senhora teve uma excelente oportunidade para falar sobre sua doença, descrevendo cada dor e pulsação com um prazer tão evidente que Marilla pensou que mesmo a gripe deveria ter suas compensações. Quando os detalhes foram esgotados, a Sra. Rachel apresentou o verdadeiro motivo de sua visita.

"Eu tenho ouvido algumas notícias surpreendentes sobre você e o Matthew."

"Eu suponho que você não esteja mais surpresa do que eu mesma", disse Marilla. "Eu estou superando a minha surpresa apenas agora."

"Foi uma pena acontecer um erro desses", disse Marilla, compadecendo-se. "Vocês não puderam mandá-la de volta?"

"Eu suponho que pudéssemos, mas decidimos não o fazer. Matthew simpatizou com ela. E devo dizer que eu mesma gosto dela, embora admita que ela tem seus defeitos. A casa já parece um lugar diferente. Ela é uma coisinha alegre."

Marilla disse mais do que tinha a intenção de dizer quando começou, pois tinha visto a reprovação na expressão da Sra. Rachel.

"É uma grande responsabilidade que você tomou para si", disse aquela senhora melancolicamente, "especialmente quando você nunca teve nenhuma experiência com crianças. Você não sabe muito sobre ela ou sobre sua verdadeira disposição, eu suponho, e não há como imaginar o que uma criança se tornará. Mas não quero desencorajá-la, é claro, Marilla."

"Não estou me sentindo desencorajada", foi a resposta seca de Marilla. "Quando eu me decido a fazer algo, está feito. Suponho que você gostaria de ver a Anne. Vou chamá-la."

Anne veio correndo em seguida, seu rosto brilhando com os encantamentos de suas perambulações pelo pomar; mas, envergonhada por encontrar ela mesma o prazer da presença inesperada de um estranho, deteve-se confusamente na porta. Ela certamente era uma criaturinha estranha de se ver com o vestido de sarja curto e apertado que tinha usado no orfanato, abaixo do qual suas pernas finas pareciam deselegantemente longas. Suas sardas estavam mais numerosas e indiscretas que nunca. O vento havia bagunçado seu cabelo sem chapéu em uma fantástica desordem; ele nunca havia parecido mais vermelho do que naquele momento.

"Bem, eles não escolheram você pela sua aparência, isso é mais que certo", foi o comentário enfático da Sra. Rachel Lynde. A Sra. Lynde era uma dessas pessoas adoráveis e populares que se orgulham de dar sua opinião sem medo ou preferências. "Ela é terrivelmente magra e sem graça, Marilla. Venha aqui, criança, e deixe-me olhar para você. Misericórdia! Existe alguém com tantas sardas? E o cabelo tão ruivo quanto uma cenoura! Venha aqui, criança, eu disse."

Anne "foi lá", mas não exatamente como a Sra. Rachel esperava. Com um pulo ela atravessou a cozinha e parou em frente à Sra. Rachel, seu rosto vermelho de raiva, seus lábios tremendo e todo o corpo dela vibrando da cabeça aos pés.

"Eu odeio você", ela chorou em uma voz abafada, batendo o pé no chão. "Eu odeio você! Eu odeio você! Eu odeio você!", disse, com uma batida de pés mais alta em cada afirmação de ódio. "Como você ousa me chamar de magrela e feia? Como você ousa me dizer que sou sardenta e ruiva? Você é uma mulher rude, mal-educada e insensível!"

"Anne!", exclamou Marilla, consternada.

Anne continuou a encarar a Sra. Rachel destemidamente, com a cabeça levantada, os olhos fumegantes, as mãos apertadas, e uma indignação apaixonada exalando dela como uma atmosfera.

"Como você ousa dizer essas coisas sobre mim?", ela repetiu veementemente. "Como você se sentira se alguém dissesse tais coisas sobre você? Você gostaria que dissessem que é gorda e desajeitada e que provavelmente não tem um pingo de imaginação? Eu não me importo se magoo os seus sentimentos ao dizer isso! Espero que magoe. Você me magoou mais do que alguma vez na vida fui magoada, até mesmo pelo marido embriagado da Sra. Thomas. E eu NUNCA vou perdoá-la, nunca, nunca!"

Batendo os pés. E de novo.

"Onde já se viu tal temperamento!", exclamou a horrorizada Sra. Rachel.

"Anne, vá para o seu quarto e fique lá até eu subir", disse Marilla recuperando, com dificuldade, sua habilidade de falar.

Anne, desfazendo-se em lágrimas, correu para a porta do vestíbulo e a bateu até que as latas da parede da varanda vibraram em solidariedade. E fugiu pelo vestíbulo escadas acima como um furacão. Uma outra batida acima indicou que a porta do frontão leste tinha sido fechada com igual veemência.

"Bem, eu não invejo o seu trabalho de criar AQUILO, Marilla", disse a Sra. Rachel com uma solenidade indescritível.

Marilla abriu a boca para dizer não sabia o quê sobre desculpas e desaprovação. O que realmente disse foi uma surpresa para ela naquele instante e mesmo depois.

"Você não devia ter comentado sobre a aparência dela, Rachel."

"Marilla Cuthbert, não vá me dizer que a está defendendo depois de uma amostra de temperamento tão terrível quanto a que eu presenciei?", quis saber a Sra. Rachel, indignada.

"Não", disse Marilla devagar. "Eu não estou tentando desculpá-la. Ela foi muito levada e vou lhe dar uma bronca por isso. Mas nós precisamos abrir exceções para ela. Ela nunca aprendeu o que é certo. E você FOI muito dura com ela, Rachel."

Marilla não se conteve em acrescentar aquela última frase, embora estivesse novamente surpresa consigo mesma por fazê-lo. A Sra. Rachel levantou-se com um ar de dignidade ofendida.

"Bem, vejo que terei que ser muito cuidadosa com o que digo depois disso, Marilla, já que os belos sentimentos dos órfãos, trazidos sabe-se lá Deus de onde, precisam ser considerados acima de tudo. Ah, não, eu não estou contrariada, não se preocupe. Estou com muita pena de você para ter espaço para raiva na minha mente. Você terá seus próprios problemas com aquela criança. Mas se quiser meu conselho , o que suponho que não queira, embora eu tenha criado dez crianças e enterrado duas, você dará aquela 'bronca' que mencionou com uma vara de bom tamanho. Eu imagino que ISSO seja a linguagem mais eficaz para esse tipo de criança. O temperamento dela combina com o cabelo, eu imagino. Bem, boa noite, Marilla. Espero que você desça para me visitar como sempre. Mas você não deve me esperar visitá-la aqui novamente tão cedo, se estou sujeita a ser enxotada e insultada de tal maneira. É algo novo pela MINHA experiência."

No que a Sra. Rachel correu para fora e para longe – se uma mulher gorda que sempre bamboleava PUDESSE correr para fora –, Marilla com uma expressão muito solene dirigiu-se para o frontão leste.

Subindo as escadas, ela ponderou desconfortavelmente sobre o que deveria fazer. Não foi pouco o desânimo que sentiu pela cena que acabara de se realizar. Que infelicidade que Anne tivesse demonstrado tal temperamento diante da Sra. Rachel Lynde, dentre todas as pessoas! Então Marilla de repente ficou ciente de uma consciência desconfortável e reprovadora de que ela sentia mais humilhação sobre isso que dor sobre a descoberta de um defeito tão sério no caráter de Anne. E como ela deveria puni-la? A sugestão amigável da vara – sobre a eficiência da qual todos os filhos da própria Sra. Rachel poderiam dar um testemunho ressentido – não agradava Marilla. Ela não acreditava que poderia bater numa criança. Não, algum outro método de punição deveria ser encontrado para fazer Anne perceber a enormidade de sua ofensa.

Marilla encontrou Anne com a cabeça virada para baixo na cama, chorando amargamente, bem indiferente às botas lamacentas na colcha limpa.

"Anne", dela disse sem urgência.

Nenhuma resposta.

"Anne", disse com maior severidade. "Saia desta cama neste minuto e escute o que eu tenho a dizer."

Anne retorceu-se para fora da cama e sentou-se rigidamente em uma cadeira ao lado, seu rosto inchado e manchado de lágrimas, e os olhos teimosamente fixos no chão.

"Este é um belo jeito de você se comportar, Anne! Você não está com vergonhada de si mesma?"

"Ela não tinha nenhum direito de me chamar de feia e ruiva", retorquiu Anne, evasiva e desafiadora.

"Você não tinha nenhum direito de cair em tal fúria do modo como fez a ela, Anne. Eu fiquei com vergonha de você, completamente envergonhada. Eu queria que você se comportasse direito com a Sra. Lynde, e em vez disso, você me desonrou. Estou certa de que não sei a razão de você ter perdido a cabeça dessa forma apenas porque a Sra. Lynde disse que você era ruiva e sem graça. Você mesma diz isso o tempo inteiro."

"Ah, mas há uma diferença entre dizer algo você mesmo e ouvir outras pessoas dizerem", lamentou Anne. "Podemos saber como algo é, mas não podemos evitar esperar que as outras pessoas não saibam bem como é. Eu imagino que a senhora pense que tenho um temperamento horrível, mas não pude evitar. Quando ela disse aquelas coisas, algo subiu dentro de mim e me sufocou. Eu tive que cair em cima dela."

"Bem, você fez uma bela exibição de si mesma, devo dizer. A Sra. Lynde terá uma ótima história sobre você para contar em todo lugar, e ela irá contá-la. Foi uma coisa terrível você perder a cabeça daquele jeito, Anne."

"Imagine como você se sentiria se alguém lhe dissesse na sua cara que você era magrela e feia", implorou Anne às lágrimas.

Uma velha lembrança repentinamente ergueu-se diante de Marilla. Ela era uma criança muito pequena quando ouviu uma tia dizer à outra, "Que pena ela ser uma coisinha tão escura e sem graça." Marilla já tinha quase cinquenta anos quando aquele golpe saiu de sua memória.

"Eu não digo que penso que a Sra. Lynde estava exatamente certa em dizer o que disse a você, Anne", ela admitiu em um tom mais suave. "A Rachel é muito sincera. Mas isso não é desculpa para tal comportamento de sua parte. Ela era uma pessoa desconhecida, mais velha e minha convidada, todas as três razões muito boas para você ter sido respeitosa com ela. Você foi rude e atrevida e..." Marilla teve uma inspiração salvadora de punição: "Você deve ir até ela e dizer que sente muito pelo seu mal temperamento e pedir a ela que lhe perdoe."

"Eu nunca vou poder fazer isso", disse Anne, determinada e sombriamente. "Você pode me punir de qualquer forma que quiser, Marilla. Pode me trancar em uma masmorra escura e úmida habitada por cobras e sapos e me alimentar apenas de pão e água, e eu não vou reclamar. Mas não posso pedir à Sra. Lynde que me perdoe."

"Nós não temos o hábito de trancar pessoas em masmorras escuras e úmidas", disse Marilla, secamente, "especialmente porque elas são bem escarças em Avonlea. Mas você deve se desculpar com a Sra. Lynde e deve ficar aqui no seu quarto até me dizer que está disposta a fazer isso."

"Então, ficarei aqui eternamente", disse Anne lamentosamente, "porque não posso dizer à Sra. Lynde que sinto muito por ter dito aquelas coisas a ela. Como poderia? Eu NÃO sinto muito. Eu sinto muito ter envergonhado você, mas estou FELIZ por ter dito a ela exatamente o que disse. Foi uma grande satisfação. Eu não posso dizer que sinto muito quando não sinto, posso? Não posso nem IMAGINAR que sinto muito."

"Talvez sua imaginação esteja funcionando melhor pela manhã", disse Marilla levantando-se para partir. "Você vai ter a noite inteira para pensar a respeito da sua conduta e chegar a um estado de espírito melhor. Você disse que tentaria ser uma menininha muito boa se nós a mantivéssemos em Green Gables, mas devo dizer que não se pareceu muito com isso hoje de manhã."

Com essa deixa para a mente tempestuosa de Anne, Marilla desceu para a cozinha, gravemente perturbada em sua mente e envergonhada na alma. Ela estava brava consigo mesma e com Anne, porque, sempre que se lembrava do semblante estupefato da Sra. Rachel, seus lábios se contraíam com divertimento e ela sentia o mais repreensível desejo de rir.

CAPÍTULO X
O pedido de desculpas de Anne

Marilla não disse nada a Matthew sobre o assunto naquela noite; mas quando Anne manteve-se insubmissa na manhã seguinte, uma explicação precisava ser dada a respeito de sua ausência da mesa do café da manhã. Marilla contou a Matthew toda a história, tomando as dores para impressioná-lo com o devido senso de enormidade do comportamento de Anne.

"Foi bem feito Rachel Lynde ter recebido uma censura; ela é uma velha intrometida", foi a réplica consoladora de Matthew.

"Matthew Cuthbert, estou assombrada com você. Você sabe que o comportamento de Anne foi terrível, e ainda assim toma o partido dela!

Eu suponho que a próxima coisa que você dirá será que ela não deve ser castigada de forma alguma!"

"Ora, bem... não... não exatamente", disse Matthew desconfortável. Eu acho que ela deve ser um pouquinho castigada. Mas não seja muito dura com ela, Marilla. Lembre-se de que ela nunca teve ninguém para ensiná-la o certo. Você... você vai dar a ela algo para comer, não vai?"

"Quando foi que você ouviu dizer que eu estava matando as pessoas de fome para ensinar bons modos?", perguntou Marilla, indignada. "Ela vai fazer suas refeições normalmente, e eu mesma vou levar a comida lá para cima. Mas ela vai ficar lá até que esteja disposta a se desculpar com a Sra. Lynde, e ponto final, Matthew."

O café da manhã, o almoço e o jantar foram refeições silenciosas, pois Anne mantinha-se obstinada. Após cada refeição, Marilla carregava uma bandeja cheia para o frontão leste e a trazia para baixo mais tarde praticamente intocada. Matthew observou a última descida da bandeja com um olhar preocupado. Anne havia comido alguma coisa?

Quando Marilla saiu naquela noite para trazer as vacas do pasto, Matthew, que havia permanecido no celeiro observando, deslizou para dentro da casa com o ar de um ladrão e arrastou-se para cima. De modo geral, Matthew permanecia entre a cozinha e o pequeno quarto depois do vestíbulo onde ele dormia; de vez em quando, ele se aventurava desconfortavelmente pela sala de visitas ou pela sala de estar quando o pastor vinha para o chá. Mas ele nunca mais esteve lá na parte de cima de sua própria casa desde a primavera em que ajudou Marilla a colocar o papel de parede no quarto de hóspedes, e isso havia sido quatro anos atrás.

Ele foi na ponta dos pés até o vestíbulo e permaneceu por vários minutos fora da porta do frontão leste antes de arranjar coragem para bater nela com os dedos e, então, abrir a porta para espiar.

Anne estava sentada na cadeira amarela à janela, olhando tristemente para o jardim. Ela parecia muito pequena e infeliz, e o coração de Matthew doeu. Ele fechou a porta suavemente e foi até ela na ponta dos pés.

"Anne", ele sussurrou, como se tivesse medo de ser entreouvido, "como você está indo, Anne?"

Anne sorriu palidamente.

"Muito bem. Eu imagino bastante, e isso me ajuda a passar o tempo. Claro, é bem solitário. Mas eu também posso me acostumar a isso."

Anne sorriu novamente, encarando bravamente os longos anos de aprisionamento diante dela.

Matthew lembrou-se de que deveria dizer o que ele tinha vindo dizer sem perda de tempo, para o caso de Marilla retornar mais cedo que o esperado.

"Ora, bem, Anne, você não acha que é melhor fazê-lo e acabar com isso?", ele sussurrou. "Terá que ser feito uma hora ou outra, sabe, porque a Marilla é uma mulher terrivelmente determinada, Anne. Faça logo, eu digo, e acabe com isso."

"O senhor quer dizer pedir desculpas à Sra. Lynde?"

"Sim, desculpas... essa é a palavra", disse Matthew avidamente. "Apenas acalme a situação, por assim dizer. Era nesse ponto que eu queria chegar."

"Eu suponho que poderia fazer isso para agradá-lo", disse Anne pensativamente. "Seria bem verdadeiro dizer que sinto muito, porque EU SINTO muito agora. Eu não sentia nem um pouco na noite passada. Eu estava completamente brava, e fiquei brava a noite inteira. Sei que fiquei porque acordei três vezes e estava simplesmente furiosa todas as vezes. Mas hoje de manhã acabou. Eu não estava mais de mau humor, e isso deixou uma sensação terrível de vazio, também. Senti vergonha de mim mesma. Mas eu não poderia pensar em ir e dizer isso à Sra. Lynde. Seria tão humilhante. Eu decidi que ficaria trancada aqui para sempre antes de fazer isso. Ainda assim, eu faria qualquer coisa pelo senhor, se o senhor realmente quiser que eu..."

"Ora, bem, é claro que quero. É terrivelmente solitário lá embaixo sem você. Apenas acalme a situação, você é uma boa menina."

"Muito bem", disse Anne, resignada. "Eu vou dizer à Marilla que eu me arrependi assim que ela chegar."

"Muito bem, muito bem, Anne. Mas não diga à Marilla que eu disse nada sobre isso. Ela pode achar que eu me intrometi e eu prometi não fazer isso."

"Cavalos selvagens não poderiam tirar este segredo de mim",* prometeu Anne, solenemente. "Como é que cavalos selvagens tirariam um segredo de uma pessoa?"

*N.T.: expressão popular em inglês.

Mas Matthew já tinha ido, assustado com o próprio sucesso. Ele fugiu apressadamente para o canto mais remoto do pasto de cavalos para que Marilla não suspeitasse do que ele havia tramado. A própria Marilla, ao retornar para a casa, estava agradavelmente surpresa ao ouvir uma voz lamentosa chamando "Marilla" corrimão acima.

"Sim?", ela disse, indo para o vestíbulo.

"Eu sinto muito ter perdido a cabeça e dito coisas mal-educadas, e estou disposta a ir e dizer isso à Sra. Lynde."

"Muito bem", a rigidez de Marilla não nenhum sinal do seu alívio. Ela estava se perguntando o que é que deveria fazer se Anne não cedesse. "Eu a levarei depois da ordenha."

Desta forma, depois da ordenha, Marilla e Anne desceram a estrada, a primeira ereta e triunfante e a segunda recurvada e desanimada. Mas no meio do caminho, o desânimo de Anne desapareceu como se por encantamento. Ela levantou a cabeça e acompanhou ligeiramente o caminho, seus olhos fixos no céu poente e com um ar de euforia contida. Marilla observou a mudança de forma desaprovadora. Esta não era a penitente submissa que cabia a ela levar à presença da ofendida Sra. Lynde.

"Em que você está pensando, Anne?", ela perguntou, bruscamente.

"Estou imaginando o que devo dizer à Sra. Lynde", ela respondeu, sonhadoramente.

Isto foi satisfatório – ou deveria ter sido. Mas Marilla não podia se livrar da noção de que algo em seu esquema de punição estava dando errado. Anne não deveria parecer tão arrebatada e radiante.

Arrebatada e radiante Anne continuou até que eles estivessem na própria presença da Sra. Lynde, que estava sentada tricotando à janela da cozinha. Então, a vivacidade desapareceu. Uma penitência lamentosa apareceu em cada expressão. Antes que uma palavra sequer fosse dita, Anne de repente caiu de joelhos diante da espantada Sra. Rachel e segurou suas mãos suplicantemente.

"Ah. Sra. Lynde, eu sinto tanto", ela disse, com um tremor em sua voz. "Eu jamais poderia expressar toda a minha dor, não, nem se usasse todo o dicionário. A senhora deve imaginar. Eu me comportei horrivelmente com a senhora, e desonrei meus queridos amigos, Matthew e Marilla, que me deixaram ficar em Green Gables ainda que eu não seja um menino. Eu sou uma menina terrivelmente má e ingrata, e mereço ser punida e banida pelas pessoas responsáveis para sempre. Foi muita maldade da minha parte perder a cabeça porque a senhora me contou a verdade. E ERA a verdade; cada palavra que a senhora disse era verdade. Meu cabelo é vermelho e eu sou sardenta, magrela e feia. O que eu disse a senhora era verdade, também, mas eu não deveria ter dito. Ah, Sra. Lynde, por favor, por favor, perdoe-me. Se a senhora se recusar a perdoar, será uma dor eterna em uma pequena órfã. A senhora poderia fazer isso, mesmo com meu temperamento horrível? Ah, tenho certeza de que não poderia. Por favor, diga que me perdoa, Sra. Lynde."

Anne entrelaçou as mãos, abaixou a cabeça, e esperou pela sentença do julgamento.

Não havia como duvidar de sua sinceridade – ela exalava de cada tom de sua voz. Tanto Marilla quanto a Sra. Lynde reconheceram seu som inconfundível. Mas a primeira entendeu, consternada, que Anne na verdade estava se divertindo com seu vale de humilhação – estava nítido na plenitude do seu rebaixamento. Onde estava o castigo íntegro do qual ela, Marilla, havia se vangloriado? Anne o tornou em uma espécie de verdadeiro prazer.

A boa Sra. Lynde, não sendo abençoada com o dom da percepção, não viu isso. Ela apenas percebeu que Anne tinha pedido desculpas de forma bem completa e todo ressentimento desapareceu de seu bondoso, ainda que um tanto intrometido, coração.

"Pronto, pronto, levante-se, criança", ela disse, calorosamente. "Claro que eu a perdoo. Imagino que fui um pouco dura demais com você, de toda forma. Mas eu sou uma pessoa muito sincera. Apenas não ligue para mim, isso sim. Não se pode negar que seu cabelo é terrivelmente vermelho; mas eu conheci uma menina uma vez, estudei com ela, na verdade, que tinha o cabelo tão vermelho quanto o seu quando era jovem, mas quando ela cresceu, ele escureceu para um belo castanho-avermelhado. Eu não me surpreenderia se o seu também escurecesse, nem um pouco."

"Ah, Sra. Lynde!" Anne suspirou, enquanto pôs-se de pé. "A senhora me deu esperanças. Eu sempre a verei como uma benfeitora. Ah, eu poderia suportar tudo se ao menos meu cabelo fosse um belo castanho-avermelhado quando eu crescesse. Seria muito mais fácil a gente ser uma boa pessoa se tivesse o cabelo de um belo castanho-avermelhado, a senhora não acha? E agora, será que eu poderia ir até o seu jardim e sentar-me naquele banco embaixo das macieiras enquanto a senhora e a Marilla conversam? Existe muito mais alcance para a imaginação lá."

"Mas é claro, criança, vá. E você pode colher um buquê de lírios brancos de junho ali no canto se quiser."

Enquanto a porta se fechava atrás de Anne, a senhora Lynde levantou-se rapidamente para acender uma lamparina.

"Ela é uma coisinha muito estranha. Pegue esta cadeira, Marilla; é melhor que a que você está usando. Eu deixo essa para o menino que contratamos. Sim, ela certamente é uma criança estranha, mas há algo cativante a respeito dela no fim das contas. Eu não estou mais tão surpresa por você e Matthew ficarem com ela, nem com pena de vocês, também. Ela pode acabar bem. Claro, ela tem um jeito estranho de se expressar, um pouco bem demais, um tanto forçado, sabe; mas ela provavelmente superará isso agora que está vivendo entre pessoas civilizadas. Além disso, a cabeça dela é bem esquentada, eu imagino; mas há um conforto, uma criança que perde a cabeça, explode e logo se acalma, nunca será maliciosa ou dissimulada. Deus me livre de uma criança maliciosa, isso sim. De modo geral, Marilla, eu até que gostei dela."

Quando Marilla foi para casa, Anne saiu do crepúsculo perfumado do pomar com um as mãos cheias de narcisos.

"Eu me desculpei muito bem, não foi?", ela disse, orgulhosamente, enquanto desciam a estrada. "Eu pensei que, já que tinha que fazer, era melhor fazer direito."

"Você fez direito, isso é certo", foi o comentário de Marilla. Marilla estava desconsolada em ver-se inclinada a rir daquela lembrança. Ela também tinha um sentimento desagradável de que deveria repreender Anne por se desculpar tão bem; mas também, aquilo era ridículo! Ela comprometeu-se com sua consciência dizendo severamente:

"Eu espero que você não tenha oportunidade de pedir mais desculpas desse tipo. Espero que você aprenda a controlar seu temperamento agora, Anne."

"Isso seria mais fácil se as pessoas não comentassem sobre a minha aparência", disse Anne com um suspiro. "Eu não fico brava pelas outras coisas; mas estou TÃO cansada dos comentários sobre o meu cabelo que me faz ferver de raiva. A senhora acredita que meu cabelo será mesmo um belo castanho-avermelhado quando eu crescer?"

"Você não devia pensar tanto na sua aparência, Anne. Receio que você seja uma menininha muito vaidosa."

"Como eu posso ser vaidosa quando sei que sou sem graça?" protestou Anne. "Eu amo coisas bonitas; e odeio olhar no espelho e ver algo que não é bonito. Isso me deixa tão triste, assim como eu me sinto quando vejo qualquer coisa feia. Eu sinto pena por não ser bonita."

"Beleza não se põe à mesa", citou Marilla.

"Já disseram isso para mim, nas eu tenho minhas dúvidas a respeito", comentou Anne, descrente, sentindo o cheiro de seus narcisos. "Ah, essas flores são tão doces! A Sra. Lynde foi muito simpática ao dar-lhes para mim. Eu não tenho mais nenhuma mágoa contra a Sra. Lynde agora. Pedir perdão e ser perdoada é uma sensação deliciosa e reconfortante, não é? As estrelas não estão brilhantes hoje à noite? Se a senhora pudesse morar em uma estrela, qual escolheria? Eu gostaria daquela grande, clara e adorável, ali em cima daquela colina escura."

"Anne, segure a sua língua", disse Marilla, completamente exausta de tentar acompanhar as oscilações dos pensamentos de Anne.

Anne não disse mais nada até elas entrarem em sua própria estrada. Uma pequena brisa errante veio encontrá-las, carregada com o perfume marcante de jovens samambaias molhadas de orvalho. Acima, nas sombras, uma luz alegre brilhava através das árvores na cozinha de Green Gables. Anne, de repente, aproximou-se de Marilla e deslizou sua mão na palma dura daquela velha senhora.

"É maravilhoso estar indo para casa e saber que aquela é mesmo a minha casa", ela disse. "Eu já amo Green Gables, e nunca amei nenhum lugar antes. Nenhum lugar parecia meu lar. Ah, Marilla, eu estou tão feliz. Eu poderia rezar agora mesmo e não achar nem um pouco difícil."

Algo caloroso e agradável brotou no coração de Marilla ao toque daquela mãozinha magra na sua – uma pulsação da maternidade que ela havia perdido, talvez. Sua estranheza e doçura a perturbou. Ela apressou-se em restabelecer suas sensações ao normal pregando uma lição de moral.

"Se você for uma boa menina, você sempre será feliz, Anne. E nunca achará difícil fazer suas orações."

"Fazer as orações não é exatamente a mesma coisa que rezar", disse Anne pensativamente. "Mas vou imaginar que sou o vento que está soprando ali no alto daquelas árvores. Quando ficar cansada das árvores, vou imaginar que estou ali embaixo nas samambaias, e então, vou voar até o jardim da Sra. Lynde e colocar as flores para dançar, e então, ir de um só golpe acima do campo de trevos, e então eu vou soprar sobre o Lago das Águas Brilhantes e enchê-lo de pequenas ondas cintilantes. Ah, há tanta oportunidade para imaginação no vento! Então, eu não vou falar mais agora, Marilla."

"Graças a Deus por isso", suspirou Marilla com alívio.

CAPÍTULO XI

As impressões de Anne sobre a escola dominical

"Bem, você gosta deles?", disse Marilla.

Anne estava de pé no quarto do frontão, olhando solenemente para os três novos vestidos espalhados na cama. Um deles era de um tecido listrado cor de rapé, que Marilla tinha sido tentada a comprar de um mascate no verão anterior porque parecia muito funcional; o outro era um cetim axadrezado preto e branco que tinha sido obtido em uma promoção no inverno; e o último era de uma estampa dura com um feio tom de azul que ela havia comprado naquela semana em uma loja de Carmody.

Ela mesma havia feito os vestidos, e eles eram todos iguais – saias retas e franzidas até a cintura reta, com mangas tão retas quanto a cintura e a saia e tão apertadas quanto seria possível.

"Eu vou imaginar que gosto deles", disse Anne seriamente.

"Eu não quero que você imagine", disse Marilla, ofendida. "Ah, eu posso ver que não gosta dos vestidos! Qual o problema com eles? Eles não são ajeitados, limpos e novos?"

"Sim."

"Então, por que não gosta deles?"

"Eles não... eles não são... bonitos", disse Anne relutantemente.

"Bonitos!" Marilla bufou. "Eu não me preocupei em fazer vestidos bonitos para você. Eu não acredito em mimar a vaidade, Anne. Vou dizer-lhe de uma vez. Esses vestidos são bons, sensatos e funcionais, sem babados ou plissês, e são tudo o que você terá neste verão. O listrado marrom e o azul estampado serão para a escola, quando você começar a frequentá-la. O de cetim é para a igreja e para a escola dominical. Eu espero que você os mantenha ajeitados e limpos e não os rasgue. Pensei que você ficaria grata por ter qualquer coisa depois daquela coisinha gasta de sarja que você estava usando."

"Ah, eu ESTOU grata", protestou Anne. "Mas eu ficaria muito mais grata se... se você tivesse feito apenas um deles com mangas bufantes. Mangas bufantes estão muito na moda agora. Seria tão emocionante, Marilla, usar um vestido com mangas bufantes."

"Bem, você terá que ficar sem emoção. Eu não tinha material para gastar com mangas bufantes. Eu as considero ridículas, de qualquer forma. Eu prefiro vestidos simples e sensatos."

"Mas eu preferiria parecer ridícula como os outros a ser simples e sensata sozinha", persistiu Anne tristemente.

"É claro que preferiria! Bem, pendure esses vestidos cuidadosamente no seu armário, e então sente-se e aprenda a lição da escola dominical. Eu consegui um livro de catecismo com o Sr. Bell para você e você irá à escola dominical amanhã", disse Marilla, desaparecendo para baixo muito zangada.

Anne apertou as mãos e olhou para os vestidos.

"Eu queria mesmo que houvesse um branco com mangas bufantes", ela sussurrou, inconsolavelmente. "Eu rezei por um, mas não esperei mesmo que acontecesse. Eu não achei que Deus teria tempo para se ocupar com o vestido de uma pequena órfã. Eu sei que dependerei de Marilla para isso. Bem, felizmente, eu posso imaginar que um deles é de musselina branca como a neve com lindos babados e mangas bufantes triplas."

Na manhã seguinte, os indícios de uma dor de cabeça impediram Marilla de ir à escola dominical com Anne.

"Você vai ter que descer e chamar a Sra. Lynde, Anne", ela disse. "Ela vai ajudar você a chegar na sala certa. Agora, lembre-se de que precisa se comportar adequadamente. Fique para a oração depois e peça à Sra. Lynde para lhe mostrar nosso banco. Aqui está o dinheiro para a oferenda. Não fique encarando as pessoas e não fique se remexendo. Eu espero que você me diga o texto quando voltar."

Anne saiu irrepreensivelmente, arrumada com o vestido de cetim preto e branco, que, embora decente em relação ao comprimento e certamente longe de ser apertado, contribuiu para realçar cada ponta e ângulo de sua figura magra. Seu chapéu de palha novo era pequeno, reto e brilhante, e sua simplicidade extrema certamente desapontou Anne, que havia se permitido visões secretas de fitas e flores. As últimas, entretanto, foram providenciadas antes de Anne chegar à estrada principal, ao deparar-se no meio do caminho com um frenesi de botões-de-ouro agitados pelo vento e um esplendor de rosas silvestres, Anne pronta e deliberadamente enfeitou o cabelo com uma pesada coroa de flores. Independentemente do que as outras pessoas pensassem do resultado, Anne estava satisfeita, e disparou alegremente pela estrada, erguendo sua cabeça avermelhada orgulhosa com sua decoração de rosa e amarelo.

Quando ela havia alcançado a casa da Sra. Lynde, descobriu que ela já havia saído. Nada intimidada, Anne seguiu até a igreja sozinha. No pórtico, ela encontrou um grupo de menininhas, todas mais ou menos alegremente vestidas de branco, azul e rosa, e todas encarando com olhos curiosos aquela estranha em seu meio, com seu extraordinário enfeite na cabeça. As menininhas de Avonlea já tinham ouvido histórias estranhas sobre Anne. A Sra. Lynde disse que ela tinha um temperamento terrível; Jerry Buote, o menino contratado em Green Gables, disse que ela falava sozinha o tempo inteiro ou com as árvores e as flores, como uma menina maluca. Elas olharam para ela e cochicharam umas para as outras atrás de seus livros de catecismo. Ninguém fez quaisquer avanços amigáveis, naquele momento ou depois, quando os ritos iniciais terminaram e Anne encontrou-se na sala da Srta. Rogerson.

A Srta. Rogerson era uma senhora de meia idade que ensinava na escola dominical há vinte anos. Seu método de ensino era fazer as perguntas impressas no livro e olhar seriamente sobre a margem para a menina em questão que ela achava que deveria responder à pergunta. Ela olhava com muita frequência para Anne, e Anne, graças à insistência de Marilla, respondia prontamente; mas era questionável se ela entendia muito fosse sobre as perguntas ou as respostas.

Ela não sabia se gostava da Srta. Rogerson, e sentiu-se muito infeliz; todas as outras meninas na sala tinham mangas bufantes. Anne sentiu que a vida não valia a pena ser vivida sem mangas bufantes.

"Bem, você gostou da escola dominical?" Marilla quis saber, quando Anne voltou para casa. A coroa de flores havia desaparecido, já que Anne a descartou na estrada, então Marilla foi poupada de seu conhecimento por um tempo.

"Eu não gostei nem um pouco. Foi horrível."

"Anne Shirley!", disse Marilla de forma repreensiva.

Anne sentou-se na cadeira de balanço com um longo suspiro, beijou uma das folhas de Bonny, e passou a mão sobre uma fúcsia florida.

"Elas podem ter sentido minha falta enquanto eu estava fora", ela explicou. "E agora sobre a escola dominical. Eu me comportei bem, como você mandou. A Sra. Lynde já tinha saído, mas eu fui sozinha. Fui para a igreja com um monte de outras meninas, e me sentei no canto de um banco perto da janela enquanto os ritos iniciais aconteciam. O Sr. Bell fez uma oração terrivelmente longa. Eu teria ficada horrivelmente cansada antes que ele terminasse se não estivesse sentada à janela. Mas eu olhei lá fora, para o Lago das Águas Brilhantes, então só observei e imaginei todo tipo de coisas esplêndidas."

"Você não devia ter feito nada desse tipo. Você deveria ter ouvido o Sr. Bell."

"Mas ele não estava falando comigo", protestou Anne. "Ele estava falando com Deus e também não parecia estar muito interessado. Acho que ele pensou que Deus estava muito longe. Havia uma longa fila de ramos brancos pendendo sobre o lago e o sol os atravessava bem para dentro da água. Ah, Marilla, era como um lindo sonho! Senti uma emoção e simplesmente disse 'Obrigada por isso, Deus', duas ou três vezes."

"Não em voz alta, eu espero", disse Marilla ansiosamente.

"Ah, não, só para mim mesma. Bem, o Sr. Bell finalmente terminou e eles me disseram para ir até a sala com o grupo da Srta. Rogerson. Havia outras nove meninas lá. Todas tinham mangas bufantes. Eu tentei imaginar que as minhas também eram, mas não consegui. Por que não consegui? Era tão fácil imaginar que eram bufantes quando eu estava sozinha no frontão leste, mas foi terrivelmente difícil lá entre as outras que tinham mangas bufantes de verdade."

"Você não deveria ter ficado pensando sobre suas mangas na escola dominical. Você deveria estar participando da aula. Eu esperava que soubesse disso."

"Ah, sim, e eu respondi um monte de perguntas. A Srta. Rogerson me fez muitas. E não acho que foi justo ela fazer todas as perguntas. Havia muitas que eu tinha a intenção de fazer, mas não quis porque não achei que ela fosse uma alma amiga. Então, todas as meninas recitaram uma parábola. Ela me perguntou se eu sabia alguma. Eu disse que não sabia, mas que podia recitar 'O Cão no Túmulo de Seu Mestre' se ela quisesse. Está no Terceiro Livro de Leitura. Não é verdadeiramente uma poesia religiosa, mas é tão triste e melancólica que poderia ser. Ela disse que não serviria e me mandou aprender a décima nona parábola para o próximo domingo. Eu a li na igreja mais tarde e foi esplêndido. Há duas linhas em especial que me emocionam: 'Rápido como caíram os esquadrões massacrados no dia maldito de Midiã.' Eu não sei o que significa 'esquadrões' nem 'Midiã', mas parece TÃO trágico. Mal posso esperar até o próximo domingo para recitar. Eu vou praticar a semana inteira. Depois da escola dominical, eu pedi à Srta. Rogerson, porque a Sra. Lynde estava muito longe, para me mostrar o seu banco. Eu me sentei lá o mais imóvel que pude e o texto foi Apocalipse, terceiro capítulo, segundo e terceiro versículos. Era um texto muito longo. Se eu fosse um pastor, eu escolheria os curtos e rápidos. O sermão também foi terrivelmente longo. Suponho que o pastor tinha que combiná-lo com o texto. Eu não achei nem um pouco interessante. O problema com ele parece ser que ele não tem imaginação suficiente. Eu não o escutei muito. Apenas deixei os meus pensamentos correrem e pensei nas coisas mais surpreendentes.

Marilla sentiu irremediavelmente que tudo isso seria seriamente reprovado, mas ela foi prejudicada pelo fato de que algumas coisas que Anne havia dito, especialmente sobre os sermões do pastor e as orações do Sr. Bell, eram o que ela mesma havia pensado profundamente em seu coração por anos, mas nunca havia expressado. Quase parecia a ela que aqueles pensamentos secretos, críticos e nunca pronunciados haviam, repentinamente, tomado uma forma visível e acusadora na pessoa deste pedaço sincero de humanidade negligenciada.

CAPÍTULO XII
Um juramento solene

Foi apenas na próxima sexta-feira que Marilla ouviu a história do chapéu com a coroa de flores. Ela chegou da casa da Sra. Lynde e chamou Anne para prestar contas.

"Anne, a Sra. Rachel diz que você foi para a igreja no domingo passado com o seu chapéu todo enfeitado de rosas e botões-de-ouro. O que é que lhe deu na cabeça? Você deve ter sido uma coisa linda de se ver!"

"Ah, eu sei que rosa e amarelo não me favorecem", começou Anne.

"Não favorecem! Que bobagem! Foi colocar flores no seu chapéu, não importam as cores, que foi ridículo. Você é a criança mais irritante!"

"Eu não vejo por que é mais ridículo usar flores no chapéu que no vestido", protestou Anne. "Várias meninas tinham buquês pregados em seus vestidos. Qual a diferença?"

Marilla não se deixaria levar pelos caminhos duvidosos da abstração. "Não me responda dessa forma, Anne. Foi muito tolo de sua parte fazer tal coisa. Nunca me deixe pegá-la em tais tramoias novamente. A Sra. Rachel disse que pensou que morreria de vergonha quando você chegou toda enfeitada daquele jeito. Ela não conseguiu chegar perto o suficiente para lhe mandar tirá-lo até que já era tarde demais. Ela disse que as pessoas falaram terrivelmente. Claro que elas pensaram que eu não tinha juízo em deixá-la ir enfeitada daquele jeito."

"Ah, eu sinto muito", disse Anne, lágrimas brotando de seus olhos. "Eu jamais pensei que você se importaria. As rosas e botões-de-ouro eram tão doces e bonitos que pensei que pareceriam adoráveis em meu chapéu. Várias meninas tinham flores artificiais em seus chapéus. Eu temo que serei uma provação horrível para a senhora. Talvez devesse me mandar de volta para o orfanato. Isso seria terrível. Eu não acho que poderia suportar. Muito provavelmente eu teria tuberculose; eu já sou tão magra, veja. Mas seria melhor do que ser uma provação para a senhora."

"Besteira", disse Marilla, envergonhada por ter feito a criança chorar. "Eu não quero mandá-la de volta para o orfanato, tenho certeza. Tudo o que eu quero é que você se comporte como as outras menininhas e não se dê ao ridículo. Não chore mais. Eu tenho novidades para você. Diana Barry voltou para casa hoje à tarde. Verei se consigo pegar emprestado um molde de saia com a Sra. Barry e, se você quiser, pode vir comigo e conhecer Diana.

Anne pôs-se de pé, com as mãos entrelaçadas, as lágrimas ainda reluzindo em suas bochechas. O pano de prato cuja bainha ela estava fazendo caiu despercebido no chão.

"Ah, Marilla, eu estou com medo. Agora que chegou a hora eu estou mesmo com medo. Imagine se ela não gostar de mim! Seria a decepção mais trágica da minha vida."

"Ora, não fique nervosa. E eu gostaria que você não usasse palavras tão longas. Parece tão engraçado em uma menininha. Eu acho que Diana vai gostar bastante de você. É com a mãe dela que você precisa se preocupar. Se ela não gostar de você, não importará quanto a Diana goste. Se ela tiver ouvido sobre seu ataque à Sra. Lynde e sua ida à igreja com botões-de-ouro no chapéu, eu não sei o que ela vai pensar de você. Você deve ser educada e bem-comportada, e não fazer nenhum dos seus discursos assustadores. Pelo amor de Deus, se a criança não está mesmo tremendo!"

Anne ESTAVA tremendo. Seu rosto estava pálido e tenso.

"Ah, Marilla, a senhora também estaria agitada se fosse encontrar uma menina que esperava ser sua amiga do peito e cuja mãe talvez não gostasse de você", ela disse enquanto se apressava para pegar seu chapéu.

Eles foram para o Pomar Slope pelo atalho através do riacho e acima do bosque de abetos da colina. A Sra. Barry veio até a porta da cozinha em resposta à batida de Marilla. Ela era uma mulher alta de cabelos e olhos negros, com uma boca muito firme. Ela tinha a reputação de ser muito rígida com seus filhos.

"Como vai você, Marilla?", ela disse cordialmente. "Entre. E esta é a menininha que você adotou, eu suponho?"

"Sim, esta é Anne Shirley", disse Marilla.

"Com E", arfou Anne, pois ainda que trêmula e agitada, estava determinada a não deixar nenhum mal-entendido quanto aquele importante ponto.

A Sra. Barry, sem ouvir ou sem compreender, meramente apertou as mãos e disse bondosamente:

"Como você está?"

"Estou bem de corpo embora consideravelmente perturbada de espírito, obrigada, senhora", disse Anne gravemente. Então, à parte para Marilla em um sussurro audível, "Não havia nada assustador no que eu disse, havia, Marilla?"

Diana estava sentada no sofá, lendo um livro que ela deixou de lado quando as visitas chegaram. Ela era uma menininha muito bonita, com os cabelos e olhos negros da mãe, bochechas rosadas e a expressão alegre que era herança de seu pai.

"Esta é a minha Diana", disse a Sra. Barry. "Diana, leve a Anne para o jardim e mostre a ela as suas flores. Será melhor para você que forçar seus olhos com aquele livro". Para Marilla, disse, enquanto as meninas saíam: "Ela lê demais, e não posso impedi-la, pois o pai a ajuda e a encoraja. Ela está sempre debruçada sobre um livro. Estou feliz pelo fato de Diana ter uma amiga para brincar, isso talvez a faça sair mais."

Lá fora no jardim, cheio da suave luz do pôr do sol atravessando os velhos e escuros abetos ao leste, estavam Anne e Diana, observando timidamente uma a outra sobre uma moita de maravilhosos lírios-tigre.

O jardim dos Barry era uma frondosa imensidão de flores que teriam encantado o coração de Anne em qualquer outra ocasião menos desafiadora do destino. Ele era circundado por imensos e velhos salgueiros e altos abetos, embaixo dos quais floresciam flores que amavam a sombra. Caminhos retos e perpendiculares perfeitamente delimitados por conchas, cruzavam-se como laços vermelhos e úmidos e nos canteiros, entre as flores antigas, corriam em todas as direções. Havia corações-de-maria e grandes e esplêndidas peônias vermelhas; narcisos brancos e perfumados e rosas escocesas doces e cheias de espinhos; columbinas rosa, azuis e brancas e saponárias lilases; moitas de abrótanos, capim-amarelo e hortelã; orquídeas roxas, narcisos e montes de trevos-de-cheiro brancos emplumados, com aromas delicados e perfumados; cruzes-de-malta escarlates que atiravam suas lanças ardentes sobre espelhos-de-vênus brancos; era um jardim onde os raios de sol se demoravam e as abelhas zumbiam, e as brisas, seduzidas a vaguear, ronronavam e sussurravam.

"Ah, Diana", disse Anne enfim, apertando as mãos e falando quase em um sussurro, "ah, você acha que poderia gostar de mim um pouco, o suficiente para ser minha amiga do peito?"

"Diana riu. Diana sempre ria antes de falar.

"Ora, eu acho que sim", disse francamente. "Eu estou muito feliz por você ter vindo morar em Green Gables. Será uma felicidade ter alguém com quem brincar. Não há nenhuma outra menina que more perto o suficiente para brincar, e minhas irmãs não são do meu tamanho."

"Juraria ser minha amiga para sempre?", perguntou Anne avidamente.

Diana a olhou chocada.

"Jurar é uma coisa terrivelmente má", ela disse de forma repreensiva.

"Ah, não... não... O meu tipo de juramento. Há dois tipos, sabe."

"Eu só conheço um", disse Diana, duvidosa.

"Há um outro, de verdade. Ah, não é maldade de jeito nenhum. Apenas significa prometer solenemente.

"Bem, não me importo em fazer isso", concordou Diana, aliviada. "Como se faz?"

"Nós devemos juntar as mãos, assim", disse Anne seriamente. "Deve ser feito acima de água corrente. Nós devemos imaginar que este caminho é água corrente. Eu repetirei o juramento primeiro. Eu juro solenemente ser fiel à minha amiga do peito, Diana Barry, enquanto o sol e a lua existirem. Agora diga você e coloque o meu nome."

Diana repetiu o "juramento" com uma risada do começo ao fim. Então disse:

"Você é uma menina estranha, Anne. Eu já tinha ouvido que você era estranha. Mas acredito que vou gostar muito de você."

Quando Marilla e Anne foram para casa, Diana foi com elas até a ponte de madeira. As duas menininhas andaram de braços dados. No riacho, elas se separaram com muitas promessas de passar a próxima tarde juntas.

"Bem, você achou que Diana é uma alma amiga?", perguntou Marilla enquanto subiam através do jardim de Green Gables.

"Ah, sim" suspirou Anne alegremente, inconsciente de qualquer sarcasmo da parte de Marilla. "Ah, Marilla, eu sou a menina mais feliz da Ilha Prince Edwards neste momento. Eu garanto a você que farei minhas preces com muita boa vontade esta noite. Diana e eu vamos construir uma casa de brinquedo no bosque de bétulas do Sr. William Bell amanhã. Eu posso pegar aqueles pedaços de porcelana quebrados que estão lá fora no barracão? O aniversário da Diana é em fevereiro e o meu é em março. A senhora não acha que esta é uma coincidência muito estranha? A Diana vai me emprestar um livro para ler. Ela diz que é perfeitamente esplêndido e tremendamente emocionante. Ela vai me mostrar um lugar na floresta onde as fritilárias crescem. A senhora não acha que Diana tem olhos muito expressivos? Eu gostaria de ter olhos expressivos. A Diana vai me ensinar a cantar uma música camada 'Nelly no Vale de Aveleiras'. Ela vai me dar um quadro para colocar no meu quarto; é um quadro simplesmente lindo, ela disse. Uma adorável dama em um vestido de seda azul claro. Um representante de máquinas de costuras o deu a ela. Eu gostaria de ter algo para dar para a Diana. Eu sou uma polegada mais alta que a Diana, mas ela é bem mais gorda; ela diz que gostaria de ser magra porque é muito mais gracioso, mas eu temo que ela só diz isso para amenizar meus sentimentos. Nós vamos à praia algum dia pegar conchas. Nós concordamos em chamar a nascente da ponte de madeira de Borbulhas da Dríade. Não é um nome perfeitamente elegante? Eu li uma história uma vez sobre uma nascente com esse nome. Uma dríade é uma espécie de fada crescida, eu acho."

"Bem, tudo que eu espero é que você não mate a Diana de tanto falar", disse Marilla. "Mas lembre-se que esses são os seus planos, Anne. Você não vai brincar o tempo inteiro nem a maior parte dele. Você terá o seu trabalho para fazer e ele terá que ser feito primeiro."

Anne estava repleta de felicidade, e Matthew a fez transbordar. Ele havia acabado de chegar em casa de uma viagem a Carmody. Envergonhadamente, fez surgir um pequeno pacote do bolso e o entregou a Anne, com um olhar depreciativo de Marilla.

"Eu ouvi dizer que você gostava de chocolates, então comprei alguns para você", ele disse.

"Hunf", bufou Marilla. "Isso vai arruinar os dentes e o estômago dela. Pronto, pronto, criança, não fique tão deprimida. Você pode comer, já que Matthew os trouxe. Ele deveria ter trazido balas de hortelã. Elas são mais saudáveis. Não vá ficar enjoada comendo tudo de uma vez."

"Ah, não vou, não", disse Anne avidamente. "Eu vou comer apenas um hoje à noite, Marilla. E eu posso dar metade deles para Diana, não posso? A outra metade vai ter um gosto duas vezes mais doce para mim se eu der um pedaço para ela. É maravilhoso pensar que tenho algo para dar a ela."

"Eu vou dizer uma coisa sobre a criança", disse Marilla quando Anne tinha ido para o seu quarto, "ela não é mesquinha. Eu fico feliz, pois de todas as falhas, detesto mesquinhez em uma criança. Meu Deus, faz apenas três semanas que ela veio e parece que sempre esteve aqui. Eu não consigo imaginar o lugar sem ela. Ora, não fique com cara de "eu avisei", Matthew. Isso já fica bem feio em uma mulher, mas não deve ser tolerado em um homem. Estou perfeitamente disposta a admitir que fico feliz por ter consentido em mantermos a criança e que estou gostando dela, mas não esfregue na minha cara, Matthew Cuthbert."

CAPÍTULO XIII
Os encantos da expectativa

"Já estava na hora de Anne entrar para fazer suas costuras", disse Marilla, olhando para o relógio e para a tarde amarelada de agosto lá fora onde tudo cochilava no calor. "Ela ficou brincando com a Diana por mais de uma hora a mais do que eu concedi; e agora está empoleirada lá fora na pilha de lenha conversando com Matthew, falando pelos cotovelos, quando sabe perfeitamente bem que deveria estar trabalhando. E é claro que ele a está ouvindo como um perfeito idiota. Eu nunca vi um homem tão enfeitiçado. Quanto mais ela fala e mais estranhas as coisas que diz, mais ele fica visivelmente encantado. Anne Shirley, entre aqui neste minuto, você me ouviu?!"

Uma série de batidas agudas na janela oeste trouxeram Anne voando do quintal, os olhos brilhando, as bochechas coradas de rosa, o cabelo destrançado caído para trás em uma torrente de brilho.

"Ah, Marilla", ela exclamou ofegante, "vamos ter um piquenique da escola dominical na semana que vem, no campo do Sr. Harmon Andrews, bem perto do Lago das Águas Brilhantes. E o Sr. superintendente Bell e a Sra. Rachel Lynde vão fazer sorvete, pense nisso, Marilla, SORVETE! Ah, oh, Marilla, posso ir?"

"Apenas olhe para o relógio, faça o favor, Anne. Que horas eu lhe disse para entrar?"

"Às duas em ponto, mas não é esplêndido sobre o piquenique, Marilla? Por favor, posso ir? Ah, eu nunca fui a um piquenique, já sonhei com piqueniques, mas eu nunca..."

"Sim, eu lhe disse para vir às duas em ponto. São quinze para as três. Eu gostaria de saber por que você não me obedeceu, Anne."

"Ora, eu queria, Marilla, queria mesmo. Mas você não imagina quão fascinante é a Livre Natureza. E, é claro, eu tinha que contar ao Matthew sobre o piquenique. Matthew é um ouvinte tão atencioso. Por favor, posso ir?"

"Você vai ter que aprender a resistir a fascinação de 'Livre sei lá o quê'. Quando eu digo a você para voltar em uma certa hora, eu quero dizer aquela hora e não meia hora depois. E você também não deve parar para discursar com ouvintes atenciosos no caminho. Quanto ao piquenique, claro que pode ir. Você é uma aluna da escola dominical, e não faria sentido eu me recusar a deixá-la ir quando todas as outras meninas vão."

"Mas... mas...", vacilou Anne, "a Diana diz que todas devem levar uma cesta de coisas para comer. Eu não sei cozinhar, a senhora sabe, Marilla, e... e... eu não me importo de ir a um piquenique sem mangas bufantes, mas eu me sentiria terrivelmente humilhada se tivesse que ir sem uma cesta. Isso está me corroendo desde que a Diana me contou."

"Bem, não precisa se corroer mais. Eu vou fazer a cesta para você."

"Ah, minha querida e boa Marilla. Ah, a senhora é tão boa para mim.

Ah, eu sou tão grata à senhora."

Ao acabar com suas exclamações, Anne se lançou aos braços de Marilla e beijou entusiasmadamente sua bochecha descorada. Era a primeira vez em toda a sua vida que lábios infantis haviam voluntariamente tocado a face de Marilla. Novamente, aquela repentina sensação de doçura surpreendente a emocionou. Ela estava secretamente muito satisfeita com o carinho impulsivo de Anne, o que provavelmente foi o motivo pelo qual disse bruscamente:

"Pronto, pronto, chega dessa bobagem de beijos. Eu preferiria ver você fazer exatamente o que eu mando. Quanto a cozinhar, eu pretendo dar algumas lições a você um dia desses. Mas você é tão cabeça de vento, Anne, que eu estava esperando para ver se você ficaria um pouco mais sóbria e aprenderia a ser estável antes de eu começar. Você precisa ficar bem atenta ao cozinhar e não parar no meio das coisas para deixar seus pensamentos vagarem por toda a criação. Agora, pegue a sua colcha de retalhos e termine seu quadrado antes da hora do chá."

"Eu NÃO gosto de retalhos", disse Anne, dolorosamente, caçando sua cesta de trabalhos e sentando-se diante de uma pequena pilha de diamantes vermelhos e brancos com um suspiro. "Eu acho que alguns tipos de costura seriam interessantes; mas não há alcance para a imaginação em retalhos. É apenas uma costura após a outra e nunca parecemos chegar a lugar nenhum. Mas claro que eu preferiria ser Anne de Green Gables costurando retalhos a Anne de qualquer outro lugar sem nada para fazer além de brincar. Mas gostaria que o tempo passasse tão depressa costurando retalhos quanto passa quando estou brincando com Diana. Ah, nós nos divertimos tanto, Marilla. Eu tenho que providenciar a maior parte da imaginação, mas sou muito capacitada para isso. A Diana é simplesmente perfeita de todos os outros modos. A senhora sabe aquele pedacinho de terra do outro lado do riacho que corre entre a nossa fazenda e a do Sr. Barry? Ele pertence ao Sr. William Bell, e bem no canto há um pequeno círculo de bétulas brancas, o lugar mais romântico, Marilla. Diana e eu fizemos nossa casa de brinquedo ali. Nós a chamamos de Livre Natureza. Não é um nome poético? Eu lhe garanto que me levou algum tempo para pensar nele. Eu fiquei acordada quase uma noite inteira antes de inventá-lo. Então, bem quando eu estava caindo no sonho, veio como uma inspiração. Diana ficou EXTASIADA quando ouviu. Nós montamos nossa casa de forma bem elegante. Você deve vir e vê-la, Marilla, a senhora não iria? Nós temos grandes pedras, todas cobertas de musgo, que servem de assentos, e tábuas de árvore a árvore como prateleiras. E nós temos toda a nossa louça nelas. Claro, ela está toda quebrada, mas é a coisa mais fácil do mundo imaginar que está inteira. Há um pedaço de prato pintado com uma hera vermelha e amarela que é especialmente bonito. Nós o mantemos na sala de visitas e temos o vidro de fada ali também. O vidro de fada parece um sonho. Diana o encontrou na floresta atrás do galinheiro deles. É todo cheio de arco-íris, pequenos arco-íris que ainda não cresceram, e a mãe da Diana disse a ela que se partiu de uma lamparina que eles tinham antigamente. Mas é agradável imaginar que as fadas o perderam em uma noite quando tinham um baile, então o chamamos de vidro de fada. Matthew vai nos fazer uma mesa. Ah, nós chamamos aquela lagoazinha no campo do Sr. Barry de Salgueiral. Eu tirei esse nome do livro que a Diana me emprestou. Aquele foi um livro emocionante, Marilla. A heroína tinha cinco amantes. Eu ficaria satisfeita com um, a senhora não? Ela era muito bonita e passou por grandes atribulações. Ela desmaiava facilmente. Eu adoraria ser capaz de desmaiar, a senhora não, Marilla? É tão romântico. Mas eu sou muito saudável, apesar de ser tão magra. Mas creio que estou engordando, no entanto. A senhora não acha que estou? Eu olho para os meus cotovelos toda manhã quando me levanto para ver se alguma covinha apareceu. Vão fazer um novo vestido para a Diana com mangas até os cotovelos. Ela vai usá-lo no piquenique. Ah, eu espero que corra tudo bem na próxima quarta-feira. Não acho que poderia suportar a decepção se qualquer coisa acontecesse para me impedir de ir ao piquenique. Eu suponho que sobreviveria, mas estou certa de que seria uma dor eterna. Não importaria se eu fosse a uma centena de piqueniques nos anos seguintes; eles não me compensariam a perda deste. Eles terão barcos no Lago das Águas Brilhantes e sorvete, como eu lhe disse. Eu nunca experimentei sorvete. Diana tentou me explicar como era, mas eu acho que sorvete deve ser uma dessas coisas que estão além da imaginação."

"Anne, você falou sem parar por mais de dez minutos, segundo o relógio", disse Marilla. "Agora, apenas por curiosidade, veja se consegue segurar a língua pelo mesmo período de tempo."

Anne segurou a língua conforme desejado. Mas pelo resto da semana, ela falou de piquenique, e pensou em piquenique, e sonhou com piquenique. No sábado, choveu e ela se deixou cair em um estado tão frenético, com medo de que continuasse a chover até quarta-feira, que Marilla a fez costurar um quadrado de retalhos a mais para lhe acalmar os nervos.

No domingo, Anne confidenciou a Marilla, no caminho da igreja para casa, que sentiu calafrios de tanto entusiasmo quando o pastor anunciou o piquenique de cima do púlpito.

"Uma emoção tão grande subiu e desceu pela minha espinha, Marilla! Eu não acho que não estava acreditando até então que realmente haveria um piquenique. Eu não pude evitar temer que eu havia apenas imaginado. Mas quando o pastor diz algo no púlpito, é preciso acreditar."

"Você coloca seu coração demais nas coisas, Anne", disse Marilla com um suspiro. "Eu receio que haverá muitas decepções reservadas para você ao longo da vida."

"Ah, Marilla, esperar ansiosamente pelas coisas é metade do prazer delas", exclamou Anne. "Podemos até não conseguir mesmo as coisas; mas nada pode nos impedir da diversão de esperar por elas. A Sra. Lynde diz, 'Abençoados aqueles que não esperam nada, pois não serão desapontados', mas eu acho que seria pior esperar por nada do que ser desapontada."

Marilla usou seu broche de ametista naquele dia, como de costume. Marilla sempre usava seu broche de ametista na igreja. Ela teria pensado que era um sacrilégio deixá-lo de lado, tão ruim quanto esquecer sua Bíblia ou o dinheiro da oferenda. O broche de ametista era o bem mais precioso de Marilla. Um tio que trabalhava no mar havia dado à mãe dela, que o havia deixado de herança para Marilla. Era oval e antiquado, contendo uma trança do cabelo de sua mãe, circundado por uma borda de refinadas ametistas. Marilla sabia muito pouco sobre pedras preciosas para compreender quão refinadas as ametistas realmente eram; mas ela as considerava muito lindas e sempre estava agradavelmente consciente de seu brilho violeta em seu pescoço, acima de seu bom vestido de cetim marrom, embora ela não pudesse ver.

Anne havia ficado encantada com uma admiração deliciosa quando viu aquele broche pela primeira vez.

"Ah, Marilla, é um broche tão elegante. Eu não sei como você pode prestar atenção ao sermão ou às orações quando está com ele. Eu não poderia, sabe. Acho que as ametistas são simplesmente encantadoras. Elas são o que eu costumava pensar que os diamantes eram. Muito tempo atrás, antes de eu ter visto um diamante, li sobre eles e tentei imaginar como seriam. Eu pensei que seriam adoráveis pedras púrpuras e cintilantes. Um dia, quando eu vi um diamante de verdade no anel de uma dama, fiquei tão desapontada que chorei. Claro, era muito adorável, mas não era minha ideia de um diamante. A senhora me deixaria segurar o broche por um minuto, Marilla? A senhora acha que as ametistas podem ser as almas de boas violetas?"

CAPÍTULO XIV
A confissão de Anne

Na segunda à noite antes do piquenique, Marilla desceu de seu quarto com o rosto perturbado.

"Anne", ela disse para aquela pequena personagem, que estava debulhando ervilhas na mesa impecável e cantando "Nelly no Vale de Aveleiras" com um vigor e uma expressão que dava créditos aos ensinamentos de Diana, "você viu meu broche de ametista em algum lugar? Pensei que eu o tivesse prendido em minha alfineteira quando voltei da igreja ontem à noite, mas não consigo achá-lo em lugar nenhum."

"Eu... eu o vi hoje à tarde quando a senhora estava na Sociedade de Auxílio", disse Anne, um pouco devagar. "Eu estava passando pela sua porta quando o vi na alfineteira, então eu fui dar uma olhada nele."

"Você mexeu nele?", disse Marilla seriamente.

"S-i-i-m", admitiu Anne, "eu o peguei e o prendi no meu peito para ver como ficaria."

"Você não deveria ter feito nada disso. É muito feio uma menininha xeretar. Você não devia ter entrado no meu quarto, em primeiro lugar, e não deveria ter mexido num broche que não pertence a você, em segundo lugar. Onde você o colocou?"

"Ah, eu coloquei de volta na cômoda. Não fiquei com ele nem um minuto. De verdade, eu não quis xeretar, Marilla. Eu não pensei que era errado entrar e experimentar o broche; mas vejo agora que era e nunca mais farei isso. Esta é uma coisa boa sobre mim. Eu nunca faço a mesma travessura duas vezes."

"Você não colocou de volta", disse Marilla. "Aquele broche não está em lugar nenhum da cômoda. Você o pegou, Anne."

"Eu coloquei de volta", disse Anne rapidamente – relutantemente, pensou Marilla. "Eu não lembro se prendi na alfineteira ou o coloquei na bandeja de porcelana. Mas tenho certeza absoluta de que coloquei de volta."

"Eu vou olhar novamente", disse Marilla, determinada a ser justa. "Se você colocou o broche de volta, ele ainda está lá. Se não estiver, saberei que não colocou e é isso!"

Marilla foi para o quarto e fez uma busca completa, não apenas na cômoda, mas em todos os outros lugares onde pensou que o broche poderia estar. Não estava em lugar algum e ela voltou à cozinha.

"Anne, o broche sumiu. Você mesma confessou que foi a última pessoa a pegá-lo. Agora, o que você fez com ele? Diga a verdade de uma vez. Você o tirou e perdeu?"

"Não, não perdi", disse Anne, solenemente, encarando diretamente o olhar irritado de Marilla. "Eu nunca tirei o broche do seu quarto e esta é a verdade, eu poderia jurar diante da forca, embora eu não esteja bem certa do que é uma forca. Então, pronto, Marilla."

O "então, pronto" de Anne tinha apenas a intenção de enfatizar sua afirmação, mas Marilla o tomou como uma amostra de desafio.

"Eu acredito que você esteja me contando uma mentira, Anne", ela disse asperamente. "Eu sei que está. Agora, não diga mais nada a menos que esteja preparada para contar toda a verdade. Vá para o seu quarto e fique lá até que esteja pronta para confessar."

"Devo levar as ervilhas comigo?", perguntou Anne humildemente.

"Não, eu mesma terminarei de debulhá-las. Faça como eu ordenei."

Quando Anne se foi, Marilla terminou suas tarefas noturnas em um estado de espírito muito perturbado. Ela estava preocupada com seu precioso broche. E se Anne o tivesse perdido? E que perversa aquela criança em negar tê-lo pegado, quando qualquer um poderia ver que o fez! E com um rosto tão inocente!

"Eu não sei o que de pior poderia ter acontecido", pensou Marilla, enquanto debulhava as ervilhas nervosamente. "Claro, eu não acho que ela teve a intenção de roubá-lo ou algo do tipo. Ela apenas o pegou para brincar ou ajudar naquela imaginação dela. Ela deve ter pegado, isso é claro, pois não passou uma alma por aquele quarto desde que ela esteve lá, de acordo com sua própria história, até que eu subi esta noite. E o broche sumiu, não há nada mais certo. Eu suponho que ela o perdeu e não quer admitir por medo de ser punida. É uma coisa terrível pensar que ela conta mentiras. É uma coisa bem pior do que seu mau temperamento. É uma responsabilidade assustadora ter em casa uma criança em que não se pode confiar. Malícia e falsidade, foi o que ela demonstrou. Eu garanto que me sinto pior sobre isso do que sobre o broche. Se ao menos ela houvesse me dito a verdade, eu não me importaria tanto."

Marilla foi para seu quarto em intervalos durante a noite toda e procurou pelo broche, sem encontrá-lo. Uma visita noturna ao frontão leste não gerou resultados. Anne persistia em negar que sabia qualquer coisa sobre o broche, mas Marilla ficou apenas mais convencida de que ela sabia.

Ela contou a história a Matthew na manhã seguinte. Matthew ficou confuso e intrigado. Ele não perderia a fé em Anne tão rapidamente, mas tinha que admitir que as circunstâncias não estavam a seu favor.

"Você tem certeza de que não caiu atrás da cômoda?", foi a única sugestão que ele pôde oferecer.

"Eu empurrei a cômoda, abri as gavetas e olhei em tudo quanto foi lugar" foi a resposta afirmativa de Marilla. "O broche se foi e aquela criança o pegou e mentiu sobre isso. Esta é a verdade nua e crua, Matthew Cuthbert, e nós devemos aceitá-la."

"Ora, bem, o que você vai fazer sobre isso?" Matthew perguntou, desolado, sentindo-se secretamente grato por ser Marilla e não ele quem tinha que lidar com a situação. Ele não sentia desejo algum de se intrometer desta vez.

"Ela vai ficar no quarto dela até confessar", disse Marilla severamente, lembrando-se do sucesso deste método no caso anterior. "Então veremos. Talvez ela seja capaz de encontrar o broche se ao menos me contar aonde o levou; mas de qualquer modo, ela terá que ser severamente castigada, Matthew."

"Ora, bem, você vai ter que castigá-la", disse Matthew, buscando seu chapéu. "Eu não tenho nada a ver com isso, lembre-se. Você mesma me advertiu."

Marilla sentiu-se abandonada por todos. Ela nem mesmo poderia recorrer à Sra. Lynde para um conselho. Ela foi até o frontão leste com uma expressão muito séria e de lá saiu com uma expressão ainda mais séria. Anne recusou-se firmemente a confessar. Ela insistiu em afirmar que não havia pegado o broche. A criança claramente havia chorado e Marilla sentiu uma pontada de pena, que reprimiu veementemente. À noite, ela estava, como ela própria expressou, "acabada".

"Você vai ficar neste quarto até confessar, Anne. Você pode estar certa disso", ela disse firmemente.

"Mas o piquenique é amanhã, Marilla", chorou Anne. "A senhora não vai me impedir de ir, vai? A senhora vai me deixar sair à tarde, não vai? Então, eu vou ficar aqui pelo tempo que a senhora quiser DEPOIS de bom grado. Mas eu PRECISO ir ao piquenique."

"Você não vai a piquenique nenhum enquanto não tiver confessado, Anne."

"Ah, Marilla", arfou Anne.

Mas Marilla havia saído e fechado a porta.

A manhã de quarta-feira nasceu clara e luminosa como se expressamente feita sob encomenda para o piquenique. Os pássaros cantavam ao redor de Green Gables, os lírios de Madonna no jardim lançavam sopros de perfume que entravam com a brisa invisível por todas as portas e janelas, e vagavam pelos corredores e quartos como espíritos benevolentes. Os galhos no vale balançavam alegremente como se aguardassem o cumprimento matinal costumeiro de Anne vindo do frontão leste. Mas Anne não estava em sua janela. Quando Marilla subiu com seu café da manhã, encontrou a criança sentada rigidamente na cama, pálida e resoluta, com lábios bem fechados e olhos reluzentes.

"Marilla, estou pronta para confessar."

"Ah!", Marilla pousou a bandeja. Mais uma vez seu método havia tido sucesso; mas seu sucesso era muito amargo para ela. "Deixe-me ouvir o que tem a dizer, então, Anne."

"Eu peguei o broche de ametista", disse Anne, como se repetisse uma lição que havia aprendido. "Eu peguei exatamente como você disse. Não tive a intenção de pegar quando entrei. Mas parecia tão lindo, Marilla, quando o prendi no meu peito, que fui dominada por uma tentação irresistível. Imaginei quão absolutamente emocionante seria levá-lo até a Livre Natureza e brincar de Lady Cordelia Fitzgerald. Seria muito mais fácil imaginar que eu era Lady Cordelia se eu tivesse um broche de ametista de verdade. Diana e eu fazemos colares de frutinhas, mas o que são frutinhas comparadas a ametistas? Então, peguei o broche. Eu pensei que podia colocá-lo de volta antes de a senhora voltar para casa. Dei a volta pela estrada para aproveitar o caminho. Quando eu estava passando sobre a ponte do Lago das Águas Brilhantes, eu tirei o broche para dar mais uma olhada. Ah, como brilhou na luz do sol! E, então, quando eu estava debruçada sobre a ponte, ele escorregou dos meus dedos e foi para baixo, para baixo, para baixo, borbulhando em púrpura, e afundou para sempre no fundo do Lago das Águas Brilhantes. E este é o melhor que posso fazer para confessar, Marilla."

Marilla sentiu uma raiva quente subir pelo seu coração novamente. Aquela criança havia pegado e perdido seu precioso broche de ametista e agora estava sentada ali calmamente recitando os detalhes sem o menor remorso ou arrependimento aparente.

"Anne, isso é terrível", ela disse, tentando falar calmamente. "Você é a menina mais perversa que eu já vi."

"Sim, suponho que eu seja", concordou Anne tranquilamente. "E sei que devo ser punida. Será o seu dever me punir, Marilla. A senhora não poderia me punir agora mesmo? Porque eu gostaria de ir ao piquenique sem nenhuma perturbação."

"Piquenique uma ova! Você não irá ao piquenique hoje, Anne Shirley. Esse vai ser o seu castigo. E não é nem metade tão severo quanto deveria ser pelo que você fez!"

"Não ir ao piquenique!" Anne levantou de um salto e agarrou a mão de Marilla. "Mas a senhora PROMETEU que eu podia ir! Ah, Marilla, eu preciso ir ao piquenique. Foi por isso que confessei. Pode me castigar como quiser, menos assim. Ah, Marilla, por favor, por favor, deixe-me ir ao piquenique! Pense no sorvete! Até onde a senhora sabe, pode ser que eu nunca mais tenha a chance de provar sorvete novamente."

Marilla desvencilhou-se das mãos insistentes de Anne duramente.

"Você não precisa implorar, Anne. Você não vai ao piquenique e ponto final. Não, nem uma palavra."

Anne percebeu que Marilla não se comoveria. Ela entrelaçou as mãos, deu um guincho penetrante, e então atirou-se de bruços na cama, chorando e contorcendo-se em um abandono repleto de decepção e desespero.

"Pelo amor de Deus!", disse Marilla, ofegante, apressando-se para fora do quarto. "Eu acredito que a criança seja maluca. Nenhuma criança em seu juízo se comportaria desse jeito. Se não é maluca, é completamente má. Ah, céus, eu temo que Rachel estivesse certa deste o início. Mas eu tomei minha decisão e não voltarei atrás."

Aquela foi uma manhã sombria. Marilla trabalhou fervorosamente e esfregou o chão da varanda e as prateleiras da leiteria, quando não encontrou mais nada para fazer. Nem as prateleiras nem a varanda precisavam disso, mas Marilla, sim. Então, ela saiu e limpou o quintal.

Quando o jantar estava pronto, ela foi até a escada para chamar Anne. Um rosto manchado de lágrimas surgiu, olhando tragicamente sobre o corrimão.

"Desça para jantar, Anne."

"Eu não quero jantar, Marilla", disse Anne, soluçando. "Eu não poderia comer nada. Meu coração está partido. A senhora sentirá um peso na consciência algum dia, eu espero, por parti-lo, Marilla, mas eu a perdoo. Lembre-se de que eu a perdoo, quando a hora chegar. Mas, por favor, não me peça para comer nada, especialmente porco cozido e verduras. Porco cozido e verduras são tão pouco românticos quando se está aflito."

Exasperada, Marilla voltou à cozinha e contou seus dramas para Matthew, que, entre seu senso de justiça e sua simpatia parcial por Anne, encontrava-se num estado miserável.

"Ora, bem, ela não devia ter pegado o broche, Marilla, ou contado histórias sobre ele", admitiu Matthew, investigando tristemente seu prato pouco romântico cheio de porco e verduras como se ele, assim como Anne, pensasse que era uma comida inapropriada para crises de sentimento, "mas ela é uma coisinha, uma coisinha tão interessante. Você não acha que é muito duro não a deixar ir ao piquenique quando ela quer tanto ir?"

"Matthew Cuthbert, eu estou pasma com você. Eu acho que a deixei escapar muito facilmente. E ela não parece perceber de jeito nenhum quanto se comportou mal, e isso é o que mais me preocupa. Se ela realmente sentisse muito, não seria tão ruim. E você também não parece perceber; você mesmo está dando desculpas para ela o tempo inteiro, eu posso ver isso."

"Ora, bem, ela é uma coisinha tão pequena", reiterou Matthew debilmente. "E concessões precisam ser feitas, Marilla. Você sabe que ela nunca recebeu nenhuma educação."

"Bem, ela está recebendo agora", retorquiu Marilla.

A réplica silenciou Matthew, ainda que não o tenha convencido. O jantar foi uma refeição muito sombria. A única coisa alegre era Jerry Buote, e Marilla ressentiu-se por sua alegria, como se fosse um insulto pessoal.

Quando sua louça estava lavada, seu pão sovado e suas galinhas alimentadas, Marilla lembrou-se de que havia notado um pequeno rasgo no seu melhor xale de renda preta quando o tirou na segunda-feira à tarde ao retornar do Auxílio das Moças.

Ela o consertaria. O xale estava em uma caixa em seu baú. Conforme Marilla o levantou, a luz do sol, atravessando as vinhas que se aglomeravam espessamente na janela, atingiu algo agarrado ao xale, algo que reluzia e brilhava em facetas de luz violeta. Marilla o arrancou com um arquejo. Era o broche de ametista, pendurado pela presilha em um fio de renda!

"Meu Deus do Céu", disse Marilla, vagamente, "o que isto quer dizer? Aqui está o meu broche, que eu pensava estar no fundo da lagoa do Barry, são e salvo. O que é que aquela menina quis dizer quando me contou que o havia pegado e perdido? Declaro que acredito que Green Gables esteja enfeitiçada. Lembro agora que quando tirei meu xale na segunda-feira à tarde, eu o coloquei na cômoda por um minuto. Eu imagino que o broche tenha ficado preso nele de alguma forma. Ora!"

Marilla dirigiu-se para o frontão leste, com o broche na mão. Anne havia chorado até não poder mais e estava sentada à janela sem ânimo.

"Anne Shirley", disse Marilla, solenemente, "eu acabei de encontrar meu broche pendurado no meu xale de renda preta. Agora, eu quero saber que lengalenga foi aquela que você me contou hoje de manhã."

"Ora, a senhora disse que me deixaria aqui até que eu confessasse", respondeu Anne, esgotada, "e então, eu decidi confessar porque assim eu iria ao piquenique. Pensei em uma confissão na noite passada depois de ir para a cama e a deixei o mais interessante possível. E repeti, repeti e repeti para que não a esquecesse. Mas a senhora não me deixou ir ao piquenique mesmo assim, então todo meu trabalho foi em vão."

Marilla precisou conter-se para não rir. Mas sua consciência pesou.

"Anne, você é mesmo uma figura! Mas eu estava errada, vejo isso agora. Eu não devia ter duvidado da sua palavra já que nunca a vi mentir. Claro, não foi certo de sua parte confessar algo que não havia feito, foi muito errado fazer isso. Mas eu a levei a isso. Então, se puder me perdoar, Anne, eu a perdoarei, e vamos começar do zero. Agora, arrume-se para o piquenique.

Anne voou feito um foguete.

"Ah, Marilla, não é tarde demais?"

"Não, são apenas duas da tarde. Eles ainda devem estar se reunindo e ainda vão demorar uma hora antes de tomarem o chá. Lave seu rosto, penteie o cabelo e ponha o vestido listrado. Eu vou encher uma cesta para você. Há muitos pães e bolos nesta casa. E vou pedir ao Jerry para atrelar a égua e levar você até o local do piquenique."

"Ah, Marilla", exclamou Anne, voando para o lavatório. "Há cinco minutos atrás eu estava tão miserável que estava desejando nunca ter nascido, e agora eu não trocaria de lugar com um anjo!"

Naquela noite, Anne voltou absolutamente feliz e completamente cansada a Green Gables, em um estado de beatificação impossível de se descrever.

"Ah, Marilla, eu tive um dia perfeitamente formidável. Formidável é uma palavra nova que aprendi hoje. Eu ouvi Mary Alice Bell usá-la. Não é muito expressiva? Tudo foi adorável. Nós tomamos um chá esplêndido e então o Sr. Harmon Andrews nos levou para remar no Lago das Águas Brilhantes, seis de nós de cada vez. E Jane Andrews quase caiu na água.

Ela estava debruçada para colher lírios-d'água e, se o Sr. Andrews não a tivesse segurado pela faixa bem na hora, ela teria caído e provavelmente se afogado. Queria que tivesse sido eu. Seria uma experiência tão romântica ter quase me afogado. Seria uma história emocionante para contar. E então, nós tomamos sorvete. Palavras me faltam para descrever aquele sorvete. Marilla, eu garanto que foi sublime."

Naquela noite, Marilla contou toda a história para Matthew enquanto cerzia meias.

"Eu estou disposta a admitir que cometi um erro", ela concluiu, candidamente, "mas eu aprendi uma lição. Só consigo rir quando penso na 'confissão' da Anne, embora ache que não deveria, pois foi uma falsidade. Mas não parece tão ruim quanto a outra teria sido, de algum modo, e de qualquer forma, sou responsável por isso. Aquela criança é difícil de entender em alguns aspectos. Mas eu creio que ainda assim ela acabará bem. E uma coisa é certa, nenhuma casa será monótona com ela."

CAPÍTULO XV

Uma Tempestade em Copo d'Água na Escola

"Que dia esplêndido!", disse Anne, com um longo suspiro. "Não é bom simplesmente estar vivo em um dia como este? Eu tenho pena das pessoas que ainda não nasceram por perdê-lo. Elas podem ter dias bons, é claro, mas nunca poderão ter este. É ainda mais esplêndido ter um caminho tão adorável pelo qual ir até a escola, não é?"

"É muito melhor que dar a volta pela estrada; lá é tão poeirento e quente", disse Diana, praticamente, espiando sua cesta de lanche e mentalmente calculando, se as três tortas suculentas e apetitosas de framboesa guardadas ali fossem divididas entre dez meninas, com quantos pedaços cada uma ficaria.

As menininhas da escola de Avonlea sempre juntavam seus lanches, e comer três tortas de framboesa sozinha ou mesmo dividi-las apenas com a melhor amiga teria marcado eternamente a menina que fez isso como "terrivelmente má". E ainda assim, quando as tortas eram divididas entre dez meninas, cada uma recebia apenas o suficiente para ficar com mais vontade ainda.

O caminho de Anne e Diana até a escola ERA mesmo bonito. Anne pensava que aquelas caminhadas indo e voltando da escola com Diana não poderiam ser melhoradas mesmo pela imaginação. Dar a volta pela estrada principal teria sido tão pouco romântico. Mas ir pela Estrada dos Amantes, pelo Salgueiral, pelo Vale Violeta e pelo Caminho das Bétulas era o mais romântico possível.

A Estrada dos Amantes abria-se abaixo do pomar em Green Gables e estendia-se até a floresta no fim da fazenda dos Cuthbert. Era o caminho pelo qual as vacas eram levadas até o pasto dos fundos e a madeira era trazida até a casa no inverno. Anne o havia chamado de Estrada dos Amantes antes de completar um mês em Green Gables.

"Não quer dizer que amantes realmente andem ali", ela explicou a Marilla, "mas Diana e eu estamos lendo um livro simplesmente magnífico e há uma Estrada dos Amantes nele. Então, nós queríamos ter uma também. E é um nome muito bonito, a senhora não acha? Tão romântico! Não conseguimos imaginar os amantes nela, sabe. Eu gosto daquele caminho porque ali se pode pensar em voz alta, sem que as pessoas a chame de maluca."

Anne, começando o dia sozinha pela manhã, desceu a Estrada dos Amantes até o riacho. Ali Diana a encontrou, e as duas menininhas subiram o caminho sob um arco repleto de folhas de bordo.

"Bordos são árvores tão sociáveis", disse Anne, "eles estão sempre farfalhando e sussurrando para a gente", disse, até chegarem a uma ponte rústica.

Então, elas deixaram o caminho e andaram através do campo do Sr. Barry, passando o Salgueiral. Depois do Salgueiral vinha o Vale Violeta, um pontinho verde na sombra da grande floresta do Sr. Andrew Bell.

"Claro que não há violetas lá agora", Anne disse a Marilla, "mas Diana diz que há milhões delas na primavera. Ah, Marilla, a senhora não consegue imaginar que está vendo? É de tirar o fôlego, de verdade. Eu o chamei de Vale Violeta. É agradável ser boa em alguma coisa, não é? Mas a Diana nomeou o Caminho das Bétulas. Ela quis, então eu deixei. Mas tenho certeza de que poderia ter encontrado algo mais poético que apenas Caminho das Bétulas. Qualquer um pode pensar em um nome desses. Mas o Caminho das Bétulas é um dos lugares mais lindos do mundo, Marilla."

E era. Outras pessoas além de Anne também achavam quando passavam por ele. Era um pequeno caminho, estreito e sinuoso, descendo por uma longa colina diretamente através da floresta do Sr. Bell, onde a luz descia filtrada por tantas telas de esmeralda que era tão impecável quanto o coração de um diamante. Era contornada em todo o seu comprimento por bétulas jovens e esguias, de troncos brancos e galhos graciosos. Samambaias, borragens, lírios-do-vale silvestres e tufos escarlates de rivinas cresciam vastamente ao seu redor. E sempre havia um delicioso aroma no ar, a música do canto dos pássaros e o murmúrio e a risada dos ventos da floresta acima das árvores. De tempos em tempos, seria possível ver um coelho pulando sobre a estrada estando-se quieto – o que, com Anne e Diana, acontecia praticamente uma vez na vida. Mais para baixo do vale, o caminho chegava até a estrada principal e, então, apenas subia a colina de espruces até a escola.

A escola de Avonlea era um prédio caiado de branco, de beiradas baixas e janelas amplas, mobiliado por dentro com carteiras confortáveis, substanciais e antiquadas que se abriam e fechavam, cujas tampas estavam completamente entalhadas com as inicias e os hieróglifos de três gerações de estudantes. A escola estava localizada na parte de trás da estrada, e atrás dela havia uma floresta escura de abetos e um riacho, onde todas as crianças colocavam suas garrafas de leite pela manhã, para mantê-las geladas e doces até a hora do jantar.

Marilla havia visto Anne sair para a escola no primeiro dia de setembro com muitas apreensões secretas. Anne era uma menina tão diferente. Como ela se daria com as outras crianças? E como ela conseguiria segurar a língua durante a aula?

Entretanto, as coisas foram melhores do que Marilla temia. Anne voltou para casa naquela noite muito bem-disposta.

"Acho que vou gostar da escola aqui", ela anunciou. "Eu não gosto muito do mestre, no entanto. Ele está sempre torcendo o bigode e olhando para a Prissy Andrews. A Prissy é crescida, sabe. Ela tem dezesseis anos e está estudando para o exame de admissão da Queen's

Academy em Charlottetown ano que vem. Tillie Boulter diz que o mestre está CAÍDO por ela. Ela tem uma linda aparência e cabelos castanhos encaracolados que ela prende de um jeito muito elegante. Ela se senta no longo banco do fundo e ele também, na maior parte do tempo, para explicar as lições para ela, ele diz. Mas a Ruby Gillis diz que o viu escrever algo na lousa dela e, quando Prissy leu, ela ficou vermelha como uma beterraba e deu risadinhas; e a Ruby Gillis diz que ela não acredita que tinha nada a ver com a lição."

"Anne Shirley, não quero ouvi-la falar sobre o seu professor dessa forma novamente", disse Marilla, asperamente. "Você não vai à escola para criticar o mestre. Eu imagino que ele pode lhe ENSINAR algo, e a sua responsabilidade é aprender. E eu quero que você entenda de uma vez que não deve chegar em casa contando histórias sobre ele. Isso é uma coisa que eu não irei incentivar. E espero que você tenha sido uma boa menina."

"E fui mesmo", disse Anne, confortavelmente. "E também não foi tão difícil quanto se podia imaginar. Eu sentei com a Diana. Nosso banco é perto da janela e podemos olhar para o Lago das Águas Brilhantes lá embaixo. Há muitas meninas agradáveis na escola e nos divertimos formidavelmente brincando na hora do almoço. É tão bom ter um monte de meninas para brincar. Mas, é claro que eu gosto mais da Diana e sempre vou gostar. Eu ADORO a Diana. Estou terrivelmente atrasada em relação às outras. Todas elas estão no quinto livro e eu estou apenas no quarto. Eu sinto que é uma espécie de desgraça. Mas nenhuma delas tem uma imaginação como a minha e eu logo descobri. Nós tivemos leitura, geografia, história canadense e um ditado hoje. O Sr. Phillips disse que a minha ortografia era uma desgraça e segurou a minha lousa para que todo mundo pudesse vê-la, toda marcada. Eu me senti tão envergonhada, Marilla; ele deveria ter sido mais gentil com alguém que não conhecia, eu acho. Ruby Gillis me deu uma maçã e Sophia Sloane me emprestou um adorável cartão cor-de-rosa com 'Posso visitá-la em casa?' escrito nele. Eu devo devolvê-lo amanhã. E Tillie Boulter me deixou usar seu anel de contas a tarde toda. Posso pegar algumas daquelas contas peroladas da alfineteira velha do sótão para fazer um anel para mim? E, ah, Marilla, Jane Andrews me disse que Minnie MacPherson disse a ela que ouviu Prissy Andrews dizer a Sara Gillis que eu tinha um nariz muito bonito. Marilla, este é o primeiro elogio que eu recebo na vida e a senhora não pode imaginar que sentimento estranho me causou. Marilla, eu tenho mesmo um nariz bonito? Sei que a senhora vai me dizer a verdade."

"Seu nariz é bom o suficiente", disse Marilla, brevemente. Secretamente, ela pensou que o nariz de Anne era notavelmente bonito, mas não tinha intenção de dizer isso a ela.

Aquilo havia sido há três semanas e tudo havia ocorrido tranquilamente até então. Mais tarde, numa fresca manhã de setembro, Anne e Diana estavam caminhando alegremente pelo Caminho das Bétulas, duas das meninas mais felizes de Avonlea.

"Eu imagino que Gilbert Blythe estará na escola hoje", disse Diana. "Ele esteve visitando seus primos em New Brunswick o verão inteiro, e só chegou em casa no sábado à noite. Ele é TERRIVELMENTE bonito, Anne. E ele provoca as meninas de um jeito horrível. Ele perturba as nossas vidas."

A voz de Diana indicava que ela até que gostava de ter a vida atormentada daquele jeito.

"Gilbert Blythe?", disse Anne. "Não é esse nome que está escrito na parede da entrada com o da Julia Bell e um grande 'Preste Atenção' sobre eles?"

"Sim", disse Diana, sacudindo a cabeça, "mas eu tenho certeza de que ele não gosta muito da Julia Bell. Eu o ouvi dizer que estudou a tabuada nas sardas dela."

"Ah, não fale de sardas para mim", implorou Anne. "Não é delicado, uma vez que eu tenho tantas. Mas eu realmente acho que escrever recados na parede sobre meninos e meninas é a coisa mais boba de todas. Eu gostaria de ver alguém ousar escrever o meu nome com o de um menino. Não, é claro", ela se apressou a acrescentar, "que alguém fosse fazer isso."

Anne suspirou. Ela não queria seu nome escrito. Mas era um pouquinho humilhante saber que não havia perigo algum daquilo acontecer.

"Bobagem", disse Diana, cujos olhos negros e madeixas brilhantes haviam causado tantos danos ao coração dos meninos de Avonlea que seu nome aparecia na parede de entrada com meia dúzia de recados. "É só uma brincadeira. E você não tem como saber se seu nome não vai ser escrito. Charlie Sloane está CAÍDO por você. Ele disse à mãe dele, à MÃE dele, veja bem, que você era a menina mais inteligente da escola. Isso é melhor do que ter boa aparência."

"Não é, não", disse Anne, feminina até a alma. "Eu preferiria ser bonita a ser inteligente. E eu odeio Charlie Sloane, eu não posso suportar um menino com quatro olhos. Se alguém escrevesse meu nome com o dele, eu NUNCA superaria, Diana Barry. Mas É bom ser a primeira da turma."

"Gilbert vai estar na sua turma depois disso", disse Diana, "e ele está acostumado a ser o primeiro da turma dele, pode ter certeza. Ele está apenas no quarto livro, embora tenha quase catorze anos. Quatro anos atrás, o pai dele ficou doente e teve que ir a Alberta cuidar da saúde, e Gilbert foi com ele. Eles ficaram lá por três anos e Gil praticamente não foi à escola até eles voltarem. Você não vai achar tão fácil ser a primeira depois disso, Anne."

"Fico feliz", disse Anne rapidamente. "Eu não poderia mesmo me sentir orgulhosa de ser a primeira em um grupo de menininhas e menininhos de nove ou dez anos. Eu subi de nível ontem ao soletrar 'ebulição'. Josie Pye estava em primeiro lugar e, veja bem, ela espiou no livro. O Sr. Phillips não viu, ele estava olhando para a Prissy Andrews, mas eu vi. Lancei um olhar de desprezo congelante nela, ela ficou vermelha como uma beterraba e soletrou tudo errado."

"Aquelas meninas Pye são todas trapaceiras", disse Diana indignada, enquanto elas escalavam a cerca da estrada principal. "Gertie Pye foi e colocou a garrafa de leite dela no meu lugar no riacho ontem. Onde já se viu? Eu não falo com ela agora."

Quando o Sr. Phillips estava no fundo da sala ouvindo o latim da Prissy Andrews, Diana sussurrou para Anne,

"Aquele é Gilbert Blythe, sentado do outro lado do corredor na sua direção, Anne. Só olhe para ele e diga se não acha que ele é bonito."

Sendo assim, Anne olhou. Ela tinha uma boa oportunidade para fazer isso, pois o tal Gilbert Blythe estava entretido, prendendo secretamente a longa trança amarela de Ruby Gillis, que estava sentada na frente dele, à parte de trás da cadeira dela. Ele era um menino alto, com cabelo castanho encaracolado, olhos travessos cor de avelã, e uma boca torcida em um sorriso provocante. No momento em que Ruby Gillis começou a fazer uma conta para o mestre, ela caiu de volta na cadeira com um pequeno guincho, acreditando que seu cabelo tinha sido puxado pela raiz. Todos olharam para ela e o Sr. Phillips a observou tão seriamente que Ruby começou a chorar. Gilbert tinha feito o alfinete desaparecer de vista e estava estudando seu livro de história com a expressão mais sóbria do mundo. Mas quando o alvoroço se desfez, ele olhou para Anne e piscou com um divertimento indescritível.

"Eu acho que o seu Gilbert Blythe É bonito", confidenciou Anne a Diana, "mas acho que ele é muito atrevido. Não é educado piscar para uma menina que não conhece."

Mas foi apenas à tarde que as coisas realmente começaram a acontecer.

O Sr. Phillips estava de volta a seu canto, explicando um problema de álgebra para Prissy Andrews e o restante dos alunos estava fazendo o que bem queria, comendo maçãs verdes, cochichando, desenhando nas lousas, e carregando grilos amarrados em barbantes para cima e para baixo do corredor. Gilbert Blythe estava tentando fazer Anne Shirley olhar para ele e falhando miseravelmente, pois Anne estava naquele momento totalmente alheia não apenas à existência de Gilbert Blythe, mas a de todo outro aluno da escola de Avonlea inteira. Com seu queixo apoiado nas mãos e os olhos fixos no brilho azul do Lago das Águas Cintilantes que a janela oeste oferecia, ela estava longe em uma terra de sonhos deslumbrante sem ouvir ou ver nada além das próprias visões maravilhosas.

Gilbert Blythe não estava acostumado a se dar ao trabalho de fazer uma menina olhar para ele e fracassar. Ela DEVERIA olhar para ele, aquela menina Shirley ruiva com o queixo pontudo e os olhos grandes que não eram como os de nenhuma outra menina na escola de Avonlea.

Gilbert a alcançou do outro lado do corredor, pegou a ponta da longa trança vermelha de Anne, segurou-a a uma certa distância e disse com um sussurro penetrante:

"Cenoura! Cenoura!"

Então Anne lançou nele um olhar de vingança!

Ela fez mais que olhar. Ela pôs-se de pé, suas brilhantes fantasias irremediavelmente transformadas em ruínas. Ela lançou um olhar indignado a Gilbert, com os olhos cujo brilho raivoso foi rapidamente extinto por lágrimas igualmente raivosas.

"Seu menino ruim, odioso!", ela exclamou, apaixonadamente. "Como ousa!"

E então, pá! Anne desceu sua lousa na cabeça de Gilbert e a partiu – a lousa, não a cabeça – bem ao meio.

A escola de Avonlea sempre gostou de uma cena. E esta era particularmente divertida. Todos disseram "Oh!", em um encanto escandalizado. Diana ofegou. Ruby Gillis, que era inclinada à histeria, começou a chorar. Tommy Sloane deixou seus grilos todos caírem quando olhou boquiaberto para o quadro.

O Sr. Phillips avançou pelo corredor e colocou as mãos pesadamente no ombro de Anne.

"Anne Shirley, o que significa isto?", ele disse raivosamente. Anne não deu resposta. Era exigir demais esperar que ela contasse diante de toda a escola que havia sido chamada de "cenoura". Foi Gilbert quem falou, bravamente.

"Foi minha culpa, Sr. Gilbert. Eu a provoquei."

O Sr. Philips não prestou atenção alguma em Gilbert.

"É lamentável ver um pupilo meu exibindo tal comportamento e tal espírito vingativo", ele disse em um tom solene, como se o mero fato de ser um pupilo seu pudesse eliminar quaisquer sentimentos ruins do coração de pequenos mortais imperfeitos. "Anne, vá e fique de pé na plataforma em frente ao quadro negro pelo resto da tarde."

Anne teria preferido infinitamente uma surra àquele castigo, sob o qual seu espírito sensível vacilou como se recebesse uma chicotada. Com o rosto branco e rígido, ela obedeceu. O Sr. Philips pegou um pedaço de giz e escreveu no quadro negro acima de sua cabeça.

"Ann Shirley tem um temperamento muito ruim. Ann Shirley deve aprender a controlar seu temperamento", e então leu em voz alta para que mesmo o mais iniciante da turma, que não conseguia ler, pudesse entender.

Anne ficou lá pelo resto da tarde com aquela legenda sobre ela. Ela não chorou ou baixou a cabeça. A raiva estava muito quente em seu coração para isso e a sustentou durante toda a sua agonia pela humilhação. Com olhos ressentidos e bochechas vermelhas de emoção, ela confrontou do mesmo modo o olhar solidário de Diana, os acenos indignados de Charlie Sloane e os sorrisos maliciosos de Josie Pye. Quanto a Gilbert Blythe, ela nem mesmo olharia para ele. Ela NUNCA olharia para ele novamente. Nunca falaria com ele!!

Quando a turma foi dispensada, Anne marchou para fora com sua cabeça vermelha erguida. Gilbert Blythe tentou interceptá-la na porta da entrada.

"Eu sinto muito por ter zombado do seu cabelo, Anne", ele suspirou arrependido. "Sinto mesmo. Agora, não fique com raiva de mim para sempre."

Anne passou por ele desdenhosamente, sem olhar ou dar sinal de ter ouvido. "Ah, como você pôde, Anne?", exalou Diana enquanto elas desciam a estrada, igualmente admirada e reprovadora. Diana sentia que ELA nunca poderia ter resistido ao apelo de Gilbert.

"Eu nunca perdoarei Gilbert Blythe", disse Anne, firmemente. "E além disso, o Sr. Philips escreveu meu nome sem o E. Um ferro trespassou-me a alma, Diana."

Diana não fazia ideia do que Anne queria dizer, mas entendeu que era algo terrível.

"Você não deve se importar com o Gilbert zombando do seu cabelo", ela disse, suavemente. "Ora, ele zomba de todas as meninas. Ele ri do meu cabelo porque é tão escuro. Ele já me chamou de corvo várias vezes. E eu também nunca o ouvi se desculpar por nada antes."

"Há uma grande diferença entre ser chamada de corvo e ser chamada de cenoura", disse Anne com dignidade, "Gilbert Blythe feriu meus sentimentos EXCRUCIANTEMENTE, Diana."

É possível que o assunto tivesse desaparecido sem mais nada excruciante se nada além disso houvesse acontecido. Mas quando as coisas começam a acontecer, elas estão prontas para continuar.

Os estudantes de Avonlea frequentemente passavam o horário do meio dia mascando goma no bosque de espruces do Sr. Bell acima da colina, do outro lado do grande campo de pasto. Dali eles podiam ficar de olho na casa de Eben Wright, onde o mestre entrava. Quando eles viam o Sr. Philips emergindo da casa, corriam para a escola, mas a distância sendo três vezes maior que o caminho do Sr. Wright, eles acabavam por chegar lá, esbaforidos e ofegantes, uns três minutos mais tarde.

No dia seguinte, o Sr. Philips foi arrebatado por um de seus esporádicos ataques de reforma e anunciou, antes de ir para casa almoçar, que esperava encontrar todos os estudantes em seus assentos quando retornasse. Qualquer um que chegasse tarde seria punido.

Todos os meninos e algumas das meninas foram para o bosque do Sr. Bell como de costume, com intenção plena de ficar tempo suficiente para "dar uma mastigadinha". Mas bosques de espruce são sedutores e as nozes amarelas de goma são cativantes; eles mascaram, ficaram à toa e perambularam. E, como de costume, a primeira coisa que os fez recordar a noção da passagem do tempo foi Jimmy Glover gritando do topo de um velho espruce patriarcal "o mestre está vindo".

As meninas que estavam no chão foram primeiro e conseguiram alcançar a escola a tempo, mas sem um segundo de folga. Os meninos, que tiveram que se contorcer rapidamente para descer das árvores, chegaram mais tarde. E Anne, que não tinha mascado goma nenhuma, mas estava vagando alegremente pela extremidade do bosque, até a cintura no meio das samambaias, cantando suavemente para si mesma, com uma coroa de fritilárias no cabelo como se fosse uma divindade selvagem de lugares nebulosos, chegou mais tarde que todos. Anne podia correr como uma corça, e ela correu; entretanto, com um travesso resultado, ela ultrapassou os meninos na porta e foi carregada para dentro da escola no meio deles assim que o Sr. Phillips estava pendurando o chapéu.

A breve energia reformadora do Sr. Phillips havia acabado; ele não queria se incomodar em punir uma dúzia de pupilos, mas era necessário fazer algo para recuperar sua palavra, então ele procurou um bode expiatório e o encontrou em Anne, que havia se jogado ofegante na cadeira, com uma coroa de fritilárias esquecida pendurada torta sobre uma orelha e dando-lhe uma aparência particularmente indecorosa e desgrenhada.

"Anne Shirley, uma vez que você parece tão afeiçoada à companhia dos meninos, nós faremos sua vontade nesta tarde", ele disse sarcasticamente. "Tire essas flores do seu cabelo e sente-se com Gilbert Blythe."

Os outros meninos deram risadinhas. Diana, ficando pálida de pena, puxou a coroa do cabelo de Anne e apertou sua mão. Anne olhou para o mestre como se tivesse virado pedra.

"Você ouviu o que eu disse, Anne?", questionou o Sr. Phillips, sério.

"Sim, senhor", Anne disse, devagar, "mas não imaginei que o senhor realmente falasse sério."

"Eu garanto que falei", ainda com a entonação sarcástica que todas as crianças, e Anne especialmente, odiavam. Ela tocava bem na ferida. "Obedeça-me de uma vez."

Por um momento, Anne parecia ter a intenção de desobedecer. Então, percebendo que não havia saída, ela ergueu-se arrogantemente, deu um passo no corredor, sentou-se ao lado de Gilbert Blythe, e enterrou o rosto nos braços em cima da mesa. Ruby Gillis, que conseguiu ver seu rosto de relance enquanto o baixava, disse aos outros indo para casa que "nunca havia visto nada como aquilo... tão branco, com terríveis pintas vermelhas nele."

Para Anne, aquilo era o fim de tudo. Era ruim o suficiente ser escolhida para o castigo dentre outras dúzias de culpados; era pior ainda ser ordenada a sentar-se com um menino, mas que aquele menino fosse Gilbert Blythe era um insulto assolador de injúria a um nível completamente intolerável. Anne sentiu que não poderia suportar e não adiantaria tentar. Todo o seu ser fervilhava de vergonha, raiva e humilhação.

No início, os outros estudantes olharam, cochicharam, riram baixinho e cutucaram-se. Mas como Anne jamais levantou a cabeça e Gilbert trabalhou nas frações como se toda a sua alma estivesse absorvida nelas e nelas apenas, eles logo retornaram às próprias tarefas e Anne foi esquecida. Quando o Sr. Phillips finalizou a aula de história, Anne deveria ter voltado a seu lugar, mas Anne não se mexeu, e o Sr. Phillips, que havia escrito alguns versos "Para Priscilla" antes de concluir a aula, ainda estava pensando sobre uma rima obstinada e não sentiu sua falta. Logo, quando ninguém estava olhando, Gilbert pegou da sua mesa um pequeno doce cor-de-rosa em formato de coração com uma frase dourada nele, "Você é doce", e o deslizou para baixo da curva do braço de Anne. Diante disso, Anne ergueu-se, pegou o coração rosa cuidadosamente nas pontas dos dedos, jogou-o no chão, triturou-o até virar pó embaixo de seu salto, e voltou à sua posição sem dignar-se a conceder um olhar para Gilbert.

Quando a escola terminou, Anne marchou até sua carteira, ostentosamente tirou tudo que havia nela, livros e prancheta, caneta e tinta, testamento e aritmética, e empilhou ordenadamente em sua lousa partida.

"Para que você está levando tudo isso para casa, Anne?", Diana quis saber assim que elas estavam na estrada. Ela não havia ousado perguntar antes.

"Eu não vou mais voltar à escola", disse Anne. Diana ofegou e encarou Anne para ver se ela falava sério.

"A Marilla vai deixar você ficar em casa?", ela perguntou.

"Ela terá que deixar", disse Anne. "Eu NUNCA irei à escola com aquele homem novamente."

"Ah, Anne!", Diana parecia que estava prestes a chorar. "Eu acho que você é mesmo malvada. O que eu vou fazer? O Sr. Phillips vai me fazer sentar com aquela horrível Gertie Pye, eu sei que vai porque ela está sentada sozinha. Volte sim, Anne."

"Eu faria praticamente qualquer coisa no mundo por você, Diana", disse Anne tristemente. "Eu deixaria que me dilacerassem membro a membro se lhe fizesse bem. Mas não posso fazer isso, então por favor não me peça. Você me perturba o espírito."

"Apenas pense em toda a diversão que você vai perder", lamentou Diana. "Nós vamos construir a casa mais adorável lá embaixo no riacho; e vamos jogar bola semana que vem, e você nunca jogou bola, Anne. É tremendamente divertido. E nós vamos aprender uma música nova, Jane Andrews a está praticando agora; e Alice Andrews vai trazer um novo livro da Pansy na semana que vem e todos nós vamos lê-lo em voz alta, capítulo por capítulo, lá no riacho. E você sabe que gosta tanto de ler em voz alta, Anne."

Nada comoveu Anne nem um pouco. Sua decisão estava tomada. Ela não voltaria à escola com o Sr. Phillips novamente. Ela disse a Marilla quando chegou em casa.

"Bobagem", disse Marilla.

"Não é bobagem de forma alguma", disse Anne, observando Marilla com olhos solenes e reprovadores. "A senhora não entende, Marilla? Eu fui insultada."

"Insultada, que bobagem! Você irá à escola amanhã como de costume."

"Ah, não." Anne balançou a cabeça gentilmente. "Eu não vou voltar, Marilla. Eu aprenderei minhas lições em casa, serei tão boa quanto puder e segurarei minha língua o tempo inteiro se for possível. Mas não voltarei à escola, eu garanto."

Marilla viu algo notavelmente parecido com uma teimosia inabalável no pequeno rosto de Anne. Ela compreendeu que teria problemas em superá-la; mas resolveu sabiamente não dizer mais nada naquele momento. "Eu descerei para ver Rachel sobre esse assunto hoje à noite", ela pensou. "Não há como argumentar com Anne agora. Ela está agitada demais e tenho a impressão de que pode ser terrivelmente teimosa quando deseja. Pelo que posso concluir de sua história, o Sr. Phillips tem resolvido os assuntos com uma mão bem firme. Mas não adiantaria dizer isso a ela. Eu conversarei sobre isso com Rachel. Ela enviou dez crianças para a escola e deve saber algo a respeito. Ela também já terá escutado a história completa a esta altura."

Marilla encontrou a Sra. Lynde tricotando colchas tão mecânica e alegremente como sempre.

"Suponho que você saiba porque eu vim", ela disse um pouco envergonhada.

A Sra. Rachel assentiu.

"Sobre a agitação da Anne na escola, eu creio", ela disse. "Tillie Boulter estava voltando para casa da escola e me contou a respeito."

"Eu não sei o que fazer com ela", disse Marilla. "Ela declarou que não vai voltar à escola. Nunca vi uma criança tão agitada. Eu tenho esperado problemas desde que ela começou a ir para a escola. Eu sabia que as coisas estavam indo bem demais para durar. Ela é tão temperamental. O que você recomendaria, Rachel?"

"Bem, já que pediu meu conselho, Marilla", disse a Sra. Lynde amigavelmente, e ela amava quando lhe pediam conselhos, "eu apenas lhe faria um pouco a vontade de início, é o que eu faria. Acredito que o Sr. Phillips estava errado. Claro, não adianta dizer isso à criança, você sabe. E é claro que ele fez certo em puni-la ontem por ceder ao seu temperamento. Mas hoje foi diferente. Os outros que estavam atrasados também deveriam ter sido punidos como a Anne, isso sim. E eu não acredito em fazer as meninas sentar com os meninos como castigo. Não é respeitável. Tillie Boulter estava mesmo indignada. Ela tomou o partido da Anne completamente e disse que todos os estudantes também. Anne parece ser mesmo popular entre eles, de alguma forma. Não sei a que educação está ilha está chegando."

A Sra. Rachel balançou a cabeça, como que para dizer que se ela fosse a única líder do sistema educacional da Província, as coisas seriam gerenciadas de forma bem melhor.

Marilla aceitou o conselho da Sra. Rachel e nenhuma outra palavra foi dita a Anne sobre voltar à escola. Ela aprendia suas lições em casa, cumpria suas tarefas, e brincava com Diana no crepúsculo purpúreo e fresco de outono. Mas, quando se deparava com Gilbert Blythe na estrada ou o encontrava na escola dominical, passava por ele com um contentamento gelado que de modo algum era suavizado pelo seu evidente desejo de apaziguá-la. Até mesmo os esforços de Diana como pacificadora foram em vão. Anne tinha evidentemente se decidido a odiar Gilbert Blythe até o fim da vida.

Por mais que odiasse Gilbert, entretanto, ela amava Diana, com todo o amor de seu apaixonado coraçãozinho, igualmente intenso em seus gostos e aversões. Em uma noite, Marilla, vindo do pomar com uma cesta de maçãs, encontrou Anne sentada à janela leste no crepúsculo, chorando amargamente.

"Qual o problema agora, Anne?", ela perguntou.

"É sobre a Diana", soluçou Anne exuberantemente. "Eu a amo tanto, Marilla. Não posso viver sem ela. Mas eu sei muito bem que, quando crescermos, Diana irá se casar, partir e me deixar. E, ah, o que farei? Eu odeio o marido dela, eu simplesmente o odeio furiosamente. Eu estive imaginando tudo, o vestido e tudo o mais... Diana usando um vestido da cor da neve, com um véu, e parecendo tão linda e majestosa quanto uma rainha; e eu a madrinha, também com um vestido adorável, e mangas bufantes, mas com um coração partido escondido embaixo do meu rosto sorridente. E então dizendo adeus a Diana-a--a." Aqui Anne se desfez completamente e derramou lágrimas com uma amargura crescente.

Marilla virou-se rapidamente para esconder seu rosto contorcido; mas não adiantou. Ela caiu na cadeira mais próxima e explodiu em uma crise de risos tão calorosa e incomum que Matthew, atravessando o quintal lá fora, parou surpreendido. Quando ele havia ouvido Marilla rir daquele jeito antes?

"Bem, Anne Shirley", disse Marilla assim que foi capaz de falar, "se você precisa procurar sarna para se coçar, pelo amor de Deus, procure algo de útil. Eu acredito mesmo que você tem imaginação, sem dúvida."

CAPÍTULO XVI

Diana é convidada para o chá com resultados trágicos

Outubro foi um lindo mês em Green Gables, quando as bétulas no vale se tornaram douradas como a luz do sol, os bordos atrás do pomar ficaram de um vermelho majestoso e as cerejeiras silvestres ao longo da estrada vestiram-se com os tons mais adoráveis de vinho e verde bronzeado, enquanto os campos, consequentemente, iluminavam-se.

Anne deleitou-se com o mundo colorido ao seu redor.

"Ah, Marilla", ela exclamou em uma manhã de sábado, ao entrar dançando com seus braços cheios de belos ramos. "Estou tão feliz de viver em um mundo onde existem outubros. Seria terrível se apenas pulássemos de setembro para novembro, não seria? Veja esses galhos de bordo. Eles não lhe dão uma emoção – muitas emoções? Vou decorar meu quarto com eles."

"Que bagunça!", disse Marilla, cujo senso de estética não era claramente desenvolvido. "Você entulha seu quarto além da conta com coisas lá de fora, Anne. Quartos foram feitos para se dormir."

"Ah, e para sonhar também, Marilla. A senhora sabe que podemos dormir muito melhor em um quarto onde há coisas bonitas. Vou colocar esses ramos no velho jarro azul e deixá-los na minha mesa."

"Preste atenção para não derrubar folhas por toda a escada, então. Eu vou a uma reunião da Sociedade de Auxílio em Carmody hoje à tarde, Anne, e provavelmente não vou voltar para casa até escurecer. Você vai ter que servir a ceia para Matthew e Jerry, então não se esqueça de preparar o chá antes de sentar-se na mesa, como fez da última vez."

"Foi terrível de minha parte esquecer", disse Anne em tom de desculpas, "mas aquela foi a tarde em que eu estava tentando pensar em um nome para o Vale Violeta e isso tomou muito espaço na minha mente. Matthew foi tão gentil. Ele não me deu nem uma bronca. Ele mesmo serviu o chá e disse que podíamos esperar mais um pouco. E eu contei a ele uma linda história de fadas enquanto estávamos esperando, então ele não achou que o tempo foi longo. Foi uma linda história de fadas, Marilla. Eu esqueci o fim dela, então criei eu mesma um novo e o Matthew disse que não saberia dizer onde houve a emenda."

"Matthew acharia que estava tudo bem, Anne, se você decidisse acordar no meio da noite para almoçar. Mas mantenha o juízo desta vez. E eu realmente não sei se estou fazendo certo, isso pode deixá-la mais atrapalhada que nunca, mas você pode convidar Diana para vir, passar a tarde com você e tomar chá."

"Ah, Marilla!", Anne juntou as mãos. "Que maravilha! A senhora É CAPAZ de imaginar coisas afinal, ou nunca teria entendido como eu esperei por isso. Vai ser tão agradável e com jeito de adulto! Não há perigo de eu esquecer de preparar o chá quando tiver visitas. Ah, Marilla, possa usar o jogo de chá estampado com botões de rosa?"

"De jeito nenhum! O jogo de chá de botões de rosa! Bem, e depois o quê? Você sabe que nunca o uso a não ser para o pastor ou para a Sociedade de Auxílio. Você usará o jogo marrom antigo. Mas você pode abrir o potinho amarelo de compota de cerejas. Já era hora de ser usado de qualquer forma, eu creio que está começando a fermentar. E você pode cortar um pouco de bolo de frutas e pegar alguns biscoitos e bolachas."

"Eu já consigo me imaginar sentada à cabeceira da mesa servindo o chá", disse Anne, fechando os olhos estaticamente. "E perguntando a Diana se ela aceita açúcar! Eu sei que não, mas é claro que vou perguntar como se não soubesse. E então, insistindo que ela aceite mais um pedaço de bolo de frutas e outra porção de compota. Ah, Marilla, é uma sensação maravilhosa só de pensar. Posso levá-la ao quarto de hóspedes para tirar o chapéu quando ela chegar? E então para a sala de visitas para sentar-se?"

"Não. A sala de estar vai servir para você e para sua companhia. Mas há uma garrafa cheia de licor de framboesa que sobrou da reunião da igreja uma noite dessas. Está na segunda prateleira do armário da sala de estar e você e Diana podem experimentá-lo, se quiserem, e comerem um biscoito para acompanhá-lo à tarde, pois ouso dizer que Matthew vai chegar tarde para o chá, já que está transportando batatas para a embarcação."

Anne desceu voando até o vale, passando as Borbulhas da Dríade e subindo o caminho de espruces até o Pomar Slope, para convidar Diana para o chá. Como resultado, assim que Marilla havia ido para Carmody, Diana veio, vestida em seu segundo melhor vestido e parecendo exatamente como se deve parecer quando se é convidado para o chá. Nas outras vezes, ela acostumou-se a correr para a cozinha sem bater; mas naquele momento bateu pomposamente na porta da frente. E quando Anne, vestida em seu segundo melhor vestido, abriu com a mesma pompa, ambas as menininhas apertaram as mãos tão seriamente quanto se nunca houvessem se conhecido. Esta solenidade anormal durou até Diana ser levada ao frontão leste para tirar seu chapéu e sentar-se por dez minutos na sala de estar, com os dedos dos pés bem posicionados.

"Como está sua mãe?", indagou Anne, educadamente, como se não tivesse visto a Sra. Barry colhendo maçãs naquela manhã com saúde e humor excelentes.

"Ela está muito bem, obrigada. Suponho que o Sr. Cuthbert esteja transportando batatas para o LILY SANDS nesta tarde, não?", disse Diana, que havia ido até a casa do Sr. Harmon Andrews naquela manhã na charrete de Matthew.

"Sim. Nossa colheita de batatas está muito boa este ano. Espero que a de seu pai também esteja."

"Está muito bem, obrigada. Você já colheu muitas de suas maçãs?"

"Ah, inúmeras", disse Anne, esquecendo-se de ser digna e pulando rapidamente para cima. "Vamos para o pomar e pegar algumas da Doçura Vermelha, Diana. Marilla disse que podemos ficar com todas que sobraram na árvore. Marilla é uma mulher muito generosa. Ela disse que nós podíamos ter bolo de frutas e compota de cereja para o chá. Mas não são boas maneiras dizer à sua companhia o que você lhe dará para comer, então não lhe contarei o que ela disse que poderíamos pegar para beber.

Apenas que começa com L e com F e que tem uma cor vermelha brilhante. Eu amo bebidas de cor vermelha brilhante, você não? Elas têm o gosto duas vezes melhor que qualquer outra."

O pomar, com seus grandes ramos arrebatadores que se curvavam até o chão com frutas, provou-se tão encantador que as menininhas passaram a maior parte da tarde nele, sentadas em um canto do gramado onde a geada havia poupado o verde e a luz suave do sol de outono perdurava calorosa, comendo maçãs e falando tanto quanto podiam. Diana tinha muito a dizer a Anne sobre o que acontecia na escola. Ela tinha que se sentar com Gertie Pye e odiava. Gertie rangia o lápis o tempo todo e isso fazia o seu – de Diana – sangue gelar. Ruby Gillis tinha feito todas as suas verrugas desaparecerem, verdade mesmo, com uma pedrinha mágica que a velha Mary Joe do Creek deu a ela. Era preciso esfregar as verrugas com a pedrinha e então jogá-la por cima do seu ombro esquerdo na hora da lua cheia e as verrugas todas iriam embora. O nome de Charlie Sloane estava escrito com o de Em White na parede da entrada e Em White estava MUITO BRAVA quanto a isso. Sam Boulter havia "provocado" o Sr. Phillips na sala, o Sr. Phillips o açoitou e o pai de Sam veio até a escola e desafiou o Sr. Phillips a colocar a mão em um de seus filhos novamente. E Mattie Andrews tinha uma nova capa vermelha e um casaco transpassado azul com borlas e a arrogância dela por causa isso era de dar nojo. E Lizzie Wright não falava com Mamie Wilson porque a irmã mais velha de Mamie Wilson havia separado a irmã mais velha de Lizzie Wright do namorado. E todos sentiam falta de Anne e desejavam que ela voltasse à escola. E Gilbert Blythe...

Mas Anne não queria ouvir sobre Gilbert Blythe. Ela pulou apressadamente e disse que deveriam entrar e tomar um pouco de licor de framboesa.

Anne olhou na segunda prateleira da despensa, mas não havia nenhuma garrafa de licor de framboesa ali. A busca a revelou bem acima na prateleira superior. Anne a posicionou em uma bandeja e a colocou na mesa com um copo.

"Agora, por favor, sirva-se, Diana", ela disse educadamente, "Eu não acho que vou experimentar agora. Não estou com vontade depois de todas aquelas maçãs."

Diana serviu-se de um copo, olhou admirada para sua tonalidade vermelha e brilhante, e então bebericou delicadamente.

"Este é um ótimo licor de framboesa, Anne", ela disse. "Eu não sabia que licor de framboesa era tão bom."

"Fico muito feliz por você gostar. Beba quanto quiser. Vou sair e acender o fogo. Há tantas responsabilidades na mente de uma pessoa quando está cuidando da casa, não é?"

Quando Anne voltou da cozinha, Diana estava tomando seu segundo copo de licor. E, sendo encorajada por Anne, ela não ofereceu nenhuma objeção em particular a beber um terceiro. As medidas dos copos eram generosas e o licor de framboesa era certamente muito agradável.

"O melhor que já bebi", disse Diana. "É muito melhor que o da Sra. Lynde, embora ela se gabe tanto do dela. Não tem o gosto nem um pouco parecido com o dela."

"Eu imaginava que o licor de framboesa da Marilla seria provavelmente muito melhor que o da Sra. Lynde", disse Anne lealmente. "Marilla é uma cozinheira famosa. Ela está tentando me ensinar a cozinhar, mas eu garanto a você, Diana, é trabalho árduo. Há tão pouco alcance para a imaginação na cozinha. Você deve apenas seguir as regras. Da última vez em que fiz um bolo, esqueci de colocar a farinha. Eu estava pensando na história mais adorável sobre você e eu, Diana. Imaginei que você estava desesperadamente doente com catapora e todos a tinham abandonado, mas eu fui corajosamente para o seu lado na cama e cuidei de você até voltar à vida. E então, eu peguei catapora, morri e fui enterrada embaixo daqueles álamos no cemitério. E você plantou um canteiro de rosas no meu túmulo e o regou com suas lágrimas. E nunca, nunca esqueceu a amiga da sua juventude que sacrificou a vida por você. Ah, foi um conto tão lamentável, Diana. As lágrimas rolaram pelas minhas bochechas enquanto eu misturava o bolo. Mas eu esqueci a farinha e o bolo foi um fracasso completo. A farinha é tão essencial para os bolos, sabe. Marilla estava muito contrariada e não me admira. Eu sou uma grande provação para ela. Ela ficou terrivelmente mortificada pela calda do pudim na semana passada. Nós comemos pudim de ameixa no almoço na terça-feira e tinha sobrado metade do pudim e uma molheira cheia de calda. Marilla disse que havia pudim suficiente para outro almoço e me mandou colocá-lo na prateleira da despensa e cobri-lo. Eu tinha a intenção de cobrir, Diana, mas quando eu o levei, estava imaginando que era uma freira, claro que sou protestante, mas imaginei que era católica, levando o véu para enterrar um coração partido em um isolamento enclausurado. E esqueci de cobrir a calda do pudim. Lembrei na manhã seguinte e encontrei um rato afogado na calda! Eu levantei o rato com uma colher e o joguei no quintal. E então, lavei a colher três vezes. Marilla estava fora ordenhando e eu tinha intenção plena de perguntar a ela, quando ela chegasse, se eu poderia dar a calda para os porcos. Mas, quando ela chegou, eu estava imaginando que eu era uma fada do gelo passando pela floresta e tornando as árvores vermelhas e amarelas, o que quer que elas quisessem ser, então não pensei mais sobre a calda de novo e Marilla me mandou colher maçãs. Bem, o Sr. e a Sra. Chester Roos de Spencervale vieram aqui naquela manhã. Você sabe que eles são pessoas muito elegantes e todos estavam à mesa. Eu tentei ser tão educada e digna quanto possível, pois queria que a Sra. Chester Ross pensasse que eu era uma menina refinada, ainda que não fosse bonita. Tudo correu bem até eu ver Marilla vindo com o pudim de ameixa em uma mão e a molheira de calda AQUECIDA na outra. Diana, aquele foi um momento terrível. Eu me lembrei de tudo, levantei do meu lugar e gritei: 'Marilla, a senhora não pode usar esta calda de pudim! Havia um rato afogado nela. Eu esqueci de lhe dizer antes'. Ah, Diana, eu nunca esquecerei aquele momento terrível nem que eu viva até os cem anos. A Sra. Chester Ross apenas OLHOU para mim e eu pensei que afundaria no chão de tanta vergonha. Ela é uma dona de casa tão perfeita e elegante. O que não deve ter pensado de nós! Marilla ficou vermelha como o fogo, mas não disse uma palavra naquele momento. Ela apenas levou a calda e o pudim para fora e trouxe uma compota de morangos. Ela até me ofereceu um pouco, mas eu não conseguiria engolir nem uma colherada. Minha cabeça estava como carvões em brasa. Depois que a Sra. Chester Ross se foi, Marilla me deu uma bronca horrorosa. Ora, Diana, qual o problema?"

Diana havia levantado muito vacilante; então ela sentou-se novamente, colocando as mãos na cabeça.

"Eu... eu estou muito doente", ela disse com uma voz um pouco embolada. "Eu... eu... devo ir direto para casa."

"Ah, você não deve nem sonhar em ir para casa sem o chá", chorou Anne, aflita. "Eu vou fazer agora mesmo. Vou servir o chá neste minuto."

"Eu preciso ir para casa", repetiu Diana, estúpida, mas determinadamente.

"Deixe-me servir um lanche de qualquer forma", implorou Anne. "Deixe-me dar um pouco de bolo de frutas e um tantinho das compotas de cereja a você. Deite-se no sofá por um tempinho e vai ficar melhor. Onde está doendo?"

"Eu preciso ir para casa", disse Diana, e isso foi tudo que ela disse. Em vão, Anne implorou.

"Nunca vi uma visita ir embora sem o chá", ela lamentou. "Ah, Diana, acha que é possível você estar mesmo pegando catapora? Se você estiver, vou cuidar de você, pode estar certa disso. Eu nunca a abandonarei. Mas eu realmente gostaria que você ficasse até o chá terminar. Onde está doendo?"

"Estou terrivelmente tonta", disse Diana.

E de fato, ela andou muito cambaleante. Anne, com lágrimas de desapontamento em seus olhos, pegou o chapéu de Diana e foi com ela até a cerca do quintal dos Barry. Então, ela chorou por todo o caminho de volta a Green Gables, onde colocou o restante do licor de framboesa dolorosamente de volta na despensa e preparou o chá para Matthew e Jerry, com todo entusiasmo desaparecido de sua performance.

O dia seguinte foi domingo e enquanto a chuva caía torrencialmente do nascer até o pôr do sol, Anne não se afastou de Green Gables. Na segunda-feira à tarde, Marilla a enviou até a Sra. Lynde para cumprir uma tarefa. Em um curto período de tempo, Anne voltou voando pelo caminho com lágrimas rolando pelas bochechas. Na cozinha, ela correu e lançou-se de bruços no sofá, em agonia.

"O que há de errado agora, Anne?", questionou Marilla em dúvida e consternação. "Eu espero que você não tenha sido atrevida com a Sra. Lynde novamente."

Nenhuma resposta de Anne além de mais lágrimas e soluços tempestuosos!

"Anne Shirley, quando eu lhe faço uma pergunta, desejo receber uma resposta. Sente-se direito neste minuto e me diga por que está chorando."

Anne sentou-se, a tragédia em pessoa.

"A Sra. Lynde foi ver a Sra. Barry hoje e a Sra. Barry estava em um estado terrível", ela gemeu. "Ela disse que deixei a Diana BÊBADA no sábado e a enviei para casa em uma condição deplorável. Ela disse que eu devo ser uma menininha completamente má e perversa e que ela nunca, nunca vai deixar Diana brincar comigo novamente. Ah, Marilla, estou tomada pela infelicidade."

Marilla a encarou estupefata.

"Deixou a Diana bêbada!", ela disse quando encontrou a voz. "Anne, você ou a Sra. Barry estão loucas? O que é que você deu a ela?"

"Nada além de licor de framboesa", soluçou Anne. "Eu nunca pensei que licor de framboesa deixasse as pessoas bêbadas, Marilla, nem mesmo se elas bebessem três grandes copos como a Diana fez. Ah, parece tão... tão... como o marido da Sra. Thomas! Mas eu nunca tive a intenção de deixá-la bêbada."

"Bêbada! Que bobagem!", disse Marilla, marchando até a despesa da sala de estar. Ali na prateleira estava uma garrafa que ela reconheceu como a que continha um pouco de seu vinho de groselha de três anos pelo qual ela era celebrada em Avonlea, embora alguns dos mais conservadores, entre eles a Sra. Barry, desaprovassem intensamente. E enquanto Marilla lembrava-se disso, ela lembrou-se de que havia colocado a garrafa de licor de framboesa no porão em vez da despesa, como havia dito a Anne.

Ela voltou à cozinha com a garrafa de vinho na mão. Seu rosto estava se contraindo apesar de seus esforços.

"Anne, você certamente leva jeito para arranjar problema. Você foi e deu vinho de groselha para a Diana em vez de licor de groselha. Você não sabia a diferença?"

"Eu nunca provei", disse Anne. "Eu pensei que fosse licor. Eu queria ser tão... tão... hospitaleira. Daiana ficou terrivelmente doente e teve que ir para casa. A Sra. Barry disse à Sra. Lynde que ela estava simplesmente morta de bêbada. Ela apenas riu tolamente quando a mãe dela perguntou qual era o problema e foi dormir, e dormiu e dormiu por horas. A mãe dela sentiu o cheiro do hálito dela e soube que ela estava bêbada. Ela teve uma dor de cabeça horrível o dia todo ontem. A Sra. Barry está tão indignada. Ela nunca vai acreditar que não fiz de propósito."

"Acho que ela devia punir Diana por ser tão gulosa a ponto de beber três copos de qualquer coisa", disse Marilla, rapidamente. "Ora, três desses copos grandes a teriam deixado mal mesmo se fossem apenas licor. Bem, esta história será um ótimo gancho para aqueles que me criticam tanto por fazer vinho de groselha, embora eu não tenha feito mais há três anos, desde que descobri que o pastor não aprovava. Eu apenas mantive esta garrafa em caso de doença. Pronto, pronto, criança, não chore. Eu não posso considerá-la culpada, embora sinta muito pelo que aconteceu."

"Eu só posso chorar", disse Anne. "Meu coração está partido. As estrelas em suas formações estão em luta contra mim, Marilla. Diana e eu fomos separadas para sempre. Ah, Marilla, eu nunca sonhei com isso quando fizemos nossos votos de amizade."

"Não seja tola, Anne. A Sra. Barry vai pensar melhor sobre isso quando entender que você não foi culpada. Eu suponho que ela pense que você fez isso por causa de uma brincadeira estúpida ou algo desse tipo. É melhor que você vá esta tarde e diga a ela como aconteceu."

"A coragem me abandona ao pensar em encarar a mãe ofendida de Diana", suspirou Anne. "Eu gostaria que a senhora fosse, Marilla. A senhora é muito mais digna do que eu. Ela provavelmente vai ouvi-la mais rapidamente que a mim."

"Bem, eu irei", disse Marilla, refletindo que provavelmente seria a opção mais sábia. "Não chore mais, Anne. Vai ficar tudo bem."

Marilla havia mudado de ideia sobre ficar tudo bem quando voltou do Pomar Slope. Anne a estava observando voltar e voou para a porta da varanda para encontrá-la.

"Ah, Marilla, eu sei pelo seu rosto que não adiantou", ela disse tristemente. "A Sra. Barry não vai me perdoar?"

"A Sra. Barry, pois não!", explodiu Marilla. "De todas as mulheres irracionais que já vi, ela é a pior. Eu disse a ela que foi tudo um erro e que você não teve culpa, mas ela simplesmente não acreditou em mim. E esfregou na minha cara sobre o meu vinho de groselha e como eu sempre dizia que não poderia afetar ninguém. Eu disse a ela simplesmente que vinho de groselha não se devia beber três copos de uma vez e que se uma criança com a qual eu tivesse que lidar fosse tão gulosa, eu a deixaria sóbria com uma boa surra."

Marilla foi até a cozinha, gravemente perturbada, deixando uma pequena alma muito distraída na varanda atrás dela. Anne saiu sem chapéu no entardecer gelado de outono. Muito determinada e seguramente, ela tomou o caminho através do campo de trevos pela ponte de madeira e através do bosque de espruces, iluminado por uma pequena lua baixa sobre a floresta oeste. A Sra. Barry, vindo até a porta em resposta a uma batida tímida, encontrou uma suplicante de lábios pálidos e olhos ávidos na soleira de sua porta.

Seu rosto endureceu. A Sra. Barry era uma mulher de fortes preconceitos e antipatias, e sua raiva era do tipo gelado e sombrio que era sempre o mais difícil de superar. Para fazer-lhe justiça, ela realmente acreditava que Anne havia deixado Diana bêbada por pura maldade, e estava sinceramente ansiosa para proteger sua filhinha da contaminação por intimidades adicionais com uma criança daquelas.

"O que você quer?", ela disse, rigidamente.

Anne apertou as mãos.

"Ah, Sra. Barry, por favor, perdoe-me. Eu não quis... não quis... embebedar a Diana. Como eu poderia? Apenas imagine se a senhora fosse uma pobre menininha órfã que pessoas gentis haviam adotado e tivesse apenas uma amiga do peito no mundo inteiro. A senhora acha que a embebedaria de propósito? Eu pensei que fosse apenas licor de framboesa. Eu estava firmemente convencida de que era licor de framboesa. Ah, por favor, não diga que não deixará Diana brincar mais comigo. Se fizer isso, a senhora cobrirá a minha vida com uma nuvem negra de infelicidade."

Este discurso, que teria suavizado o bom coração da Sra. Lynde em um piscar de olhos, não teve nenhum efeito na Sra. Barry além de irritá-la ainda mais. Ela suspeitava das palavras grandes e dos gestos dramáticos de Anne e imaginava que a criança estava zombando dela. Então, ela disse, fria e cruelmente:

"Eu não acho que você seja uma garotinha adequada com quem Diana possa se associar. É melhor que você vá para casa e se comporte."

Os lábios de Anne tremeram.

"A senhora não me deixará ver Diana apenas uma vez para dizer adeus?", ela implorou.

"Diana foi a Carmody com o pai", disse a Sra. Barry, entrando e fechando a porta.

Anne voltou a Green Gables repleta de desespero.

"Minha última esperança se foi", ela disse a Marilla. "Fui ver a Sra. Barry e ela me tratou de forma muito insultante. Marilla, eu NÃO acho que ela é uma mulher de classe. Não há nada mais a fazer, exceto rezar e não tenho muita esperança de que isso faça algum bem porque, Marilla, não creio que o próprio Deus possa fazer muito com uma pessoa tão obstinada quanto a Sra. Barry."

"Anne, você não deveria dizer tais coisas", repreendeu Marilla, esforçando-se para superar aquela tendência pecaminosa a rir que ela, preocupantemente, encontrava crescendo em si. E de fato, quando ela contou a história toda a Matthew naquela noite, ela riu calorosamente sobre as atribulações de Anne.

Mas quando ela deslizou até o frontão leste antes de ir para a cama e viu que Anne tinha chorado até dormir, uma doçura desacostumada penetrou seu rosto.

"Pobre alma", ela murmurou, levantando uma mecha solta de cabelo do rosto manchado de lágrimas da criança. Então, ela curvou-se e beijou a bochecha corada no travesseiro.

CAPÍTULO XVII
Um novo interesse na vida

Na tarde seguinte, Anne, curvada sobre sua colcha de retalhos na janela da cozinha, acabou olhando para fora e contemplou Diana nas Borbulhas da Dríade acenando misteriosamente. Em um instante, Anne estava fora da casa e saiu voando vale abaixo, com espanto e esperança brigando em seus olhos expressivos. Esperança esta que se foi quando ela viu o semblante abatido de Diana.

"Sua mãe ainda não cedeu?", ela ofegou.

Diana balançou a cabeça tristemente.

"Não; e, ah, Anne, ela diz que eu nunca mais vou poder brincar com você novamente. Chorei e chorei e expliquei que não tinha sido sua culpa, mas não adiantou. Nunca tive tanto trabalho para convencê-la a me deixar descer e me despedir de você. Ela me deu apenas dez minutos e está contando no relógio."

"Dez minutos não é muito tempo para dizer um adeus eterno", disse Anne, em lágrimas. "Ah, Diana, prometes fielmente nunca me esquecer, a amiga da tua juventude, não importa quão carinhosos teus novos e caros amigos possam ser?"

"Claro que sim", soluçou Diana, "e nunca terei outra amiga do peito... e não quero ter. Eu não poderia amar ninguém como amo você."

"Ah, Diana", chorou Anne, apertando as mãos, "tu me AMAS?"

"Ora, é claro que amo. Você não sabia?"

"Não", Anne deu um longo suspiro. "Pensei que tu GOSTASSES de mim, é claro, mas nunca esperei que me AMASSES. Ora, Diana, eu não pensei que alguém pudesse me amar. Ninguém nunca me amou desde quando eu consigo me lembrar. Ah, isso é maravilhoso! É um raio de luz que brilhará para sempre na escuridão de um caminho apartado de ti, Diana. Ah, apenas diz mais uma vez."

"Eu a amo com devoção, Anne", disse Diana firmemente. "E sempre amarei, esteja certa disso."

"E eu sempre amarei a ti, Diana", disse Anne, solenemente estendendo sua mão. "Pelos anos que virão, tua lembrança brilhará como uma estrela sobre a minha vida solitária, como a última história que lemos juntas, diz Diana, dá-me uma mecha de tuas tranças intensamente negras ao partires para que eu a guarde como um tesouro para todo o sempre?"

"Você tem algo para cortar?", questionou Diana, enxugando as lágrimas que o tom comovido de Anne havia feito fluir e retornando às praticidades.

"Sim. Por sorte, estou com a minha tesoura de fazer retalhos no bolso do meu avental", disse Anne. Ela solenemente cortou um dos cachos de Diana. "Adeus, minha adorada amiga. A partir de agora seremos estranhas ainda que vivamos lado a lado. Mas meu coração sempre será fiel a ti."

Anne ficou e viu Diana partir, acenando a mão tristemente quando ela se virou e olhou para trás. Então, ela voltou para casa, ainda nem um pouco consolada por aquela romântica partida.

"Está tudo acabado", ela informou Marilla. "Nunca terei outra amiga. Estou muito pior do que já estive antes, pois não tenho Katie Maurice ou

Violetta agora. E mesmo se tivesse, não seria o mesmo. De alguma forma, sonhos de menininhas não satisfazem depois de uma amiga de verdade. Diana e eu tivemos uma despedida tão comovente lá na nascente. Permanecerá sagrada na minha memória para sempre. Eu usei a linguagem mais dramática que pude imaginar e disse "tu" e "a ti". "Tu" e "a ti" parecem tão mais românticos que "você". Diana me deu uma mecha de seu cabelo. Vou costurá-la em uma bolsinha e carregá-la ao redor do meu pescoço por toda a vida. Por favor, garanta que seja enterrada comigo, pois não creio que viverei muito. Talvez quando me vir deitada, fria e morta diante dela, a Sra. Barry sinta remorso pelo que fez e deixe Diana ir ao meu funeral."

"Não creio que haja risco de você morrer enquanto puder falar, Anne", disse Marilla, sem simpatia.

Na segunda-feira seguinte, Anne surpreendeu Marilla ao ir até seu quarto com sua cesta de livros apoiada nos braços e nos quadris, os lábios empertigados em uma linha de determinação.

"Vou voltar à escola", ela anunciou. "É tudo que me resta na vida, agora que minha amiga foi cruelmente arrancada de mim. Na escola, poderei olhar para ela e refletir sobre os dias passados."

"É bom você refletir sobre suas lições e contas", disse Marilla, escondendo seu prazer com o desenrolar da situação. "Se você vai voltar à escola, espero não ouvir mais nada a respeito de quebrar lousas na cabeça das pessoas e coisas do tipo. Comporte-se e faça o que o professor manda."

"Tentarei ser uma pupila-modelo", concordou Anne, dolorosamente. "Não vai ter muita graça nisso, eu espero. O Sr. Phillips disse que Minnie Andrews era uma pupila-modelo, e não há um pingo de imaginação ou vida nela. Ela é apenas entediante, insignificante e parece nunca se divertir. No entanto, eu me sinto tão deprimida que talvez seja fácil para mim agora. Irei pela estrada. Não poderia suportar ir pelo Caminho das Bétulas sozinha. Eu choraria amargas lágrimas se fizesse isso."

Anne foi recebida de volta à escola de braços abertos. Sua falta de imaginação havia sido extremamente sentida nas brincadeiras, assim como a ausência de sua voz nos cantos e sua habilidade dramática na leitura em voz alta dos livros na hora do almoço. Ruby Gillis surrupiou três ameixas azuis para ela durante a leitura do testamento. Ella May MacPherson deu a ela um enorme amor-perfeito amarelo cortado da capa de um catálogo floral, uma espécie de decoração de carteira muito valorizada na escola de Avonlea. Sophia Sloane se ofereceu para ensinar-lhe um novo padrão perfeitamente elegante de crochê, tão bonito para decorar aventais. Katie Boulter deu a ela uma garrafa de perfume para colocar água e apagar a lousa. E Julia Bell copiou cuidadosamente em um pedaço de papel cor-de-rosa recortado nas pontas a seguinte efusão:

"Quando o crepúsculo baixar sua cortina
E com uma estrela a arrematar
Lembre-se de que tem um amigo
Embora longe ele possa estar"

"É tão bom ser apreciada", suspirou Anne entusiasmadamente para Marilla naquela noite.

As meninas não eram as únicas da escola que "apreciavam" Anne. Quando Anne foi para seu lugar depois do horário do almoço – o Sr. Phillips a havia mandado sentar-se com a modelo Minnie Andrews –, ela encontrou em sua mesa uma grande e carnuda "maçã-morango". Anne a pegou, pronta para dar uma mordida, quando lembrou que o único lugar em Avonlea onde maçãs-morango cresciam era no velho pomar Blythe, do outro lado do Lago das Águas Brilhantes. Anne deixou a maçã cair como se fosse carvão quente e ostentosamente limpou os dedos em seu lenço. A maçã permaneceu intocada em sua mesa até a manhã seguinte, quando o pequeno Timothy Andrews, que varria a escola e acendia o fogo, tomou-a como um de seus privilégios. O lápis de giz de Charles Sloane, lindamente decorado com papel listrado vermelho e amarelo, custando dois centavos enquanto os comuns custavam apenas um, que ele levou para ela depois da hora do almoço, encontrou uma recepção mais favorável. Anne ficou graciosamente satisfeita em aceitá-lo e presenteou o doador com um sorriso que exaltou aquela juventude enamorada diretamente para o sétimo céu e o fez cometer erros tão terríveis em seu ditado que o Sr. Phillips o manteve na escola para reescrevê-lo.

Mas como

"O desfile de César destituído do busto de Brutus
Não fez mais que lembrá-la do melhor filho de Roma"

Assim, a ausência marcada de qualquer presente ou reconhecimento por parte de Diana Barry, que estava sentada com Gertie Pye, amargurou o pequeno triunfo de Anne.

"Diana deve ter sorrido para mim apenas uma vez, eu acho", lamentou-se ela para Marilla naquela noite. Contudo, na manhã seguinte, um bilhete assustadora e maravilhosamente revirado e dobrado e um pequeno pacote foram passados para Anne.

"Querida Anne (dizia o primeiro)
Minha mãe diz que não devo brincar ou falar com você, nem mesmo na escola. Não é minha culpa e não fique contrariada comigo, porque eu a amo como sempre amei. Eu sinto terrivelmente a sua falta para contar-lhe todos os meus segredos e não gosto nem um pouco de Gertie Pye. Eu fiz para você um daqueles novos marca-páginas de papel de seda vermelho. Eles estão muito na moda agora e só três meninas na escola sabem fazê-lo. Quando olhar para ele, lembre-se de
Sua verdadeira amiga,
Diana Barry."

Anne leu o bilhete, beijou o marca-página e prontamente despachou uma resposta de volta para o outro lado da escola.

"Minha querida Diana
Claro que não estou contrariada com você porque deve obedecer sua mãe. Nossos espíritos podem comungar. Eu guardarei seu adorável presente para sempre. Minnie Andrews é uma menina muito boazinha – embora não tenha imaginação – mas depois de ter sido a amiga do peitu de Diana Barry, eu não podeia ser de Minnie. Por favor, desculpe meus erros porque minha ortografia ainda não está

muito boa, embora tenha melhorado muinto.

Sua até que a morte nos separe,

Anne ou Cordelia Shirley.

Obs. Dormirei com a sua carta embaixo do meu travesseiro esta noite. A. OU C.S.

Marilla, pessimista, esperava mais problemas uma vez que Anne retornasse à escola. Nenhum se desenvolveu, no entanto. Talvez Anne tenha pegado um pouco do espírito "modelo" de Minnie Andrews. Ao menos ela se deu muito bem com o Sr. Phillips a partir de então. Ela lançou-se aos estudos de corpo e alma, determinada a não ser superada em nenhuma turma por Gilbert Blythe. A rivalidade entre eles logo ficou aparente. Gilbet era inteiramente de boa natureza; mas era temível que a mesma coisa não pudesse ser dita de Anne, que certamente tinha uma tendência indigna de guardar rancor. Ela era intensa em seus ódios e em seus amores. Ela não se rebaixaria para admitir que queria rivalizar com Gilbert no trabalho da escola, porque isso seria reconhecer sua existência, que Anne persistentemente ignorava. Mas a rivalidade estava lá e honras flutuavam entre eles. Em uma hora Gilbert era líder da turma de soletrar; noutra, com um movimento de suas longas tranças vermelhas, Anne o superava ao soletrar. Em uma manhã, Gilbert tinha feito todas as suas contas corretamente e tinha seu nome escrito na lousa na lista de honras; na manhã seguinte, Anne, tendo lutado selvagemente com os decimais durante toda a noite anterior, era a primeira. Em um dia horrível houve um empate e o nome de ambos foi escrito junto. Foi quase tão ruim quanto um recado na parede, e a vergonha de Anne foi tão evidente quanto a satisfação de Gilbert. Quando aconteciam as provas escritas ao fim de cada mês, o suspense era terrível. No primeiro mês, Gilbert saiu com três notas na frente. No segundo, Anne o venceu por cinco. Mas seu triunfo era estragado pelo fato de Gilbert a parabenizar calorosamente diante de toda a escola. Teria sido muito mais doce para ela se ele tivesse sentido o golpe de sua derrota.

O Sr. Phillips pode não ter sido um bom professor; mas um pupilo tão inflexivelmente determinado a aprender, como Anne estava, dificilmente poderia escapar de fazer progresso sob a tutela de qualquer tipo de professor. No fim do período letivo, Anne e Gilbert foram ambos promovidos ao quinto ano e receberam permissão para começar a estudar os elementos dos "ramos", os quais correspondiam a latim, geometria, francês e álgebra. Em geometria, Anne encontrou seu Waterloo.

"É uma coisa simplesmente horrorosa, Marilla", ela gemeu. "Eu tenho certeza de que nunca vou entender coisa nenhuma. Não há alcance para a imaginação ali de jeito nenhum. O Sr. Phillips disse que sou a pior aluna que ele já viu. E Gil... quero dizer, alguns dos outros são tão inteligentes para isso. É extremamente embaraçoso, Marilla. Até Diana se sai melhor que eu. Mas não me importo de ser vencida pela Diana. Mesmo que nós sejamos estranhas uma para a outra agora, eu ainda a amo com um amor INEXTINGUÍVEL. Eu muito fico triste às vezes ao pensar nela. Mas, de verdade, Marilla, uma pessoa não pode permanecer muito triste por muito tempo em um mundo tão interessante, não é?"

CAPÍTULO XVIII
Anne ao resgate

Todas as grandes coisas estão entrelaçadas com as coisas pequenas. Ao primeiro olhar, pode não parecer que a decisão de certo premiê canadense de incluir a Ilha Prince Edward em uma viagem política poderia ter muito ou qualquer coisa sequer a ver com o destino da pequena Anne Shirley em Green Gables. Mas tinha.

Era janeiro quando o premiê veio para dirigir-se a seus leais apoiadores e alguns daqueles que não o apoiavam e que haviam comparecido à monstruosa assembleia em massa organizada em Charlottetown. A maior parte das pessoas de Avonlea estava do lado do premiê na política; portanto, na noite da assembleia, quase todos os homens e uma boa quantidade de mulheres foram à cidade, a trinta milhas de distância. A Sra. Rachel Lynde também foi. A Sra. Rachel Lynde era ardentemente envolvida na política e não poderia ter acreditado que a manifestação política poderia ter seguido sem ela, embora estivesse do lado oposto. Então, ela foi até a cidade e levou seu marido – Thomas seria útil para tomar conta do cavalo – e Marilla Cuthbert com ela. A própria Marilla tinha um interesse sorrateiro em política e, como pensou que seria sua única chance de ver o premiê em pessoa, ela prontamente aceitou, deixando Anne e Matthew cuidando da casa até que retornasse, no dia seguinte.

Portanto, enquanto Marilla e a Sra. Rachel estavam aproveitando a assembleia, Anne e Matthew ficaram com a alegre cozinha de Green Gables toda para eles. Um fogo reluzente estava brilhando no fogão Waterloo antiquado e cristais azuis e brancos estavam brilhando nas vidraças. Matthew assentia lendo um *Defensor dos Fazendeiros* no sofá e Anne, na mesa, estudava suas lições com uma determinação implacável, apesar dos diversos olhares melancólicos para o relógio da prateleira, onde estava o novo livro que Jane Andrews havia lhe emprestado naquele dia. Jane garantira que ele lhe causaria muitas emoções, ou algo nesse sentido, e os dedos de Anne comichavam para alcançá-lo. Mas isso significaria o triunfo de Gilbert Blythe no dia seguinte. Anne virou as costas para o relógio de prateleira e tentou imaginar que ele não estava ali.

"Matthew, o senhor alguma vez estudou geometria quando foi à escola?"

"Ora, bem, não estudei, não", disse ele, acordando de seu cochilo com um pulo.

"Eu gostaria que tivesse estudado", suspirou Anne, "porque então o senhor poderia ser capaz de se compadecer. O senhor não pode me ajudar direito se nunca estudou. Uma nuvem negra está sendo lançada sobre a minha vida. Eu sou tão burra nisso, Matthew."

"Ora, bem, eu não sei", disse Matthew calmamente. "Eu acredito que você seja boa em qualquer coisa. O Sr. Phillips me disse na semana passada na loja de Blair em Carmody que você era a aluna mais inteligente da escola e estava fazendo progresso rapidamente. "Progresso rapidamente" foram exatamente as palavras dele. Falam muito sobre Teddy Phillips e dizem que ele não é lá um grande professor, mas imagino que ele seja bom."

Matthew teria achado que qualquer um que elogiasse Anne era bom.

"Eu tenho certeza de que me daria melhor em geometria se ele não mudasse as letras", reclamou Anne. "Eu aprendo o teorema de cor, aí ele vai até a lousa e coloca letras diferentes das que estão no livro, fico toda confusa. Eu acho que um professor não deveria tirar proveito desse jeito, o senhor não acha? Nós estamos estudando agricultura agora e eu finalmente descobri o que torna as estradas vermelhas. É um grande alívio. Eu me pergunto se Marilla e a Sra. Lynde estão se divertindo. A Sra. Lynde diz que o Canadá está ao léu por causa do jeito que as coisas estão sendo dirigidas em Ottawa e que isso é um sinal terrível para os eleitores. Ela diz que se as mulheres receberem o direito de votar, nós logo veremos uma abençoada mudança. De que modo o senhor vota, Matthew?"

"Conservador", disse Matthew prontamente. Votar no partido conservador era parte da religião de Matthew.

"Então, sou conservadora também", disse Anne, decididamente. "Fico feliz porque Gil... porque alguns meninos da escola são liberais. Eu imagino que o Sr. Phillips também seja, porque o pai de Prissy Andrews é, e Ruby Gillis diz que um homem, quando está fazendo a corte, deve sempre concordar com a mãe da garota sobre religião e com o pai dela sobre política. É verdade, Matthew?"

"Ora, bem, eu não sei", disse Matthew.

"O senhor já cortejou alguém, Matthew?"

"Ora, bem, não, creio que não", disse Matthew, que certamente nunca havia pensando em tal coisa em toda a sua existência.

Anne refletiu com o queixo nas mãos.

"Deve ser bem interessante, o senhor não acha, Matthew? Ruby Gillis diz que vai ter muitos namorados na palma da mão quando crescer e que vai deixá-los loucos por ela, mas acho que isso seria emocionante demais. Eu preferiria ter apenas um e com uma mente sã. Só que Ruby Gillis sabe muito sobre esses assuntos porque tem muitas irmãs mais velhas, e a Sra. Lynde diz que as meninas Gillis vendem como água. O Sr. Phillips visita Prissy Andrews quase todas as tardes. Ele diz que é para ajudá-la com as lições, embora Miranda Sloane também esteja estudando para a Queen's, e acredito que ela precise muito mais de ajuda que Prissy, pois é muito mais estúpida, ele nunca vai ajudá-la à tarde, de jeito nenhum. Há muitas coisas neste mundo que não consigo entender direito, Matthew."

"Ora, bem, eu mesmo também não entendo", reconheceu Matthew.

"Bem, suponho que deva terminar minhas lições. Não me permitirei abrir aquele livro novo que Jane me emprestou até terminar. Mas é uma tentação terrível, Matthew. Mesmo quando estou de costas, posso vê-lo bem ali. Jane disse que chorou até ficar doente. Eu amo livros que me fazem chorar. Acho, porém, que vou levar aquele livro para a sala de estar, trancá-lo no armário e dar-lhe a chave. E o senhor NÃO deve me entregar, Matthew, até que as minhas lições estejam terminadas, nem mesmo se eu implorar de joelhos. É muito bom dizer que resistimos à tentação, mas é muito mais fácil resistir se não pudermos pegar a chave. E então, devo descer até o porão e pegar algumas maçãs, Matthew? O senhor não gostaria de algumas?

"Ora, bem, não sei se gostaria", disse Matthew, que nunca comia esse tipo de maçã, mas sabia da fraqueza de Anne por elas.

Assim que Anne emergiu triunfante do porão com um prato de maçãs, surgiu o som de passos rápidos sobre o piso coberto de gelo lá fora e, no momento seguinte, a porta da cozinha foi aberta; por ela entrou Diana Barry, com o rosto lívido, sem fôlego e com um xale enrolado de forma apressada em volta da cabeça. Anne rapidamente largou a vela e o prato com a surpresa. Prato, vela e maçãs caíram escada abaixo e, no dia seguinte, cobertos de cera, foram encontrados por Marilla, que os recolheu e agradeceu a Deus por não ter pegado fogo na casa.

"Qual o problema, Diana?", gritou Anne. "Sua mãe finalmente cedeu?"

"Ah, Anne, por favor, venha depressa", implorou Diana, nervosa. "Minnie May está terrivelmente doente, com crupe. É o que a jovem Mary Joe disse. Papai e Mamãe estão fora na cidade, e não há ninguém para ir até o médico. Minnie May está muito mal, e a jovem Mary Joe não sabe o que fazer... E, ah, Anne, estou com tanto medo!"

Matthew, sem uma palavra, buscou o chapéu e o casaco, deslizou por Diana e saiu para a escuridão do quintal.

"Ele foi atrelar a égua alazã para ir a Carmody chamar o médico", disse Anne, que estava correndo para colocar o capuz e a jaqueta. "Sei tão bem como se ele tivesse dito. Matthew e eu somos almas amigas e posso ler seus pensamentos sem nenhuma palavra."

"Eu não acredito que ele vá encontrar o médico em Carmody", soluçou Diana. "Eu sei que o Dr. Blair foi para a cidade e imagino que o Dr. Spencer tenha ido também. A jovem Mary Joe nunca viu ninguém com crupe e a Sra. Lynde está fora. Ah, Anne!"

"Não chore, Di", disse Anne, com alegria. "Eu sei exatamente o que fazer em caso de crupe. Você esqueceu que a Sra. Hammond teve gêmeos três vezes. Quando alguém cuida de três pares de gêmeos, é natural que ganhe muita experiência. Todos eles tiveram crupe. Espere até eu pegar a garrafa de ipecacuanha, pode ser que você não tenha nenhuma em casa. Agora vamos."

As duas menininhas apressaram-se para sair e, de mãos dadas, correram pela Estrada dos Amantes e através do campo coberto por uma crosta de gelo, pois a neve estava muito espessa para ir pelo atalho da floresta. Anne, embora sinceramente com pena de Minnie May, estava longe de ficar insensível ao romance da situação e à doçura de mais uma vez compartilhar aquele romance com uma alma amiga.

Aquela noite foi clara e gelada, cheia de sombras escuras e montes brancos de neve; grandes estrelas estavam brilhando sobre os campos silenciosos; aqui e ali os abetos escuros e pontudos erguiam-se com neve salpicando seus galhos e o vento soprando através deles. Anne realmente pensou no encanto que era deslizar sobre todo esse mistério e beleza com sua amiga do peito que havia sido distanciada por tanto tempo.

Minnie May, de três anos, estava mesmo muito doente. Ela havia deitado no sofá da cozinha, com febre e inquieta, e sua respiração rouca podia ser ouvida por toda a casa. A jovem Mary Joe, uma menina francesa do Creek rechonchuda e de rosto largo que a Sra. Barry havia contratado para ficar com as crianças durante sua ausência, estava impotente e desorientada, incapaz de pensar no que fazer; e mesmo que conseguisse pensar, ainda assim, não conseguiria fazer nada.

Anne foi ao trabalho com habilidade e prontidão.

"Minnie May está mesmo com crupe, ela está bem mal, mas já vi gente pior. Primeiro, precisamos de muita água quente. Eu acredito, Diana, que não há mais que uma xícara na chaleira! Aqui, eu enchi. Você, Mary Joe, coloque lenha no fogão. Não quero magoar seus sentimentos, mas me parece que você poderia ter pensado nisso antes se tivesse alguma imaginação. Agora, vou despir Minnie May e colocá-la na cama, e você tente encontrar algumas roupas leves de flanela, Diana. Vou dar a ela uma dose de ipecacuanha primeiro."

Minnie May não tomou a ipecacuanha, mas Anne não havia criado três pares de gêmeos para nada. Para dentro foi a ipecacuanha, não apenas uma, mas muitas vezes durante a noite longa e ansiosa. Enquanto as duas menininhas trabalhavam pacientemente para diminuir o sofrimento de Minnie May, a Jovem Mary Joe, aflita para fazer tudo o que podia, mantinha um fogo feroz e aquecia mais água que o necessário a um hospital cheio de bebês com crupe.

Eram três em ponto quando Matthew chegou com o médico. Ele havia sido obrigado a ir até Spencervale em busca de um, mas a urgência de auxílio médico tinha passado. Minnie May estava muito melhor e dormia profundamente.

"Eu estava quase cedendo ao desespero", explicou Anne. "Ela piorou e piorou, até que ficou mais doente que os gêmeos Hammond, mesmo o último par. Realmente pensei que ela sufocaria até morrer. Eu dei a ela até a última gota de ipecacuanha daquela garrafa. Quando a última dose se foi, eu disse a mim mesma, e não a Diana ou a Jovem Mary Joe, porque eu não queria preocupá-las ainda mais, mas tinha que dizer a mim mesma para aliviar meus sentimentos: 'Esta é a última esperança que resta e temo que seja em vão'. No entanto, em três minutos ela tossiu o catarro para fora e começou a melhorar imediatamente. O senhor deve imaginar meu alívio, doutor, pois não sou capaz de expressá-lo em palavras."

"Sim, eu sei", assentiu o médico. Ele olhou para Anne como se estivesse pensando algumas coisas a respeito dela que não podiam ser expressadas por palavras. Mais tarde, porém, ele as expressou ao Sr. e Sra. Barry.

"Aquela menininha ruiva que os Cuthbert têm é esperta que só. Eu lhes digo que salvou a vida daquela bebê. Teria sido tarde demais quando cheguei. Ela parece ter uma habilidade e uma presença de espírito maravilhosas para uma criança de sua idade. Eu nunca vi nada igual àqueles olhos enquanto ela me explicava o caso."

Anne foi para casa numa maravilhosa manhã de inverno, com uma geada branca, seus olhos pesados pela privação de sono, mas ainda ela conversava incansavelmente com Matthew durante a travessia do longo campo branco. Eles andavam sob o arco brilhante e encantado dos bordos da Estrada dos Amantes.

"Ah, Matthew, não é uma manhã maravilhosa? O mundo parece algo que Deus imaginou apenas para o próprio prazer, não parece? Aquelas árvores, assim me parece, poderiam ir pelos ares com um sopro... puf! Estou tão feliz por viver em um mundo onde há geadas brancas, o senhor não? E estou tão feliz pela Sra. Hammond ter tido três pares de gêmeos. Se ela não os tivesse, eu poderia não saber o que fazer por Minnie May. Eu sinto muito por ter ficado contrariada quando a Sra. Hammond os teve. Ah, Matthew, estou com tanto sono que não posso ir à escola. Sei que não poderia manter os olhos abertos e que seria muito estúpida, mas odeio ficar em casa, pois Gil... Alguns dos outros ficarão em primeiro lugar na turma, e é tão difícil voltar ao topo, embora, é claro, quanto mais difícil, maior a satisfação de chegar ao topo, não é?"

"Ora, bem, imagino que você vai conseguir se virar", disse Matthew, olhando para o rostinho branco de Anne e as olheiras sob seus olhos. "Vá direto para a cama e tenha um bom sono. Vou fazer todas as tarefas."

Desse modo, Anne foi para a cama e dormiu por tanto tempo e tão profundamente que já era uma tarde de inverno branca e rosada quando ela acordou e desceu até a cozinha, onde Marilla, que havia chegado em casa há pouco, tricotava sentada.

"Ah, a senhora viu o premiê?", exclamou Anne de uma vez. "Qual a aparência dele, Marilla?"

"Bem, ele não virou premiê por causa da aparência", disse Marilla. "Que nariz tem aquele homem! Mas ele sabe falar. E fiquei orgulhosa de ser conservadora. Rachel Lynde, é claro, não se interessou por ele. Seu almoço está no fogão, Anne, e você pode pegar um pouco de compota de ameixa-azul da despensa. Imagino que esteja com fome. Matthew me contou sobre a noite passada. Devo dizer que foi sorte você saber o que fazer. Eu mesma não teria ideia, pois nunca vi um caso de crupe. Agora, não se preocupe em falar até que tenha comido seu almoço. Posso dizer, só de olhar para você, que está cheia de discursos, mas eles não vão a lugar algum."

Marilla tinha algo a dizer a Anne, mas não naquele momento, pois sabia que a consequente agitação de Anne a faria abandonar quaisquer assuntos relacionados a apetite ou almoço. Apenas quando Anne terminou sua compota de ameixas Marilla tocou no assunto:

"A Sra. Barry esteve aqui hoje à tarde, Anne. Ela queria vê-la, mas eu não quis acordá-la. Ela contou que você salvou a vida de Minnie May e que está muito arrependida de ter agido com você da forma como agiu no caso do vinho de groselha. Disse que sabe agora que você não teve a intenção de deixar Diana bêbada e ela espera que você a perdoe e seja amiga de Diana novamente. Você deve ir até lá esta tarde se quiser, pois Diana não pode sair devido à gripe forte que pegou na noite passada. Agora, Anne Shirley, pelo amor de Deus, não saia voando pelos ares."

O aviso não pareceu desnecessário, tão animadas e aéreas foram a expressão de Anne e sua atitude quando se pôs de pé, com o rosto iluminado pela chama de seu espírito.

"Ah, Marilla, posso ir agora mesmo, sem lavar a louça? Lavarei quando voltar, não posso me obrigar a fazer algo tão pouco romântico quanto lavar a louça num momento tão emocionante."

"Sim, sim, vá logo", disse Marilla, indulgente. "Anne Shirley, você está maluca? Volte neste instante e vista algo! É mais fácil chamar o próprio vento... Ela já saiu sem chapéu nem capa. Olhe para ela, atravessando o pomar com o cabelo voando. Será um milagre se não pegar uma gripe e morrer."

Anne voltou para casa dançando no crepúsculo purpúreo de inverno através da neve. Ao longe, a Sudoeste, estava uma estrela brilhante, reluzindo como uma pérola no céu do entardecer, que era de um dourado pálido e de um rosado etéreo sobre espaços resplandecentes de branco e vales verdes de espruces. O tilintar de sinos de trenós entre as colinas nevadas vinha como se fossem o chamado de duendes através do ar gelado, mas sua música não era mais doce que a música no coração e nos lábios de Anne.

"A senhora pode ver diante de si uma pessoa perfeitamente feliz, Marilla", ela anunciou. "Estou perfeitamente feliz, sim, apesar do meu cabelo vermelho. Neste momento tenho uma alma que está acima do cabelo vermelho. A Sra. Barry me beijou, chorou, disse que estava muito arrependida e que nunca poderia me retribuir. Eu me senti assustadoramente envergonhada, Marilla, mas disse tão educadamente quanto pude, 'Não guardo rancor, Sra. Barry. Afirmo de uma vez por todas que não quis embebedar Diana e daqui em diante cobrirei o passado com um manto de esquecimento.' Foi um jeito muito digno de falar, não foi, Marilla? Senti que estava empilhando carvões em brasa na cabeça da Sra. Barry. E Diana e eu tivemos uma tarde adorável. Diana me mostrou um novo ponto de crochê que sua tia de Carmody ensinou. Nem uma única alma em Avonlea conhece além de nós e fizemos um voto solene de nunca o revelar a mais ninguém. Diana me deu um lindo cartão com uma coroa de rosas e um verso de poesia:

'Se, como eu a amo, você também me amar
Nada além da morte irá nos separar.'

Isso é verdade, Marilla. Nós vamos pedir ao Sr. Phillips para nos deixar sentar juntas na escola novamente, e Gertie Pye pode ficar com Minnie Andrews. Nós tomamos chá elegantemente. A Sra. Barry serviu sua melhor porcelana, Marilla, como se eu fosse uma visita de verdade. Mal posso dizer que emoção senti. Ninguém nunca usou a melhor porcelana por minha causa. E nós comemos bolo de frutas, pão de ló, rosquinhas e dois tipos de compota, Marilla. A Sra. Barry me perguntou se eu queria chá e disse: 'Papai, por que não passa os biscoitos para Anne?'. Deve ser maravilhoso ser adulta, Marilla, se é tão bom ser tratada como uma."

"Não estou certa quanto a isso", disse Marilla, com um breve suspiro.

"Bem, de qualquer forma, quando eu for adulta", disse Anne, decididamente, "sempre vou falar com as menininhas como se elas também fossem e nunca vou rir quando elas usarem palavras grandes. Sei por uma experiência dolorida quanto isso pode magoar os sentimentos de alguém. Após o chá, Diana e eu fizemos caramelo. O caramelo não ficou muito bom, mas suponho que seja porque nem eu nem Diana havíamos feito caramelo antes. Diana me deixou mexer enquanto passava manteiga nos pratos, e eu esqueci e deixei queimar. Então, quando deixamos no estrado para esfriar, o gato andou sobre um prato e aquele teve que ser jogado fora. Mas só fazer foi uma diversão esplêndida. Quando eu ia embora para casa, a Sra. Barry me pediu para voltar sempre que eu pudesse e Diana ficou na janela jogando beijos para mim até a Estrada dos Amantes. Eu garanto a você, Marilla, que estou com vontade de rezar hoje à noite e vou pensar em uma oração de um tipo especial em homenagem a esta ocasião."

CAPÍTULO XIX

Uma apresentação, uma catástrofe e uma confissão

"Marilla, posso ir ver Diana só por um minuto?", perguntou Anne, correndo, sem fôlego, ao descer do frontão leste em uma tarde de fevereiro.

"Não vejo motivo para você perambular depois de escurecer", disse Marilla, brevemente. "Você e Diana voltaram para casa da escola juntas e depois ficaram lá na neve por mais meia hora, as bocas trabalhando todo o bendito tempo, blá-blá-blá. Então não acho que esteja desesperada para vê-la novamente."

"Mas ela quer me ver", implorou Anne. "Ela tem algo muito importante para me contar."

"Como sabe disso?"

"Porque ela sinalizou da janela. Nós arranjamos um meio de mandar sinais com velas e papelão. Nós colocamos a vela no parapeito da janela e fazemos clarões passando o papelão para a frente e para trás. Tantos clarões significam uma certa coisa. Foi ideia minha, Marilla."

"Posso garantir que foi", disse Marilla, enfaticamente. "E da próxima vez você vai colocar fogo nas cortinas com essa sua bobagem de sinalização."

"Ah, nós somos muito cuidadosas, Marilla. E é tão interessante. Dois clarões significam 'Você está aí?', três significam 'sim' e quatro, 'não'. Cinco significam 'Venha o mais rápido que puder, porque tenho algo importante para revelar'. Diana acabou de sinalizar cinco clarões, e eu estou realmente sofrendo para saber o que é."

"Bem, não precisa sofrer mais", disse Marilla, sarcasticamente. "Pode ir, mas deve voltar em dez minutos, lembre-se disso."

Anne lembrou-se e retornou no tempo estipulado, embora provavelmente nenhum mortal saiba o que lhe custou restringir a discussão sobre o comunicado importante de Diana a apenas dez minutos. Ao menos ela fez bom uso deles.

"Ah, Marilla, o que a senhora acha? Amanhã é o aniversário de Diana. Bem, a mãe dela disse que ela poderia me convidar para ir à casa dela depois da escola e ficar a noite inteira. E os primos dela estão vindo de Newbridge em um grande trenó para ir à apresentação do Clube de Debate no auditório amanhã à noite. E vão nos levar à apresentação, se a senhora deixar, é claro. A senhora vai deixar, não vai, Marilla? Ah, estou tão ansiosa."

"Você pode se acalmar, então, porque não vai. Você estará melhor em casa na própria cama. Quanto à apresentação do clube, é tudo besteira, e menininhas não deviam ter permissão para ir a tais lugares."

"Eu tenho certeza de que o Clube de Debate é uma associação das mais respeitáveis", implorou Anne.

"Não estou dizendo que não seja. Mas você não vai começar a perambular por aí em apresentações e ficar na rua até tarde da noite. Que coisa bonita para uma criança, não? Estou surpresa com a Sra. Barry por deixar Diana ir."

"Mas é uma ocasião tão especial", lamentou Anne, à beira das lágrimas. "Diana tem apenas um aniversário por ano. Não é como se aniversários fossem coisas comuns, Marilla. Prissy Andrews vai recitar 'Não Haverá Toque de Recolher Esta Noite'. É uma peça de tão boa moral, Marilla, e tenho certeza de que me faria muito bem ouvi-la. E o coral vai cantar quatro adoráveis canções dramáticas que são quase tão boas quanto hinos. Ah, Marilla, o pastor vai fazer parte; sim, verdade, ele vai; ele vai dar um discurso. Será quase a mesma coisa que um sermão. Por favor, posso ir, Marilla?"

"Você ouviu o que eu disse, Anne, não ouviu? Tire suas botas agora e vá para a cama. Já passa das oito."

"Só mais uma coisa, Marilla", disse Anne com o ar de quem usa a última carta na manga. "A Sra. Barry disse à Diana que nós poderíamos dormir no quarto de hóspedes. Pense na honra de sua pequena Anne sendo colocada na cama do quarto de hóspedes."

"É uma honra sem a qual você terá que passar. Vá para a cama, Anne, e não me deixe ouvir outra palavra sua."

Quando Anne, com lágrimas rolando sobre as bochechas, havia ido sofridamente para cima, Matthew, que parecia estar dormindo profundamente na sala durante todo o diálogo, abriu os olhos e disse, resoluto:

"Ora, bem, Marilla, eu acho que deve deixar Anne ir."

"E eu não acho", retrucou Marilla. "Quem está criando esta criança, Matthew, você ou eu?"

"Ora, bem, você", admitiu Matthew.

"Então, não interfira."

"Ora, bem, não estou interferindo. Ter opinião própria não é interferir. E minha opinião é que deve deixar Anne ir."

"Você pensa que eu deveria deixar Anne ir à lua se ela quisesse ir, não tenho dúvida", foi a réplica amigável de Marilla. "Eu talvez a deixasse passar a noite com Diana, se fosse só isso. Mas não aprovo esse plano de apresentação. Ela poderia muito bem pegar uma gripe e ficar com a cabeça cheia de besteiras e agitação, o que a deixaria inquieta por uma semana. Eu entendo a disposição daquela criança e o que é bom para ela melhor que você, Matthew."

"Eu acho que você deve deixar Anne ir", repetiu Matthew, firmemente. Argumentar não era seu ponto forte, mas manter sua opinião certamente era. Marilla deu um suspiro de incapacidade e refugiou-se no silêncio. Na manhã seguinte, quando Anne estava lavando a louça do café da manhã na despensa, Matthew parou no caminho até o celeiro para dizer a Marilla novamente:

"Acho que você deveria deixar Anne ir, Marilla."

Por um momento, Marilla pensou coisas indignas de ser pronunciadas. Então, ela cedeu ao inevitável e disse, acidamente:

"Muito bem, ela pode ir, já que nada mais vai satisfazê-lo."

Anne voou para fora da despensa com o pano ainda pingando nas mãos.

"Ah, Marilla, Marilla, diga essas palavras abençoadas novamente."

"Imagino que uma vez seja suficiente. Isso é coisa do Matthew e eu lavo minhas mãos. Se você pegar pneumonia dormindo em uma cama estranha ou saindo daquele auditório quente no meio da noite, não me culpe, culpe Matthew. Anne Shirley, você está pingando água gordurosa por todo o chão. Eu nunca vi uma criança tão descuidada."

"Ah, eu sei que sou uma grande provação para você, Marilla", disse Anne, arrependida. "Eu cometo tantos erros. Apenas pense em todos os erros que eu não cometo, embora possa cometer. Eu pegarei um pouco de areia e esfregarei as manchas antes de ir para a escola. Ah, Marilla, meu coração estava decidido a ir àquela apresentação. Nunca fui a uma em toda a minha vida. E quando as outras meninas falam sobre elas na escola, eu me sinto tão por fora. A senhora não sabia como eu me sentia a respeito, mas Matthew sabia. Matthew me compreende, e é tão bom ser compreendida, Marilla."

Anne estava agitada demais para fazer justiça a si mesma durante as lições daquela manhã na escola. Gilbert Blythe soletrou melhor que ela na aula e a deixou para trás em aritmética. A humilhação consequente de Anne foi menor do que teria sido, entretanto, por causa da apresentação e do quarto de hóspedes. Ela e Diana falavam tão constantemente sobre isso todos os dias que, com um professor mais rígido que o Sr. Phillips, uma desonra grave seria o resultado inevitável.

Anne sentiu que não poderia ter suportado aquilo se não fosse a apresentação, pois nada mais foi discutido na escola nesse dia. O Clube de Debate de Avonlea, que se encontrava quinzenalmente todo o inverno, havia tido diversos entretenimentos gratuitos menores; mas este seria um grande evento, a dez centavos a entrada, em prol da biblioteca. Os jovens de Avonlea haviam praticado por semanas, e os estudantes estavam especialmente interessados por causa dos irmãos e irmãs mais velhos que participariam. Todos na escola acima de nove anos de idade esperavam ir, exceto Carrie Sloane, cujo pai compartilhava das opiniões de Marilla sobre menininhas saindo à noite para apresentações. Carrie Sloane chorou em cima de sua gramática a tarde toda e sentiu que a vida não valia a pena ser vivida.

Para Anne, a verdadeira animação começou com a dispensa da escola e aumentou crescentemente a partir de então, até alcançar um choque de profundo êxtase na apresentação em si. Elas tiveram um "chá perfeitamente elegante", e então veio a deliciosa ocupação de vestir-se no pequeno quarto de Diana lá em cima. Diana arrumou a franja de Anne com o novo topete popular e Anne amarrou os laços de Diana com o jeito especial que possuía; e elas experimentaram ao menos meia dúzia de jeitos diferentes de ajeitar a parte de trás do cabelo. Finalmente, elas estavam prontas, com as bochechas escarlates e os olhos brilhando de empolgação.

Verdade seja dita, Anne não podia evitar uma pequena pontada quando comparava sua boina preta simples e seu casaco acinzentado, feito em casa, sem forma e de mangas apertadas, com a capa de pele exultante e a jaqueta elegante de Diana. No entanto, ela se lembrou a tempo de que tinha uma imaginação e podia usá-la.

Então, os primos de Diana, os Murray de Newbridge, vieram; todos eles apertados no grande trenó, no meio da palha e de mantos felpudos. Anne divertiu-se no caminho até o auditório, deslizando sobre as estradas suaves como cetim e com a neve estalando embaixo do trenó. Havia um magnífico pôr do sol, e as colinas nevadas e a água azul-escura do Golfo de St. Lawrence pareciam circundar no esplendor como uma grande bacia de pérolas e safiras, com bordas de vinho e fogo. O tilintar dos sinos dos trenós e as risadas distantes, que pareciam o júbilo de duendes da floresta, chegavam a cada minuto.

"Ah, Diana", suspirou Anne, apertando a mão enluvada de Diana embaixo do manto de peles, "não é tudo como um lindo sonho? Eu pareço realmente a mesma de sempre? Eu me sinto tão diferente que tenho a sensação de que minha aparência deve estar diferente também."

"Você está muito bem", disse Diana, que havia acabado de receber um elogio de um de seus primos, sentindo que deveria passá-lo adiante. "Você está com uma bela cor."

O programa daquela noite foi uma série de "emoções", ao menos para uma ouvinte na plateia, e, como Anne garantiu a Diana, cada emoção que vinha era mais emocionante que a anterior. Quando Prissy Andrews, usando um vestido novo de seda cor-de-rosa com um cordão de pérolas em seu suave pescoço branco e cravos de verdade em seu cabelo – diziam por aí que o mestre os havia mandado trazer da cidade para ela – "subiu a escada escorregadia, escura, sem um raio de luz", Anne estremeceu com uma simpatia luxuosa. Quando o coral cantou "Bem Acima das Belas Margaridas", Anne olhou para o teto como se ele estivesse pintado com afrescos de anjos. Quando Sam Sloane começou a explicar e a ilustrar "Como Sockery Colocou uma Galinha", Anne riu até que as pessoas ao redor dela rissem também, mais por simpatia por ela que por divertimento por uma opção que estava bem gasta até em Avonlea. Quando o Sr. Phillips recitou o discurso de Marco Antônio sobre o corpo morto de César nos tons mais arrebatadores – olhando para Prissy Andrews ao fim de cada frase –, Anne sentiu que poderia levantar-se e amotinar-se ali mesmo se apenas um cidadão romano guiasse o caminho.

Apenas um número no programa não a interessou. Quando Gilbert Blythe recitou "Bingen do Reno", Anne apanhou o livro que Rhoda Murray havia pegado na biblioteca e o leu até que o menino tivesse terminado; ela ficou sentada, rígida e imóvel, enquanto Diana batia palmas até as mãos formigarem.

Eram quase onze horas quando eles chegaram em casa, saciados com a diversão, mas com o doce prazer adicional por vir de falar sobre ela ainda. Todos pareciam dormir e a casa estava escura e silenciosa. Anne e Diana foram na ponta dos pés até o salão, um longo e estreito cômodo para o qual a porta do quarto de hóspedes se abria. Estava agradavelmente quente e fracamente iluminado pelas brasas do fogo na lareira.

"Vamos trocar de roupa aqui", disse Diana. "Está tão bom e quente."

"Não foi um momento encantador?", suspirou Anne, entusiasmadamente. "Deve ser esplêndido ir até lá e recitar. Você imagina que seremos convidadas a fazer isso algum dia, Diana?"

"Sim, é claro, algum dia. Eles sempre querem que os estudantes mais velhos recitem. Gilbert Blythe recita frequentemente e ele é apenas dois anos mais velho que nós. Ah, Anne, como você pôde fingir não o ouvir? Quando ele chegou até o verso

"HÁ UMA OUTRA, não UMA IRMÃ,

ele olhou diretamente, para você."

"Diana", disse Anne com dignidade, "você é minha amiga do peito, mas não posso permitir que nem mesmo você me fale sobre aquela pessoa. Você está pronta para dormir? Vamos apostar uma corrida e ver quem chega na cama primeiro."

A sugestão atraiu Diana. As duas figuras vestidas de branco voaram pelo longo cômodo através da porta do quarto de hóspedes e pularam na cama no mesmo instante. E então... algo se moveu embaixo delas, alguém ofegou e chorou e disse em um sotaque abafado:

"Deus misericordioso!"

Anne e Diana nunca seriam capazes de dizer como saíram daquela cama e do quarto. Elas apenas sabiam que após uma corrida desenfreada, encontraram-se tremendo e subindo as escadas na ponta dos pés.

"Ah, quem era? O QUE era aquilo?", sussurrou Anne, com os dentes rangendo de frio e medo.

"Era a Tia Josephine", disse Diana, sufocando as risadas. "Ah, Anne, era a Tia Josephine, seja lá como ela veio parar aqui. Ah, e eu sei que ela ficará furiosa. É terrível, muito terrível, mas você já passou por algo tão engraçado, Anne?"

"Quem é a sua Tia Josephine?"

"Ela é tia do meu pai e mora em Charlottetown. Ela é muito velha, tem setenta pelo menos, e eu não acredito que ALGUM DIA fora uma menininha. Nós estávamos esperando sua visita, mas não tão cedo. Ela é horrivelmente formal e séria e nos dará uma bronca tenebrosa por isso, bem sei. Nós teremos que dormir com Minnie May. Você mal pode imaginar como ela chuta."

Madame Josephine Barry não apareceu para o café na manhã seguinte. O Sr. Barry sorriu gentilmente para as duas menininhas.

"Vocês se divertiram ontem à noite? Eu tentei ficar acordado até que chegassem em casa, pois queria lhes dizer que Tia Josephine havia chegado e que teriam que ir lá para cima no fim das contas, mas estava tão cansado que acabei dormindo. Espero que não tenha perturbado sua tia, Diana."

Diana manteve um silêncio discreto, mas ela e Anne trocaram sorrisos furtivos de divertimento culpado sobre a mesa. Anne correu para casa depois do café da manhã e manteve-se em uma ignorância bem-aventurada sobre a perturbação que havia ocorrido na residência Barry até tarde da noite, quando foi até a Sra. Lynde cumprir uma tarefa para Marilla.

"Então, você e Diana quase mataram a pobre e velha Madame Barry de susto ontem à noite?", disse a Sra. Lynde severamente, mas com um brilho em seus olhos. "A Sra. Barry estava aqui alguns minutos atrás, a caminho de Carmody. Ela está muito preocupada. A velha Madame Barry estava com um humor terrível quando levantou pela manhã, e o temperamento de Josephine Barry não é brincadeira, posso lhe garantir. Ela não falou mais com Diana."

"Não foi culpa da Diana", disse Anne, arrependida. "Foi minha. Eu sugeri corrermos para ver quem chegaria na cama primeiro."

"Eu sabia!", disse a Sra. Lynde, exultante por ter adivinhado corretamente. "Eu sabia que a ideia tinha vindo da sua cabeça. Bem, causou bastante problema, isso sim. A velha Madame Barry veio para ficar por um mês, mas declarou que não ficará nem mais um dia e que voltará à cidade amanhã, no domingo mesmo. Ela teria ido hoje se pudessem tê-la levado. Ela havia prometido pagar um trimestre de aulas de música para Diana, mas agora está determinada a não fazer nada para uma menina levada. Ah, eu imagino que eles tiveram uma manhã agitada por lá. Os Barry devem estar se sentindo destruídos. A velha Madame Barry é rica e eles gostariam de manter boas relações com ela. É claro que a Sra. Barry não me disse isso, mas eu sou muito boa em julgar a natureza humana, isso sim.

"Sou uma menina tão sem sorte", lamentou Anne. "Estou sempre me enfiando em enrascadas e colocando meus melhores amigos, pessoas pelas quais eu derramaria o sangue do meu coração, nelas também. Pode me dizer o motivo disso, Sra. Lynde?"

"É porque você é muito distraída e impulsiva, criança, por isso. Você nunca para para pensar, o que quer que apareça na sua cabeça, você diz ou faz sem parar um minuto para refletir."

"Ah, mas essa é a melhor parte", protestou Anne. "Alguma coisa surge na nossa mente, tão empolgante, e precisamos colocar para fora. Se paramos para pensar, estragamos tudo. A senhora nunca se sentiu assim, Sra. Lynde?"

Não, a Sra. Lynde não havia sentido. Ela balançou a cabeça, sabiamente.

"Você deve aprender a pensar um pouco, Anne, isso sim. O provérbio que você deve seguir é 'Olhe antes de saltar', especialmente em camas de quartos de hóspedes."

A Sra. Lynde riu confortavelmente de sua piada discreta, mas Anne permaneceu pensativa. Ela não via nada do que rir na situação, que a seus olhos parecia muito séria. Quando deixou a Sra. Lynde, ela tomou seu caminho através dos campos cobertos de gelo do Pomar Slope. Diana a encontrou na porta da cozinha.

"Sua Tia Josephine ficou muito contrariada, não ficou?", sussurrou Anne.

"Sim", respondeu Diana, sufocando uma risada com um olhar apreensivo por cima do ombro para a porta fechada da sala de estar. "Ela estava quase pulando de raiva, Anne. Ah, como ela ralhou. Ela disse que eu era a menina com o pior comportamento que ela já tinha visto e que meus pais deveriam se envergonhar do modo como me criaram. Ela diz que não vai ficar e tenho certeza de que não me importo. Mas papai e mamãe sim."

"Por que não disse a eles que foi minha culpa?", exigiu Anne.

"Até parece que eu faria isso", disse Diana com total desprezo. "Eu não sou dedo-duro, Anne Shirley, e de qualquer forma a culpa também foi minha."

"Bem, eu mesma vou dizer a ela", disse Anne, decidida.

Diana a encarou.

"Anne Shirley, você não faria isso! Ora, ela vai comer você viva!"

"Não me deixe mais assustada do que já estou", implorou Anne. "Eu preferiria entrar na boca de um canhão, mas tenho que fazer isso, Diana. Foi minha culpa e tenho que confessar. Já tenho pratica em confessar, felizmente."

"Bem, ela está no quarto", disse Diana. "Você pode entrar, se quiser. Eu não ousaria e não acredito que isso lhe faça algum bem."

Com esse encorajamento, Anne enfrentou o leão em sua toca, o que quer dizer, andou resolutamente até a porta da sala de estar e bateu fracamente. Um brusco "Entre" seguiu-se.

Madame Josephine Barry, magra, rígida e séria, estava tricotando ferozmente perto do fogo, com sua ira consideravelmente insaciada e seus olhos estalando de seus óculos com bordas de ouro. Ela girou na cadeira, esperando ver Diana, e contemplou uma menina cujos grandes olhos estavam transbordando com a mistura de uma coragem desesperada e um terror que a fazia encolher.

"Quem é você?", perguntou Madame Josephine Barry, sem cerimônia.

"Sou Anne de Green Gables", disse a pequena visitante, trêmula, entrelaçando as mãos em seu gesto característico, "e eu vim para confessar, se a senhora permitir."

"Confessar o quê?"

"Que foi minha culpa pular na cama em cima da senhora na noite passada. Eu sugeri. Diana nunca teria pensado em tal coisa, tenho certeza. Diana é uma menina muito refinada, Madame Barry. Então, a senhora pode ver como é injusto culpá-la."

"Ah, posso, é? Eu prefiro pensar que Diana também teve sua parte. Tais acontecimentos em uma casa tão respeitável!"

"Mas nós estávamos apenas nos divertindo", persistiu Anne. "Acho que deveria nos perdoar, Madame Barry, agora que nos desculpamos. E, de qualquer forma, por favor, perdoe Diana e deixe que ela tenha aulas de música. O coração de Diana deseja as aulas de música, Madame Barry, e eu sei muito bem o que é ter nosso coração desejando uma coisa e não a obter. Se a senhora deve ficar contrariada com alguém, que seja comigo. Eu fiquei tão acostumada, em meus dias passados, com pessoas contrariadas comigo que posso suportar muito melhor que Diana."

Boa parte da ira havia deixado os olhos da velha senhora a esta altura e havia sido substituída por um brilho de interesse divertido. Mas ela disse severamente:

"Não creio que o fato de vocês estarem apenas se divertindo serve de desculpa. Menininhas nunca se entregavam a esse tipo de diversão quando eu era jovem. Você não sabe o que é ser acordada de um sono profundo, depois de uma longa e árdua jornada, por duas meninas grandes vindo pular em cima de você."

"Eu não SEI, mas posso IMAGINAR", disse Anne avidamente. "E estou certa de que deve ter sido muito perturbador. Mas, então, há o nosso lado da história também. A senhora possui alguma imaginação, Madame Barry? Se tiver, apenas ponha-se em nosso lugar. Nós não sabíamos que havia alguém naquela cama, e a senhora quase nos matou de susto. Foi simplesmente terrível o modo como nos sentimos. E, então, não podíamos dormir no quarto de hóspedes como nos prometeram. Eu imagino que a senhora esteja acostumada a dormir em quartos de hóspedes. Mas apenas imagine como se sentiria se fosse uma menininha órfã que nunca teve tal honra."

Toda a ira de Madame Barry havia desaparecido. Na verdade, ela riu, e tal som fez com que Diana, esperando com uma ansiedade muda na cozinha, desse um grande suspiro de alívio.

"Temo que minha imaginação esteja um pouco enferrujada, faz tanto tempo desde a última vez que a usei", ela disse. "Ouso dizer que sua reivindicação por simpatia é tão forte quanto a minha. Tudo depende do modo como olhamos para isso. Sente-se aqui e me conte sobre você."

"Sinto muito, mas não posso", disse Anne firmemente. "Eu gostaria, porque a senhora parece ser uma dama muito interessante e pode até ser uma alma amiga, embora não pareça muito com uma. Mas é meu dever ir para casa, para Marilla Cuthbert. Madame Marilla Cuthbert é uma dama muito gentil que aceitou me criar apropriadamente. Ela está fazendo seu melhor, mas é um trabalho muito desencorajador. A senhora não deve culpá-la por eu ter pulado na cama. Mas antes de ir, eu gostaria que a senhora me dissesse se perdoará Diana e ficará pelo tempo que pretendia em Avonlea."

"Acho que talvez faça isso se você vier conversar comigo às vezes", disse Madame Barry.

Naquela noite, Madame Barry deu a Diana uma pulseira de berloques de prata e disse aos membros seniores da residência que havia desfeito sua mala.

"Eu decidi ficar apenas para conhecer melhor aquela menina Anne", disse francamente. "Ela me diverte e, na minha idade, uma pessoa divertida é uma raridade."

O único comentário de Marilla quando ouviu a história foi "Eu avisei." Isso foi para proveito de Matthew.

Madame Barry ficou por um mês e mais um pouco. Ela foi uma hóspede mais agradável que o normal, pois Anne a mantinha de bom humor. Elas tornaram-se grandes amigas.

Quando Madame Barry se foi, ela disse:

"Lembre-se, menina Anne, quando você vier à cidade para me visitar, eu vou colocá-la para dormir em meu melhor quarto de hóspedes."

"Madame Barry era uma alma amiga, no fim das contas", confidenciou Anne para Marilla. "A senhora não acreditaria só de olhar para ela, mas ela é. Não descobrimos de primeira, como no caso do Matthew, mas depois de um tempo pudemos ver. Almas amigas não são tão raras quanto eu pensava. É esplêndido descobrir que há tantas delas no mundo."

CAPÍTULO XX

Uma boa imaginação dá errado

A primavera havia chegado mais uma vez a Green Gables – a bela, caprichosa e relutante primavera canadense, prolongando-se por abril e maio em uma sucessão de dias doces, revigorantes e frescos, com pores do sol rosados e milagres de ressurreição e crescimento. Os bordos na Estrada dos Amantes brotavam vermelhos e pequenas samambaias onduladas subiam ao redor das Borbulhas da Dríade. Acima do terreno baldio atrás da casa do Sr. Silas Sloane, as flores-de-maio desabrochavam, como estrelas rosa e brancas de doçura embaixo das folhas castanhas. Todas as meninas e meninos da escola tiveram uma tarde dourada reunindo-os, voltando para casa no crepúsculo claro, ecoando, com braços e cestas cheios de um espólio florido.

"Eu sinto muito pelas pessoas que vivem em terras onde não existem flores-de-maio", disse Anne. "Diana disse que talvez eles tenham algo melhor, mas não pode haver nada melhor que flores-de-maio, pode, Marilla? E Diana diz que se eles não sabem como elas são, não podem sentir falta. Mas eu acho isso a coisa mais triste de todas. Eu acho que seria TRÁGICO, Marilla, não saber como as flores-de-maio são e NÃO sentir falta delas. A senhora sabe o que eu penso que as flores-de-maio são, Marilla? Eu acho que devem ser as flores que morreram no verão passado e que este é o seu paraíso. Nós nos divertimos tanto hoje, Marilla. Almoçamos em um grande vale cheio de musgo perto de um velho poço, um lugar tão ROMÂNTICO. Charlie Sloane desafiou Arty Gillis a pular por cima dele, e Arty pulou porque ele não recusaria um desafio. Ninguém recusaria na escola. Está muito NA MODA desafiar. O Sr. Phillips deu todas as flores-de-maio que encontrou para Prissy Andrews e eu o ouvi dizer 'doces para a doçura'. Ele tirou de um livro, eu sei, mas isso mostra que ele tem alguma imaginação. Também me ofereceram algumas flores-de-maio, só que eu as rejeitei com desprezo. Eu não posso lhe dizer o nome da pessoa, porque eu jurei nunca o deixar atravessar meus lábios. Nós fizemos coroas com as flores-de-maio e as colocamos em nossos chapéus. E quando chegou a hora de ir para casa, marchamos em procissão estrada abaixo, de dois em dois, com nossos buquês e coroas, cantando 'Minha Casa na Colina.' Ah, foi tão emocionante, Marilla. Todo o pessoal do Sr. Silas Sloane correu para fora para nos ver, e todos que nós encontramos na estrada paravam e olhavam para nós. Causamos uma verdadeira sensação."

"Não me admira! Quanta bobeira!", foi a resposta de Marilla.

Depois das flores-de-maio vieram as violetas, e o Vale Violeta ficou purpúreo com elas. Anne andou através dele em seu caminho para a escola com passos de reverência e olhares de adoração, como se pisasse em solo sagrado.

"De alguma forma", ela disse a Diana, "quando estou passando por aqui, eu não me importo se Gil... se alguém me ultrapassa na sala ou não. Quando estou na escola, porém, é tudo diferente e me importo como sempre. Há tantas Annes diferentes em mim. Eu às vezes penso que é por isso que sou uma pessoa tão problemática. Se fosse apenas uma Anne, seria muito mais confortável, mas não seria tão interessante."

Em uma tarde de junho, quando os pomares estavam florescendo rosados novamente, quando os sapos estavam cantando docemente nos charcos sobre a nascente do Lago das Águas Brilhantes e o ar estava repleto do cheiro dos campos de trevos e das florestas de abetos balsâmicos, Anne estava sentada à sua janela no frontão. Ela fazia suas lições, mas havia escurecido demais para ver o livro, então ela caiu em um devaneio de olhos arregalados, mirando os ramos da Rainha Branca, mais uma vez estrelada com seus tufos de flores.

Em todos os aspectos essenciais, a pequena câmara do frontão não havia mudado. As paredes continuavam brancas, a alfineteira continuava dura, as cadeiras continuavam tão rígidas e eretas quanto antes. Ainda assim, todo o caráter do quarto estava alterado. Estava cheio de uma nova personalidade, vital e pulsante, que parecia impregnada nele e parecia ser independente de livros de escola, vestidos e fitas, e mesmo do jarro azul rachado e cheio de flores de maçã na mesa. Era como se tudo o que sua vívida ocupante havia sonhado, dormindo ou acordada, tivesse se tornado visível, embora numa forma imaterial, e tivesse revestido o quarto simples com tecidos transparentes feitos de arco-íris e luar. Naquele momento, Marilla entrou apressadamente com alguns aventais escolares de Anne que havia acabado de passar. Pendurou-os em uma cadeira e sentou-se com um suspiro curto. Ela havia tido uma de suas dores de cabeça naquela tarde e, embora a dor tivesse desaparecido, sentia-se fraca e "esgotada", conforme ela mesma expressou. Anne olhou para ela com olhos límpidos de simpatia.

"Eu realmente gostaria de poder ter sentido a dor de cabeça no seu lugar, Marilla. Eu a teria suportado alegremente para o seu bem."

"Acho que fez sua parte ao cumprir as tarefas e me deixar descansar", disse Marilla. "Você parece ter se dado bem e ter cometido menos erros que o normal. Claro que não era exatamente necessário engomar os lenços de Matthew! E a maioria das pessoas, quando coloca uma torta no forno para esquentá-la para o jantar, lembra de tirá-la para comer quando fica quente, em vez de deixá-la esturricada. Mas o seu jeito é diferente, evidentemente."

Dores de cabeça sempre deixavam Marilla um tanto sarcástica.

"Ah, eu sinto muito", disse Anne, penitentemente. "Não pensei mais na torta depois de deixá-la no forno até agora há pouco, embora eu tenha sentido INSTINTIVAMENTE que havia algo faltando na mesa do jantar. Eu estava firmemente resolvida, quando você me deixou no comando esta manhã, a não imaginar nada e manter meus pensamentos nos fatos. Eu fui muito bem até colocar a torta no forno e, então, senti uma tentação irresistível de imaginar que era uma princesa encantada, trancada em uma torre solitária, com um belo cavaleiro cavalgando para me resgatar em um corcel negro como carvão. E foi assim que esqueci a torta. Eu não sabia que tinha engomado os lenços. O tempo todo em que eu estava passando as roupas, eu tentava pensar em um nome para a nova ilha que eu e Diana descobrimos no riacho. É o lugar mais deslumbrante, Marilla. Há duas árvores de bordo e o riacho corre bem ao redor delas. Finalmente, ocorreu-me que seria esplêndido chamá-la de Ilha Vitória, porque a encontramos no dia do aniversário da rainha. Tanto eu quanto Diana somos muito leais. Sinto muito pela torta e pelos lenços. Eu queria ter me portado muito bem hoje porque é o dia de um aniversário. A senhora se lembra do que aconteceu neste dia no ano passado, Marilla?"

"Não, não consigo pensar em nada de especial."

"Oh, Marilla, foi o dia em que cheguei a Green Gables. Nunca esquecerei. Foi o ponto de virada da minha vida. Claro que não parece importante para a senhora. Estou aqui há um ano e sou tão feliz. Claro, tive meus problemas, mas ninguém consegue viver sem problemas. A senhora arrepende-se de ter ficado comigo, Marilla?"

"Não, não posso dizer que me arrependo", disse Marilla, que às vezes se perguntava como podia ter vivido antes de Anne chegar a Green Gables. "Não, não me arrependo exatamente. Se você tiver terminado suas lições, Anne, quero que corra e peça à Sra. Barry que me empreste o molde do avental de Diana."

"Ah... está... está muito escuro", disse Anne, chorosa.

"Muito escuro? Ora, é apenas o crepúsculo. E Deus sabe que você já foi até lá várias vezes depois de escurecer."

"Eu irei cedo pela manhã", disse Anne, avidamente. "Acordarei ao nascer do sol e irei, Marilla."

"O que lhe deu na cabeça agora, Anne Shirley? Eu quero aquele molde para cortar o seu novo avental esta noite. Vá de uma vez e seja rápida também."

"Eu terei que dar a volta na estrada, então", disse Anne, pegando seu chapéu relutantemente.

"Ir pela estrada e perder meia hora! Ah, se eu pegar você!"

"Não posso ir pela Floresta Assombrada, Marilla", chorou Anne, desesperada.

Marilla a encarou.

"A Floresta Assombrada! Você está maluca? Que história é essa de Floresta Assombrada?"

"A floresta de espruces perto do riacho", disse Anne em um sussurro.

"Bobagem! Não existe nada disso de Floresta Assombrada. Quem lhe disse essas coisas?"

"Ninguém", confessou Anne. "Diana e eu apenas imaginamos que a floresta era assombrada. Todos os lugares ao redor daqui são tão... tão... COMUNS. Nós inventamos isso para nos divertir. Começamos em abril. Uma floresta assombrada é tão romântica, Marilla. Nós escolhemos o bosque de espruces porque é tão melancólico. Ah, nós imaginamos as coisas mais angustiantes. Há uma dama de branco que anda ao redor do riacho bem a essa hora da noite, torce as mãos e emite gritos lamentosos. Ela aparece quando vai acontecer uma morte na família. E o fantasma de uma criancinha assassinada assombra o canto perto da Livre Natureza; ele esgueira-se por trás de nós e coloca seus dedos gelados em nossa mão, desse jeito. Ah, Marilla, sinto um arrepio só de pensar. E há um homem sem cabeça que caça para cima e para baixo pelo caminho e esqueletos que nos ameaçam entre os ramos. Ah, Marilla, eu não iria através da Floresta Assombrada depois de escurecer por nada neste mundo. Tenho certeza de que vultos brancos me alcançariam por detrás das árvores e me agarrariam."

"Onde já se viu?!", proferiu Marilla, que havia escutado tudo com um espanto mudo. "Anne Shirley, você está querendo me dizer que acredita em todas essas besteiras maldosas da sua imaginação?"

"Não é que eu acredite EXATAMENTE", hesitou Anne. "Pelo menos, eu não acredito durante o dia. Mas depois de escurecer, Marilla, é diferente. É quando os fantasmas andam."

"Não existem fantasmas, Anne."

"Ah, existem, Marilla", chorou Anne, ansiosa. "Eu conheço pessoas que os viram. E são pessoas respeitáveis. Charlie Sloane diz que a avó dele viu o avô guiando as vacas para casa uma noite depois de ele já estar enterrado há um ano. A senhora sabe como a avó de Charlie Sloane jamais contaria uma mentira. Ela é uma mulher muito religiosa. E o pai do Sr. Thomas foi perseguido até a casa dele por um cordeiro de fogo com sua cabeça cortada, pendendo por um fio de pele. Ele disse que sabia que era o espírito do irmão e que ele o estava avisando de que morreria em nove dias. Ele não morreu em nove dias, mas morreu dois anos depois. Então, pode-se ver que era verdade. E Ruby Gillis diz...

"Anne Shirley", interrompeu Marilla firmemente, "nunca mais quero ouvi-la falar desse modo novamente. Eu tinha minhas dúvidas sobre essa sua imaginação o tempo inteiro, e se este é o resultado dela, não vou tolerar tais coisas. Você irá diretamente até os Barry e irá pelo bosque de espruces, apenas como uma lição e um aviso para você. E nunca mais me deixe escutar uma palavra da sua boca sobre florestas assombradas outra vez."

Anne podia implorar e chorar quanto quisesse, e o fez, pois seu terror era real. Ela havia se deixado levar pela própria imaginação e tinha um pavor mortal do bosque de espruces depois do anoitecer. Mas Marilla foi inexorável. Ela marchou com a observadora de fantasmas até a nascente, que a mandou prosseguir diretamente sobre a ponte e para dentro dos esconderijos escuros das damas lamentosas e dos espectros sem cabeça mais além.

"Ah, Marilla, como pode ser tão cruel?", soluçou Anne. "Como se sentiria se um vulto branco realmente me pegasse e me carregasse para longe?"

"Vou arriscar", disse Marilla, insensível. "Você sabe que sempre falo sério. Vou curar sua imaginação fantasmagórica. Ande, agora."

Anne andou. Isto é, ela tropeçou por cima da ponte e foi estremecendo pelo horrível caminho sombrio abaixo. Anne nunca esqueceu aquela caminhada. Amargamente, ela arrependeu-se da liberdade que havia dado à sua imaginação. Os diabretes de suas fantasias espreitavam em cada sombra acima dela, estendendo suas mãos frias e desprovidas de carne para agarrar a pequena menina aterrorizada que havia lhes dado vida. Uma listra branca de casca de bétula brilhando no vale sobre o chão castanho do bosque fez seu coração parar. O gemido prolongado de dois velhos ramos esbarrando um no outro trouxe suor em gotas à sua testa. O voo dos morcegos na escuridão acima dela era como as asas de criaturas sobrenaturais. Quando ela alcançou o campo do Sr. William Bell, fugiu através dele, como se estivesse sendo perseguida por um exército de vultos brancos, e chegou à porta da cozinha dos Barry tão sem fôlego que mal podia pronunciar o pedido pelo molde de avental. Diana estava fora, então ela não teve motivo para permanecer. A aterrorizante jornada de retorno precisava ser encarada. Anne voltou com os olhos fechados, preferindo o risco de esmagar o crânio nos galhos a ver um vulto branco. Quando finalmente cambaleou sobre a ponte de madeira, deu um longo suspiro trêmulo de alívio.

"Bem, então nada a pegou?", disse Marilla, sem simpatia.

"Ah, Mar... Marilla", falou Anne, "eu f...f...ficarei sa...t...tisfeita com lugares c...c...comuns depois disso."

CAPÍTULO XXI

Uma nova experiência de sabores

"Oh, céus, não há nada além de encontros e desencontros neste mundo, como a Sra. Lynde diz", observou Anne melancolicamente, colocando sua lousa e seus livros na mesa da cozinha no último dia de junho e enxugando os olhos vermelhos com um lenço muito úmido. "Não foi sorte, Marilla, eu ter levado um lenço a mais para a escola hoje? Eu tinha um pressentimento de que seria necessário."

"Nunca pensei que você gostasse tanto do Sr. Phillips para precisar de dois lenços para secar suas lágrimas só porque ele está indo embora", disse Marilla.

"Eu não acho que estava chorando porque gostava tanto assim dele", refletiu Anne. "Eu só chorei porque todos os outros choraram. Foi Ruby Gillis que começou. Ruby Gillis sempre declarou que odiava o Sr. Phillips, mas assim que ele se levantou para fazer seu discurso de despedida, ela se desfez em lágrimas. Então, todas as meninas começaram a chorar, uma após a outra. Eu tentei segurar, Marilla. Eu tentei me lembrar de quando o Sr. Phillips me fez sentar com Gil, com um menino; e de quando ele escreveu meu nome sem um E na lousa; e de como ele disse que eu era a pior aluna de geometria que ele já tinha visto, e riu da minha ortografia; e de todas as vezes que ele havia sido tão horrível e sarcástico; mas de alguma forma, não pude, Marilla, e só consegui chorar também. Jane Andrews está falando há um mês sobre como ficaria feliz quando o Sr. Phillips fosse embora e declarou que jamais derramaria uma lágrima. Bem, ela foi pior que qualquer um de nós e teve que pegar um lenço emprestado com o irmão dela, é claro que os meninos não choraram, porque ela não tinha trazido um, por achar que não precisaria. Ah, Marilla, foi dilacerante. O Sr. Phillips começou o discurso de despedida de um jeito tão bonito. 'Chegou o momento de nos separarmos'. Foi muito tocante. E ele também tinha lágrimas nos olhos, Marilla. Ah, eu me senti terrivelmente triste e arrependida por todas as vezes que conversei na escola, fiz desenhos dele na minha lousa e zombei dele e Prissy. Posso lhe dizer que desejei ter sido uma pupila-modelo como Minnie Andrews. Ela não tinha nenhum peso na consciência. As meninas choraram o caminho todo da escola até em casa. Carrie Sloane ficou dizendo a cada minuto, 'Chegou o momento de nos separarmos', e isso nos fazia começar de novo sempre que estávamos correndo o risco de nos animar. E me sinto mesmo terrivelmente triste, Marilla. Não podemos nos sentir exatamente nas profundezas do desespero com dois meses de férias diante de nós, ou podemos, Marilla? Além disso, encontramos o novo pastor e sua esposa vindo da estação. Apesar de estar me sentindo tão mal por causa da partida do Sr. Phillips, não pude evitar sentir um pouco de curiosidade pelo novo pastor, não é? A esposa dele é muito bonita. Não exatamente majestosa, é claro, não daria certo, imagino, um pastor ter uma esposa majestosamente linda, porque poderia dar um mau exemplo. A Sra. Lynde diz que a esposa do pastor de Newbridge dá um exemplo muito ruim porque se veste de um jeito tão elegante. A esposa do nosso novo pastor estava vestida de musselina azul com adoráveis mangas bufantes e um chapéu enfeitado com rosas. Jane Andrews disse que pensava que mangas bufantes eram muito mundanas para a esposa de um pastor, mas eu não fiz nenhum comentário tão impiedoso, Marilla, porque sei que o que é desejar mangas bufantes. Além do mais, ela se tornou esposa de um pastor há pouco tempo, então é preciso abrir exceções, não é? Eles vão ficar com a Sra. Lynde até que o presbitério fique pronto."

Se Marilla, ao descer até a casa da Sra. Lynde naquela tarde, foi instigada por algum motivo além daquele que declarou – devolver os bastidores de costura que tinham sido emprestados no inverno anterior –, assim o fez por uma fraqueza amigável compartilhada pela maioria das pessoas de Avonlea. A Sra. Lynde havia emprestado muitas coisas, às vezes nunca esperando vê-las novamente, que voltaram para casa naquela noite a cargo daqueles que as tinham tomado. Um novo pastor, e mais ainda um pastor com uma esposa, era verdadeiro objeto de curiosidade em um pequeno e calmo povoado do interior onde as sensações eram poucas e raras.

O velho Sr. Bentley, o pastor que, segundo Anne descobrira, tinha pouca imaginação, havia sido pastor em Avonlea por dezoito anos. Ele era viúvo quando chegou, e permaneceu viúvo, apesar de as fofocas o casarem regularmente com esta, aquela ou uma outra, durante todos os anos de sua permanência. Em fevereiro do ano anterior, ele havia renunciado ao cargo e partido em meio aos lamentos de seus fiéis, muitos dos quais tinham uma afeição de longa data pelo seu velho e bom pastor, mesmo com suas falhas como orador. Desde então, a igreja de Avonlea havia aproveitado uma variedade de manifestações religiosas ao ouvir os muitos e diversos candidatos e "suplentes" que vieram domingo após domingo para fazer a pregação. Eles ergueram-se ou caíram no conceito dos pais e mães de Israel; mas uma certa menininha de cabelos vermelhos que se sentava humildemente no velho banco dos Cuthbert também tinha suas opiniões sobre eles e as discutia plenamente com Matthew; Marilla sempre se recusava por princípio a criticar pastores de qualquer forma.

"Eu não creio que o Sr. Smith serviria, Matthew", foi o resumo final de Anne. "A Sra. Lynde disse que o desempenho dele foi muito ruim, mas acho que sua pior falha era a mesma do Sr. Bentley, ele não tinha imaginação. E o Sr. Terry tinha muita; ele a deixou levá-lo tanto quanto eu no caso da Floresta Assombrada. Além disso, a Sra. Lynde diz que a teologia dele não era sólida. O Sr. Gresham era um homem muito bom e religioso, mas ele contou histórias engraçadas demais e fez as pessoas rir na igreja. Ele foi indigno, e é preciso ter alguma dignidade para ser pastor, não é, Matthew? Eu pensei que o Sr. Marshall fosse decididamente atraente, mas a Sra. Lynde diz que ele não é casado, nem mesmo noivo, porque ela fez muitas investigações sobre ele, e ela diz que jamais seria bom ter um pastor jovem e solteiro em Avonlea, porque ele pode casar com alguém da congregação e isso causaria problemas. A Sra. Lynde é uma mulher muito perspicaz, não é, Matthew? Fico feliz por terem chamado o Sr. Allan. Gosto dele, o sermão foi interessante e ele rezou com vontade e não como se o fizesse apenas por hábito. A Sra. Lynde diz que ele não é perfeito, mas diz que supõe que não poderíamos esperar um pastor perfeito por setecentos e cinquenta dólares por ano. De qualquer forma, a teologia dele é sólida, porque ela o questionou detalhadamente sobre todos os pontos da doutrina. E ela conhece os parentes da esposa dele. Eles são dos mais respeitáveis, e as esposas são boas donas de casa. A Sra. Lynde diz que um homem com doutrina sólida e uma mulher boa em cuidar da casa fazem uma combinação ideal para a família de um pastor."

O novo pastor e sua esposa eram um casal jovem e de rostos agradáveis, ainda em lua de mel, e cheio de entusiasmo bom e belo por sua escolha de vida. Avonlea abriu o coração para eles desde o início. Velhos e jovens gostavam do jovem franco e alegre com seus grandes ideais e da gentil e inteligente dama que assumiu a governança do presbitério. Anne apaixonou-se pela Sra. Allan pronta e calorosamente. Ela havia descoberto outra alma amiga.

"A Sra. Allan é simplesmente adorável", anunciou ela em uma tarde de domingo. "Ela assumiu nossa classe e é uma professora esplêndida. Ela disse logo de início que não achava justo o professor fazer todas as perguntas, e a senhora sabe, Marilla, que isso é exatamente o que sempre pensei. Ela disse que poderíamos fazer quaisquer perguntas que quiséssemos a ela e eu fiz muitas. Eu sou boa em fazer perguntas, Marilla."

"Eu acredito em você", foi o comentário enfático de Marilla.

"Ninguém mais perguntou nada, exceto Ruby Gillis, e ela perguntou se haveria um piquenique da escola dominical neste verão. Eu não achei que foi uma pergunta muito adequada para fazer porque não tinha nenhuma ligação com a aula, a lição foi sobre Daniel na toca dos leões, mas a Sra. Allan apenas sorriu e disse que achava que tinha ligação sim. A Sra. Allan tem um sorriso adorável; ela tem covinhas tão DELICADAS nas bochechas. Eu gostaria de ter covinhas nas minhas bochechas, Marilla. Eu não estou nem metade tão magra como quando cheguei aqui, mas ainda não tenho covinha nenhuma. Se eu tivesse, talvez pudesse influenciar as pessoas para o bem. A Sra. Allan disse que devemos sempre influenciar as outras pessoas para o bem. Ela falou tão bem sobre tudo. Eu nunca soube antes que a religião era algo tão alegre. Sempre pensei que era meio melancólica, mas a Sra. Allan não é, e eu gostaria de ser cristã se pudesse ser como ela. Eu não gostaria de ser como o superintendente Sr. Bell."

"É muita falta de educação você falar assim sobre o Sr. Bell", disse Marilla severamente. "O Sr. Bell é um homem bom de verdade."

"Ah, é claro que ele é bom", concordou Anne, "mas ele não parece tirar nenhum proveito disso. Se eu pudesse ser boa, eu dançaria e cantaria o dia todo, porque ficaria feliz com isso. Suponho que a Sra. Allan esteja muito velha para dançar e cantar, e é claro que não seria digno para a esposa de um pastor. Posso simplesmente sentir que ela é feliz por ser cristã e que seria cristã mesmo se pudesse chegar ao céu sem isso."

"Suponho que devamos convidar o Sr. e a Sra. Allan para o chá algum dia desses", disse Marilla. "Eles estiveram em quase todo lugar, menos aqui. Deixe-me ver. A próxima quarta-feira seria um bom dia para recebê-los. Mas não diga uma palavra a Matthew sobre isso, pois se ele soubesse que eles viriam, encontraria alguma desculpa para passar o dia fora. Ele ficou tão acostumado ao Sr. Bentley que não se importava com ele, mas vai achar difícil familiarizar-se com um novo pastor, e a esposa de um novo pastor vai assustá-lo até a morte."

"Minha boca é um túmulo", garantiu Anne. "Mas, ah, Marilla, a senhora vai me deixar fazer um bolo para a ocasião? Eu adoraria fazer algo para a Sra. Allan, e a senhora sabe que já sei fazer bolos muito bons agora."

"Você pode fazer um bolo de camadas", prometeu Marilla.

Na segunda e na terça-feira, grandes preparações aconteceram em Green Gables. Receber o pastor e sua esposa para o chá era uma tarefa séria, e Marilla estava determinada a não ser ofuscada por nenhuma das donas de casa de Avonlea. Anne estava louca de empolgação e encanto. Ela falou sobre tudo com Diana na terça-feira à noite durante o crepúsculo, enquanto elas estavam sentadas nas grandes pedras vermelhas perto das Borbulhas da Dríade e faziam arco-íris na água com pequenos gravetos besuntados no bálsamo dos abetos.

"Está tudo pronto, Diana, exceto o meu bolo, que vou fazer pela manhã, e os biscoitos de fermento em pó que Marilla vai fazer antes da hora do chá. Eu garanto, Diana, que Marilla e eu estivemos muito ocupadas nos dois últimos dias. É uma responsabilidade tão grande receber a família de um pastor para o chá. Nunca passei por tal experiência antes. Você deveria ter visto nossa despensa. É uma bela cena. Teremos frango gelificado e língua fria. Teremos dois tipos de gelatina, vermelha e amarela, chantili, torta de limão, torta de cereja, três tipos de bolacha, bolo de frutas, a famosa compota de ameixa-azul de Marilla, que ela guarda especialmente para pastores, pão de ló, bolo de camadas, os biscoitos já mencionados e pão fresco e velho, caso o pastor seja dispéptico e não possa comer o fresco. A Sra. Lynde diz que pastores são dispépticos, mas não acho que o Sr. Allan tenha sido pastor por tempo suficiente para ter sofrido algum efeito. Eu fico gelada só de pensar no meu bolo de camadas. Ah, Diana, e se não ficar bom?! Eu sonhei à noite passada que era perseguida por todos os lados por um terrível diabrete com um grande bolo de camadas no lugar da cabeça."

"Vai ficar bom, sim", assegurou Diana, que era uma amiga muito reconfortante. "Tenho certeza de que o pedaço daquele que você fez quando almoçamos na Livre Natureza há duas semanas estava perfeitamente elegante."

"Sim; mas bolos têm um terrível hábito de ficar ruins bem quando você quer especialmente que eles fiquem bons", suspirou Anne, colocando um graveto particularmente bem besuntado para boiar. "Entretanto, suponho que terei apenas que confiar na Providência e tomar cuidado ao colocar a farinha. Ah, veja, Diana, que arco-íris adorável! Você acha que a dríade vai sair depois que formos embora e usá-lo como cachecol?"

"Você sabe que dríades não existem", disse Diana. A mãe de Diana havia descoberto sobre a Floresta Assombrada e havia ficado decididamente furiosa com isso. Como resultado, Diana havia se abstido de quaisquer outros voos imitativos da imaginação e não achou prudente cultivar um espírito de crença mesmo com dríades inofensivas.

"Mas é tão fácil imaginar que existem", disse Anne. "Todas as noites antes de ir para casa, eu olho para fora da minha janela e me pergunto se a dríade está mesmo sentada ali, penteando suas madeixas e usando a nascente como espelho. Às vezes procuro suas pegadas no orvalho pela manhã. Ah, Diana, não desista da sua fé na dríade!"

A manhã de quarta-feira chegou. Anne levantou-se ao nascer do sol porque estava empolgada demais para dormir. Ela havia pegado uma gripe severa por ter se molhado na nascente na noite anterior; nada menos que uma pneumonia absoluta poderia ter extinguido seu interesse pela culinária naquela manhã. Depois do café, ela começou a fazer o bolo. Quando finalmente fechou a porta do forno, deu um longo suspiro.

"Tenho certeza de que não esqueci nada desta vez, Marilla. A senhora acha que ele vai crescer? Apenas imagine: e se o fermento não estiver bom? Eu usei o da lata nova. E a Sra. Lynde diz que nunca podemos ter certeza de estar usando fermento bom hoje em dia quando tudo é tão adulterado. A Sra. Lynde diz que o governo deve resolver a questão, mas diz que nunca veremos o dia em que um governo Tory fará isso. Marilla, e se o bolo não crescer?"

"Teremos muitas opções mesmo sem ele", foi o modo desapaixonado de Marilla de olhar para a questão.

O bolo cresceu, entretanto, e saiu do forno leve e macio como uma espuma dourada. Anne, corada de encanto, recheou-o com camadas de geleia vermelha e, em sua imaginação, viu a Sra. Allan comendo-o e, possivelmente, pedindo mais um pedaço!

"A senhora vai usar o melhor jogo de chá, é claro, Marilla", ela disse. "Posso arrumar a mesa com samambaias e rosas silvestres?"

"Acho isso uma bobagem", bufou Marilla. "Na minha opinião, é a comida que importa e não decorações tolas."

"A Sra. Barry estava com a mesa DELA decorada", disse Anne, que não era totalmente inocente no que se referia à sabedoria da serpente, "e o pastor lhe fez um elogio elegante. Ele disse que era um banquete para os olhos tanto quanto para o paladar."

"Bem, faça como quiser", disse Marilla, que estava determinada a não ser ultrapassada pela Sra. Barry nem por qualquer outra. "Apenas lembre-se de que deve deixar espaço suficiente para os pratos e para a comida."

Anne propôs-se a decorar a mesa de uma maneira e com um estilo que deixaria a Sra. Barry no chão. Tendo uma abundância de rosas e samambaias e um gosto próprio muito artístico, ela fez da mesa de chá algo tão belo que, quando o pastor e sua esposa chegaram e se sentaram, os dois exclamaram juntos por causa do encanto.

"É coisa da Anne", disse Marilla, severamente, e Anne sentiu que o sorriso aprovador da Sra. Allan era quase felicidade demais para este mundo.

Matthew estava lá, tendo sido convencido a comparecer apenas Deus e Anne sabiam como. Ele tinha ficado em tal estado de vergonha e nervosismo que Marilla tinha desistido dele, em desespero, mas Anne o pegou pela mão de forma tão bem-sucedida que ele agora estava sentado à mesa com suas melhores roupas e colarinho branco e falava com o pastor de forma interessada. Ele não disse uma palavra sequer à Sra.

Allan, mas talvez isso não devesse ser esperado.

Tudo correu perfeitamente bem até que o bolo de camadas de Anne foi servido. A Sra. Allan, tendo se servido de uma variedade desconcertante, não o aceitou. Mas Marilla, vendo a decepção no rosto de Anne, disse sorridente:

"Ah, deve aceitar um pedaço deste, Sra. Allan. Anne o fez especialmente para você."

"Neste caso, devo experimentar", riu a Sra. Allan, servindo-se de um grande pedaço, como fizeram também o pastor e Marilla.

A Sra. Allan provou um bocado de seu pedaço e a expressão mais peculiar cruzou seu rosto. Entretanto, ela não disse nenhuma palavra e continuou comendo. Marilla viu a expressão e apressou-se para provar o bolo.

"Anne Shirley!", ela exclamou, "O que é que você colocou neste bolo?"

"Nada além do que a receita pedia, Marilla", respondeu Anne, chorando e com um olhar de angústia. "Ah, não está bom?"

"Bom? Está simplesmente horrível! Sra. Allan, não tente comê-lo. Anne, prove você mesma. Que saborizante você usou?"

"Baunilha", disse Anne, com o rosto vermelho de vergonha depois de provar o bolo. "Apenas baunilha. Ah, Marilla, deve ter sido o fermento. Eu tinha minhas suspeitas sobre aquele fer..."

"Fermento! Que bobagem! Vá e traga-me a garrafa de baunilha que você usou."

"Anne fugiu para a despensa e retornou com uma pequena garrafa parcialmente cheia de um líquido marrom e com uma etiqueta amarela em que se lia "Baunilha Best".

Marilla a pegou, tirou a rolha e cheirou seu conteúdo.

"Deus tenha piedade de nós, Anne, você saborizou o bolo com BÁLSAMO ANESTÉSICO. Eu quebrei a garrafa de bálsamo na semana passada e despejei o que sobrou em uma garrafa velha e vazia de baunilha. Eu suponho que parte da culpa tenha sido minha, eu deveria tê-la avisado, mas, misericórdia, por que você não cheirou isso?"

Anne se desfez em lágrimas sob essa dupla desgraça.

"Eu não consegui, estava tão gripada!", e com isso ela praticamente fugiu para o quarto do frontão, onde se jogou na cama e chorou como se não quisesse ser consolada.

Naquele momento, um passo suave pôde ser ouvido na escada e alguém entrou no quarto.

"Ah, Marilla", soluçou Anne, sem olhar para cima, "fui desonrada para sempre. Ela nunca será capaz de esquecer. Isso vai se espalhar por aí, as coisas sempre se espalham em Avonlea. Diana vai me perguntar como o meu bolo ficou e terei que dizer a verdade. Sempre serei apontada como a menina que saborizou um bolo com bálsamo anestésico. Gil, os meninos na escola vão se acabar de rir. Ah, Marilla, se tiver um pingo de piedade cristã, não me diga que devo descer e lavar a louça depois disso. Eu vou lavar quando o pastor e a esposa forem embora. Nunca mais vou poder olhar a Sra. Allan nos olhos novamente. Talvez ela pense que tentei envenená-la. A Sra. Lynde diz que ouviu falar de uma menina órfã que tentou envenenar seus benfeitores. O bálsamo, porém, não é venenoso. Ele é feito para ser usado internamente, mas não em bolos. A senhora poderia dizer isso à Sra. Allan, Marilla?"

"Que tal levantar e dizer a ela você mesma?", disse uma voz alegre.

Anne pulou para cima e encontrou a Sra. Allan de pé na beirada da cama, analisando-a com olhos risonhos.

"Minha cara menininha, não deve chorar desse jeito", ela disse, genuinamente perturbada pela expressão trágica de Anne. "Ora, não passou de um erro engraçado que qualquer um poderia cometer."

"Ah, não, só eu poderia cometer um erro desses", disse Anne, desolada. "E eu queria tanto fazer um belo bolo para a senhora, Sra. Allan."

"Sim, eu sei, querida. E garanto a você que aprecio sua gentileza e consideração tanto quanto se o bolo tivesse dado certo. Agora, você não precisa mais chorar. Desça comigo e me mostre seu jardim de flores. A Sra. Cuthbert me disse que você tem um pequeno terreno só seu. Eu quero vê-lo, pois tenho muito interesse em flores."

Anne permitiu-se ser guiada para baixo e reconfortada, refletindo que era providencial que a Sra. Allan fosse uma alma amiga. Nada mais foi dito sobre o bolo de bálsamo e, quando os convidados se foram, Anne descobriu que havia aproveitado a tarde mais do que esperava, considerando o terrível incidente. Apesar disso, ela suspirou profundamente.

"Marilla, não é bom pensarmos que amanhã é um novo dia ainda sem nenhum erro cometido?"

"Eu garanto que você ainda cometerá muitos", disse Marilla. "Nunca vi ninguém para cometer erros como você, Anne."

"Sim, e eu bem sei", admitiu Anne, lamentosamente. "Mas a senhora já notou uma coisa motivadora a meu respeito, Marilla? Nunca cometo o mesmo erro duas vezes."

"Não sei se isso é um grande consolo, já que você está sempre cometendo novos erros."

"Ah, a senhora não percebe, Marilla? Deve haver um limite para os erros que uma pessoa pode cometer, e quando eu chegar ao fim deles, então eles terão acabado de vez. Esse é um pensamento reconfortante."

"Bem, é melhor você ir e dar aquele bolo para os porcos", disse Marilla. "Não serve para nenhum ser humano comer, nem mesmo Jerry Buote."

CAPÍTULO XXII

Anne é convidada para o chá

"E por que seus olhos estão saindo das órbitas agora?", perguntou Marilla, quando Anne chegara de uma corrida até o correio. "Conheceu mais alguma alma amiga?" A empolgação estava agarrada a Anne como uma roupa, brilhava em seus olhos, acendendo toda a sua expressão. Ela viera dançando pelo caminho, como uma fada soprada pelo vento, através da luz suave do sol e das sombras preguiçosas de uma tarde de agosto.

"Não, Marilla, mas, ah, o que a senhora acha? Fui convidada para o chá no presbitério amanhã à tarde! A Sra. Allan deixou esta carta para mim no correio. Apenas olhe para isso, Marilla. 'Senhorita Anne Shirley, Green Gables.' É a primeira vez que sou chamada de 'Senhorita'. É tão emocionante! Eu guardarei esta carta com meus tesouros mais preciosos."

"A Sra. Allan me disse que tinha a intenção de convidar todos os membros de sua sala na escola dominical para o chá", disse Marilla, contemplando o maravilhoso evento muito calmamente. "Não precisa ficar tão agitada por causa disso. Aprenda a lidar com as coisas calmamente, criança."

Para Anne, lidar com as coisas calmamente seria mudar a própria natureza. Toda "espírito, fogo e orvalho" como ela era, os prazeres e dores da vida lhe atingiam com intensidade triplicada. Marilla sentia isso e ficava vagamente perturbada com o fato, percebendo que os altos e baixos da vida provavelmente seriam um fardo para aquela alma impulsiva que não compreendia suficientemente que essa mesma capacidade para o encanto poderia mais que compensá-lo. Portanto, Marilla concluiu que seu dever de ensinar Anne a ser uma tranquilidade de disposição uniforme era tão impossível e absurdo para ela quanto um raio de sol dançando nas águas rasas do riacho. Ela não fez muito progresso, como dolorosamente admitiu para si mesma. A destruição de qualquer esperança ou plano afundava Anne nas "profundezas do desespero". A satisfação, por sua vez, elevava-a a reinos estonteantes de encanto. Marilla havia quase começado a se desesperar por transformar aquela criança órfã do mundo em uma menininha-modelo de maneiras recatadas e comportamento formal. Ela nunca teria acreditado que realmente gostava de Anne muito mais do jeito que era.

Anne foi para a cama naquela noite muda de tristeza porque Matthew havia dito que o vento estava indo para o nordeste e ele temia que o dia seguinte fosse chuvoso. O farfalhar das folhas de choupo ao redor da casa a preocupava, soava tão semelhante ao tamborilar das gotas de chuva, e o rugido cheio e distante do golfo, que ela escutara encantada em outras vezes, amando seu ritmo estranho, sonoro e assustador, naquele momento parecia uma profecia de tempestade e desastre para uma pequena donzela que desejava um dia especialmente bonito. Anne pensou que a manhã nunca chegaria.

Mas todas as coisas chegam a um fim, mesmo noites antes de dias em que se é convidado para tomar chá no presbitério. A manhã, a despeito das previsões de Matthew, foi bonita, e o espírito de Anne elevou-se ao máximo. "Ah, Marilla, há alguma coisa em mim hoje que me faz amar todos que eu vejo", ela exclamou enquanto lavava a louça do café da manhã. "A senhora não sabe como me sinto bem! Não seria bom se pudesse durar? Eu acredito que seria uma criança-modelo se fosse convidada para o chá todos os dias. Mas, ah, Marilla, é uma ocasião solene. Eu estou tão ansiosa. E se eu não me comportar corretamente? A senhora sabe que nunca tomei chá em um presbitério antes, não tenho certeza de que sei todas as regras de etiqueta, embora tenha estudado as regras ensinadas no Departamento de Etiqueta da Família Herald desde que vim para cá. Tenho tanto medo de fazer algo tolo ou de esquecer algo que deveria fazer. Seria considerado boas maneiras aceitar uma segunda porção de qualquer coisa se a quisermos MUITO?"

"O problema com você, Anne, é que você pensa demais em si mesma. Você deveria pensar na Sra. Allan e no que seria melhor e mais agradável para ela", disse Marilla, dando pela primeira vez na vida um conselho muito sólido e conciso. Anne instantaneamente percebeu isso.

"A senhora está certa, Marilla, vou tentar não pensar em mim mesma."

Anne evidentemente fez sua visita sem quaisquer falhas sérias de "etiqueta", pois ela veio para casa durante o crepúsculo, sob um grande, alto e glorioso céu com rastros de nuvens rosadas e da cor do açafrão, em um estado de espírito beatificado, e contou tudo a Marilla alegremente, sentada na grande placa de arenito vermelho na porta da cozinha, com sua cabeça cacheada cansada no colo de algodão listrado de Marilla.

Um vento fresco estava soprando sobre os longos campos de colheita das bordas das colinas de abetos ao oeste e assoviando através dos choupos. Uma estrela brilhante pairava sobre o pomar e os vaga-lumes estavam esvoaçando sobre a Estrada dos Amantes, para dentro e para fora das samambaias e ramos farfalhantes. Anne observava enquanto falava e de alguma forma sentia que o vento, as estrelas e os vaga-lumes estavam todos entrelaçados em algo indescritivelmente doce e encantador.

"Ah, Marilla, eu tive o dia mais FASCINANTE. Sinto que não vivi em vão e sempre me sentirei assim mesmo se nunca for convidada para o chá no presbitério novamente. Quando cheguei lá, a Sra. Allan foi até a porta me receber. Ela estava usando o mais lindo vestido de organdi rosa-claro, com dezenas de babados e mangas até os cotovelos, e ela parecia um querubim. Eu realmente acho que gostaria de ser a esposa de um pastor quando crescer, Marilla. Um pastor não deve se importar com meu cabelo vermelho porque não pensaria em tais coisas mundanas. É claro que a pessoa teria que ser naturalmente boa, e eu nunca serei, então suponho que não adianta pensar nisso. Algumas pessoas são naturalmente boas, a senhora sabe, e outras não. Eu sou uma das outras. A Sra. Lynde diz que estou cheia do pecado original. Não importa quanto eu tente ser boa, nunca tenho tanto sucesso quanto aqueles que são naturalmente bons. É bem parecido com geometria, eu acho. A senhora não acha que tentar tanto deveria contar em alguma coisa? A Sra. Allan é uma pessoa naturalmente boa. Eu a amo apaixonadamente. A senhora sabe que há algumas pessoas, como Matthew e a Sra. Allan, que passamos a amar imediatamente sem nenhum problema. E há outras, como a Sra. Lynde, que precisamos nos esforçar muito para amar. Sabemos que devemos AMÁ-LAS porque elas sabem tanto e são tão ativas nos trabalhos da igreja, mas precisamos nos lembrar disso o tempo inteiro para não esquecer. Havia outra menininha no presbitério para o chá, da escola dominical de White Sands. O nome dela era Lauretta Bradley, e ela era uma menininha muito simpática. Não exatamente uma alma amiga, sabe, mas ainda assim muito simpática. Nós tivemos um chá muito elegante, e acho que segui todas as regras de etiqueta muito bem. Depois do chá, a Sra. Allan tocou e cantou e fez com que Lauretta e eu cantássemos também. A Sra. Allan disse que eu tenho uma boa voz e que eu deveria cantar no coral da escola dominical depois disso. A senhora pode imaginar como fiquei emocionada só de pensar. Eu sempre quis cantar no coral da escola dominical, como a Diana, mas temia que era uma honra que eu nunca poderia alcançar. Lauretta teve que ir para casa mais cedo porque há uma grande apresentação no Hotel White Sands esta noite e a irmã dela vai recitar algo. Lauretta disse que espera ser convidada algum dia. Eu apenas olhei para ela com admiração. Depois que ela se foi, a Sra. Allan e eu tivemos uma conversa íntima. Eu contei tudo a ela sobre a Sra. Thomas, os gêmeos, Katie Maurice, Violetta, minha chegada em Green Gables e meus problemas com geometria. E quem acreditaria, Marilla? A Sra. Allan me disse que era uma má aluna em geometria também. A senhora não sabe como isso me encorajou. A Sra. Lynde chegou ao presbitério um pouco antes de eu sair, e o que a senhora acha, Marilla? Os administradores contrataram um novo professor e é uma dama. O nome dela é Senhorita Muriel Stacy. Não é um nome romântico? A Sra. Lynde diz que nunca houve uma professora em Avonlea antes e ela acha que é uma inovação perigosa, mas acho que será esplêndido ter uma professora, e realmente não vejo como vou viver durante as duas semanas antes de a escola começar. Estou tão impaciente para vê-la."

CAPÍTULO XXIII

Anne sofre uma perda numa questão de honra

O que aconteceu foi que Anne teve que viver mais duas semanas. Quase um mês havia transcorrido após o episódio do bolo de bálsamo, já estava na hora de ela arranjar problemas novos de alguma forma, pequenos erros, tais como distraidamente esvaziar uma panela de leite desnatado em uma cesta de novelos de lã na despensa, em vez de esvaziá-la no balde dos porcos. E andar pela beirada da ponte de madeira e cair no riacho enquanto estava envolvida em devaneios que não valiam a pena ser mencionados.

Uma semana depois do chá no presbitério, Diana Barry deu uma festa.

"Pequena e seletiva", Anne garantiu a Marilla. "Apenas as meninas da nossa classe."

Elas divertiram-se muito e nada desagradável aconteceu até depois do chá, quando estavam no jardim dos Barry, um pouco cansadas dos jogos e prontas para qualquer forma tentadora de travessura que pudesse aparecer. Isso surgiu sob a forma de "desafiar".

Desafiar era a diversão mais popular entre os pequenos de Avonlea naquela época. Havia começado entre os meninos, mas logo se espalhou entre as meninas, e todas as coisas bobas feitas em Avonlea naquele verão porque um dos autores foi "desafiado" a fazê-las poderiam encher um livro.

Primeiramente, Carrie Sloane desafiou Ruby Gillis a escalar até certo ponto o grande e velho salgueiro diante da porta da frente, o que Ruby Gillis, embora morrendo de medo das grandes e gordas lagartas com as quais a tal árvore estava infestada e encarando o terror da mãe diante dos olhos caso ela rasgasse o novo vestido de musselina, rapidamente o fez, para frustração da já mencionada Carrie Sloane. Então, Josie Pye desafiou Jane Andrews a pular com a perna esquerda pelo jardim sem parar nenhuma vez ou colocar o pé direito no chão, o que Jane Andrews corajosamente tentou fazer, mas desistiu no terceiro ponto e teve que se declarar vencida.

Sendo o triunfo de Josie mais pronunciado do que o bom gosto permitia, Anne Shirley a desafiou a andar pelo topo da cerca de madeira que delimitava o jardim ao leste. Agora, "andar" em cercas de madeira requer mais habilidade e estabilidade da cabeça e dos pés que alguém que nunca tentou poderia supor. Mas Josie Pye, apesar de deficiente em algumas qualidades que traziam popularidade, tinha pelo menos um dom natural e inato, devidamente cultivado, de andar em cercas de madeira. Josie andou pela cerca dos Barry com uma despreocupação aérea que parecia indicar que uma coisinha como aquela não valia um "desafio". Uma admiração relutante saudou sua proeza, pois a maioria das meninas sabia apreciá-la, tendo sofrido muito elas próprias em seus esforços para andar sobre as cercas. Josie desceu de seu poleiro, corada pela vitória, e lançou um olhar desafiador a Anne.

Anne jogou suas tranças vermelhas para trás.

"Eu não acho que é uma coisa tão maravilhosa assim andar sobre uma cerca pequena e baixa", ela disse. "Eu conheci uma menina em Marysville que conseguia andar sobre a cumeeira de um telhado."

"Eu não acredito", disse Josie, categoricamente. "Eu não acredito que alguém conseguiria andar sobre uma cumeeira. VOCÊ não poderia, de qualquer forma."

"Não poderia?", indignou-se Anne, impulsivamente.

"Então, eu desafio você a fazer isso", disse Josie audaciosamente. "Eu desafio você a subir lá e andar sobre a cumeeira do teto da cozinha do Sr. Barry."

Anne ficou pálida, porém, era claro para ela que algo deveria ser feito. Ela andou em direção à casa, onde a escada estava encostada no telhado da cozinha. Todas as meninas do quinto ano disseram "Oh!", em parte por empolgação, em parte por espanto.

"Não faça isso, Anne", suplicou Diana. "Você vai cair e morrer. Não ligue para a Josie Pye. Não é justo desafiar alguém a fazer uma coisa tão perigosa."

"Eu preciso fazer. Minha honra está em risco", disse Anne solenemente. "Eu andarei naquela cumeeira, Diana, ou morrerei tentando. Se eu morrer, você deve ficar com o meu anel de contas perolado."

Anne subiu a escada em meio a um silêncio sufocante, chegou até a cumeeira, equilibrou-se reta naquela base precária e começou a andar sobre ela, vagamente consciente de que estava desconfortavelmente acima do mundo e que andar sobre cumeeiras não era algo em que a imaginação ajudava muito. Entretanto, ela conseguiu dar vários passos antes da catástrofe chegar. Então, ela oscilou, perdeu o equilíbrio, tropeçou, cambaleou e caiu, deslizando pelo telhado escaldante abaixo e desabando através do emaranhado de hera americana – tudo isso antes do espantado círculo abaixo nem sequer poder dar um grito agudo e simultâneo de pavor.

Se Anne tivesse caído do telhado do mesmo lado pelo qual subiu, Diana provavelmente teria se tornado herdeira do anel de contas perolado ali mesmo. Felizmente, ela caiu do outro lado, onde o telhado se estendia até a varanda, tão perto do chão que uma queda dali era algo muito menos sério. Ainda assim, quando Diana e as outras meninas correram freneticamente ao redor da casa – exceto Ruby Gillis, que permaneceu plantada no chão e ficou histérica –, encontraram Anne deitada toda branca e mole no meio dos destroços e das ruínas de hera americana.

"Anne, você morreu?", guinchou Diana, atirando-se de joelhos ao lado da amiga. "Ah, Anne, querida Anne, diga apenas uma palavra para mim e me diga se morreu."

Para imenso alívio de todas as meninas, especialmente de Josie Pye, que, apesar da falta de imaginação, havia tido visões horríveis de um futuro como a menina que causara a morte precoce e trágica de Anne Shirley, Anne sentou-se tonta e respondeu de forma incerta:

"Não, Diana, não morri, mas acho que fiquei inconsciente."

"Onde?", soluçou Carrie Sloane. "Ah, onde, Anne?"

Antes que Anne pudesse responder, a Sra. Barry apareceu em cena. Ao vê-la, Anne tentou ficar de pé, mas caiu novamente com um pequeno e agudo choro de dor.

"Qual o problema? Onde você se machucou?", quis saber a Sra. Barry.

"Meu tornozelo", ofegou Anne. "Ah, Diana, por favor, chame o seu pai e peça a ele para me levar para casa. Não posso andar até lá. E tenho certeza de que não conseguiria pular tão longe com um pé só, tendo em vista que Jane não conseguiu nem dar a volta no jardim."

Marilla estava no pomar colhendo em uma bacia cheia maçãs de verão quando viu o Sr. Barry chegando pela ponte de madeira e, por cima da colina, a Sra. Barry ao lado dele e uma procissão completa de menininhas seguindo-o. Em seus braços, ele carregava Anne, cuja cabeça estava apoiada frouxamente em seu ombro.

Naquele momento, Marilla teve uma revelação. Pela repentina pontada de medo que perfurou seu coração, ela percebeu o que Anne havia se tornado para ela. Ela teria admitido que gostava de Anne, ou melhor, que gostava muito de Anne. Mas agora ela sabia, enquanto se apressava furiosamente pela colina abaixo, que Anne era mais cara a ela que qualquer coisa no mundo.

"Sr. Barry, o que aconteceu com ela?", perguntou ofegante, mais branca e trêmula que a Marilla contida e sensata que havia sido por muitos anos.

A própria Anne respondeu, levantando a cabeça.

"Não fique muito assustada, Marilla. Eu estava andando sobre a cumeeira e caí. Acho que torci meu tornozelo., mas eu poderia ter quebrado meu pescoço, Marilla. Vamos olhar para o lado bom das coisas."

"Eu deveria saber que você faria algo desse tipo quando eu deixasse você ir àquela festa", disse Marilla, em tom severo e rabugento, mesmo aliviada. "Traga-a aqui, Sr. Barry, e deite-a no sofá. Misericórdia, a criança foi desmaiar!"

Era verdade. Vencida pela dor da contusão, Anne teve um de seus desejos realizados. Ela desmaiou como se tivesse morrido.

Matthew, rapidamente chamado do campo de colheita, foi diretamente despachado para o médico, que veio no devido tempo, para descobrir que a contusão era mais séria do que se imaginava. O tornozelo de Anne estava quebrado.

Naquela noite, quando Marilla subiu o frontão leste, onde uma garota pálida estava deitada, uma voz lamentosa a cumprimentou da cama.

"A senhora não está com pena de mim, Marilla?"

"A culpa foi toda sua", disse Marilla descendo a persiana e acendendo uma lamparina.

"E é por isso mesmo que a senhora deveria ficar com pena de mim", disse Anne. "Saber que foi tudo minha culpa é o que torna isso tão difícil. Se pudesse colocar a culpa em alguém, eu me sentiria muito melhor. Mas o que você faria, Marilla, se tivesse sido desafiada a andar na cumeeira?"

"Eu teria ficado no solo bom e firme e deixado que se desafiassem. Que absurdo!", disse Marilla.

Anne suspirou.

"Mas você tem tanta força de vontade, Marilla. Eu não tenho. Só senti que não poderia suportar o desprezo de Josie Pye. Ela teria se vangloriado para mim por toda a vida. E eu acho que já fui tão castigada que a senhora não precisa ficar contrariada comigo, Marilla. Não é nem um pouco agradável desmaiar, no fim das contas. E o médico me machucou terrivelmente quando estava ajeitando meu tornozelo. Não vou conseguir andar por seis ou sete semanas e vou perder a nova professora. Ela não mais será nova quando eu conseguir ir à escola. E Gil... Todos vão ficar na minha frente na classe. Ah, sou uma mortal tão atormentada, mas vou tentar suportar tudo isso corajosamente se a senhora não ficar contrariada comigo, Marilla."

"Pronto, pronto, não estou contrariada", disse Marilla. "Você é uma criança sem sorte, não há dúvida; como você disse, você terá que sofrer. Aqui, agora, tente comer um pouco do jantar."

"Não é uma sorte que eu tenha tanta imaginação?", perguntou Anne. "Ela me ajudará esplendidamente, espero. O que a senhora acha que as pessoas que não têm nenhuma imaginação fazem quando quebram seus ossos, Marilla?"

Anne teve boas razões para abençoar sua imaginação muitas vezes durante as tediosas sete semanas que se seguiram. Ela, no entanto, não dependia exclusivamente disso. Ela recebeu muitas visitas, nem um dia se passava sem que uma ou mais meninas da escola deixassem de levar-lhe flores e livros e contar tudo o que acontecia no mundo juvenil de Avonlea.

"Todos têm sido tão bons e gentis, Marilla", suspirou Anne, alegremente, no dia em que pôde mancar no chão pela primeira vez. "Não é muito agradável ficar acamada; mas há um lado bom, Marilla. Descobrimos quantos amigos temos. Ora, até mesmo o superintendente Bell veio me ver, e ele é um homem muito importante. Não uma alma amiga, é claro, mas ainda assim gosto dele e sinto terrivelmente por já ter criticado suas orações. Acredito agora que ele realmente se importa, ainda que tenha o hábito de rezar como se não se importasse. Ele poderia superar isso se se esforçasse um pouco. Eu dei a ele uma bela insinuação. Contei a ele como eu tentava deixar minhas orações particulares interessantes. Ele me contou sobre a vez em que quebrou o tornozelo quando era menino. Parece tão estranho pensar no superintendente Bell sendo um menino. Até a minha imaginação tem seus limites, pois não consigo imaginar ISSO. Quando tento imaginá-lo como um menino, eu o vejo com bigodes grisalhos e óculos, do mesmo jeito que ele aparece na escola dominical, só que pequeno. Agora, é tão fácil imaginar a Sra. Allan como uma menininha. A Sra. Allan veio me ver catorze vezes. Não é algo do que se orgulhar, Marilla? Quando a esposa de um pastor tem tanto a fazer com seu tempo! Ela também é uma pessoa muito alegre para receber. Ela nunca disse que a culpa era minha, e sim que esperava que eu fosse uma menina melhor por causa disso. A Sra. Lynde sempre me dizia isso quando vinha me ver, e ela disse de um jeito que me fez sentir que ela poderia esperar isso de mim, mas sem acreditar de verdade que eu pudesse ser. Até Josie Pye veio me ver. Eu a recebi o mais educadamente que pude, porque acho que ela estava arrependida de ter me desafiado a andar na cumeeira. Se eu tivesse morrido, ela teria que carregar um fardo sombrio de remorso por toda a vida. Diana foi a amiga mais leal. Ela veio todos os dias alegrar o meu solitário travesseiro. Ah, mas ficarei tão feliz quando puder ir à escola, ouvi coisas tão empolgantes sobre a nova professora. Todas as meninas acham que ela é simplesmente um doce. Diana diz que ela tem um lindo cabelo encaracolado e olhos fascinantes. Ela se veste lindamente, e suas mangas bufantes são maiores que a de qualquer um em Avonlea. Sexta-feira sim, sexta-feira não, ela faz declamações e todos têm que dizer uma parte ou tomar parte em um diálogo. Ah, é simplesmente glorioso de pensar. Josie Pye diz que odeia, mas é só porque Josie tem tão pouca imaginação. Diana, Ruby Gillis e Jane Andrews estão preparando um diálogo chamado 'Uma Visita Diurna' para a próxima sexta-feira. E nas sextas-feiras em que não há recitações, a Srta. Stacy os leva até a floresta para um dia 'em campo' e eles estudam as samambaias, as flores e os pássaros. E eles têm exercícios de educação física todas as manhãs e tardes. A Sra. Lynde diz que nunca ouviu tais coisas e que é tudo porque temos uma dama como professora. Mas eu acho que deve ser esplêndido e acredito que a Srta. Stacy seja uma alma amiga."

"Uma coisa está bem clara, Anne", disse Marilla, "a sua queda do telhado dos Barry não prejudicou sua língua em nada."

CAPÍTULO XXIV

A senhorita Stacy e seus pupilos organizam uma apresentação

Era outubro novamente quando Anne estava pronta para voltar à escola – um outubro glorioso, todo vermelho e dourado, com manhãs suaves, os vales estavam cheios de brumas, como se o espírito do outono as tivesse despejado no sol para secar – ametista, pérola, prata, rosa e azul-fumaça. Os orvalhos estavam tão pesados que os campos brilhavam como mantos de prata e havia muitos montes de folhas farfalhantes nas depressões dos bosques repletos de galhos, através dos quais se podia correr de forma estaladiça. O Caminho das Bétulas era um dossel amarelo, e as samambaias estavam bronzeadas e castanhas por toda parte. Havia um perfume no próprio ar que inspirava o coração das pequenas donzelas trotando, ao contrário dos caracóis, rápida e prontamente para a escola. E ERA uma alegria estar de volta à pequena carteira marrom ao lado de Diana, com Ruby Gillis acenando do outro lado do corredor, Carrie Sloane passando bilhetes e Julia Bell passando uma goma de mascar da carteira do fundo. Anne deu um longo suspiro de felicidade enquanto apontava o lápis e arrumava seus cartões ilustrados na carteira. A vida certamente era muito interessante.

Na nova professora, ela encontrou outra amiga verdadeira e útil. A Srta. Stacy era uma jovem mulher simpática e inteligente com o dom feliz de ganhar e manter as afeições de seus pupilos e trazer à tona o melhor que havia neles mental e moralmente. Anne desabrochou como uma flor sob esta influência sadia e levou para casa brilhantes observações sobre os trabalhos escolares e suas metas para o admirado Matthew e a crítica Marilla.

"Eu amo a Srta. Stacy com todo o meu coração, Marilla. Ela é tão refinada e tem uma voz tão doce. Quando ela pronuncia meu nome, sinto INSTINTIVAMENTE que ela o está pronunciando com um E. Nós recitamos hoje à tarde. Eu gostaria que estivessem lá para me ouvir recitar 'Mary, Rainha da Escócia'. Coloquei toda a minha alma. Ruby Gillis me disse enquanto voltávamos para casa que o modo como eu entoei a frase 'Agora pelo braço de meu pai, ela disse, meu coração de mulher se despede' fez o sangue dela gelar."

"Ora, bem, você pode recitar para mim um dia desses, lá no celeiro", sugeriu Matthew.

"Claro que vou recitar", disse Anne, pensativamente, "mas não vou conseguir fazer tão bem, eu sei. Não vai ser tão empolgante quanto se eu tivesse uma escola cheia diante de mim, esperando sem fôlego as minhas palavras. Eu sei que não conseguirei fazer seu sangue gelar."

"A Sra. Lynde disse que o sangue DELA gelou ao ver os meninos escalando o topo daquelas grandes árvores na colina do Bell em busca de ninhos de corvos na sexta-feira passada", disse Marilla. "Eu me surpreendo com o fato de a Srta. Stacy encorajar tal coisa."

"Nós queríamos um ninho de corvo para estudar", explicou Anne. "Fazia parte da nossa tarde em campo. Tardes em campo são esplêndidas, Marilla. E a Srta. Stacy explica tudo de um jeito tão bonito. Nós temos que escrever redações sobre as nossas tardes em campo e eu escrevo as melhores."

"É muita vaidade sua dizer isso, então. Devia deixar sua professora dizer."

"Mas ela DISSE, Marilla. E não estou mesmo sendo vaidosa. Como poderia ser, quando sou tão ruim em geometria? Embora realmente esteja começando a fazer um pouco de sentido para mim. A Srta. Stacy faz ficar tão simples. Ainda assim, nunca serei boa nisso e garanto que essa é uma reflexão humilde. Eu amo mesmo escrever redações. Na maioria das vezes, a Srta. Stacy nos deixa escolher os temas; mas na próxima semana devemos escrever uma redação sobre uma pessoa extraordinária. É difícil escolher entre tantas pessoas extraordinárias que viveram. Não seria esplêndido sermos extraordinários e termos redações escritas sobre nós depois que morrermos? Ah, eu adoraria ser extraordinária. Acho que quando eu crescer, vou ser enfermeira e ir com a Cruz Vermelha para o campo de batalha como uma mensageira da misericórdia. Seria muito romântico, mas é preciso ser muito boa para ser missionária, e essa seria uma pedra no caminho. Nós temos exercícios de educação física também. Eles nos tornam graciosos e promovem a digestão."

"Promovem nada!", disse Marilla, que honestamente pensava que era tudo bobagem.

Todas as tardes em campo, porém, recitações às sextas-feiras e contorcionismos de educação física não se comparavam ao projeto que a Srta. Stacy implantou em novembro: os alunos da escola de Avonlea organizaram uma apresentação e a realizaram no auditório na noite de Natal, com o propósito louvável de ajudar a pagar por uma bandeira para a escola. Todos os pupilos aceitaram o plano graciosamente e as preparações para o programa começaram de uma vez. E entre todos os animados intérpretes selecionados, nenhum estava tão animado quanto Anne Shirley, que se jogou no projeto de corpo e alma, ainda que prejudicada pela desaprovação de Marilla, que achava que tudo era uma verdadeira tolice.

"Vai apenas encher a cabeça de vocês com bobagens e desperdiçar tempo que deveria ser usado para as lições", ela resmungou. "Eu não aprovo crianças organizando apresentações e correndo por aí para ensaiar. Isso as torna vaidosas e dispostas e propensas a perambular."

"Pense no objetivo digno", implorou Anne. "Uma bandeira cultivará o espírito do patriotismo, Marilla."

"Que disparate! Há muito pouco patriotismo na cabeça de qualquer um de vocês. Tudo o que querem é se divertir."

"Bem, quando podemos combinar patriotismo e diversão, não é algo bom? Claro que é agradável organizar uma apresentação. Teremos seis corais e Diana vai cantar um solo. Eu estou em dois diálogos, 'A Sociedade de Supressão dos Boatos' e 'A Rainha das Fadas'. Os meninos também terão um diálogo. E eu me apresentarei duas vezes, Marilla. Eu só tremo quando penso nisso, mas é um tipo de tremor bom, emocionante. E nós teremos um quadro no final, 'Fé, Esperança e Caridade'.

Diana, Ruby e eu estaremos nele, todas vestidas de branco com o cabelo solto. Eu serei a Esperança, com minhas mãos entrelaçadas, assim, e meus olhos erguidos. Vou praticar minhas recitações no sótão. Não se assuste se me ouvir gemendo. Eu tenho que gemer de modo tocante em uma delas, e é muito difícil conseguir um bom gemido artístico, Marilla. Josie Pye está emburrada porque não conseguiu o papel que queria no diálogo. Ela queria ser a rainha das fadas. Isso teria sido ridículo, pois onde já se viu uma rainha das fadas gorda como a Josie? Rainhas devem ser esbeltas. Jane Andrews será a rainha e eu serei uma de suas damas de honra. Josie diz que acha que uma fada de cabelo vermelho é tão ridícula quanto uma fada gorda, mas eu não me deixo incomodar pelo que Josie diz. Terei uma coroa de rosas brancas no cabelo e Ruby Gillis vai me emprestar suas sapatilhas, porque não tenho nenhuma. As fadas precisam ter sapatilhas, sabe? Não seria possível imaginar uma fada vestindo botas, seria? Especialmente com biqueiras de cobre. Nós vamos decorar o auditório todo com motivos de espruces e abetos com rosas de papel de seda cor-de-rosa neles. E vamos todos marchar de dois em dois depois que a plateia estiver sentada, enquanto Emma White toca uma marcha no órgão. Ah, Marilla, sei que não está tão entusiasmada como eu, mas não espera que a sua pequena Anne se destaque?"

"Tudo que espero é que você se comporte. E ficarei sinceramente feliz quando toda essa bagunça acabar e você conseguir sossegar. Você simplesmente não serve para nada agora com a cabeça cheia de diálogos, gemidos e quadros. E quanto à sua língua, é incrível que ainda não esteja completamente gasta."

Anne suspirou e dirigiu-se para o quintal dos fundos, sobre o qual uma jovem lua nova estava brilhando através dos ramos sem folhas dos choupos em um céu verde-maçã do oeste, e onde Matthew estava partindo lenha. Anne empoleirou-se em um bloco e falou sobre a apresentação com ele, certa de ter um ouvinte agradecido e simpático ao menos neste caso.

"Ora, bem, acho que será uma bela apresentação. E espero que faça bem a sua parte", ele disse, sorrindo para seu rostinho ávido e vivaz. Anne sorriu de volta para ele. Aqueles dois eram melhores amigos e

Matthew agradecia às estrelas pela sua sorte de não ter nada a ver com a criação dela. Aquele era um dever exclusivo de Marilla. Se tivesse sido dele, ele teria se preocupado com os frequentes conflitos entre sua tendência e o mencionado dever. Do modo como as coisas eram, ele estava livre para "mimar Anne", palavras de Marilla, quanto quisesse. Mas não era um mau acordo de jeito nenhum; um pouco de "apreciação" às vezes faz muito mais que toda a "criação" consciente do mundo.

CAPÍTULO XXV
Matthew insiste em mangas bufantes

Matthew estava tendo uns dez minutos bem ruins. Ele havia chegado à cozinha, no crepúsculo de uma tarde fria e cinzenta de dezembro, e sentado no banco de madeira para tirar suas botas pesadas, sem ter consciência do que Anne e um bando de colegas de escola estavam praticando "A Rainha das Fadas" na sala de estar. Naquele momento, elas vieram como uma tropa, do vestíbulo até a cozinha, rindo e conversando alegremente. Não viram Matthew, que se encolheu timidamente de volta às sombras para lá do banco com uma bota em uma mão e um descalçador na outra, enquanto assistia a elas envergonhadamente pelos já ditos dez minutos. Vestiam chapéus e jaquetas e falavam sobre o diálogo e a apresentação. Anne estava no meio delas, com os olhos brilhando e animada como as garotas; mas Matthew de repente se deu conta de que havia algo diferente nela. E o que preocupou Matthew foi que a diferença o impressionou como algo que não deveria existir. Anne tinha um rosto mais brilhante, olhos maiores e mais estrelados e feições mais delicadas que as outras; até o tímido e desatento Matthew havia aprendido a prestar atenção nessas coisas, mas a diferença que o perturbava não consistia em nenhum desses aspectos. Então, em que consistia?

Matthew foi assombrado por essa questão muito depois de as meninas terem ido embora, de braços dados, pelo longo e congelado caminho abaixo e Anne havia se retirado para os livros. Ele não podia mencionar aquilo para Marilla, que, ele sentia, certamente bufaria desdenhosamente e comentaria que a única diferença que via entre Anne e as outras meninas era que elas às vezes mantinham as línguas quietas, enquanto Anne nunca o fazia. O que Matthew sentia que não seria de grande ajuda.

Ele teve que recorrer ao cachimbo naquela noite para ajudá-lo a estudar o caso, para desgosto de Marilla. Depois de duas horas fumando e refletindo muito, Matthew chegou à solução de seu problema. Anne não estava vestida como as outras meninas!

Quanto mais Matthew pensava sobre o assunto, mas se convencia de que Anne nunca estivera vestida como as outras meninas – nunca esta que chegou a Green Gables. Marilla a mantinha usando vestidos simples e escuros, sempre feitos do mesmo padrão invariável. Se Matthew sabia que havia algo como moda ao se vestir, isso era tudo o que sabia sobre o assunto; mas ele tinha certeza de que as mangas de Anne não se pareciam de jeito nenhum com as mangas das outras meninas. Ele lembrou-se do bando de menininhas que havia visto naquela noite – todas alegres com saias vermelhas, azuis, rosa e brancas – e se perguntou por que Marilla sempre a mantinha vestida tão simples e sobriamente.

É claro, deveria estar tudo bem. Marilla entendia melhor e Marilla a estava criando. Provavelmente, havia algum motivo sábio e inescrutável ali. Mas, de fato, não faria mal deixar a criança ter um vestido bonito – algo como os que Diana Barry sempre usava. Matthew decidiu que ele lhe daria um; isso certamente não poderia ser considerado uma intromissão injustificada de sua parte. O Natal seria dali a duas semanas. Um belo vestido seria o presente ideal. Matthew, com um suspiro de satisfação, guardou seu cachimbo e foi para a cama, enquanto Marilla abria todas as portas para arejar a casa.

Na manhã seguinte, Matthew foi a Carmody para comprar o vestido, determinado a fazer a pior parte e acabar com aquilo de uma vez. Não seria, ele tinha certeza, um negócio insignificante. Havia algumas coisas que Matthew podia comprar e provar que sabia como barganhar, mas ele entendia que estaria à mercê dos lojistas quando fosse comprar um vestido para uma menina.

Depois de muito cogitar, Matthew decidiu ir à loja de Samuel Lawson em vez de ir à loja de William Blair. Com certeza, os Cuthbert sempre iam à loja de William Blair; era quase uma questão de consciência para eles, como frequentar a igreja presbiteriana e votar no Partido Conservador. Mas as duas filhas de William Blair frequentemente atendiam os clientes ali e Matthew tinha horror a elas. Ele podia tentar lidar com elas se soubesse exatamente o que queria e poderia apontar-lhes algo; mas no caso em questão, precisando de explicações e conselhos, Matthew sentiu que precisava de um homem atrás do balcão. Então, ele iria até a loja de Lawson, onde Samuel ou seu filho o atenderiam.

Infelizmente, Matthew não sabia que Samuel, em uma recente expansão de seus negócios, também havia colocado uma dama como atendente; ela era uma sobrinha de sua esposa e uma jovem muito elegante, com um topete grande e inclinado, grandes e expressivos olhos castanhos e o sorriso mais amplo e perturbador. Ela estava vestida com extrema elegância e usava diversas pulseiras de berloques que brilhavam e tilintavam com cada movimento de suas mãos. Matthew ficou coberto de confusão ao encontrá-la lá; e todos aqueles berloques destruíram completamente seu juízo de um só golpe.

"O que posso fazer pelo senhor hoje, Sr. Cuthbert?", questionou a Srta. Lucilla Harris, de modo vigoroso e insinuante, dando batidinhas no balcão com as duas mãos.

"Você tem algum... algum... algum... ora, bem, algum ancinho para o jardim?", gaguejou Matthew.

A Srta. Harris pareceu um tanto surpresa, como deveria ficar, ao ouvir um homem pedindo ancinhos para o jardim no meio de dezembro.

"Creio que temos um ou dois sobrando", ela disse, "mas estão lá em cima, no depósito. Vou verificar." Durante sua ausência, Matthew recobrou seus esparsos sentidos para fazer outra tentativa.

Quando a Srta. Harris retornou com o ancinho, ela perguntou alegremente:

"Mais alguma coisa para hoje, Sr. Cuthbert?"

Matthew tomou sua coragem em ambas as mãos e respondeu:

"Bem, já que você sugeriu, eu poderia mesmo... levar... quero dizer... olhar... comprar um pouco... um pouco de sementes de feno."

A Srta. Harris já tinha ouvido dizer que Matthew Cuthbert era esquisito. Ela agora chegava à conclusão de que ele era completamente maluco.

"Nós só temos sementes de feno na primavera", ela explicou, imponentemente. "Não temos nenhuma disponível no momento."

"Ah, certamente... certamente... bem, como você disse", gaguejou Matthew, infeliz, pegando o ancinho e caminhando para a porta. Na soleira, ele lembrou-se de que não havia pago por ele e virou-se, miseravelmente, para voltar. Enquanto a Srta. Harris estava contando seu troco, ele reuniu suas forças para uma última tentativa desesperada.

"Ora, bem... se não for muito trabalho... eu poderia mesmo... quero dizer... gostaria de olhar... um pouco... de açúcar."

"Branco ou mascavo?", perguntou a Srta. Harris, pacientemente.

"Oh... ora, bem... mascavo", disse Matthew debilmente.

"Há um barril bem aqui", disse a Srta. Harris, balançando os berloques. "É o único tipo que temos."

"Eu... eu levarei vinte libras dele", disse Matthew, com gotas de suor em sua testa.

Matthew já estava na metade do caminho para casa antes de voltar a ter controle sobre si próprio. Havia sido uma experiência terrível, mas bem feito, ele pensou, por ter cometido a heresia de ir a uma loja estranha. Quando chegou em casa, ele escondeu o ancinho no barracão de ferramentas, mas entregou o açúcar para Marilla.

"Açúcar mascavo!", exclamou Marilla. "O que é que deu em você para comprar tanto? Você sabe que nunca uso, exceto para o mingau do rapaz que contratamos ou para o bolo de frutas escuro. Jerry se foi e já fiz meu bolo há muito tempo. Nem é um açúcar bom, está grosso e escuro. William Blair normalmente não tem açúcar desse tipo."

"Eu... eu achei que poderia ser útil um dia desses", disse Matthew, tornando boa a sua fuga.

Quando Matthew parou para pensar no assunto novamente, ele decidiu que uma mulher seria necessária para lidar com a situação. Marilla estava fora de questão. Matthew tinha certeza de que ela jogaria água fria em seu projeto de uma vez. Restava apenas a Sra. Lynde, pois Matthew não ousaria pedir conselhos a nenhuma outra mulher em Avonlea. Assim, ele foi até a Sra. Lynde, e aquela boa dama prontamente tirou o problema das mãos daquele homem perturbado.

"Escolher um vestido para que você o dê a Anne? Claro que sim. Vou até Carmody amanhã e cuidarei disso. Você tem algum específico em mente? Não? Bem, irei de acordo com meu próprio juízo, então. Acredito que um belo marrom intenso cairia bem em Anne, e William Blair recebeu um tecido novo que é muito bonito. Talvez você queira que eu o faça para ela também, porque, se Marilla o fizer, Anne provavelmente ficará sabendo antes da hora e estragará a surpresa? Bem, eu farei. Não, não é incômodo nenhum. Eu gosto de costurar. Eu o farei para servir em minha sobrinha, Jenny Gillis, pois ela e Anne são idênticas no que diz respeito à silhueta."

"Ora, bem, fico muito agradecido", disse Matthew, "e... e... não sei... mas eu gostaria... eu acho que hoje em dia as mangas são feitas de forma diferente da que costumava ser. Se não for pedir muito, eu... eu gostaria de mangas do novo jeito."

"Bufantes? É claro. Não precisa se preocupar mais, Matthew. Eu o farei de acordo com a última moda", disse a Sra. Lynde. Para si mesma, ela acrescentou, quando Matthew havia partido:

"Será uma grande satisfação ver aquela pobre criança vestindo algo decente ao menos uma vez. O jeito como Marilla a veste é verdadeiramente ridículo, isso sim, e eu sofri por querer lhe dizer isso quase uma dúzia de vezes. Eu segurei minha língua, entretanto, pois posso ver que Marilla não quer conselhos e acha que sabe mais sobre educar crianças do que eu, mesmo sendo uma solteirona. Mas é sempre assim. Aqueles que educaram suas crianças sabem que não há nenhum método duro e rápido no mundo que servirá para toda criança. Mas os outros sempre acham que é tudo simples e fácil como Regra de Três, apenas colocar seus três termos de tal jeito e a conta ficará certa. Mas carne e osso não seguem as regras da aritmética e é aí que Marilla Cuthbert comete seu erro. Eu suponho que ela esteja tentando cultivar um espírito de humildade em Anne ao vesti-la daquele jeito, mas é mais provável que cultive inveja e insatisfação. Eu tenho certeza de que a criança deve sentir a diferença entre as roupas dela e as das outras meninas. Pensar que Matthew repararia nisso! Aquele homem está acordando depois de dormir por mais de sessenta anos."

Marilla soube nas duas semanas seguintes que Matthew tinha algo em mente, mas não podia adivinhar o que era, até a véspera de Natal, quando a Sra. Lynde trouxe o novo vestido. Marilla comportou-se muito bem de modo geral, embora fosse bem provável que tenha desconfiado da explicação diplomática da Sra. Lynde de que ela havia feito o vestido porque Matthew estava com medo de que Anne descobrisse cedo demais caso Marilla o fizesse.

"Então é por isso que Matthew esteve com um ar tão misterioso e ficou rindo sozinho por duas semanas, não é?", ela disse, um pouco rígida, mas tolerantemente. "Eu sabia que ele estava metido em alguma bobagem. Bem, devo dizer que não acho que Anne precisava de mais vestidos. Eu fiz três vestidos bons, quentes e práticos para ela neste outono, e algo a mais seria pura extravagância. Só nessas mangas há material suficiente para fazer uma saia, eu garanto. Você vai apenas mimar a vaidade de Anne, Matthew, e ela já é vaidosa feito um pavão. Bem, espero que ela fique finalmente satisfeita, pois sei que ela esteve cobiçando essas mangas idiotas desde que entraram na moda, ainda que ela nunca tenha dito uma palavra depois da primeira vez. As mangas acabaram ficando maiores e mais ridículas; são tão grandes quanto balões agora. No ano que vem, quem usá-las terá que atravessar as portas de lado."

A manhã de Natal chegou em um lindo mundo branco. Dezembro havia sido um mês moderado e as pessoas estavam ansiosas por um Natal verde, mas neve suficiente caiu suavemente à noite para transformar Avonlea. Anne espiava do frontão da janela coberta de gelo com olhos encantados. Os abetos na Floresta Assombrada estavam todos emplumados e maravilhosos; as bétulas e cerejeiras silvestres estavam delineadas em perolado; os campos arados eram trechos de ondulações nevadas; e havia um aroma fresco no ar que era glorioso. Anne correu para baixo cantando até sua voz ecoar através de Green Gables.

"Feliz Natal, Marilla! Feliz Natal, Matthew! Não é um Natal adorável? Estou tão feliz por estar nevando. Outro tipo de Natal não pareceria real, não é? Eu não gosto de Natais verdes. Eles não são verdes, são apenas feios marrons e cinzas desbotados. O que faz com que as pessoas os chamem de verdes? Por que... Matthew, isso é para mim? Ah, Matthew!"

Matthew havia timidamente desdobrado do embrulho de papel e mostrado o vestido sob o olhar depreciativo de Marilla, que fingia estar desdenhosamente enchendo a chaleira, mas ainda assim assistia à cena com o canto do olho e um ar bem interessado.

Anne pegou o vestido e o olhou em um silêncio reverente. Ah, como era lindo, um tecido do tipo glória de marrom-claro com todo o brilho da seda, a saia com delicados babados e plissados, a cintura franzida do jeito mais elegante, com uma gola de renda fina no pescoço. Mas as mangas... elas eram a glória coroada! Longos punhos até os cotovelos e acima deles duas lindas mangas bufantes divididas por fileiras de plissados e laços de seda marrom.

"Este é um presente de Natal para você, Anne", disse Matthew, timidamente. "Ora, ora, Anne, você não gostou? Bem... ora..."

Pois, de repente, os olhos de Anne haviam se enchido de lágrimas.

"Gostei! Oh, Matthew!", respondeu Anne, que deitou o vestido sobre uma cadeira e entrelaçou as mãos. "Matthew, é perfeitamente elegante. Ah, eu nunca conseguirei agradecer o suficiente. Veja essas mangas. Ah, parece que estou sonhando."

"Bem, bem, vamos tomar café", interrompeu Marilla. "Devo dizer, Anne, não acho que você precisava do vestido, mas já que Matthew o deu a você, cuide bem dele. Há uma fita de cabelo que a Sra. Lynde deixou para você. É marrom, para combinar com o vestido. Vamos, agora, sente-se."

"Não vejo como eu poderia tomar café da manhã", disse Anne, entusiasmada. "Café da manhã parece algo tão comum em um momento tão empolgante. Prefiro banquetear meus olhos naquele vestido. Eu estou tão feliz por mangas bufantes ainda estarem na moda. Parecia que eu nunca superaria se elas saíssem de moda antes de eu as ter em um vestido. Eu nunca me senti tão satisfeita, sabe. Foi adorável da parte da Sra. Lynde me dar uma fita também. Sinto que devo ser uma menina muito boa mesmo. São em momentos assim que eu sinto muito por não ser uma menininha-modelo; e eu sempre me comprometo a ser no futuro. Mas de alguma forma é difícil manter as resoluções quando tentações irresistíveis aparecem. Ainda assim, eu realmente farei um esforço maior depois disso."

Quando o café da manhã comum havia terminado, Diana apareceu, cruzando a ponte branca de madeira no vale, uma pequena figura alegre em seu casaco escarlate. Anne correu pela colina abaixo para encontrá-la.

"Feliz Natal, Diana! E, ah, é um Natal maravilhoso. Eu tenho algo esplêndido para lhe mostrar. Matthew me deu o vestido mais adorável, com mangas TÃO lindas. Eu não poderia imaginar algo mais lindo."

"Eu tenho mais uma coisa para você", disse Diana, ansiosamente. "Aqui, esta caixa. A Tia Josephine nos enviou uma grande caixa com muitas coisas dentro, e esta é para você. Eu a teria trazido na noite passada, mas só chegou depois de escurecer, e não me sinto muito confortável vindo pela Floresta Assombrada no escuro agora."

Anne abriu a caixa e espiou dentro dela. Primeiro um cartão, em que estava escrito "Para a menina Anne e Feliz Natal", e então um par das sapatilhas infantis mais delicadas, com contas nos dedos, laços de cetim e fivelas brilhantes.

"Oh", disse Anne, "Diana, isso é demais. Eu devo estar sonhando."

"Eu chamo isso de providencial", disse Diana. "Você não precisará pegar emprestadas as sapatilhas da Ruby agora, e isso é uma bênção, pois elas são dois tamanhos acima do seu, e seria terrível ouvir uma fada arrastando os pés. Josie Pye ficaria encantada. Preste atenção, Rob Wright foi para casa com Gertie Pye depois do ensaio na noite passada. Você já ouviu algo do tipo?"

Todos os estudantes de Avonlea estavam fervendo de empolgação naquele dia, pois o auditório tinha que ser decorado e um último grande ensaio realizado.

A apresentação aconteceu à tarde e foi um grande sucesso. O pequeno auditório estava cheio; todos os intérpretes saíram-se excelentemente bem, mas Anne era a brilhante e singular estrela da ocasião, de forma que até mesmo a inveja, sob forma de Josie Pye, não ousaria negar.

"Ah, não foi uma tarde brilhante?", suspirou Anne, quando tudo estava terminado e ela e Diana andavam para casa juntas sob um céu escuro e estrelado.

"Tudo correu muito bem", disse Diana praticamente. "Eu acho que devemos ter arrecadado uns dez dólares. Lembre-se, o Sr. Allan vai enviar a conta para o jornal de Charlottetown."

"Ah, Diana, vamos mesmo ver nossos nomes impressos? Fico emocionada só de pensar. Seu solo foi perfeitamente elegante, Diana. Eu me sinto mais orgulhosa do que você quando pediram um bis. E só disse para mim mesma, 'É a minha querida amiga do peito que está sendo tão honrada.'"

"Bem, suas recitações levaram a casa abaixo, Anne. Aquela triste foi simplesmente esplêndida."

"Ah, eu estava tão nervosa, Diana. Quando o Sr. Allan chamou meu nome, eu realmente não me lembro de como subi naquele palco. Eu me senti como se um milhão de olhos estivessem olhando para mim e através de mim, e por um terrível momento, tive certeza de que não conseguiria nem começar. Então, pensei em minhas adoráveis mangas bufantes e tomei coragem. Eu sabia que deveria fazer jus àquelas mangas, Diana. Então comecei, e minha voz parecia estar vindo de bem longe. Eu me senti como um papagaio. É uma bênção que eu tenha praticado aquelas recitações tantas vezes no sótão, ou nunca teria conseguido terminar. Eu gemi direito?"

"Sim, claro, você se lamentou adoravelmente", garantiu Diana.

"Eu vi a velha Sra. Sloane enxugando as lágrimas quando me sentei. Foi esplêndido pensar que eu havia tocado o coração de alguém. É tão romântico participar de uma apresentação, não é? Ah, foi mesmo uma ocasião muito memorável."

"O diálogo dos meninos não foi bom?", disse Diana. "Gilbert Blythe estava esplêndido. Anne, eu acho que é muita maldade o jeito que você trata o Gil. Espere até eu lhe dizer. Quando você saiu correndo do palco depois do diálogo da fada, uma das suas rosas caiu do seu cabelo. Eu vi Gil pegando-a e colocando-a no bolso do peito. Agora, então. Você é tão romântica que tenho certeza de que deve estar satisfeita com isso."

"Não me diz respeito o que aquela pessoa faz", disse Anne, arrogantemente. "Eu simplesmente nunca desperdiço um pensamento com ele, Diana."

Naquela noite, Marilla e Matthew, que haviam saído para uma apresentação pela primeira vez em vinte anos, sentaram-se um pouco perto do fogo da cozinha depois de Anne ter ido para a cama.

"Ora, bem, imagino que nossa Anne se saiu tão bem quanto qualquer um deles", disse Matthew, orgulhosamente.

"Sim, é verdade", admitiu Marilla. "Ela é uma criança inteligente, Matthew. E ela estava muito bonita também. Eu fui um tanto contrária a esse esquema de apresentação, mas suponho que não há nenhum perigo, no fim das contas. De qualquer forma, fiquei orgulhosa de Anne nesta noite, embora não vá dizer isso a ela."

"Ora, bem, fiquei orgulhoso dela e disse isso a ela antes que subisse", disse Matthew. "Nós precisamos ver o que podemos fazer por ela um dia desses, Marilla. Imagino que ela vá precisar de algo mais que a escola de Avonlea logo, logo."

"Há tempo para pensar nisso", disse Marilla. "Ela só fará treze anos em março. Embora, nesta noite ela tenha me surpreendido por estar crescendo tanto. A Sra. Lynde fez aquele vestido um pouco longo demais, o que faz com que Anne pareça tão alta. Ela aprende rápido e suponho que a melhor coisa que podemos fazer por ela é mandá-la para a Queen's depois de um período. Mas nada mais sobre isso deve ser dito por mais um ano ou dois ainda."

"Ora, bem, não fará mal pensar nisso de vez em quando", disse Matthew. "É melhor pensar muito bem sobre coisas assim."

CAPÍTULO XXVI
O clube de histórias é formado

Os jovens de Avonlea acharam difícil contentar-se a uma existência monótona novamente. Para Anne, em especial, as coisas pareciam assustadoramente sem graça, paradas e improdutivas depois do cálice de empolgação do qual ela esteve bebendo durante semanas. Ela poderia voltar aos antigos prazeres silenciosos daqueles distantes dias antes da apresentação? Inicialmente, como ela disse a Diana, ela não acreditava que poderia.

"Estou completamente certa, Diana, de que a vida não pode ser novamente a mesma daqueles velhos dias", ela disse tristemente, como se mencionasse um período de ao menos cinquenta anos atrás. "Talvez eu me acostume depois de um tempo, mas temo que as apresentações estraguem as pessoas para a vida diária. Suponho que seja por isso que Marilla as desaprove. Marilla é uma mulher tão sensata. Deve ser muito melhor ser sensata, mas ainda assim, não creio que gostaria de ser uma pessoa sensata, porque elas são tão pouco românticas. A Sra. Lynde diz que não corro o risco de me tornar uma, mas nunca se sabe. Eu sinto agora que ainda posso crescer e me tornar sensata. Mas talvez seja apenas porque estou cansada. Simplesmente não pude dormir na noite passada durante muito tempo. Apenas fiquei deitada, acordada e imaginando a apresentação de novo e de novo. Essa é uma coisa esplêndida sobre as aventuras, é tão adorável relembrá-las."

Eventualmente, entretanto, a escola de Avonlea voltou ao seu velho bosque e retomou seus velhos interesses. Certamente, a apresentação deixou vestígios. Ruby Gillis e Emma White, que haviam disputado um ponto de precedência em seus lugares no palco, não se sentavam mais na mesma carteira, e uma amizade promissora de três anos foi desfeita. Josie Pye e Julia Bell não se "falaram" por três meses, porque Josie Pye havia dito a Bessie Wright que o laço de Julia Bell, quando esta se levantou para recitar, fez com que ela pensasse em uma galinha empurrando a cabeça, e Bessie contou a Julia. Nenhuma das Sloanes tinha assunto com as Bells, porque as Bells haviam declarado que as Sloanes tinham muito a fazer no programa, e as Sloanes haviam retrucado que as Bells não eram capazes de fazer corretamente o pouco que tinham para fazer. Finalmente, Charlie Sloane brigou com Moody Spurgeon MacPherson, porque Moody Spurgeon havia dito que Anne Shirley ficava se exibindo em suas recitações, e Moody Spurgeon foi "derrotado"; consequentemente, a irmã de Moody Spurgeon, Ella May, não "falou" com Anne Shirley pelo resto do inverno. Com a exceção desses insignificantes atritos, o trabalho no pequeno reino da Srta. Stacy continuava com regularidade e suavidade.

As semanas de inverno passaram. Foi um inverno excepcionalmente leve, com tão pouca neve que Anne e Diana podiam ir à escola quase todos os dias pelo Caminho das Bétulas. No aniversário de Anne, elas estavam andando ligeiramente por ele, mantendo os olhos e os ouvidos alertas durante toda a sua conversa, pois a Srta. Stacy havia lhes dito que em breve teriam que escrever uma redação sobre "Uma Caminhada de Inverno na Floresta", e era conveniente que elas observassem.

"Apenas pense, Diana, eu faço treze anos hoje", lembrou Anne com uma voz admirada. "Mal posso acreditar que estou na adolescência. Quando acordei nesta manhã, parecia que tudo deveria estar diferente. Você tem treze anos há um mês, então imagino que não parece tanta novidade para você como para mim. Faz a vida parecer tão mais interessante. Em mais dois anos, estarei crescida. É um grande conforto pensar que poderei usar palavras grandes sem que riam de mim."

"Ruby Gillis diz que quer ter um namorado assim que fizer quinze anos", disse Diana.

"Ruby Gillis não pensa em nada além de namorados", disse Anne, com desdém. "Ela fica realmente encantada quando alguém escreve o nome dela em um recado, mesmo que finja estar tão brava. Temo, porém, que este seja um discurso impiedoso. A Sra. Allan diz que nunca devemos fazer discursos impiedosos, mas eles escapam frequentemente antes de pensarmos, não escapam? Eu simplesmente não consigo falar sobre Josie Pye sem fazer um discurso impiedoso, então nunca a menciono. Você deve ter notado isso. Estou tentando ser tão parecida com a Sra. Allan quanto posso, pois acho que ela é perfeita. O Sr. Allan também acha. A Sra. Lynde diz que ele idolatra o chão em que ela pisa e ela não acha certo um pastor ter tanta afeição por um ser mortal. Mas, Diana, até mesmo pastores são humanos e têm pecados que os afligem, assim como todos nós. Eu tive uma conversa tão interessante com a Sra. Allan sobre pecados que afligem na tarde do domingo passado. Há poucas coisas adequadas sobre as quais conversar nos domingos, e essa é uma delas. O pecado que me aflige é imaginar demais e esquecer minhas obrigações. Estou tentando muito superá-lo e agora que tenho mesmo treze anos, talvez eu me saia melhor."

"Em mais quatro anos, poderemos prender o cabelo", disse Diana. "Alice Bell só tem dezesseis e já usa o dela preso, mas acho que isso é ridículo. Esperarei até ter dezessete."

"Se eu tivesse o nariz torto da Alice Bell", disse Anne, decisivamente, "Eu não... mas chega! Eu não vou falar o que ia falar porque era extremamente impiedoso. Além disso, estava comparando ao meu próprio nariz, e isso é vaidade. Temo que penso demais no meu nariz desde que ouvi aquele elogio há tanto tempo atrás. É um grande conforto para mim. Ah, Diana, veja, ali está um coelho. É algo para lembrarmos para nossa redação da floresta. Eu realmente acho que as florestas são tão adoráveis no inverno quanto no verão. Elas estão tão brancas e calmas, como se estivessem dormindo e sonhando belos sonhos."

"Não me vou me importar de escrever aquela redação quando chegar a hora", suspirou Diana. "Eu consigo escrever sobre a floresta, mas a redação que temos que entregar na segunda-feira é terrível. Que ideia da Srta. Stacy de nos mandar contar uma história da nossa própria cabeça!"

"Ora, é simples como um piscar de olhos", disse Anne.

"É fácil para você porque tem imaginação", retrucou Diana, "mas o que você faria se tivesse nascido sem uma? Imagino que sua redação esteja terminada, não?"

Anne assentiu, tentando muito não parecer virtuosamente complacente e falhando miseravelmente.

"Eu escrevi na noite da segunda-feira passada. O título é 'O Rival Invejoso, ou 'Não Separados pela Morte'. Eu li para Marilla e ela disse que era pura bobagem. Então, eu li para Matthew e ele disse que era bom. Esse é o tipo de crítica da qual eu gosto. É uma história triste e doce. Chorei como uma criança enquanto estava escrevendo. É sobre duas lindas donzelas chamadas Cordelia Montmorency e Geraldine Seymour, que viviam no mesmo vilarejo e eram devotadamente ligadas uma a outra. Cordelia era uma morena majestosa com uma coroa de cabelos negros e olhos escuros reluzentes. Geraldine era uma loira magnífica com cabelos como fios de ouro e olhos violeta aveludados."

"Nunca vi ninguém com olhos purpúreos", disse Diana, duvidando.

"Nem eu. Apenas imaginei. Eu queria algo fora do comum. Geraldine tinha uma fronte de alabastro também. Eu descobri o que é uma fronte de alabastro. Essa é uma das vantagens de ter treze anos. Você sabe muito mais do que sabia quando tinha apenas doze."

"Bem, o que aconteceu com Cordelia e Geraldine?", perguntou Diana, que estava começando a ficar realmente interessada no destino delas.

"Elas cresceram lindamente lado a lado até completarem dezesseis anos. Então, Bertram DeVere veio até o vilarejo onde elas nasceram e se apaixonou pela bela Geraldine. Ele salvou a vida dela quando o cavalo disparou com ela em uma carruagem, e ela desmaiou nos braços dele e ele a carregou para casa por três milhas; porque, você entende, a carruagem estava toda destruída. Eu achei muito difícil descrever o pedido de casamento porque não tive experiência nenhuma como referência. Eu perguntei a Ruby Gillis se ela sabia algo sobre como os homens fazem o pedido porque pensei que ela provavelmente fosse uma autoridade no assunto, tendo tantas irmãs casadas. Ruby me disse que ela estava escondida na despensa quando Malcolm Andres pediu a irmã dela, Susan, em casamento. Ela disse que Malcolm disse a Susan que o pai dele havia lhe dado a fazenda e a colocado em seu nome. E, então, ele disse, 'O que você diz, querida, de juntarmos os trapos neste outono?', e Susan disse, 'Sim... não... não sei... deixe-me ver', e ali estavam eles, noivos, rápidos desse jeito. Mas eu não achei que esse tipo de pedido era muito romântico, então no final eu tive que imaginar tão bem quanto pude. Eu deixei bem floreado e poético e Bertram ficou de joelhos, embora Ruby Gillis diga que não se faz mais isso hoje em dia. Geraldine o aceitou com um discurso de uma página inteira. Eu posso dizer que tive muito trabalho com aquele discurso. Eu o reescrevi cinco vezes e o considero minha obra-prima. Bertram deu a ela um anel de diamantes e um colar de rubis e disse a ela que iriam para a Europa na lua de mel, pois ele era imensamente rico. E, então, infelizmente, sombras começaram a escurecer o seu caminho. Cordelia estava secretamente apaixonada por Bertram, e quando Geraldine disse a ela sobre o noivado, ela ficou simplesmente furiosa, especialmente ao ver o colar e o anel de diamantes. Toda a sua afeição por Geraldine transformou-se em ódio amargo e ela jurou que a outra nunca se casaria com Bertram. Só que ela fingiu ser amiga de Geraldine como sempre. Uma tarde, elas estavam na ponte sobre um córrego de correntes turbulentas e Cordelia, pensando que estavam sozinhas, empurrou Geraldine sobre a borda com um selvagem e escarnecedor 'Ha, ha, ha'. Mas Bertram viu tudo e se lançou na corrente, exclamando 'Salvarei a ti, minha inigualável Geraldine'. Infelizmente, ele havia esquecido que não sabia nadar, e ambos se afogaram, entrelaçados um nos braços do outro. Seus corpos foram arrastados até a margem pela correnteza logo depois. Eles foram enterrados em uma única sepultura e seu funeral foi o mais imponente, Diana. É muito mais romântico terminar uma história com um funeral do que com um casamento. Quanto a Cordelia, ela enlouqueceu de remorso e foi trancada em um asilo de loucos. Eu achei que foi uma retribuição poética ao crime dela."

"Simplesmente adorável!", suspirou Diana, que pertencia à escola de críticos de Matthew. "Eu não sei como você consegue tirar coisas tão emocionantes da própria cabeça, Anne. Eu gostaria que a minha imaginação fosse tão boa quanto a sua."

"Seria, se você a cultivasse", disse Anne, alegremente. "Eu acabei de pensar em um plano, Diana. Vamos você e eu fazer um clube de histórias só nosso e escrever histórias para praticar. Eu vou ajudar você até que possa fazê-las sozinha. Você deve cultivar sua imaginação, sabe. A Srta. Stacy diz isso. Só que devemos ir pelo caminho certo. Eu contei a ela sobre a Floresta Assombrada, mas ela disse que erramos o caminho daquela vez."

Foi assim que o clube de histórias passou a existir. No início, limitava-se a Diana e a Anne, mas logo foi estendido a Jane Andrews e Ruby Gillis e uma ou duas outras que sentiam que suas imaginações precisavam ser cultivadas. Nenhum menino tinha permissão para fazer parte – embora Ruby Gillis fosse da opinião de que sua admissão tornaria o clube mais empolgante –, e cada membro tinha que produzir uma história por semana.

"É extremamente interessante", Anne disse a Marilla. "Cada menina tem que ler sua história em voz alta e, então, nós conversamos sobre ela. Nós vamos guardá-las sagradamente e vamos lê-las para nossos descendentes. Cada uma de nós escreve sob um pseudônimo. O meu é Rosamond Montmorency. Todas as meninas se saem muito bem. Ruby Gillis é muito sentimental. Ela coloca muita sedução nas histórias dela e você sabe como é pior ter demais do que só um pouco disso. Jane nunca coloca nenhuma porque diz que a faz se sentir muito boba quando lê em voz alta. As histórias de Jane são extremamente sensíveis. E aí, Diana coloca muitos assassinatos nas dela. Ela diz que na maioria das vezes não sabe o que fazer com as pessoas, então as mata para se livrar delas. Eu quase sempre tenho que dizer a elas sobre o que escrever, mas isso não é difícil, pois tenho um milhão de ideias."

"Acho que esse negócio de escrever histórias é o mais tolo que já vi", ridicularizou Marilla. "Vocês vão ficar com um monte de besteiras na cabeça e desperdiçar o tempo que deveria ser usado nas lições. Ler histórias já é ruim o suficiente, mas escrevê-las é ainda pior."

"Mas somos tão cuidadosas em colocar uma moral em todas elas, Marilla", explicou Anne. "Eu insisto nisso. Todas as pessoas boas são recompensadas e todas as pessoas más são devidamente punidas. Tenho certeza de que deve causar o efeito mais íntegro. A moral é uma grande coisa. O Sr. Allan diz isso. Eu li uma das minhas histórias para ele e para a Sra. Allan e os dois concordaram que a moral foi excelente. Eles apenas riram nas partes erradas. Eu prefiro quando as pessoas choram. Jane e Ruby quase sempre choram quando eu chego às partes tristes. Diana escreveu para sua Tia Josephine sobre nosso clube e ela escreveu de volta pedindo que enviássemos algumas das nossas histórias. Portanto, copiamos quatro das nossas melhores histórias e enviamos a ela. Madame Josephine Barry respondeu que nunca tinha lido algo tão divertido em toda a sua vida. Isso nos deixou um tanto confusas porque todas as histórias eram muito tristes e quase todos morreram. Mas fico feliz por Madame Barry ter gostado delas. Isso mostra que nosso clube está fazendo algum bem ao mundo. A Sra. Allan diz que esse deve ser nosso objetivo em tudo. Eu realmente tento fazer desse o meu objetivo, mas eu esqueço frequentemente quando estou me divertindo. Eu espero ser um pouco como a Sra. Allan quando crescer. A senhora acha que há alguma chance disso, Marilla?"

"Eu não diria que há grandes chances", foi a resposta encorajadora de Marilla. "Eu tenho certeza de que a Sra. Allan nunca foi uma menininha boba e esquecida como você é."

"Não; mas ela também não foi sempre tão boa quanto é agora", disse Anne, séria. "Ela mesma me disse... quer dizer, ela disse que ela era terrivelmente levada quando era menina e que estava sempre se metendo em confusão. Eu me senti tão encorajada quando ouvi isso. Não é muita maldade minha, Marilla, sentir-me encorajada quando ouço que outras pessoas foram más e travessas? A Sra. Lynde diz isso. A Sra. Lynde diz que sempre se sente chocada quando ouve que alguém era travesso, não importa quão jovem a pessoa era. A Sra. Lynde diz que uma vez ouviu um pastor confessar que, quando era menino, roubou uma torta de morango da despensa da tia dele e ela nunca mais o respeitou. Agora, eu não teria me sentido dessa forma. Eu teria pensado que era muito nobre dele confessar isso, e teria pensado que coisa encorajadora seria para meninos pequenos hoje em dia que fazem travessuras e se arrependem delas, saber que talvez cresçam e se tornem pastores apesar disso. É assim que me sinto, Marilla."

"O que eu sinto agora, Anne", disse Marilla, "é que já está na hora de você terminar de lavar essa louça. Você leva meia hora a mais do que deveria com toda essa conversa fiada. Aprenda a trabalhar primeiro e falar depois."

CAPÍTULO XXVII
Vaidade e vexame do espírito

Marilla, andando para casa em um fim de tarde de abril depois de uma reunião do Auxílio, percebeu que o inverno havia terminado e partido com a emoção encantadora que a primavera nunca falha em trazer aos mais velhos e mais tristes, bem como aos mais jovens e mais alegres. Marilla não era propensa a análises subjetivas de seus pensamentos e sentimentos. Ela provavelmente imaginava que estava pensando sobre o Auxílio, sua caixa para missionários e o novo tapete para a sala da sacristia, mas sob essas reflexões havia uma consciência harmoniosa sobre os campos vermelhos esfumando-se em névoas pálidas e púrpuras no sol poente, as longas e afiadas sombras de abetos sobre a pradaria além do riacho, os bordos de folhas escarlates ao redor de uma lagoa espelhada da floresta, o despertar do mundo e a agitação de pulsos escondidos sob a relva cinzenta. A primavera estava solta na terra e o passo sóbrio e de meia-idade de Marilla estava mais leve e ligeiro por causa de sua alegria profunda e primitiva.

Seus olhos detiveram-se afeiçoadamente em Green Gables, espreitando através de sua rede de árvores e refletindo a luz do sol em suas janelas em diversas pequenas cintilâncias de glória. Marilla, enquanto escolhia os passos pelo caminho molhado, pensou que era uma verdadeira satisfação saber que ela estava indo para casa para, um fogo de lenha vivaz e estaladiço e uma mesa bem servida para o chá, e não para o conforto frio das antigas tardes das reuniões do Auxílio antes de Anne ter chegado a Green Gables.

Consequentemente, quando Marilla entrou na cozinha e encontrou o fogo apagado, sem sinal de Anne em nenhum lugar, ela sentiu-se desapontada e irritada com razão. Ela havia dito a Anne para deixar o chá pronto exatamente às cinco em ponto, mas agora ela precisava apressar-se para tirar seu segundo melhor vestido e preparar a refeição ela mesma antes que Matthew retornasse da lavoura.

"Vou lidar com a Senhorita Anne quando ela vier aqui", disse Marilla, severamente, enquanto raspava gravetos com uma faca de trinchar e com mais energia do que seria estritamente necessário. Matthew havia chegado e estava aguardando pacientemente pelo chá em seu canto. "Ela está perambulando em algum lugar com Diana, escrevendo histórias, praticando diálogos, ou alguma baboseira do tipo, sem pensar uma única vez sobre a hora e suas obrigações. Ela precisa parar com esse tipo de coisa de uma vez por todas. Eu não me importo se a Sra. Allan diz que ela é a criança mais inteligente e doce que já conheceu. Ela pode ser inteligente e doce o suficiente, mas a cabeça dela está cheia de bobagens e não se pode saber o que vai sair dali da próxima vez. Logo que supera uma de suas maluquices, arranja uma outra. Mas, pronto! Aqui estou eu dizendo a mesma coisa que Rachel Lynde disse no Auxílio hoje e me deixou irritada. Eu fiquei muito feliz quando a Sra. Allan defendeu Anne, pois se ela não tivesse feito isso, sei que eu teria dito algo bem afiado para Rachel diante de todos. Anne tem muitos defeitos, Deus sabe, e longe de mim negar. Mas eu a estou criando e não Rachel Lynde, que encontraria defeitos no próprio Anjo Gabriel se ele vivesse em Avonlea. Do mesmo modo, Anne não tem o direito de deixar a casa desse jeito, uma vez que disse a ela para ficar aqui hoje à tarde e cuidar das coisas. Devo dizer, com todos os defeitos dela, eu nunca a achei desobediente ou indigna de confiança antes e sinto muito por achar isso agora."

"Ora, bem, eu não sei", disse Matthew que, sendo paciente e sábio e, acima de tudo, estando faminto, havia julgado melhor deixar Marilla extravasar sua ira sem entraves, tendo aprendido por experiência própria que ela resolveria qualquer problema em mãos muito mais rapidamente se não fosse atrasada por uma discussão importuna. "Talvez você a esteja julgando depressa demais, Marilla. Não a chame de indigna de confiança até que tenha certeza de que ela a desobedeceu. Talvez tudo possa ser explicado, Anne é muito boa em explicar."

"Ela não está aqui quando a mandei ficar", retrucou Marilla. "Creio que ela achará difícil explicar ISSO bem o bastante para me satisfazer. Claro que eu sabia que você tomaria o partido dela, Matthew. Mas quem a está criando sou eu, não você."

Estava escuro quando o jantar ficou pronto, e ainda nenhum sinal de Anne, chegando apressadamente sobre a ponte de madeira ou pela Estrada dos Amantes, sem fôlego e arrependida com um senso de deveres negligenciados. Marilla lavou e guardou a louça sombriamente. Então, querendo uma vela para iluminar seu caminho até o porão, ela subiu ao frontão leste para buscar a que ficava normalmente na mesa de Anne. Ao acendê-la, ela virou-se e viu Anne deitada de bruços entre os travesseiros.

"Jesus amado", disse Marilla, assustada, "você estava dormindo, Anne?"

"Não", foi a resposta abafada.

"Está doente, então?", quis saber Marilla ansiosamente, indo até a cama.

Anne encolheu-se ainda mais nos travesseiros como se desejasse esconder-se para sempre dos olhos mortais.

"Não, mas, por favor, Marilla, vá embora e não olhe para mim. Estou nas profundezas do desespero e não me importo mais com quem vai ser o primeiro da classe, ou a escrever a melhor redação, ou a cantar no coral da escola dominical. Coisas assim não têm importância agora porque não acredito que serei capaz de ir a lugar algum novamente. Minha carreira chegou ao fim. Por favor, Marilla, vá embora e não olhe para mim."

"Mas onde já se viu?", a perplexa Marilla queria saber. "Anne Shirley, qual o problema com você? O que você fez? Levante-se agora mesmo e me diga. Neste minuto, estou dizendo. Agora pronto, o que foi?"

Anne havia deslizado para o chão em uma obediência desesperada.

"Veja o meu cabelo, Marilla", ela suspirou.

Sendo assim, Marilla levantou a vela e examinou atentamente o cabelo de Anne, que caía pesado pelas suas costas. Ele certamente tinha uma aparência muito estranha.

"Anne Shirley, o que você fez com o seu cabelo? Ora, está VERDE!"

Poderia ser chamado de verde, se fosse de alguma cor existente, um estranho, feio, verde bronzeado, com mechas aqui e ali do vermelho original para reforçar o efeito medonho. Nunca, em toda a sua vida, Marilla tinha visto algo tão grotesco quanto o cabelo de Anne naquele momento.

"Sim, é verde", gemeu Anne. "Eu pensei que nada poderia ser pior que cabelo vermelho. Mas agora sei que é dez vezes pior ter cabelo verde. Ah, Marilla, mal sabe você como estou profundamente infeliz."

"Eu mal sei como você conseguiu fazer isso, mas pretendo descobrir", disse Marilla. "Vá já para a cozinha, está frio demais aqui, e me conte o que você fez. Eu estava esperando algo estranho há algum tempo. Você não se mete em confusão por mais de dois meses, e eu tinha certeza de que já estava na hora. Agora, então, o que você fez com o seu cabelo?"

"Eu pintei."

"Pintou! Pintou o cabelo! Anne Shirley, você não sabia que estava fazendo uma coisa muito ruim?"

"Sim, eu sabia que era ruim", admitiu Anne, "mas pensei que valeria a pena ser um pouco ruim para me livrar do cabelo vermelho. Eu calculei o preço, Marilla. Além disso, eu queria ser excepcionalmente boa de outras formas para compensar."

"Bem", disse Marilla sarcasticamente, "se eu decidisse que valia a pena pintar o meu cabelo, eu o teria pelo menos pintado de uma cor decente. Eu não o teria pintado de verde."

"Mas eu não quis pintar de verde, Marilla", protestou Anne, desanimada. "Se eu fui má, pretendi ser má com um propósito. Ele disse que deixaria meu cabelo de um lindo negro da cor do corvo, ele realmente me garantiu que deixaria. Como eu poderia duvidar da palavra dele, Marilla? Eu sei como nos sentimos quando duvidam de nossa palavra. E a Sra. Allan diz que nunca devemos suspeitar que alguém não está nos dizendo a verdade, a menos que tenhamos provas de que não está. Eu tenho prova agora, cabelo verde é prova suficiente para qualquer um. Mas eu não tinha antes e acreditei em cada palavra que ele disse TACITAMENTE."

"Quem disse? De quem você está falando?"

"O mascate que esteve aqui hoje à tarde. Comprei a tinta dele."

"Anne Shirley, quantas vezes já lhe disse para nunca deixar um daqueles italianos entrar em casa! Eu não sou a favor de encorajá-los a vir de jeito nenhum."

"Ah, eu não deixei ele entrar. Eu lembrei do que você me disse, e eu saí, fechei a porta cuidadosamente e olhei as coisas dele na soleira da porta. Além disso, ele não era italiano, ele era um judeu-alemão. Ele tinha uma caixa grande cheia de coisas muito interessantes e ele me disse que estava trabalhando duro para trazer a esposa e os filhos da Alemanha. Ele falou de um jeito tão emocionante sobre eles que tocou meu coração. Eu queria comprar algo dele para ajudá-lo com um objetivo tão digno. Então, eu logo vi a garrafa de tinta de cabelo. O mascate disse que garantia que pintaria qualquer cabelo de um lindo negro da cor do corvo e não sairia com água. Em um instante, eu me vi com um lindo cabelo negro e a tentação foi irresistível. O preço da garrafa era setenta e cinco centavos, e eu tinha apenas cinquenta centavos das minhas economias. Eu acho que o mascate tinha um coração muito bom, pois ele disse que, especialmente para mim, venderia por cinquenta centavos e que estava praticamente deixando de graça. Então, eu comprei. Assim que ele saiu, subi aqui e apliquei com uma escova velha, como as instruções diziam. Eu usei a garrafa inteira, e, ah, Marilla, quando eu vi a cor horrível que meu cabelo ficou, eu me arrependi de ser má, posso lhe garantir. E venho me arrependendo desde então."

"Bem, espero que se arrependa com um bom propósito", disse Marilla, severa. "E agora você viu bem onde sua vaidade a levou, Anne. Deus sabe o que devemos fazer. Suponho que a primeira coisa seja lavar bem o seu cabelo e ver se vai adiantar em alguma coisa."

Sendo assim, Anne lavou o cabelo, esfregando vigorosamente com sabão e água, mas não fez mais diferença do que se ela estivesse lavando seu cabelo vermelho original. O mascate certamente havia dito a verdade quando declarou que a tinta não sairia com água, entretanto, sua veracidade poderia ser questionada em outros aspectos.

"Ah, Marilla, o que vou fazer?", questionou Anne, em lágrimas. "Eu nunca poderei superar isto. As pessoas já quase esqueceram meus outros erros, o bolo de bálsamo, deixar Diana bêbada e me enfurecer com a Sra. Lynde. Mas nunca vão esquecer isto. Eles pensarão que não sou respeitável. Ah, Marilla, 'que teia emaranhada tecemos tão logo a arte de ludibriar aprendemos'. Isso é poesia, mas é verdade. E, oh, como Josie Pye vai rir! Marilla, NÃO POSSO encarar Josie Pye. Sou a menina mais infeliz da Ilha Prince Edward."

A infelicidade de Anne continuou por uma semana. Durante aquele tempo, ela não foi a lugar algum e lavou o cabelo todos os dias. Apenas Diana sabia do segredo fatal, mas prometeu solenemente nunca contar, e podemos deixar registrado aqui e agora que ela manteve sua palavra. Ao final da semana, Marilla disse decididamente:

"Não adianta, Anne. Essa é uma tinta forte, se é que já existiu alguma. Seu cabelo precisa ser cortado, não há outro jeito. Você não pode sair desse jeito."

Os lábios de Anne tremeram, mas ela percebeu a verdade amarga nas considerações de Marilla. Com um suspiro deprimido, ela foi buscar a tesoura.

"Por favor, corte de uma vez, Marilla, e acabe com isso. Ah, sinto que meu coração está partido. Esta é uma aflição tão pouco romântica. As meninas em livros perdem seus cabelos por causa de febre ou os vendem para arrecadar dinheiro para alguma boa ação, e estou certa de que não me importaria nem um pouco de perder meu cabelo em tais casos. Mas não há nada reconfortante em ter seu cabelo cortado porque o pintou de uma cor horrorosa, não é? Vou chorar o tempo todo enquanto a senhora estiver cortando, caso não interfira. Parece algo tão trágico."

Anne chorou, então, mas mais tarde, quando foi lá para cima e se olhou no espelho, ela estava calma em seu desespero. Marilla havia cumprido sua tarefa cuidadosamente e havia sido necessário cortar o cabelo tão perto da raiz quanto possível. O resultado não era favorável, para dizer o mínimo. Anne prontamente virou o espelho para a parede.

"Eu nunca, nunca mais vou olhar para mim mesma de novo até meu cabelo crescer", ela exclamou, apaixonadamente.

Então, de repente, ela arrumou o espelho.

"Sim, eu vou sim. Será um castigo por ter sido má daquele jeito. Eu vou olhar para mim mesma toda vez que vier para o meu quarto, para ver como estou feia. E também não vou tentar imaginar outra coisa. Nunca pensei que fosse vaidosa, ainda mais com o meu cabelo, mas agora sei que era, apesar de ser vermelho, porque era tão longo, cheio e cacheado. Eu estou prevendo que algo vai acontecer com o meu nariz depois disso."

A cabeça aparada de Anne causou uma sensação na escola na segunda-feira seguinte, mas para o alívio dela, ninguém adivinhou a verdadeira razão, nem mesmo Josie Pye, que, entretanto, não tardou a informar Anne de que ela parecia um perfeito espantalho.

"Eu não disse nada quando Josie disse aquilo para mim", Anne confidenciou naquela noite a Marilla, que estava deitada no sofá depois de uma de suas dores de cabeça, "porque eu pensei que era parte do meu castigo e que eu deveria superar isso pacientemente. É difícil ouvir que você se parece com um espantalho, e eu quis responder. Mas não respondi. Apenas lancei nela um olhar de desdém e, então, eu a perdoei. Quando perdoamos as pessoas, nós nos sentimos muito virtuosos, não é? Eu pretendo dedicar todas as minhas energias a ser boa depois disso e nunca tentarei ser linda novamente. Claro que é melhor ser boa. Eu sei que é, mas às vezes é tão difícil acreditar em uma coisa, mesmo quando sabemos daquilo. Eu realmente quero ser boa, Marilla, como a senhora, a Sra. Allan e a Srta. Stacy, e crescer para me tornar um orgulho para a senhora. Diana diz que quando o meu cabelo começar a crescer, devo amarrar uma fita de veludo preto ao redor da minha cabeça com um lanço de um lado. Ela diz que vai me favorecer. Chamarei de arco, parece tão romântico. Estou falando demais, Marilla? Sua cabeça está doendo?"

"Minha cabeça está melhor agora, mas estava terrivelmente ruim hoje à tarde. Essas minhas dores de cabeça estão ficando cada vez piores. Terei que consultar um médico a respeito disso. Quanto a seu falatório, não sei se me importo. Já me acostumei a ele."

Essa era a forma de Marilla dizer que gostava de ouvi-lo.

CAPÍTULO XXVIII
Uma desafortunada donzela do lírio

"Claro que você deve ser Elaine, Anne", disse Diana. "Eu jamais teria coragem de flutuar até lá embaixo."

"Nem eu", disse Ruby Gillis, com um tremor. "Eu não me importo de flutuar quando há duas ou três de nós e podemos nos sentar. Aí é divertido. Mas deitar e fingir que estou morta... eu simplesmente não poderia.

Eu morreria de verdade de tanto medo."

"Claro que seria romântico", reconheceu Jane Andrews, "mas sei que não conseguiria ficar parada. Eu ficaria levantando a cada minuto ou quase isso para ver onde eu estava e se eu não estava me afastando demais. E você sabe, Anne, que isso estragaria o efeito."

"Mas é tão ridículo ter uma Elaine ruiva", lamentou Anne. "Eu não tenho medo de flutuar até lá embaixo e adoraria ser Elaine. Ainda assim é ridículo. Ruby deveria ser Elaine porque ela é tão bonita e tem um cabelo longo e dourado tão adorável. Elaine tinha 'todo o seu brilhante cabelo caindo em cascatas', você sabe. E Elaine era a donzela do lírio. Agora, uma pessoa de cabelo vermelho não pode ser uma donzela do lírio."

"A sua pele é tão clara quanto a da Ruby", disse Diana, fervorosamente, "e seu cabelo está mais escuro do que costumava ser antes de você cortá-lo."

"Ah, você acha mesmo?", exclamou Anne, corando sensivelmente de encanto. "Eu às vezes pensava que era só eu, mas nunca ousei perguntar a ninguém, por medo de me dizerem que não estava. Você acha que poderia ser chamado de castanho avermelhado agora, Diana?"

"Sim, e eu acho que está muito bonito", disse Diana, olhando admirada para os cachos curtos e sedosos que enchiam a cabeça de Anne e eram segurados por uma fita e um laço de veludo negro muito joviais.

Elas estavam de pé na margem da lagoa, abaixo do Pomar Slope, onde um pequeno promontório rodeado por bétulas se projetava da margem; em sua ponta havia uma pequena plataforma de madeira construída na água para a conveniência dos pescadores e caçadores de patos. Ruby e Jane estavam passando a tarde de verão com Diana, e Anne tinha vindo brincar com elas.

Anne e Diana tinham feito a maior parte de suas brincadeiras naquele verão ao redor da lagoa. A Livre Natureza era uma coisa do passado, depois de o Sr. Bell ter impiedosamente cortado o pequeno círculo de árvores dos fundos de seu pasto na primavera. Anne sentou-se entre os tocos e chorou, não sem um olhar para o romance da situação; mas ela foi rapidamente consolada, pois, no fim das contas, como ela e Diana disseram, meninas grandes de treze anos, quase catorze, eram velhas demais para divertimentos infantis como casas de brinquedo, e havia atividades mais fascinantes para encontrar perto da lagoa. Era esplêndido pescar trutas sobre a ponte e as duas meninas aprenderam a remar em um pequeno bote de fundo raso que o Sr. Barry mantinha para caçar patos.

Foi ideia de Anne dramatizar Elaine. Eles haviam estudado o poema de Tennyson na escola no inverno anterior, pois o superintendente de Educação o havia prescrito no curso de inglês para as escolas da Ilha Prince Edward. Eles o haviam analisado, interpretado e, de modo geral, desfeito o texto em pedaços, até que foi surpreendente sobrar algum significado. Mas ao menos a bela donzela dos lírios, Lancelot, Guinevere e Rei Artur haviam se tornado pessoas muito reais para eles, e Anne foi devorada por um arrependimento secreto por não ter nascido em Camelot. Aqueles dias, ela disse, eram tão mais românticos que o presente.

O plano de Anne foi aclamado com entusiasmo. As meninas haviam descoberto que, se empurrassem o bote da margem, ele desceria com a corrente por baixo da ponte e finalmente encalharia em outro promontório mais abaixo, que se projetava de uma curva na lagoa. Elas haviam descido desse jeito muitas vezes e nada seria mais conveniente para interpretar Elaine.

"Bem, eu serei Elaine", disse Anne, cedendo relutantemente, pois, embora ela ficasse encantada em interpretar a personagem principal, ainda assim seu senso artístico exigia adequação para tal, e isso, ela sentia, suas limitações tornavam impossível. "Ruby, você deve ser o Rei Arthur, Jane será Guinevere e Diana deve ser Lancelot. Mas primeiro vocês devem ser os irmãos e o pai. Nós não podemos ter o criado velho e burro porque não há espaço para dois no bote quando um está deitado. Nós devemos cobrir o barco todo com uma mortalha de samito negro. Aquele xale preto da sua mãe ficará perfeito, Diana."

Quando o xale preto foi adquirido, Anne o espalhou sobre o bote e, então, deitou-se no fundo, com os olhos fechados e as mãos dobradas sobre o peito.

"Ah, ela parece mesmo morta", suspirou Ruby Gillis, nervosamente, observando o rostinho branco e rígido sob as sombras trêmulas das bétulas. "Isso me deixa assustada, meninas. Vocês acham que é mesmo certo agir desse modo? A Sra. Lynde diz que toda brincadeira de atuação é abominavelmente perversa."

"Ruby, você não deveria falar sobre a Sra. Lynde", disse Anne, severamente. "Estraga o efeito porque isso foi centenas de anos antes da Sra. Lynde nascer. Jane, organize nisso. É estúpido Elaine ficar falando, uma vez que está morta."

Jane mostrou-se à altura da situação. Não havia nenhum tecido de ouro para a decoração, mas um velho lenço de crepe japonês amarelo foi um excelente substituto. Um lírio branco não pôde ser obtido naquele momento, mas o efeito de uma alta íris azul posicionada em uma das mãos dobradas de Anne era tudo que se podia desejar.

"Agora ela está pronta", disse Jane. "Nós devemos beijar sua fronte serena e, Diana, você diz, 'Irmã, adeus para sempre', e Ruby, você diz, 'Adeus, doce irmã', vocês duas com tanta tristeza quanto puderem. Anne, pelo amor de Deus, sorria um pouco. Você sabe que Elaine 'jazia como se sorrisse'. Melhorou. Agora empurrem o bote."

E assim o bote foi empurrado, roçando levemente sobre uma velha estaca enterrada durante o processo. Diana, Jane e Ruby esperaram apenas o suficiente para vê-lo ser levado pela corrente e seguiram para a ponte. Depois, correram pela floresta, atravessaram a estrada e desceram o promontório mais baixo, onde, como Lancelot, Guinevere e o Rei, estariam pontas pare receber a donzela dos lírios.

Por alguns minutos, Anne, flutuando suavemente rio baixo, divertiu-se com o romance de sua situação ao máximo. Então, algo nada romântico aconteceu. O bote começou a vazar. Em poucos minutos, foi necessário que Elaine ficasse de pé, pegasse seu tecido de ouro e a mortalha de samito negro e olhasse fixamente para uma grande fenda no fundo do bote, através da qual a água estava literalmente jorrando. A estaca afiada da margem havia arrancado a tira do revestimento pregado no bote. Anne não sabia disso, mas não precisou de muito tempo para perceber que estava em uma condição perigosa. Naquele ritmo, o bote se encheria e afundaria bem antes de deslizar até o promontório mais baixo. Onde estavam os remos? Deixados para trás, na margem!

Anne deu um pequeno grito ofegante que ninguém ouviu; ela estava branca até os lábios, mas não perdeu o autocontrole. Havia uma chance – apenas uma.

"Eu estava terrivelmente assustada", ela contou à Sra. Allan no dia seguinte, "e parecia que anos estavam se passando enquanto o bote estava deslizando para a ponte e a água subindo a todo o momento. Eu rezei, Sra. Allan, encarecidamente, mas não fechei meus olhos para rezar, pois sabia que o único modo de Deus me salvar seria deixando o bote flutuar perto o suficiente de um dos pilares da ponte para que eu o escalasse. A senhora sabe que os pilares são apenas troncos de árvores velhos e há muitos caules e tocos de galhos velhos neles. Era apropriado rezar, mas eu tive que fazer minha parte prestando atenção e eu sabia disso muito bem. Eu apenas disse, 'Querido Deus, por favor, leve o bote para perto de um pilar e eu farei o resto', e repeti, e repeti. Em tais circunstâncias, não pensamos muito em fazer uma oração floreada. Mas a minha foi respondida, pois o bote bateu bem em um pilar por um minuto. Eu joguei o lenço e o xale sobre o meu ombro e me contorci para cima de um grande e providencial toco. E ali estava eu, Sra. Allan, agarrada naquele pilar velho e escorregadio, sem ter como subir ou descer. Foi uma posição muito pouco romântica, mas não pensei sobre isso naquele momento. Não pensamos muito sobre romance quando acabamos de escapar de uma sepultura aquática. Fiz logo uma oração de gratidão e, então, dirigi toda a minha atenção a segurar bem, pois sabia que provavelmente dependeria de ajuda humana para voltar a terra firme."

O bote deslizou por baixo da ponte e, prontamente, afundou na correnteza. Ruby, Jane e Diana, já aguardando por ele no promontório mais baixo, viram-no desaparecer diante dos próprios olhos e não tinham dúvida de que Anne havia afundado com ele. Por um momento, elas ficaram paradas, brancas como lençóis, congeladas com o horror da tragédia; e então, gritando a plenos pulmões, elas correram freneticamente pela floresta, nunca parando para olhar na direção da ponte enquanto cruzavam a estrada principal. Anne, agarrada desesperadamente ao seu precário ponto de apoio, viu suas formas esvoaçantes e ouviu seus gritos. A ajuda chegaria logo, mas, enquanto isso, sua posição era muito desconfortável.

Os minutos se passaram, cada um parecia uma hora para a desafortunada dama dos lírios. Por que ninguém veio? Onde as meninas tinham ido? Imagine se todas tiverem desmaiado, uma e depois todas! Imagine se ninguém vier! Imagine se ela ficar tão cansada e com cãibras que não puder mais segurar! Anne olhou para as terríveis profundezas esverdeadas abaixo de si, oscilando com sombras longas e oleosas, e estremeceu. Sua imaginação começou a sugerir toda forma de possibilidade medonha para ela.

Então, bem quando ela pensou que não poderia mais suportar a dor nos braços e pulsos por um momento sequer, Gilbert Blythe veio remando por baixo da ponte no bote de Harmon Andrews!

Gilbert olhou para cima e, para seu grande espanto, contemplou um rostinho branco e desdenhoso que o olhava de cima com grandes olhos cinzentos e assustados, mas também desdenhosos.

"Anne Shirley! Como é que você foi parar aí?", ele perguntou.

Sem esperar por uma resposta, ele foi para perto do pilar e estendeu a mão. Não havia jeito; Anne, agarrando a mão de Gilbert Blythe, contorceu-se para dentro do bote, onde ela se sentou na popa, encharcada e furiosa, os braços cheios com o xale pingando e o crepe molhado. Era certamente extremamente difícil ser digna sob tais circunstâncias!

"O que aconteceu, Anne?", perguntou Gilbert, pegando seus remos.

"Nós estávamos interpretando Elaine", explicou Anne, frígida, sem nem mesmo olhar para seu salvador, "e eu tinha que descer até Camelot no barco... quero dizer, no bote. O bote começou a vazar e eu me pendurei no pilar. As meninas foram buscar ajuda. Você seria gentil o bastante para me levar até a margem?"

Gilbert gentilmente remou até a margem e Anne, desdenhando assistência, saltou com agilidade para a costa.

"Estou muito agradecida a você", ela disse, com arrogância, enquanto ia embora. Mas Gilbert também havia saltado do bote e a deteve segurando seu braço.

"Anne", ele disse, apressadamente, "olhe aqui. Não podemos ser bons amigos? Eu sinto muito mesmo por ter zombado do seu cabelo daquela vez. Eu não quis envergonhá-la e só queria fazer uma brincadeira. Além disso, faz tanto tempo. Eu acho seu cabelo muito bonito agora, acho mesmo. Vamos ser amigos."

Por um momento, Anne hesitou. Uma consciência nova e estranha havia despertado sob toda a sua dignidade ultrajada de que a expressão meio tímida, meio ansiosa nos olhos cor de avelã de Gilbert era algo muito bom de ver. Seu coração deu uma pequena batida, rápida e esquisita. Mas o amargor de seu antigo rancor rapidamente enrijeceu sua determinação hesitante. Aquela cena de dois anos atrás apareceu de volta em suas lembranças tão vividamente como se tivesse ocorrido no dia anterior. Gilbert a havia chamado de "cenoura" e a havia desonrado diante de toda a escola. Seu ressentimento, que às outras pessoas, especialmente as mais velhas, teria parecido tão risível tanto quanto sua causa, aparentemente, não havia de modo algum sido dissipado ou suavizado pelo tempo. Ela odiava Gilbert Blythe! Ela nunca o perdoaria!

"Não", ela disse friamente. "Nunca serei sua amiga, Gilbert Blythe, e não quero ser!"

"Está bem!". Gilbert saltou para seu bote com as bochechas coradas de raiva. "Eu nunca pedirei para ser seu amigo de novo, Anne Shirley. E também não me importo!"

Ele foi para longe com remadas ligeiras e desafiadoras, e Anne subiu o pequeno caminho íngreme e cheio de samambaias sob os bordos. Ela mantinha a cabeça bem levantada, mas estava consciente de um estranho sentimento de arrependimento. Ela quase desejou que tivesse respondido a Gilbert de um modo diferente. Claro, ele a havia insultado terrivelmente, mas ainda assim...! De modo geral, Anne pensou que seria um alívio sentar-se e chorar. Ela estava mesmo bem nervosa, pois começava a sentir a reação do medo e da cãibra ao segurar-se.

No meio do caminho, ela encontrou Jane e Diana, correndo de volta à lagoa em um estado estreitamente próximo de um completo frenesi. Elas não haviam encontrado ninguém no Pomar Slope, já que o Sr. e a Sra. Barry estavam fora. Naquele momento, Ruby Gillis sucumbiu à histeria, e foi deixada para recuperar-se o melhor que pudesse, enquanto Jane e Diana voaram pela Floresta Assombrada e cruzaram o riacho para Green Gables. Ali elas também não encontraram ninguém, pois Marilla havia ido a Carmody, e Matthew estava tratando do feno no campo dos fundos.

"Ah, Anne", ofegou Diana, quase caindo no pescoço dela e chorando de alívio e alegria, "ah, Anne... nós pensamos que você tinha se afogado, e nos sentimos como assassinas... porque havíamos feito... você ser... Elaine.

E Ruby está histérica... ah, Anne, como você escapou?"

"Eu me segurei em um dos pilares", explicou Anne, cansada, "e Gilbert Blythe veio no bote do Sr. Andrews e me trouxe em terra firme."

"Ah, Anne, que esplêndido da parte dele! Ora, é tão romântico!", disse Jane, finalmente encontrando fôlego suficiente para expressar-se. "Claro que você vai falar com ele depois disso."

"Claro que não", disparou Anne, com um retorno momentâneo de seu antigo espírito. "E eu nunca mais quero ouvir a palavra 'romântico' novamente, Jane Andrews. Eu sinto muito que vocês tenham ficado tão assustadas, meninas. É tudo culpa minha. Eu tenho certeza de que nasci sob uma estrela de má sorte. Tudo que eu faço coloca a mim ou aos meus amigos em confusão. Lá fomos nós e perdemos o bote do seu pai, Diana, e eu tenho um pressentimento de que não teremos mais permissão para remar na lagoa."

O pressentimento de Anne provou-se mais certeiro do que os pressentimentos normalmente são. Foi grande a consternação na residência dos Barry e na dos Cuthbert quando os eventos da tarde ficaram conhecidos.

"Você algum dia terá juízo, Anne?", gemeu Marilla.

"Ah, sim, eu acho que terei, Marilla", devolveu Anne, otimista. Um bom choro, favorecido por uma solidão grata no frontão leste, havia acalmado seus nervos e restabelecido sua habitual alegria. "Acho que as minhas perspectivas de ter juízo são melhores agora do que nunca."

"Eu não vejo como", disse Marilla.

"Bem", explicou Anne, "eu aprendi uma lição nova e valiosa hoje. Desde que cheguei a Green Gables, eu tenho cometido erros, e cada erro ajudou a me curar de alguma grande falha. O caso com o broche de ametista me curou de xeretar as coisas que não me pertencem. O erro da Floresta Assombrada me curou de me deixar levar pela imaginação. O do bolo de bálsamo me curou da minha desatenção ao cozinhar. Pintar meu cabelo me curou da vaidade. Eu nunca penso sobre meu cabelo e meu nariz agora – pelo menos, muito raramente. E o erro de hoje vai me curar de ser romântica demais. Eu cheguei à conclusão de que não adianta tentar ser romântica em Avonlea. Provavelmente era fácil o bastante nas torres de Camelot há centenas de anos, mas o romance não é apreciado agora.

Eu estou certa de que a senhora logo verá uma grande melhora em mim nesse aspecto, Marilla."

"Eu espero mesmo que sim", disse Marilla, ceticamente.

Matthew, no entanto, que estava sentado mudo em seu canto, colocou uma mão no ombro de Anne quando Marilla saiu.

"Não desista do seu romance, Anne", ele suspirou timidamente. "Um pouco de romance é uma coisa boa, não muito, é claro, mas guarde um pouco, Anne, guarde um pouco."

CAPÍTULO XXIX
Uma fase na vida de Anne

Anne estava trazendo as vacas do pasto dos fundos para a casa pelo caminho da Estrada dos Amantes. Era uma tarde de setembro e todos os vãos e clareiras na floresta brilhavam com a luz rubi do pôr do sol. Aqui e ali o caminho estava banhado com ela, mas em sua maior parte, as sombras já estavam altas por baixo dos bordos, e os espaços embaixo dos abetos estavam cheios de um anoitecer violeta límpido como vinho etéreo. Os ventos estavam soltos nos topos, e não havia música mais doce na terra do que aquela que o vento faz nos abetos durante o entardecer.

As vacas balançavam placidamente pelo caminho, e Anne as seguia sonhadoramente, repedindo em voz alta o canto de batalha de MARMION – que também tinha sido parte de seu curso de inglês no inverno anterior e no qual a Srta. Stacy havia feito com que os alunos aprendessem de cor –, e exultava com seus versos apressados e o embate das lanças em seu imaginário. Quando ela chegou aos versos

"Os teimosos lanceiros não davam abertura
A sua floresta impenetrável e escura",

ela parou em êxtase para fechar seus olhos e imaginar melhor a si mesma como alguém daquele cerco heroico. Quando ela os abriu novamente, foi para contemplar Diana vindo através do portão que levava até o campo dos Barry e parecendo tão importante que Anne instantaneamente adivinhou que havia notícias a contar. Mas ela não trairia a curiosidade tão depressa.

"Esta tarde não parece um sonho purpúreo, Diana? Faz com que eu me sinta tão feliz em estar viva. Pela manhã, sempre penso que as manhãs são melhores, mas então a tarde vem e a acho ainda mais adorável."

"É uma tarde muito bonita", disse Diana, "mas, oh, eu tenho notícias incríveis, Anne. Adivinhe. Você tem três chances para acertar."

"Charlotte Gillis vai se casar na igreja afinal e a Sra. Allan quer que a decoremos!", exclamou Anne.

"Não. O namorado de Charlotte não vai concordar com isso, porque ninguém nunca se casou na igreja ainda, e ele acha que pareceria muito com um funeral. É muita maldade, porque seria muito divertido. Tente de novo."

"A mãe de Jane vai deixá-la fazer uma festa de aniversário?"

Diana balançou a cabeça, seus olhos negros dançando com alegria.

"Eu não sei o que pode ser", disse Anne, em desespero, "a menos que seja Moody Spurgeon MacPherson ter levado você para casa depois da reunião da igreja na noite passada. Ele fez isso?"

"É claro que não", exclamou Diana, indignada. "E eu certamente não me gabaria se ele fizesse isso, aquela criatura horrível! Eu sabia que você não adivinharia. Minha mãe recebeu uma carta da Tia Josephine hoje, e a Tia Josephine convidou nós duas para ir até a cidade na próxima terça-feira e visitar a exposição com ela. Aí está! '

"Ah, Diana", sussurrou Anne, achando necessário apoiar-se em uma árvore de bordo para manter o equilíbrio, "você está falando sério? Mas eu temo que Marilla não me deixe ir. Ela vai dizer que não encoraja perambulações. Foi o que ela disse na semana passada quando Jane me convidou para ir com eles de charrete à apresentação americana no Hotel White Sands. Eu queria ir, mas Marilla disse que eu estaria melhor em casa aprendendo minhas lições e Jane também. Eu fiquei amargamente desapontada, Diana. Meu coração ficou tão partido que eu não fiz minhas orações quando fui para cama, mas me arrependi e levantei no meio da noite para fazê-las."

"Eu lhe digo o que vamos fazer", disse Diana, "nós vamos pedir à Mamãe para perguntar a Marilla. Então, ela vai ficar mais disposta a deixar você ir; e se ela deixar, nós vamos nos divertir muito, Anne. Eu nunca estive em uma exposição, e é tão irritante ouvir as outras meninas falando sobre os passeios delas. Jane e Ruby já foram duas vezes, e vão de novo esse ano."

"Eu não vou pensar sobre isso até saber se posso ir ou não", disse Anne, resoluta. "Se eu pensasse e depois me decepcionasse, seria mais do que eu poderia suportar. Mas se eu for mesmo, fico muito feliz em saber que meu casaco novo vai estar pronto até lá. Marilla achava que eu não precisava de um casaco novo. Ela disse que o meu velho estaria muito bom para mais um inverno e que eu deveria ficar satisfeita em ter um vestido novo. O vestido é muito bonito, Diana, azul-marinho e de acordo com a moda. Marilla sempre faz meus vestidos de acordo com a moda agora, porque diz que não quer que Matthew vá até a Sra. Lynde para fazê-los. Eu fico muito feliz. É muito mais fácil ser boa quando nossa roupa está na moda. Pelo menos, é mais fácil para mim. Eu imagino que não faça muita diferença para pessoas naturalmente boas. Mas Matthew diz que eu devo ter um novo casaco, então Marilla comprou um tecido adorável de lã azul, e ele está sendo feito por uma costureira de verdade em Carmody. Ficará pronto no sábado à noite, e estou tentando não me imaginar andando pelo altar da igreja no domingo com minha roupa e boina novas, por que receio que não seja certo imaginar tais coisas. Só que elas me vêm à mente sem que eu perceba. Minha boina é tão bonita. Matthew comprou para mim no dia em que estávamos em Carmody. É uma daquelas pequenas, de veludo azul da última moda, com cordão e franjas dourados. Seu novo chapéu é muito elegante, Diana, e lhe cai tão bem. Quando eu a vi chegar na igreja no domingo, meu coração inchou de orgulho ao pensar que você é a minha amiga mais querida. Você acha que é errado pensarmos tanto sobre nossas roupas? Marilla diz que é um pecado. Mas eu acho assunto tão interessante, você não?"

Marilla concordou em deixar Anne ir à cidade, e ficou arranjado que o Sr. Barry levaria as meninas na próxima terça-feira. Como Charlottetown ficava a trinta milhas de distância e o Sr. Barry queria ir e voltar no mesmo dia, era necessário sair cedo. Mas Anne considerava tudo uma alegria, e estava de pé antes do nascer do sol na terça-feira pela manhã. Um olhar de sua janela lhe garantiu que o dia seria bonito, pois o céu do leste atrás dos abetos da Floresta Assombrada estava todo prateado e sem nuvens. Através dos vãos entre as árvores, uma luz estava brilhando no frontão oeste do Pomar Slope, um indício de que Diana também estava acordada.

Anne já estava vestida na hora em que Matthew acendeu o fogo e preparou o café da manhã, quando Marilla desceu, mas ela própria estava empolgada demais para comer. Depois do café da manhã, a boina e o casaco novos e joviais foram vestidos, e Anne apressou-se a atravessar o riacho e subir através dos abetos para o Pomar Slope. O Sr. Barry e Diana estavam esperando por ela, e logo eles estavam na estrada.

Foi uma longa viagem, mas Anne e Diana aproveitaram cada minuto. Foi encantador sacolejar pelas estradas úmidas na luz avermelhada da manhã que espreitava ao longo dos campos de colheita aparados. O ar estava fresco e revigorante, e pequenas brumas, parecendo uma fumaça azul, enrolavam-se ao longo dos vales e flutuavam das colinas. Às vezes, a estrada passava pela floresta, onde os bordos estavam começando a dependurar flâmulas vermelhas; às vezes, ela cruzava rios através de pontes que faziam o corpo de Anne encolher-se com o antigo medo quase prazeroso; às vezes, ela serpenteava ao longo da costa de um porto e passava por um aglomerado de barracas de pesca cinzentas; novamente, subia para as colinas, de onde um traço distante da curva dos planaltos ou do céu azul nublado podia ser visto. Mas para onde quer que fosse, havia coisas muito interessantes para discutir. Era quase meio-dia quando eles chegaram à cidade e encontraram o caminho para Benchwood. Era uma bela e velha mansão, afastada da rua em uma reclusão de elmos verdes e faias cheias de ramos. Madame Barry os recebeu na porta com um brilho em seus afiados olhos negros.

"Então, você finalmente veio me ver, menina Anne", ela disse. "Misericórdia, criança, como você cresceu! Você está mais alta do que eu, garanto. E você está com uma aparência muito melhor do que costumava ter também. Mas ouso dizer que você já sabe disso sem que eu diga."

"Certamente não sabia", disse Anne, radiante. "Sei que não tenho tantas sardas quanto costumava ter, então tenho muito a agradecer, mas realmente não ousei esperar que houvesse qualquer outra melhora. Estou tão feliz pela senhora, por pensar assim, Madame Barry."

A casa de Madame Barry era mobiliada com "grande magnificência", como Anne disse a Marilla mais tarde. As duas meninas do interior ficaram envergonhadas pelo esplendor do salão, quando Madame Barry as deixou para cuidar do almoço.

"Não parece mesmo um palácio?", cochichou Diana. "Eu nunca estive na casa da Tia Josephine antes, e não fazia ideia de que era tão grandiosa. Eu gostaria que Julia Bell pudesse ver isso. Ela se exibe tanto por causa do salão da mãe dela."

"Tapete de veludo", suspirou Anne, luxuosamente, "e cortinas de seda! Eu sonhei com essas coisas, Diana. Mas você acredita que não me sinto muito confortável com elas, no fim das contas? Há tantas coisas neste cômodo e todas tão esplêndidas que não há alcance para a imaginação. Isso é um consolo quando se é pobre. Há muito mais coisas que se podem imaginar."

A permanência na cidade foi algo que marcou Anne e Diana durante anos. Do início ao fim, foi coroada por momentos encantadores.

Na quarta-feira, Madame Barry as levou para a exposição, onde ficaram o dia todo.

"Foi esplêndido", Anne relatou a Marilla mais tarde. "Nunca imaginei algo tão interessante. Eu realmente não sei qual departamento era o mais interessante. Acho que gostei mais dos cavalos, das flores e do artesanato. Josie Pye ganhou o primeiro prêmio em bordado de renda. Eu fiquei muito feliz por ela. E fiquei feliz por ter me sentido feliz, pois mostra que estou melhorando, a senhora não acha, Marilla, quando posso me regozijar pelo sucesso da Josie? O Sr. Harmon Andrews ficou com o segundo prêmio pelas maçãs Gravenstein e o Sr. Bell ficou com o primeiro prêmio pelo porco. Diana disse que achava ridículo um superintendente da escola dominical ganhar um prêmio por um porco, mas não vejo por quê. A senhora vê? Ela disse que sempre pensaria nisso mais tarde, quando ele estivesse rezando solenemente. Clara Louise MacPherson ganhou o prêmio de pintura, e a Sra. Lynde ganhou o primeiro prêmio por manteiga e queijo caseiros. Então, Avonlea foi muito bem representada, não foi? A Sra. Lynde esteve lá o dia todo, e nunca soube quanto gostava dela até que vi seu rosto familiar entre todos aqueles estranhos. Havia milhares de pessoas lá, Marilla. Isso fez com que eu me sentisse terrivelmente insignificante. E Madame Barry nos levou para a arquibancada para ver as corridas de cavalos. A Sra. Lynde não foi; ela disse que corridas de cavalos eram uma abominação e, sendo ela membro da igreja, era seu inegável dever dar um bom exemplo ao ficar longe. Mas havia tantas pessoas lá que acho que a ausência da Sra. Lynde não seria notada. Eu acho, entretanto, que eu não deveria ir com muita frequência a corridas de cavalos, porque elas SÃO terrivelmente fascinantes. Diana ficou tão empolgada que se ofereceu para apostar dez centavos comigo pela vitória do cavalo vermelho. Eu não acreditei que ele ganharia, mas me recusei a apostar, porque queria contar tudo à Sra. Allan, e eu tinha certeza de que não seria correto contar isso a ela. É sempre errado fazer algo que não se pode contar à esposa de um pastor. É tão bom quanto uma consciência adicional ter a esposa de um pastor como amiga. E eu fiquei muito feliz por não ter apostado, porque o cavalo vermelho GANHOU, e eu teria perdido dez centavos. Então, a senhora vê que a virtude foi recompensada. Nós vimos um homem subir em um balão. Eu adoraria subir em um balão, Marilla; seria simplesmente emocionante; e nós vimos um homem tirando a sorte. Você pagava dez centavos e um passarinho escolhia uma carta da sorte para você. Madame Barry deu a Diana e a mim dez centavos para cada para tirar a sorte. A minha foi que eu me casaria com um homem moreno muito rico e que eu moraria do outro lado do oceano. Eu olhei cuidadosamente para todos os homens morenos que vi depois daquilo, mas não gostei muito de nenhum, e de qualquer forma eu imagino que ainda seja muito cedo para procurá-lo. Ah, foi um dia inesquecível, Marilla. Eu fiquei tão cansada que não pude dormir à noite. Madame Barry nos colocou no quarto de hóspedes, como havia prometido. Era um quarto elegante, Marilla, mas de alguma forma, dormir em um quarto de hóspedes não é o que eu costumava pensar que fosse. Essa é a pior parte de crescer, estou começando a perceber isso. As coisas que queríamos tanto quando éramos crianças não parecem nem metade tão maravilhosas para nós quando finalmente as obtemos."

Na quinta-feira, as meninas passearam pelo parque e, à noite, Madame Barry as levou para uma apresentação na Academia de Música, onde uma famosa prima-dona cantaria. Para Anne, a tarde foi uma visão brilhante da felicidade.

"Ah, Marilla, foi indescritível. Eu fiquei tão empolgada que não conseguia nem falar, então a senhora pode imaginar como foi. Eu apenas fiquei sentada em um silêncio maravilhado. Madame Selitsky estava simplesmente linda, e vestia cetim branco e diamantes. Mas quando ela começou a cantar, não pensei em mais nada. Ah, mal posso lhe dizer como me senti. Mas, parecia que nunca mais seria difícil ser boa. Eu me senti como me sinto quando olho para as estrelas. Lágrimas me vieram aos olhos, mas, oh, eram lágrimas tão felizes. Eu fiquei triste quando tudo acabou, e disse a Madame Barry que não via como poderia retornar à vida comum novamente. Ela disse que pensava que talvez ajudasse se fôssemos até o restaurante do outro lado da rua para tomar sorvete. Aquilo me pareceu tão prosaico; mas, para minha surpresa, provou-se verdade. O sorvete estava delicioso, Marilla, e era tão adorável e agradável estar lá sentada tomando sorvete às onze da noite. Diana disse que acreditava que eu tinha nascido para a vida urbana. Madame Barry me perguntou qual era a minha opinião, mas eu disse que teria que pensar a respeito seriamente antes de poder dizer o que realmente pensava. Então, pensei bem antes de ir para cama. É a melhor hora para pensar nas coisas. E cheguei à conclusão Marilla, de que não nasci para a vida urbana e que estava feliz por isso. É muito bom tomar sorvete em restaurantes maravilhosos às onze da noite de vez em quando; mas como algo frequente, eu prefiro estar no frontão leste às onze, profundamente adormecida, mas de certa forma sabendo nos meus sonhos que as estrelas lá fora estão brilhando e o vento está soprando nos abetos ao longo do riacho. Eu disse isso à Madame Barry no café da manhã no dia seguinte, e ela riu. Madame Barry normalmente ri de tudo que eu digo, mesmo quando digo as coisas mais solenes. Eu acho que não gostei, Marilla, pois não estava tentando ser engraçada. Mas ela é a dama mais hospitaleira e nos tratou como realeza."

A sexta-feira trouxe o momento de partir, e o Sr. Barry chegou para buscar as meninas.

"Bem, espero que tenham se divertido", disse Madame Barry, enquanto se despedia delas.

"Certamente nos divertimos", disse Diana.

"E você, menina Anne?"

"Eu aproveitei cada minuto", disse Anne, jogando os braços, impulsivamente, ao redor do pescoço da velha senhora e beijando sua bochecha enrugada. Diana nunca teria ousado fazer tal coisa e sentiu-se pasma com a liberdade de Anne. Mas Madame Barry ficou satisfeita, permaneceu na varanda e observou a carruagem até perdê-la de vista. Então, voltou para sua grande casa com um suspiro. Parecia muito solitária sem aquelas vidas jovens e frescas. Madame Barry era uma velha dama bem egoísta, se a verdade fosse dita, e nunca havia se importado muito com ninguém além de si mesma. Ela valorizava as pessoas apenas enquanto eram úteis para ela ou a divertiam. Anne a havia divertido, e, consequentemente, estava em alta nas boas graças da velha dama. Madame Barry, porém, encontrou-se pensando menos nos discursos pitorescos de Anne que em seu fresco entusiasmo, suas emoções transparentes, seu jeito cativante e a doçura de seus olhos e lábios.

"Eu pensava que Marilla Cuthbert era uma velha tola quando soube que ela havia adotado uma menina de um orfanato", ela disse para si mesma, "mas imagino que ela não tenha cometido mesmo um erro, no fim das contas. Se eu tivesse uma criança como Anne em casa o tempo inteiro, seria uma mulher melhor e mais feliz."

Anne e Diana consideraram a viagem de volta tão agradável quando a de ida, ainda mais agradável, na verdade, uma vez que havia a deliciosa consciência do lar as esperando no final. O sol se punha quando eles passaram por White Sands e entraram na estrada litorânea. Além dela, as colinas de Avonlea despontavam escuras contra o céu de açafrão. Atrás deles, a lua estava se erguendo do mar, crescendo toda radiante e transfigurada em sua luz. Cada pequena gruta ao longo da estrada sinuosa era uma maravilha de ondulações dançantes. As ondas quebravam com um sussurro suave nas rochas abaixo deles, e o sabor do mar estava no ar forte e fresco.

"Ah, é tão bom estar viva e voltando para casa", suspirou Anne.

Quando ela cruzou a ponte de madeira sobre o riacho, a luz da cozinha de Green Gables piscou-lhe um amigável desejo de boas-vindas, e através da porta aberta brilhava o fogo da lareira, enviando seu brilho vermelho e quente contra a noite gelada de outono. Anne correu alegremente pela colina e entrou na cozinha, onde um jantar quente a aguardava na mesa.

"Então, você voltou?", disse Marilla, dobrando seu tricô.

"Sim, e ah, é tão bom estar de volta", disse Anne, contente. "Eu poderia beijar tudo, até o relógio. Marilla, um frango grelhado! Não é possível que tenha cozinhado isso para mim!"

"Sim, eu cozinhei", disse Marilla. "Pensei que você estaria com fome depois de uma viagem daquelas e precisaria de algo muito apetitoso. Vá logo e guarde suas coisas, nós vamos jantar assim que Matthew chegar. Estou feliz por você ter voltado, devo dizer. Tem sido assustadoramente solitário aqui sem você, e quatro dias nunca demoraram tanto a passar."

Depois do jantar, Anne sentou-se diante do fogo, entre Matthew e Marilla, e deu-lhes uma descrição completa de sua visita.

"Eu tive momentos esplêndidos", ela concluiu, feliz, "e sinto que eles marcam uma fase em minha vida. Mas o melhor de tudo foi voltar para casa."

CAPÍTULO XXX
A classe da Queen's é organizada

Marilla colocou seu tricô no colo e inclinou-se na cadeira. Seus olhos estavam cansados e ela pensou vagamente que deveria trocar os óculos da próxima vez que fosse à cidade, pois seus olhos tinham ficado muito cansados com frequência nos últimos dias.

Estava quase escurecendo, pois o crepúsculo cheio de novembro havia descido sobre Green Gables, e a única luz na cozinha vinha das chamas vermelhas e dançantes da lareira.

Anne estava sentada com as pernas cruzadas no tapete em frente à lareira, olhando para dentro daquele alegre brilho onde a luz do sol de uma centena de verões estava sendo destilada da lenha das árvores de bordo. Ela estava lendo, mas seu livro havia escorregado para o chão, e agora ela estava sonhando, com um sorriso em seus lábios entreabertos. Castelos cintilantes na Espanha estavam tomando forma das brumas e arco-íris de suas vívidas fantasias; aventuras maravilhosas e fascinantes estavam acontecendo com ela em um reino de nuvens – aventuras que sempre acabavam triunfalmente e nunca a envolviam em confusões como as da vida real.

Marilla olhou para ela com um carinho que jamais teria sofrido para relevar-se em qualquer luz mais clara que aquela da mistura suave do brilho do fogo com as sombras. A lição de um amor que deveria mostrar-se facilmente através de palavras ditas e olhares abertos era uma que Marilla nunca aprenderia. Mas ela havia aprendido a amar aquela menina magra e de olhos cinzentos com uma afeição ainda mais profunda e mais forte justamente por causa de sua falta de demonstração. Seu amor a fez ter medo de ser indevidamente indulgente, sem dúvida. Ela tinha um sentimento desconfortável de que era um pecado doar o coração tão intensamente a qualquer criatura humana como ela havia feito com Anne, e talvez ela realizasse uma forma de penitência inconsciente por causa disso ao ser mais rígida e mais crítica do que se a menina fosse menos querida por ela. Certamente, a própria Anne não tinha ideia de quanto Marilla a amava. Ela às vezes pensava melancolicamente que Marilla era muito difícil de agradar e distintamente desprovida de simpatia e compreensão. Mas ela sempre detinha o pensamento de forma reprovadora, lembrando-se do que ela devia a Marilla.

"Anne", disse Marilla, abruptamente, "a Srta. Stacy esteve aqui hoje à tarde quando você estava fora com Diana."

Anne voltou de seu outro mundo com um sobressalto e um suspiro.

"Esteve? Ah, que pena eu não estar aqui. Por que não me chamou, Marilla? Diana e eu estávamos ali na Floresta Assombrada. A floresta está adorável agora. Todas as pequenas coisas da floresta, as samambaias, as folhas de cetim e as flores de corniso, estão adormecidas, como se alguém as tivesse colocado para dormir até a primavera embaixo de um manto de folhas. Eu acho que foi uma pequena fada cinzenta com um cachecol de arco-íris que veio na ponta dos pés com a última noite de luar e fez isso. Entretanto, Diana não falou muito sobre isso. Diana nunca esqueceu a bronca que mãe deu nela sobre imaginar fantasmas na Floresta Assombrada. Teve um efeito muito ruim na imaginação de Diana. Aquilo a arruinou. A Sra. Lynde diz que Myrtle Bell é um ser arruinado. Eu perguntei a Ruby Gillis por que Myrtle estava arruinada, e Ruby disse que achava que era porque o namorado a passou para trás. Ruby Gillis não pensa em nada além de namorados, e quanto mais ela envelhece, pior fica. Namorados são muito bons em seu lugar, mas não faz bem envolvê-los em tudo, não é? Diana e eu estamos pensando seriamente em prometer nunca nos casar e nos tornar boas e velhas solteironas, vivendo juntas para sempre. Mas Diana ainda não se decidiu, porque acha que talvez seja mais nobre casar-se com um jovem selvagem, impetuoso e perverso e transformá-lo. Diana e eu falamos bastante sobre assuntos sérios agora, sabe. Nós sentimos que estamos muito mais velhas do que costumávamos ser e que não é adequado falar sobre assuntos infantis. É algo tão solene ter quase catorze anos, Marilla. A Srta. Stacy levou todas nós que estamos na adolescência até o riacho na quarta-feira passada e falou sobre isso. Ela disse que devemos ser muito cuidadosas com os hábitos que formamos e com os ideais que adquirimos em nossa adolescência, porque quando tivermos vinte anos, nosso caráter estará desenvolvido e a fundação estará pronta para toda a nossa vida futura. E ela disse que, se a fundação for instável, nunca poderemos construir nada que valha a pena. Diana e eu falamos sobre o assunto voltando da escola. Nós nos sentimos extremamente solenes, Marilla. E decidimos que tentaríamos ser muito cuidadosas mesmo, formar hábitos respeitáveis, aprender sobre tudo que pudéssemos e ser tão sensatas quanto possível, para que, aos vinte anos, nosso caráter esteja propriamente desenvolvido. É simplesmente aterrorizante pensar em ter vinte anos, Marilla. Parece uma idade tão assustadoramente velha e crescida. Mas por que a Srta. Stacy esteve aqui hoje à tarde?"

"É isso que eu quero lhe contar, Anne, se você me der uma chance de dizer uma palavra sequer. Ela estava falando sobre você."

"Sobre mim?"

Anne parecia bem assustada. Então, ela corou e exclamou:

"Ah, eu sei o que ela estava dizendo. Eu queria lhe contar, Marilla, queria mesmo, mas esqueci. A Srta. Stacy me pegou lendo *Ben-Hur* na escola ontem à tarde quando eu deveria estar estudando história canadense. Jane Andrews me emprestou. Eu estava lendo na hora do almoço, e tinha acabado de chegar à corrida de bigas, quando chegou a hora de voltar para a escola. Eu estava simplesmente louca para saber como tinha terminado, embora eu tivesse certeza de que Ben-Hur deveria vencer, porque não haveria justiça poética se ele não vencesse, então abri o livro de História em cima da minha carteira e coloquei *Ben-Hur* entre a carteira e os meus joelhos. Eu parecia estar estudando história canadense, sabe, enquanto o tempo inteiro estava me deleitando com *Ben-Hur*. Eu estava tão interessada que nem notei a Srta. Stacy vindo pelo corredor até que, de repente, eu olhei para cima e ela estava olhando para mim, de um jeito reprovador. Eu mal posso lhe dizer como fiquei envergonhada, Marilla, especialmente quando ouvi Josie Pye rindo. A Srta. Stacy levou *Ben-Hur* embora, mas não disse uma palavra sequer. Ela me reteve durante o recesso e falou comigo. Ela disse que eu tinha agido muito mal em dois aspectos. Em primeiro lugar, eu estava desperdiçando o tempo que devia investir nos meus estudos; e em segundo lugar, eu estava enganando minha professora tentando fazer parecer que estava lendo o livro de história, quando na verdade era um livro de ficção. Eu não percebi até aquele momento, Marilla, que o que eu estava fazendo erra desonesto. Fiquei chocada. Chorei amargamente e pedi à Srta. Stacy que me perdoasse, disse que nunca faria aquilo novamente e me ofereci para me penitenciar ficando sem nem olhar para *Ben-Hur* por uma semana inteira, nem mesmo para ver como a corrida de bigas terminou. Mas a Srta. Stacy disse que não exigiria isso e que me perdoava de boa vontade. Então, acho que não foi muito gentil da parte dela vir até aqui e contar à senhora afinal."

"A Srta. Stacy nunca mencionou nada para mim, Anne, e seu problema é apenas a consciência pesada. Você não tem nada que levar livros de ficção para a escola. Você já lê romances demais de qualquer jeito. Quando eu era menina, eu não tinha permissão nem para olhar para um romance."

"Ah, como pode chamar *Ben-Hur* de romance quando é na verdade um livro tão religioso?", protestou Anne. "Claro que é um pouco empolgante demais para ser uma leitura própria para o domingo, e eu li apenas em dias de semana. E eu nunca leio NENHUM livro agora, a menos que a Srta. Stacy ou a Sra. Allan o considerem um livro adequado para uma menina de treze anos e três-quartos. A Srta. Stacy me fez prometer isso. Ela me pegou um dia lendo um livro chamado *O Lúgubre Mistério do Salão Assombrado.* Era um que Ruby Gillis havia me emprestado e, ah, Marilla, era tão fascinante e horripilante. O sangue nas minhas veias se coagulou. Mas a Srta. Stacy disse que era um livro muito tolo e prejudicial e me pediu que não lesse mais aquele ou qualquer outro do tipo. Eu não me importei em prometer não ler mais nenhum outro do tipo, mas foi AGONIZANTE devolver aquele livro sem saber como terminava. Mas meu amor pela Srta. Stacy suportou a provação e eu devolvi. É realmente maravilhoso, Marilla, o que podemos fazer quando estamos verdadeiramente ansiosos para agradar a uma certa pessoa."

"Bem, acho que vou acender a lamparina e começar a trabalhar", disse Marilla. "Vejo claramente que você não quer saber o que a Srta. Stacy tinha a dizer. Você está mais interessada no som da sua própria voz do que em qualquer outra coisa."

"Ah, eu quero sim ouvir, Marilla", exclamou Anne, arrependida. "Não direi mais nenhuma palavra, nenhuma. Eu sei que falo muito, mas estou realmente tentando superar isso, e embora eu fale demais, se soubesse quantas coisas eu quero dizer e não digo, a senhora me daria algum crédito por isso. Por favor, conte, Marilla."

"Bem, a Srta. Stacy quer organizar uma classe entre seus alunos avançados que querem estudar para o exame de admissão da Queen's. Ela pretende dar aulas extras por uma hora depois da escola. E ela veio para perguntar a Matthew e a mim se gostaríamos que você se juntasse a eles. O que você acha disso, Anne? Você gostaria de ir para a Queen's e tornar-se professora?"

"Ah, Marilla!", exclamou Anne, que ficou de pé e entrelaçou as mãos. "Tem sido o sonho da minha vida. Quero dizer, pelos últimos seis meses, desde que Ruby e Jane começaram a falar sobre estudar para o exame. Mas eu não disse nada a respeito, porque pensei que seria simplesmente inútil. Eu adoraria ser uma professora. Mas não vai ser terrivelmente caro? O Sr. Andrews diz que custou cento e cinquenta dólares para matricular Prissy, e Prissy não era burra em geometria."

"Imagino que você não precise se preocupar quanto a isso. Quando Matthew e eu a pegamos para criar, resolvemos que faríamos o melhor que pudéssemos por você e lhe daríamos uma boa educação. Eu acredito que uma moça deve ser preparada para ganhar o próprio sustento, quer ela precise ou não. Você sempre terá um lar em Green Gables enquanto Matthew e eu estivermos aqui, mas ninguém sabe o que vai acontecer neste mundo incerto, e é melhor estar preparada. Então você pode participar da classe da Queen's se quiser, Anne."

"Ah, Marilla, obrigada", Anne lançou os braços sobre a cintura de Marilla e olhou intensamente para o rosto dela. "Fico extremamente grata à senhora e ao Matthew. E estudarei tanto quanto puder e farei o meu melhor para ser um orgulho para os dois. Eu gostaria de alertá-los sobre não esperarem muito de mim em geometria, mas acho que consigo acompanhar os demais em qualquer outra coisa se me esforçar."

"Eu ouso dizer que você se dará muito bem. A Srta. Stacy diz que você é inteligente e aplicada." De jeito nenhum Marilla teria dito exatamente o que a Srta. Stacy havia dito sobre ela; aquilo seria mimar sua vaidade. "Você não precisa partir para o extremo de se matar em cima dos livros. Não há pressa. Você não estará pronta para tentar o exame por um ano e meio ainda. Mas é bom começar na hora certa e estar totalmente preparada, é o que diz a Srta. Stacy."

"Eu terei mais interesse que nunca nos meus estudos agora", disse Anne, alegremente, "porque tenho um propósito na vida. O Sr. Allan diz que todos deviam ter um propósito na vida e buscá-lo dedicadamente. Ele diz que devemos primeiramente ter certeza de que é um propósito digno. Eu chamaria de propósito digno querer ser uma professora como a Srta. Stacy, a senhora não, Marilla? Acho que é uma profissão muito nobre.

A classe da Queen's foi organizada no devido tempo. Gilbert Blythe, Anne Shirley, Ruby Gillis, Jane Andrews, Josie Pye, Charlie Sloane e Moody Spurgeon MacPherson faziam parte do grupo. Diana Barry não, pois seus pais não tinham a intenção de mandá-la para a Queen's. Isso parecia quase uma calamidade para Anne. Nunca, desde a noite em que Minnie May teve crupe, ela e Diana haviam se separado em alguma coisa. Na tarde em que a classe da Queen's permaneceu na escola para as lições extras pela primeira vez e Anne viu Diana ir embora lentamente com os outros, ia para casa sozinha através do Caminho das Bétulas e do Vale Violeta, observar era tudo que ela podia fazer para se manter no lugar e impedir-se de correr impulsivamente atrás de sua companheira. Um caroço subiu até sua garganta, e ela apressadamente retirou-se para trás das páginas de sua gramática de latim para esconder as lágrimas nos olhos. De jeito nenhum

Anne deixaria que Gilbert Blythe ou Josie Pye vissem aquelas lágrimas.

"Mas, ah, Marilla, eu realmente senti que havia provado o amargor da morte, como o Sr. Allan disse em seu sermão no domingo passado, quando vi Diana sair sozinha", ela disse, tristemente, naquela noite. "Eu pensei em como teria sido esplêndido se Diana também estivesse estudando para o exame. Mas não podemos ter coisas perfeitas neste mundo imperfeito, como diz a Sra. Lynde. A Sra. Lynde não é exatamente uma pessoa reconfortante às vezes, mas não há dúvida de que ela diz coisas muito verdadeiras. E eu acho que a classe da Queen's será extremamente interessante. Jane e Ruby vão estudar apenas para ser professoras. Esse é o auge da sua ambição. Ruby diz que vai lecionar por apenas dois anos depois de passar e, então, pretende se casar. Jane diz que vai dedicar sua vida inteira ao ensino, e nunca, nunca vai se casar, porque se recebe um salário para lecionar, mas um marido não paga nada, e rosna se pedimos um pouco do dinheiro dos ovos e da manteiga. Suspeito que Jane fale por experiência própria, pois a Sra. Lynde diz que o pai dela é um verdadeiro velho rabugento, tão mesquinho que é capaz de tirar leite de pedra. Josie Pye diz que ela só vai para a faculdade pela educação, porque não vai ter que ganhar o próprio sustento; ela diz que é claro que é diferente com órfãos que estão vivendo de caridade, ELES precisam se virar. Moody Spurgeon vai ser pastor. A Sra. Lynde diz que ele não poderia ser qualquer outra coisa para estar à altura de um nome daqueles. Eu espero que não seja maldade minha, Marilla, mas, realmente, pensar em Moody Spurgeon como pastor me faz rir. Ele é um menino de aparência tão esquisita, com aquela grande cara gorda, seus olhos azuis pequenininhos e suas orelhas saltando para fora como abas de um chapéu. Mas talvez ele tenha uma aparência mais intelectual quando crescer. Charlie Sloane diz que vai entrar para a política e ser um membro do Parlamento, mas a Sra. Lynde diz que ele nunca terá sucesso nisso, porque os Sloane são todos pessoas honestas, e apenas malandros entram na política hoje em dia."

"O que Gilbert Blythe vai ser?", questionou Marilla, vendo que Anne estava abrindo seu livro de latim para iniciantes.

"Eu não faço ideia de qual é a ambição da vida de Gilbert Blythe, se é que ele tem alguma", disse Anne, desdenhosa.

Havia uma rivalidade aberta entre Gilbert e Anne agora. Anteriormente, a rivalidade tinha sido unilateral, mas não havia mais dúvida de que Gilbert estava tão determinado a ser o primeiro da classe quanto Anne. Ele era um inimigo digno do aço dela. Os outros membros da classe tacitamente reconheceram sua superioridade, e nunca sonharam em competir com eles.

Desde aquele dia na lagoa, quando ela se recusou a ouvir sua súplica por perdão, Gilbert, exceto pela já mencionada rivalidade, não havia demonstrado nenhum reconhecimento sequer da existência de Anne Shirley. Ele falava e brincava com as outras meninas, trocava livros e jogos com elas, discutia lições e planos, às vezes voltava das reuniões da igreja ou do Clube de Debate com uma ou outra garota. Ele simplesmente ignorava Anne Shirley, e Anne descobriu que não é agradável ser ignorada. Era em vão que ela dizia a si mesma, jogando a cabeça para trás, que não se importava. Bem no fundo de seu pequeno coração feminino e rebelde, ela sabia que se importava, e que se tivesse novamente aquela chance no Lago das Águas Brilhantes, responderia de um jeito muito diferente. De uma vez, como lhe pareceu, e para seu espanto, ela descobriu que o velho ressentimento que havia cultivado contra ele tinha desaparecido – desaparecido justamente quando ela mais precisava de seu poder de sustentação. Foi em vão que ela se lembrou de cada incidente e emoção daquela memorável ocasião e tentou sentir a raiva antiga e satisfatória. Aquele dia na lagoa havia testemunhado sua última e espasmódica chama. Anne percebeu que ela havia perdoado e esquecido sem se dar conta. Mas era tarde demais.

E, ao menos, nem Gilbert nem mais ninguém, nem mesmo Diana, poderiam suspeitar quão arrependida ela estava e quanto gostaria de não ter sido tão orgulhosa e má! Ela decidiu “cobrir seus sentimentos no esquecimento mais profundo”, e deve ficar registrado aqui e agora que ela fez isso, de forma tão bem-sucedida que Gilbert, ele possivelmente não era tão indiferente quanto parecia, não poderia se consolar com alguma convicção de que Anne sentia seu desprezo de retaliação. O único e pobre consolo era que ela esnobava Charlie Sloane, impiedosa, contínua e injustamente.

Por outro lado, o inverno passou numa série de agradáveis deveres e estudos. Para Anne, os dias deslizavam como contas de ouro no colar do ano. Ela estava feliz, ansiosa, interessada; havia lições a aprender e honra a ser recuperada; livros encantadores para ler; novas peças para praticar para o coral da escola dominical; agradáveis tardes de sábado no presbitério com a Sra. Allan. E, então, quase antes de Anne perceber, a primavera havia chegado novamente a Green Gables, e todo o mundo estava florescendo mais uma vez.

Os estudos, portanto, perderam um pouco de seu interesse. A classe da Queen's, deixada para trás na escola enquanto os outros se espalhavam pelas veredas verdejantes, pelas trilhas de bosques cheios de folhas e pelos atalhos nos prados, olhava melancolicamente pelas janelas e descobria que verbos em latim e exercícios de francês tinham, de alguma forma, perdido o sabor e o prazer que tinham possuído nos meses frescos de inverno. Até mesmo Anne e Gilbert estavam demorando e ficando indiferentes. Professora e alunos ficaram igualmente felizes quando o período letivo acabou e os felizes dias de férias se estenderam promissores diante deles.

"Vocês fizeram um bom trabalho neste ano", a Srta. Stacy disse a eles na última tarde, "e merecem férias boas e alegres. Divirtam-se o máximo que puderem lá fora e acumulem um bom estoque de saúde, vitalidade e ambição para carregá-los ao longo do próximo ano. Será um cabo de guerra, sabem, o último ano antes do exame."

"A senhora estará de volta no próximo ano, Srta. Stacy?", perguntou Josie Pye.

Josie Pye nunca hesitava em fazer perguntas. Neste caso, o resto da classe sentiu gratidão por ela; nenhum deles teria ousado perguntar à Srta. Stacy, mas todos queriam, pois havia rumores alarmantes correndo soltos pela escola há algum tempo de que a Srta. Stacy não voltaria no próximo ano, pois ela havia recebido uma proposta da escola de seu distrito e queria aceitá-la. A classe do Queen's ouviu sua resposta em um suspense sem fôlego.

"Sim, acho que sim", disse a Srta. Stacy. "Eu pensei em aceitar outra escola, mas decidi voltar a Avonlea. Para dizer a verdade, fiquei tão interessada em meus pupilos aqui que descobri que não poderia deixá-los. Então ficarei e acompanharei vocês até o final."

"Viva!", disse Moody Spurgeon. Moody Spurgeon nunca havia se deixado levar tanto pelos seus sentimentos antes, e corou desconfortavelmente todas as vezes que pensou nisso durante uma semana.

"Ah, fico tão feliz", disse Anne, com os olhos brilhando. "Querida Srta. Stacy, seria simplesmente terrível se não voltasse. Eu não acredito que eu teria coragem de seguir em frente com meus estudos se outro professor chegasse aqui."

Quando Anne chegou em casa naquela noite, ela empilhou todos os seus livros didáticos em um velho baú no sótão, trancou-o e jogou a chave na caixa onde estavam guardados os cobertores.

"Eu não vou nem mesmo olhar para um livro da escola durante as férias", ela disse a Marilla. "Eu estudei tanto quanto pude durante todo o período letivo e me debrucei sobre aquela geometria até saber cada teorema do primeiro livro de cor, mesmo quando as letras ESTAVAM diferentes. Eu me sinto cansada de tudo que é sensato e vou deixar minha imaginação correr solta durante o verão. Ah, não precisa se preocupar, Marilla. Vou deixar correr solta apenas dentro de limites razoáveis, mas quero me divertir muito mesmo neste verão, pois talvez seja o último verão em que ainda sou uma menininha. A Sra. Lynde diz que, se eu continuar crescendo ano que vem como cresci neste, terei que vestir saias mais compridas. Ela diz que estou me tornando só pernas e olhos. E que quando eu colocar saias mais longas, sentirei que devo fazer jus a elas e serei mais digna. Nesse caso, não vai ficar bem acreditar em fadas, eu receio. Então, vou acreditar nelas com todo o meu coração neste verão. Acho que vamos ter férias muito felizes. Ruby Gillis vai fazer uma festa de aniversário em breve, há o piquenique da escola dominical e a apresentação dos missionários no próximo mês. E o Sr. Barry disse que um dia desses vai nos levar, Diana e eu, para almoçar no Hotel White Sands. Eles servem o almoço lá à tarde, sabe? Jane Andrews disse que foi uma vez no verão passado e que foi um espetáculo deslumbrante ver as luzes elétricas, as flores e todas as damas convidadas com vestidos tão lindos. Jane disse que foi seu primeiro vislumbre da alta sociedade e que não vai se esquecer até o dia de sua morte."

A Sra. Lynde veio na tarde seguinte para descobrir por que Marilla não tinha ido à reunião do Auxílio na quinta-feira. Quando Marilla não estava na reunião do Auxílio, as pessoas sabiam que havia algo errado em Green Gables.

"Matthew sentiu uma pontada no coração na quinta-feira", Marilla explicou, "e eu não quis deixá-lo. Oh, sim, ele está bem de novo agora, mas tem sentido essas dores com mais frequência que antes e fico ansiosa por ele. O médico diz que ele precisa ter cuidado para evitar emoções fortes. Isso é bem fácil, pois Matthew não sai por aí procurando emoções fortes de jeito nenhum, e nunca fez isso, mas ele também não deve fazer nenhum trabalho pesado e seria mais fácil dizer a Matthew para não respirar, em vez de não trabalhar. Venha e deixe suas coisas, Rachel. Você vai ficar para o chá?"

"Bem, como você está insistindo, talvez eu fique", disse a Sra. Rachel, que não tinha a menor intenção de fazer qualquer outra coisa.

A Sra. Rachel e Marilla sentaram-se confortavelmente no salão enquanto Anne buscava o chá e fazia biscoitos leves e brancos o suficiente para desafiar até mesmo as críticas de Rachel.

"Devo dizer que Anne se tornou uma menina muito esperta", admitiu a Sra. Rachel, enquanto Marilla a acompanhava até o fim da estrada ao pôr do sol. "Ela deve ser uma grande ajuda para você."

"Ela é", disse Marilla, "e ela está muito estável e confiável agora. Eu costumava ter medo de que ela nunca superasse aquele jeito de cabeça de vento, mas superou e eu não teria medo de confiar nada a ela agora."

"Eu nunca teria imaginado que ela acabaria tão bem naquele primeiro dia em que estive aqui, há três anos", disse a Sra. Rachel, "Deus do céu, nunca vou esquecer aquele chilique dela! Quando fui para casa naquela noite, disse a Thomas, 'Marque minhas palavras, Thomas, Marilla Cuthbert viverá para lamentar o passo que deu'. Mas eu estava errada e fico feliz por isso. Não sou uma daquelas pessoas, Marilla, que nunca admitem ter cometido um erro. Não, esse nunca foi meu jeito, graças a Deus. Eu cometi um erro ao julgar Anne, mas não era de admirar, pois nunca existiu uma bruxinha mais estranha ou inesperada neste mundo, isso sim. Não havia como decifrá-la pelas regras que funcionavam com outras crianças. É simplesmente incrível como ela melhorou nesses três anos, especialmente na aparência. Ela é realmente o que uma menina bonita deve ser, embora eu não possa dizer que seja muito favorável àquele estilo pálido e de olhos grandes. Gosto mais de vivacidade e cor, como Diana Barry ou Ruby Gillis têm. A aparência de Ruby Gillis é realmente chamativa. Mas de alguma forma, eu não sei como, mas quando Anne e elas estão juntas, embora ela não seja nem metade tão bonita, ela as faz parecer comuns e exageradas, algo como colocar os lírios de junho brancos que ela chama de narcisos ao lado de peônias grandes e vermelhas, isso sim."

CAPÍTULO XXXI
Onde o riacho e o rio se encontram

Anne teve seu bom verão e o aproveitou de todo o coração. Ela e Diana ficaram a maior parte do tempo lá fora, deleitando-se com os encantados que a Estrada dos Amantes, as Borbulhas da Dríade, o Salgueiral e a Ilha Vitória tinham a oferecer. Marilla não ofereceu objeção às perambulações. O médico de Spencervale que havia vindo na noite em que Minnie May teve crupe encontrou Anne na casa de um paciente em uma tarde logo no início das férias, olhou para ela severamente, torceu a boca, balançou a cabeça e enviou uma mensagem a Marilla Cuthbert por outra pessoa. A mensagem era:

"Mantenha aquela sua menina ruiva no ar livre o verão inteiro e não a deixe ler livros até que ela tenha mais vigor nos passos."

Aquela mensagem assustou Marilla profundamente. Ela entendeu que, se a ordem não fosse rigorosamente seguida, Anne teria sua sentença de morte por esgotamento. Como resultado, Anne teve o verão mais dourado de sua vida, no que diz respeito a liberdade e diversão. Ela andou, remou, colheu frutinhas e sonhou, para satisfação de seu coração. E quando setembro chegou, ela estava com os olhos brilhantes e alerta, com um passo que teria deixado o médico de Spencervale satisfeito, e com um coração cheio de ambição e entusiasmo mais uma vez.

"Eu estou com vontade de estudar com todas as minhas forças", ela declarou enquanto trazia os livros do sótão. "Oh, meus bons e velhos amigos, fico feliz em ver suas caras honestas mais uma vez, sim, até a sua, geometria. Eu tive um verão simplesmente lindo, Marilla, e agora estou exultante como um homem forte prestes a participar de uma corrida, como o Sr. Allan disse no domingo passado. O Sr. Allan não prega os sermões mais magníficos? A Sra. Lynde diz que ele está melhorando a cada dia e que, quando menos esperarmos, uma igreja da cidade vai roubá-lo de nós, ficaremos abandonados e teremos que recorrer e nos contentar com um pastor inexperiente. Mas eu não vejo sentido em sofrer por antecipação, a senhora vê, Marilla? Acho que seria melhor apenas aproveitar o Sr. Allan enquanto o temos. Se eu fosse um homem, acho que seria um pastor. Eles podem ter uma influência tão grande para o bem, se sua teologia for sólida. E deve ser emocionante pregar sermões esplêndidos e despertar o coração de seus ouvintes. Por que mulheres não podem ser pastoras, Marilla? Eu perguntei isso à Sra. Lynde, ela ficou chocada e disse que seria uma coisa escandalosa. Ela disse que podem existir pastoras nos Estados Unidos e ela acredita que existam, mas que graças a Deus ainda não chegamos a esse ponto no Canadá e ela espera que nunca cheguemos. Mas não vejo por quê. Eu acho que mulheres seriam excelentes pastoras. Quando há um evento para ser organizado, ou um bazar, ou qualquer outra coisa para arrecadar dinheiro, as mulheres precisam correr para fazer todo o trabalho. Tenho certeza de que a Sra. Lynde consegue rezar tão bem quanto o superintendente Bell e não tenho dúvidas de que ela poderia pregar também com um pouquinho de prática."

"Sim, acredito que ela poderia", disse Marilla, seca. "Ela já faz muitas pregações não oficiais de qualquer jeito. Ninguém tem muita chance de cometer erros em Avonlea com Rachel para supervisioná-los."

"Marilla", disse Anne em um impulso de autoconfiança, "eu quero dizer algo e perguntar o que a senhora pensa a respeito disso. Tem me deixado terrivelmente preocupada, nas tardes de domingo, isso é, quando eu penso especificamente sobre tais assuntos. Eu realmente quero ser boa; e quando estou com a senhora, com a Sra. Allan ou com a Srta. Stacy, eu quero mais do que nunca ser boa, fazer exatamente o que lhes agradaria e o que as três aprovariam. Mas na maior parte do tempo, quando estou com a Sra. Lynde, sinto-me desesperadamente perversa, como se quisesse ir e fazer exatamente aquilo que ela me diz que não devo fazer. Sinto-me irresistivelmente tentada a fazer aquilo. Agora, por que razão a senhora acha que eu me sinto assim? A senhora acha que é porque eu sou realmente má e degenerada?"

Marilla ficou em dúvida por um momento. Então, ela riu.

"Se você for, imagino que eu também seja, Anne, pois Rachel frequentemente tem o mesmo efeito sobre mim. Eu às vezes acho que ela teria mais influência para o bem, como você mesma diz, se não ficasse importunando as pessoas para fazer o certo. Deveria existir um mandamento especial contra importunar os outros. Mas aí está, eu não deveria falar assim. Rachel é uma boa mulher cristã e ela tem boa intenção. Não há uma alma mais gentil em Avonlea, e ela nunca se esquiva da sua parte do trabalho."

"Fico muito feliz pelo fato de a senhora sentir o mesmo", disse Anne, decididamente. "É muito encorajador. Eu não me preocuparei mais tanto com isso de agora em diante. Mas ouso dizer que vou ter outras coisas para me preocupar. Elas continuam aparecendo o tempo inteiro, coisas que me deixam perplexa, sabe. Resolvemos uma questão e já tem outra logo depois. Há tantas coisas a ser pensadas e decididas quando estamos começando a crescer. Fico ocupada o tempo inteiro pensando nelas e decidindo o que é certo. É uma coisa séria crescer, não é Marilla? Mas tendo amigos tão bons como a senhora, o Matthew, a Sra. Allan e a Srta. Stacy, eu devo crescer com sucesso, e tenho certeza de que será minha própria culpa se isso não acontecer. Eu sinto que é uma grande responsabilidade, porque tenho apenas uma chance. Se eu não crescer direito, não posso voltar e começar de novo. Eu cresci duas polegadas neste verão, Marilla. O Sr. Gillis me mediu na festa da Ruby. Fico tão feliz com a senhora por ter feito meus novos vestidos mais longos. Aquele verde-escuro é tão lindo e foi muito gentil da senhora colocar o babado. Claro que sei que não era realmente necessário, mas babados estão tão na moda neste outono e Josie Pye tem babados em todos os vestidos dela. Sei que vou ser capaz de estudar melhor por causa do meu. Eu terei um sentimento tão reconfortante lá no fundo da minha mente por causa daquele babado."

"Vale alguma coisa, se serve para isso", admitiu Marilla.

A Srta. Stacy retornou à escola de Avonlea e encontrou todos os seus pupilos ansiosos para voltar ao trabalho. A classe da Queen's estava especialmente preparada, pois ao final do próximo ano, que já assombrava levemente os seus caminhos, pairava o dia fatídico do "exame", que fazia o coração de todos eles afundar até os sapatos apenas ao lembrar dele. Imagine se eles não passassem! Aquele pensamento estava destinado a assombrar Anne através de suas horas acordada naquele inverno, inclusive nas tardes de domingo, causando quase que inteiramente a exclusão dos problemas morais e teológicos.

O inverno, porém, foi alegre, atarefado e que passou rápido. As tarefas da escola foram interessantes, a rivalidade na classe foi envolvente, como de costume. Novos mundos de pensamento, sentimento e ambição, e campos frescos e fascinantes de conhecimento inexplorado pareciam se abrir diante dos olhos ávidos de Anne.

"Colinas surgiam atrás de colinas e alpes erguiam-se sobre alpes."

Muito disso se devia à orientação diplomática, cuidadosa e tolerante da Srta. Stacy. Ela orientava seus alunos a pensar, explorar e descobrir por si próprios e os encorajava a desviar de caminhos velhos e gastos a um nível que chocava a Sra. Lynde e os administradores da escola, que viam todas as inovações em métodos estabelecidos como duvidosas.

Além de seus estudos, Anne expandiu socialmente, pois Marilla, ciente da máxima do doutor de Spencervale, não vetava mais os passeios. O Clube de Debate floresceu e fez diversas apresentações; houve uma ou duas festas que quase pareceram eventos de adulto; e houve passeios de trenó e brincadeiras de patinação aos montes.

Enquanto isso, Anne cresceu, esticando tão rapidamente que Marilla ficou surpresa um dia, quando estavam lado a lado, ao descobrir que a menina estava mais alta que ela.

"Ora, Anne, como você cresceu!", ela disse, quase sem acreditar. Um suspiro seguiu as palavras. Marilla sentiu um estranho rancor pelas polegadas de Anne. A criança que ela havia aprendido a amar tinha desaparecido de alguma forma e, em seu lugar, ali estava aquela garota de quinze anos, alta e de olhos sérios, com a expressão pensativa e a cabecinha orgulhosamente levantada. Marilla amava a garota tanto quanto havia amado a criança, mas ela estava consciente de uma estranha e dolorosa sensação de perda. Naquela noite, quando Anne havia saído para a reunião da igreja com Diana, Marilla sentou-se sozinha no crepúsculo invernal e permitiu-se a fraqueza de chorar. Matthew, chegando com uma lanterna, flagrou-a chorando e olhou para ela com tanta consternação que Marilla teve que rir por debaixo das lágrimas.

"Eu estava pensando sobre Anne", ela explicou. "Ela se tornou uma menina tão grande, e ela provavelmente vai estar longe de nós no próximo inverno. Vou sentir muita falta dela."

"Ela vai conseguir nos visitar com frequência", confortou-a Matthew, para quem Anne era e sempre seria a menininha ansiosa que ele havia trazido para casa de Bright River naquela tarde de junho, quatro anos atrás. "O ramal ferroviário para Carmody já estará construído até lá."

"Não será a mesma coisa que ter ela aqui o tempo inteiro", suspirou Marilla, tristemente, determinada a aproveitar seu luxo de luto inconsolável. "Mas aí está, homens não conseguem entender essas coisas!"

Havia outras mudanças em Anne não menos reais que as mudanças físicas. Para começar, ela ficou muito mais quieta. Talvez ela pensasse e sonhasse ainda mais que antes, mas certamente falava menos. Marilla também percebeu e comentou isso.

"Você não conversa mais tanto quanto antes, Anne, nem usa metade das palavras grandes que usava. O que aconteceu com você?"

Anne corou e riu um pouco, enquanto largava o livro e olhava sonhadora pela janela, onde botões gordos e vermelhos estavam florescendo na hera, em resposta à sedução da luz do sol da primavera.

"Não sei, não quero falar tanto", ela disse, apertando o queixo pensativamente com o dedo indicador. "É melhor ter pensamentos caros e belos e mantê-los no coração, como tesouros. Eu não gosto que riam ou duvidem deles. E por algum motivo não quero mais usar palavras grandes. É quase uma pena, não é, agora que estou crescendo o suficiente para dizê-las, se quisesse. É divertido ser quase crescida em alguns aspectos, mas não é o tipo de diversão que eu esperava, Marilla. Há tanto a aprender, a fazer e a pensar que não há tempo para palavras grandes. Além disso, a Srta. Stacy diz que as pequenas são muito mais poderosas e melhores. Ela nos faz escrever as redações de forma mais simples possível. Foi difícil no começo. Eu estava tão acostumada a me agarrar a todas as grandes e belas palavras em que conseguia pensar, e pensei em um grande número delas. Mas me acostumei agora e vejo que é muito melhor."

"O que aconteceu com seu clube de histórias? Não ouço você falar disso há muito tempo."

"O clube de histórias não existe mais. Não tínhamos tempo para isso, e de qualquer forma, acho que cansamos dele. Era tolice escrever sobre amor, assassinatos, fugas e mistérios. A Srta. Stacy às vezes nos pede para escrever uma história para praticar a redação, mas ela não nos deixa escrever nada além do que pode acontecer em Avonlea em nossa própria vida, e ela as critica severamente e nos faz criticar também. Eu nunca pensei que minhas redações tivessem tantas falhas até começar a procurá-las eu mesma. Eu me senti tão envergonhada que quis desistir de uma vez, mas a Srta. Stacy disse que eu poderia aprender a escrever bem se praticasse para ser minha crítica mais severa. Então, estou tentando."

"Você só tem mais dois meses antes do exame", disse Marilla. "Você acha que vai conseguir passar?"

Anne estremeceu.

"Não sei. Às vezes acho que vou me sair bem, e então fico com um medo horrível. Nós estudamos muito e a Srta. Stacy nos treinou por completo, mas, ainda assim, podemos não passar. Cada um de nós tem uma pedra no caminho. A minha é geometria, é claro, a de Jane é latim, a de Charlie é álgebra e a de Josie é aritmética. Moody Spurgeon diz que sente nos ossos que vai reprovar em história inglesa. Em junho, a Srta. Stacy vai aplicar provas com o mesmo nível de dificuldade do exame e vai ser tão rigorosa na nota quanto os avaliadores são, então teremos uma ideia. Eu gostaria que acabasse logo, Marilla. Isso me assombra. Às vezes eu acordo no meio da noite e me pergunto o que vou fazer se não passar."

"Ora, vai voltar para a escola no próximo ano e tentar de novo", disse Marilla, despreocupada.

"Oh, não creio que eu teria coragem para isso. Seria uma desgraça ser reprovada, especialmente se Gil... se os outros passarem. E fico tão nervosa durante um exame que é possível acabar errando tudo. Eu gostaria de ter os nervos de Jane Andrews. Ela não se abala por nada."

Anne suspirou e, desviando os olhos dos encantos do mundo primaveril, do dia agradável de brisa azul e do verde que brotava no jardim, enterrou-se resolutamente em seu livro. Haveria outras primaveras, mas se ela não tivesse sucesso em passar no exame, Anne sentia-se convencida de que nunca se recuperaria o suficiente para aproveitá-las.

CAPÍTULO XXXII
A lista de aprovados é divulgada

Com o fim de junho, chegou o fim do período letivo e o fim do reinado da Srta. Stacy na escola de Avonlea. Anne e Diana foram para casa naquela tarde sentindo-se muito sóbrias. Olhos vermelhos e lenços encharcados eram testemunhas convincentes do fato de que as palavras de despedida da Srta. Stacy haviam sido tão tocantes quanto as do Sr. Phillips haviam sido sob circunstâncias semelhantes três anos antes. Diana olhou para trás, para a escola ao pé da colina de espruces, e suspirou profundamente.

"Parece mesmo que foi o fim de tudo, não parece?", ela disse, deprimida.

"Você não deve estar sentindo nem metade do que eu estou", disse Anne, buscando em vão uma parte seca em seu lenço. "Você vai estar de volta no próximo inverno, mas imagino que eu tenha deixado a querida e velha escola para sempre. Se eu tiver boa sorte, é claro."

"Não será a mesma coisa de jeito nenhum. A Srta. Stacy não vai estar lá, nem você, nem Jane, nem Ruby, provavelmente. Eu vou ter que me sentar sozinha, pois não poderia suportar dividir a carteira com outra colega depois de você. Oh, nós nos divertimos muito, não é mesmo, Anne? É terrível pensar que acabou."

Duas grandes lágrimas rolaram pelo nariz de Diana.

"Se você parasse de chorar, eu conseguiria parar também", implorou Anne. "Assim que guardo meu lenço, vejo seus olhos se enchendo de lágrimas e começo a chorar de novo. Como diz a Sra. Lynde, 'se não consegue ficar feliz, fique tão feliz quanto puder'. Afinal, eu ouso dizer que vou estar de volta no próximo ano. Esta é uma das vezes em que EU SEI que não vou passar. Elas estão ficando frequentes de um jeito preocupante."

"Ora, você se saiu esplendidamente nas provas que a Srta. Stacy aplicou."

"Sim, mas aquelas provas não me deixaram nervosa. Quando eu penso no exame de verdade, você não pode imaginar a palpitação horrível e fria que sinto no meu coração. E também o meu número é treze, e Josie Pye diz que isso é muito azar. Eu NÃO sou supersticiosa e sei que não faz diferença. Mas ainda assim gostaria de não ser o treze."

"Eu gostaria de ir com você", disse Diana. "Não seria simplesmente maravilhoso? Mas imagino que você terá que se matar de estudar à noite."

"Não. A Srta. Stacy nos fez prometer não abrir livro nenhum. Ela diz que só nos deixaria cansados e confusos, que devemos passear, não pensar nos exames de jeito nenhum e ir para a cama cedo. É um bom conselho, mas acho que será difícil segui-lo. Bons conselhos sempre são difíceis de seguir, eu acho. Prissy Andrews me disse que ficou acordada pela metade de todas as noites da semana em que prestou o exame e que estudou como se a vida dela dependesse daquilo. Eu estou determinada a ficar acordada AO MENOS tanto tempo quanto ela. Foi tão gentil de sua Tia Josephine me convidar para ficar em Beechwood enquanto eu estiver na cidade."

"Você vai escrever para mim enquanto estiver lá, não vai?"

"Vou escrever na terça-feira à noite e contar a você como foi o primeiro dia", prometeu Anne.

"Ficarei plantada em frente ao correio na quarta-feira", prometeu Diana.

Anne foi para a cidade na segunda-feira seguinte e, na quarta-feira, Diana ficou plantada em frente ao correio, como havia prometido, e recebeu a carta.

"Querida Diana,

A noite de terça-feira chegou e estou escrevendo na biblioteca de Beechwood. Na noite passada, eu estava terrivelmente solitária, completamente sozinha no meu quarto, e desejei tanto que você estivesse comigo. Eu não consegui me matar de estudar porque havia prometido à Srta. Stacy que não faria isso, mas foi tão difícil me segurar para não abrir o livro de história quanto costumava ser difícil não ler um conto antes de aprender minhas lições.

Hoje de manhã a Srta. Stacy veio me buscar e fomos até a Academia, chamamos Jane e Ruby no caminho. Ruby me pediu para sentir as mãos dela, e estavam frias como gelo. Josie disse que eu parecia não ter dormido nada e que não achava que eu tinha força suficiente para suportar a rotina dura do curso de magistério, mesmo se passasse. Ainda agora há momentos em que acho que não fiz nenhum progresso em aprender a gostar de Josie Pye!

Quando chegamos à Academia, havia dezenas de estudantes de toda a Ilha. A primeira pessoa que vimos foi Moody Spurgeon sentado nos degraus e resmungando consigo mesmo. Jane perguntou a ele o que é que ele estava fazendo, e ele disse que estava repetindo a tabuada várias vezes para acalmar os nervos e pediu, pelo amor de Deus, que não o interrompesse, porque se ele parasse por um momento, ficaria aterrorizado e esqueceria tudo que sabia, mas a tabuada mantinha todos os seus conhecimentos firmemente no lugar certo!

Quando fomos transferidos para as salas, a Srta. Stacy teve que nos deixar. Jane e eu nos sentamos juntas e Jane estava tão serena que eu a invejei. Nenhuma necessidade de tabuada para a boa, estável e sensível Jane! Fiquei imaginando se eu aparentava o que sentia e se eles conseguiam ouvir meu coração martelando nitidamente pela sala. Então, um homem chegou e começou a distribuir as folhas do exame de inglês. Apenas por um tenebroso momento – Diana, eu me senti exatamente como me senti quatro anos atrás, quando perguntei a Marilla se ficaria em Green Gables – e, então, tudo clareou na minha mente e meu coração começou a bater novamente – eu esqueci de dizer que ele tinha parado completamente! –, pois eu sabia que podia fazer algo com AQUELE papel pelo menos.

Ao meio-dia, nós fomos para casa almoçar e, então, voltamos para o exame de história, à tarde. A prova de história foi muito difícil e eu fiquei terrivelmente confusa com as datas. Ainda assim, acho que fui razoavelmente bem. Mas, ah, Diana, amanhã é o exame de geometria e, quando penso nele, preciso de cada pedacinho de determinação que possuo para não abrir o meu Euclides. Se eu pensasse que a tabuada me ajudaria em alguma coisa, recitaria de agora até amanhã de manhã.

Eu desci para ver as outras meninas esta noite. Durante o caminho, encontrei Moody Spurgeon dando voltas distraidamente. Ele disse que sabia que tinha sido reprovado em história, que tinha nascido para ser uma decepção para os pais e que pegaria o trem de volta para casa pela manhã; e que seria mais fácil ser um carpinteiro do que um pastor, de qualquer forma. Eu o animei e o convenci a ficar até o fim, porque seria injusto com a Srta. Stacy se ele não ficasse. Algumas vezes eu já desejei ter nascido menino, mas quando vejo Moody Spurgeon, fico muito feliz por ser uma menina e não ser irmã dele.

Ruby estava histérica quando eu cheguei à pensão delas. Ela tinha acabado de descobrir um erro assustador que tinha cometido na prova de inglês. Quando ela se recuperou, nós fomos ao centro da cidade e tomamos sorvete. Como desejamos que você estivesse conosco.

Ah, Diana, como eu gostaria de acabar logo com a prova de geometria! Mas aí está, a Sra. Lynde diria, o sol continuará a nascer e a se pôr independentemente de eu ser reprovada em geometria ou não. Isso é verdade, mas não é exatamente reconfortante. Acho que prefiro que ele não continue a nascer nem a se pôr se eu for reprovada!

Devotamente sua, Anne"

O exame de geometria e todos os outros acabaram no devido tempo, e Anne chegou em casa na sexta-feira à noite, cansada, mas com um moderado ar de triunfo. Diana estava em Green Gables quando ela chegou, e elas se encontraram como se tivessem sido separadas durante anos.

"Minha querida e velha amiga, é simplesmente esplêndido vê-la novamente. Parece que se passou uma era desde que você foi à cidade, e, oh, Anne, como você se saiu?"

"Muito bem, eu acho, em tudo menos geometria. Não sei se passei em geometria ou não e tenho um pressentimento sinistro e arrepiante de que não passei. Ah, como é bom estar de volta! Green Gables é o lugar mais querido e mais adorável do mundo!"

"Como os outros se saíram?"

"As meninas dizem que sabem que não passaram, mas acho que foram muito bem. Josie disse que geometria estava tão fácil que até uma criança de dez anos poderia fazer! Moody Spurgeon ainda acha que foi reprovado em história e Charlie diz que foi reprovado em álgebra. Mas nós não sabemos mesmo nada e continuaremos sem saber até que a lista de aprovados saia. Ainda vai demorar duas semanas. Imagine viver por duas semanas em um suspense desses! Eu gostaria de poder dormir e só acordar quando estivesse tudo terminado."

Diana sabia que seria inútil perguntar como tinha sido o desempenho de Gilbert Blythe, então meramente disse:

"Ah, você vai passar. Não se preocupe."

"Eu preferiria não passar de jeito nenhum a não sair bem no topo da lista", rebateu Anne, ao querer dizer – e Diana sabia o que ela queria dizer – que o sucesso seria incompleto e amargo se ela não saísse na frente de Gilbert Blythe.

Com este fim em vista, Anne havia esgotado todos os nervos durante os exames. E Gilbert também. Eles haviam se encontrado e passado um pelo outro na rua uma dúzia de vezes sem nenhum sinal de reconhecimento, e a cada vez, Anne havia levantado um pouco mais a cabeça, desejado um pouco mais intensamente ter aceitado a amizade de Gilbert quando ele a ofereceu e prometido com um pouco mais de determinação superá-lo no exame. Ela sabia que toda a escola de Avonlea estava imaginando quem sairia em primeiro lugar. Ela até sabia que Jimmy Glover e Ned Wright tinham apostado na questão e que Josie Pye havia dito que não havia dúvida nenhuma de que Gilbert seria o primeiro. E ela sentiu que sua humilhação seria insuportável se falhasse.

Mas ela tinha outro motivo mais nobre para querer se sair bem. Ela queria passar entre os primeiros pelo bem de Matthew e Marilla – especialmente Matthew. Matthew havia declarado a ela sua convicção de que ela "passaria na frente de toda a Ilha". Aquilo, Anne sentiu, era algo que seria tolice desejar mesmo em seus sonhos mais malucos. Mas ela esperava fervorosamente ficar entre os primeiros dez da lista, para que pudesse ver os bondosos olhos castanhos de Matthew brilhar com orgulho pela sua conquista. Aquilo, ela sentia, seria uma doce recompensa por todo o seu trabalho duro e memorização paciente de equações e conjugações sem imaginação.

Ao fim das duas semanas, Anne começou também a ficar "plantada" em frente ao correio, na companhia distraída de Jane, Ruby e Josie, abrindo os jornais de Charlottetown com mãos trêmulas e sentimentos frios e aterrorizantes, tão ruins quanto qualquer experiência durante a semana dos exames. Charlie e Gilbert também não estavam longe de fazer o mesmo, mas Moody Spurgeon permaneceu resolutamente afastado.

"Eu não tenho coragem de ir até lá e olhar para o jornal a sangue frio", ele disse a Anne. "Vou apenas esperar até que alguém venha e me diga de repente se passei ou não."

Quando três semanas haviam se passado sem a lista de aprovados aparecer, Anne começou a sentir que não poderia suportar muito mais. Seu apetite desapareceu e seu interesse nos acontecimentos de Avonlea definhou. A Sra. Lynde queria saber o que mais poderia se esperar com o superintendente Tory liderando os assuntos da educação, e Matthew, percebendo a palidez, a indiferença e os passos desanimados que traziam Anne de volta do correio todas as tardes, começou seriamente a se perguntar se não deveria votar no partido liberal na próxima eleição.

Em uma tarde, porém, as notícias chegaram. Anne estava sentada à sua janela aberta, temporariamente esquecida das tragédias dos exames e das preocupações do mundo, enquanto bebia da beleza do anoitecer de verão, dos aromas doces das flores do jardim lá embaixo e da agitação sibilante e farfalhante dos choupos. O céu ao leste acima dos abetos estava corado com um cor-de-rosa suave refletido do oeste, e Anne estava imaginando de forma sonhadora se o espírito das cores se parecia com aquilo, quando viu Diana chegar voando pelos abetos, sobre a ponte de madeira e por cima da colina com um jornal esvoaçando em sua mão.

Anne pôs-se de pé, sabendo imediatamente o que o jornal continha. A lista de aprovados havia saído! Sua cabeça girou e seu coração bateu a ponto de machucar. Ela não conseguia dar um passo. Pareceu que uma hora havia se passado antes que Diana chegasse correndo pelo vestíbulo e entrasse no quarto sem nem mesmo bater, tão grande era sua empolgação.

"Anne, você passou", ela gritou, "passou EM PRIMEIRO LUGAR! Tanto você quanto Gilbert, vocês empataram, mas seu nome aparece primeiro. Oh, estou tão orgulhosa!"

Diana atirou o jornal na mesa e a si mesma na cama de Anne, completamente sem fôlego e incapaz de continuar falando. Anne acendeu a lâmpada, atrapalhando-se com os fósforos e usando meia dúzia deles antes que suas mãos trêmulas conseguissem concluir a tarefa. Então, ela agarrou o jornal. Sim, ela havia passado – ali estava o nome dela no topo de uma lista de duzentos! Aquele era um momento pelo qual valia a pena viver.

"Você foi esplêndida, Anne", disse Diana, ofegante, recuperando-se o suficiente para sentar-se e falar, pois Anne, de olhos vidrados e extasiada, não havia pronunciado uma palavra. "Papai trouxe o jornal para casa de Bright River há menos de dez minutos. Saiu no trem da tarde, sabe, e não chegará aqui até amanhã pelo correio, e quando eu vi a lista de aprovados, eu corri como uma maluca. Vocês todos passaram, cada um de vocês, até Moody Spurgeon, embora ele esteja com uma dependência em história. Jane e Ruby se saíram muito bem, elas estão no meio da lista, e Charlie também. Josie passou raspando por apenas três pontos, mas você vai ver como ela vai se exibir como se estivesse entre os primeiros. A Srta. Stacy não vai ficar encantada? Ah, Anne, como você se sente vendo seu nome no topo da lista de aprovados desse jeito? Se fosse eu, sei que ficaria doida de alegria. Eu estou quase doida agora, mas você está tão calma e tranquila quanto uma tarde de primavera.

"Estou simplesmente deslumbrada por dentro", disse Anne. "Eu quero dizer centenas de coisas, e não consigo achar as palavras com as quais dizê-las. Eu nunca sonhei com isso. Sim, sonhei, apenas uma vez! Eu me deixei pensar UMA VEZ, 'E se eu ficasse em primeiro lugar?'. Tremendo, sabe, pois parecia tanta vaidade e presunção pensar que eu seria a primeira da Ilha. Dê-me licença um minuto, Diana, eu preciso correr direto para o campo para contar a Matthew. Então, subiremos a estrada e contaremos as boas notícias aos outros."

Elas correram para o campo de feno abaixo do celeiro, onde Matthew estava enrolando o feno, e, para sua sorte, a Sra. Lynde estava falando com Marilla na cerca da estrada.

"Oh, Matthew!", exclamou Anne, "eu passei e sou a primeira, ou um dos primeiros! Eu não sou vaidosa, mas estou grata."

"Ora, bem, eu sempre disse isso", disse Matthew, observando a lista de aprovados, encantado. "Eu sabia que você conseguiria passar na frente de todos eles facilmente."

"Você se saiu muito bem, devo dizer, Anne", disse Marilla, tentando esconder seu extremo orgulho por Anne do olhar crítico da Sra. Rachel. Mas aquela boa alma disse calorosamente:

"Eu acho que ela se saiu bem, longe de mim dizer o contrário. Você honrou seus amigos, Anne, isso sim, e estamos todos orgulhosos de você."

Naquela noite, Anne, que havia encerrado a encantadora noite com uma conversinha séria com a Sra. Allan no presbitério, ajoelhou-se docemente perto de sua janela aberta para um maravilhoso brilho de luar e murmurou uma oração de gratidão e aspiração que veio direto de seu coração. Havia um agradecimento pelo passado e uma petição reverente para o futuro; e quando ela dormiu em seu travesseiro branco, seus sonhos foram tão justos, brilhantes e lindos quanto uma donzela poderia desejar.

CAPÍTULO XXXIII
A apresentação no hotel

"Coloque o de organdi branco, sem dúvida, Anne", aconselhou Diana, decididamente.

Elas estavam juntas no quarto do frontão leste; lá fora apenas o crepúsculo – um crepúsculo verde amarelado com um céu límpido e azul, sem nuvens. Uma grande lua redonda, lentamente aprofundando-se de seu brilho pálido para um prateado reluzente, pairava sobre a Floresta Assombrada. O ar estava cheio de doces sons de verão – pássaros sonolentos chilreando, brisas extravagantes, vozes e risadas distantes. Mas no quarto de Anne, a persiana estava cerrada e a lamparina acesa, pois uma toalete importante estava sendo realizada.

O frontão leste era um lugar muito diferente do que tinha sido naquela noite quatro anos atrás, quando Anne havia sentido seu vazio penetrar no âmago de seu espírito com seu gelo inóspito. Mudanças haviam surgido, Marilla sendo resignadamente conivente em relação a elas, até que se tornou o ninho mais doce e delicado que uma jovem garota poderia desejar.

O tapete de veludo com rosas cor-de-rosa e as cortinas de seda branca das visões antigas de Anne certamente nunca haviam se materializado; mas seus sonhos haviam acompanhado seu crescimento, e não é provável que ela tenha lamentado sua perda. O chão estava coberto com um bonito tapete, e as cortinas, que suavizavam a janela alta e esvoaçavam com as brisas errantes, eram de musselina verde-clara. As paredes, que não tinham uma tapeçaria de brocado dourado e prateado, mas um papel delicado de folhas de maçã, estavam enfeitadas com alguns bons quadros dados pela Sra. Allan a Anne. A fotografia da Srta. Stacy ocupava o lugar de honra, e Anne foi sensível a ponto de manter flores frescas no suporte abaixo dela. Naquele dia, um galho de lírios brancos perfumava levemente o quarto como o sonho de uma fragrância. Não havia mobília de mogno, mas havia uma estante de livros pintada de branco e repleta de livros, uma cadeira de balanço estofada, uma mesa de toalete com babados de musselina branca, um espelho pitoresco de moldura dourada com cupidos gorduchos e rosados e uvas púrpuras pintadas sobre o arco, que costumava ficar pendurado no quarto de hóspedes, e uma cama branca e baixa.

Anne estava se vestindo para uma apresentação no Hotel White Sands. Os hóspedes a haviam organizado em prol do hospital de Charlottetown, e haviam caçado todos os talentos amadores disponíveis nos distritos próximos para ajudá-los. Haviam pedido a Bertha Sampson e Pearl Clary do coral da Igreja Batista de White Sands que cantassem um dueto. Milton Clark de Newbridge faria um solo de violino. Winnie Adella Blair de Carmody cantaria uma balada escocesa. E Laura Spencer de Spencervale e Anne Shirley de Avonlea recitariam.

Como Anne teria dito uma vez, foi "uma fase da sua vida", e ela estava deliciosamente ansiosa com a empolgação de tudo. Matthew estava no sétimo céu do orgulho gratificado pela honra conferida a sua Anne, e Marilla não ficava atrás, embora ela pudesse ter morrido em vez de admitir isso, e disse que não pensava ser muito correto um grupo de jovens ficar perambulando pelo hotel sem nenhuma pessoa responsável com eles.

Anne e Diana iriam com Jane e Andrews e seu irmão Billy em sua charrete. E muitos outros meninos e meninas de Avonlea também iriam. Haveria uma festa para os visitantes esperados de fora da cidade, e depois da apresentação, um jantar seria dado aos intérpretes.

"Você realmente acha que o de organdi vai ser melhor?", questionou Anne, ansiosamente. "Eu não o acho tão bonito quanto o meu de musselina azul florida, e certamente não está muito na moda."

"Mas fica muito melhor em você", disse Diana. "É tão suave, cheio de babados e com um belo caimento. O de musselina é duro, faz você parecer arrumada demais. Mas o de organdi parece ter sido feito sob medida."

Anne suspirou e cedeu. Diana estava começando a ter uma reputação por seu notável gosto ao vestir-se, e seu conselho em tais assuntos era muito procurado. Ela própria estava muito bonita naquela noite com um adorável vestido cor-de-rosa, que Anne jamais poderia usar. Mas ela não participaria da apresentação, então sua aparência não era de grande importância. Todo o seu talento foi concedido a Anne, que, ela havia prometido, para a honra de Avonlea, estaria vestida, penteada e enfeitada ao gosto da rainha.

"Puxe um pouco esse babado, assim. Aqui, deixe-me amarrar sua faixa, agora para suas sapatilhas. Eu vou trançar seu cabelo em duas tranças grossas e amarrá-las para cima com um grande laço branco. Não, não puxe só um cacho sobre a sua testa desse jeito, deixe só a parte lisa. Não há outro jeito de arrumar o seu cabelo que fique tão bem quanto este, Anne, e a Sra. Allan diz que você parece uma madona quando o divide ao meio desse modo. Eu vou prender esta pequena rosa branca bem atrás da sua orelha. Havia apenas uma no meu jardim, e eu a guardei para você."

"Devo colocar minhas contas de pérolas?", perguntou Anne. "Matthew me trouxe um colar da cidade na semana passada, e sei que ele gostaria de me ver com ele."

Diana franziu os lábios, virou a cabeça de cabelos negros de lado criticamente, e finalmente se pronunciou a favor das contas, que foram prontamente colocadas ao redor do pescoço esbelto e alvo de Anne.

"Há alguma coisa tão sofisticada em você, Anne", disse Diana, com uma admiração sem inveja. "Você levanta a cabeça de um jeito. Imagino que seja a sua silhueta. Eu sou um bolinho. Sempre tive medo disso, e agora sei que é verdade. Bem, imagino que eu tenha que me contentar com isso."

"Mas você tem umas covinhas tão lindas", disse Anne, sorrindo afetuosamente para aquele rosto belo e cheio de vida tão perto do dela. "Covinhas adoráveis, como marquinhas em um creme. Eu desisti de esperar por covinhas. Meu sonho de ter covinhas nunca vai se tornar realidade; mas tantos dos meus sonhos se realizaram que não devo reclamar. Estou pronta agora?"

"Prontíssima", garantiu Diana, enquanto Marilla aparecia na porta, uma figura magra com cabelos ainda mais grisalhos que antes e com os mesmos ângulos, mas com um rosto mais suave. "Venha ver nossa declamadora, Marilla. Ela não está adorável?"

Marilla emitiu um som entre uma fungada e um resmungo.

"Ela parece limpa e adequada. Eu gosto desse penteado no cabelo dela. Mas acredito que ela vai destruir esse vestido saindo por aí no escuro e no sereno, e parece muito fino para essas noites úmidas. Organdi é o tecido menos prático do mundo, afinal, e eu disse a Matthew quando ele o comprou. Mas não adianta dizer nada para Matthew hoje em dia. Já houve um tempo em que ele aceitava meus sonhos, mas agora ele simplesmente compra coisas para Anne sem se importar, e os atendentes em Carmody sabem como podem empurrar-lhe qualquer coisa. Eles apenas dizem que algo é bonito e elegante, e Matthew desembolsa o dinheiro. Mantenha sua saia longe das rodas, Anne, e coloque a sua jaqueta quente."

Então, Marilla desceu, pensando orgulhosamente em quão bonita Anne estava, com aquele "Raio de lua da testa à coroa", e lamentando não poder ela própria ir à apresentação para ouvir sua menina recitar.

"Eu me pergunto se ESTÁ muito úmido para o meu vestido", disse Anne, ansiosamente.

"Nem um pouco", disse Diana, puxando a persiana da janela. "É uma noite perfeita, e não haverá nenhum sereno. Veja o luar."

"Fico tão feliz por minha janela estar virada para o nascer do sol, ao leste", disse Anne, indo até Diana. "É tão esplêndido ver a manhã chegando sobre aquelas longas colinas e brilhando através dos afiados topos dos abetos. É nova toda manhã, e eu me sinto como se tivesse lavado minha própria alma em um banho da primeira luz do sol. Ah, Diana, eu amo tanto este quartinho. Eu não sei como vou viver sem ele quando for à cidade no próximo mês."

"Não fale sobre ir embora hoje à noite", implorou Diana. "Não quero pensar nisso, isso me deixa tão infeliz, e eu quero mesmo me divertir hoje à noite. O que você vai recitar, Anne? E você está nervosa?"

"Nem um pouco. Eu já recitei tanto em público que não me importo mais. Eu decidi apresentar 'O Voto da Donzela'. É tão triste. Laura Spencer vai fazer uma recitação cômica, mas eu prefiro fazer as pessoas chorar a fazê-las rir."

"O que você vai recitar se eles pedirem bis?"

"Eles não vão nem sonhar em me pedir bis", debochou Anne, que tinha suas esperanças secretas de que pedissem, e já se via contando tudo a Matthew na mesa do café da manhã seguinte. "Aí estão Billy e Jane agora, eu estou ouvindo as rodas. Vamos lá."

Billy Andrews insistiu que Anne fosse no assento da frente com ele, então ela subiu involuntariamente. Ela teria preferido se sentar atrás com as meninas, onde poderia ter rido e conversado a seu bel-prazer. Não havia muitas risadas ou conversas com Billy. Ele era um jovem grande, gordo e impassível de vinte anos, com um rosto redondo e inexpressivo, e com uma ausência dolorosa do dom da conversa. Mas ele admirava Anne imensamente, e estava inchado de orgulho pela perspectiva de ir até White Sands com aquela figura esbelta e ereta ao seu lado.

Anne, pelo dom de falar por cima do ombro com as meninas e, ocasionalmente, transmitir um mínimo de civilidade a Billy, que sorria, dava risadinhas e nunca conseguia pensar em nenhuma resposta até que era tarde demais, conseguiu aproveitar o passeio, apesar de tudo. Era uma noite para se divertir. A estrada estava cheia de charretes, todas indo em direção ao hotel, e as risadas, claras como a prata, ecoavam pelo caminho. Quando chegaram, o hotel estava iluminado de cima a baixo. Eles encontraram as damas do comitê da apresentação, uma delas levou Anne para o camarim dos intérpretes, que estava repleto de membros do Clube Sinfônico de Charlottetown, entre os quais Anne se sentiu subitamente tímida, assustada e provinciana. Seu vestido, que, no frontão leste, havia parecido tão delicado e bonito, agora parecia simples e sem graça, simples e sem graça demais, ela pensou, entre todas as sedas e rendas que brilhavam e farfalhavam ao seu redor. O que eram contas de pérolas comparadas aos diamantes da grande e bela dama perto dela? E quão pobre sua única e pequenina rosa deveria parecer ao lado das flores de estufa que as outras usavam! Anne tirou o chapéu e a jaqueta e encolheu-se miseravelmente em um canto. Ela desejou estar de volta ao quarto branco em Green Gables.

Era ainda pior no palco do grande auditório do hotel, onde ela se encontrava naquele momento. As luzes elétricas ofuscavam seus olhos, o perfume e o zumbido a desorientavam. Ela desejou estar sentada na plateia com Diana e Jane, que pareciam estar se divertindo de forma esplêndida lá no fundo. Ela estava presa entre uma dama robusta vestindo seda cor-de-rosa e uma menina alta e arrogante em um vestido de renda branca. A dama robusta ocasionalmente virava a cabeça de forma crítica e examinava Anne através dos óculos, até que Anne, extremamente sensível por estar sendo analisada, sentisse que deveria gritar; e a menina de renda branca continuava falando audivelmente com a vizinha sobre os "caipiras do interior" e "beldades rústicas" na plateia, languidamente antecipando "tal diversão" das apresentações dos talentos locais no programa. Anne acreditava que odiaria aquela menina de renda branca até o fim da vida.

Infelizmente para Anne, uma declamadora profissional estava hospedada no hotel e havia consentido em recitar. Ela era uma mulher esbelta e de olhos escuros, com um lindo traje de algo cinzento que brilhava como raios de lua trançados, com pedras preciosas em seu pescoço e em seu cabelo escuro. Ela tinha uma voz incrivelmente flexível e um poder de expressão maravilhoso. A plateia ficou maluca com a sua presença. Anne, esquecendo completamente de si mesma e de seus problemas por um momento, ouviu com olhos extasiados e brilhantes. Mas quando a recitação terminou, ela subitamente colocou as mãos sobre o rosto. Ela nunca poderia subir e recitar depois daquilo – nunca. Ela alguma vez achou que podia recitar? Ah, se ao menos ela estivesse de volta a Green Gables!

Naquele momento nada propício, seu nome foi chamado. De alguma forma, Anne, que não havia notado o pequeno sobressalto de culpa da menina de renda branca e não teria entendido o sutil elogio implícito nele se tivesse notado, ficou de pé e moveu-se tontamente até a frente. Ela estava tão pálida que Diana e Jane, lá embaixo na plateia, apertaram as mãos uma da outra em uma simpatia nervosa.

Anne foi vítima de um esmagador ataque de medo do palco. Ainda que ela tivesse recitado em público, nunca antes havia encarado uma plateia como aquela, e a visão paralisou suas energias completamente. Tudo era tão estranho, tão brilhante e tão confuso – as fileiras de damas em vestidos de festa, os rostos críticos, toda a atmosfera de riqueza e cultura ao redor dela. Muito diferente dos bancos simples do Clube de Debate, repletos de rostos familiares e simpáticos de amigos e vizinhos. Aquelas pessoas, ela pensou, seriam críticos impiedosos. Talvez, como a menina de renda branca, eles antecipassem uma diversão através de seus esforços "rústicos". Ela sentia-se desesperada, desamparadamente envergonhada e infeliz. Seus joelhos tremiam, seu coração palpitava, uma fraqueza horrível se apoderou dela. Ela não conseguia emitir nem uma palavra, e, na primeira oportunidade, teria fugido do palco, apesar da humilhação que, ela sentia, haveria de acompanhá-la eternamente.

De repente, enquanto seus olhos dilatados e assustados olhavam para a plateia, ela viu Gilbert Blythe no fundo da sala, curvado para a frente com um sorriso no rosto – um sorriso que imediatamente pareceu a Anne triunfal e insultante. Na realidade, não era nada do gênero. Gilbert estava meramente sorrindo com satisfação pela situação como um todo e pelo efeito produzido na forma alva e esbelta e no rosto espirituoso de Anne em frente ao cenário de palmeiras. Josie Pye, que ele havia trazido, estava sentada ao seu lado, e seu rosto estava certamente tanto triunfal quanto insultante. Mas Anne não viu Josie, e não teria se importado se visse. Ela respirou fundo e ergueu a cabeça orgulhosamente, coragem e determinação formigando por ela como uma corrente elétrica. Ela NÃO falharia diante de Gilbert Blythe – ele nunca seria capaz de rir dela, nunca, nunca! Seu medo e nervosismo desapareceram. E ela começou sua recitação, sua voz clara e doce alcançando até o canto mais distante do auditório sem qualquer tremor ou quebra. Seu autocontrole estava completamente recuperado e, reagindo àquele momento horrível de impotência, ela recitou como nunca havia feito antes. Quando ela terminou, houve explosões de aplausos sinceros. Anne, voltando ao seu lugar, corando com timidez e contentamento, viu sua mão ser vigorosamente apertada e sacudida pela dama robusta de seda cor-de-rosa.

"Minha cara, você foi esplêndida", ela ofegou. "Eu estava chorando como um bebê, realmente, estava. Aqui, eles estão pedindo bis, eles devem tê-la de volta!"

"Oh, não posso ir", disse Anne, confusa. "Mas ainda assim, eu devo, ou Matthew vai ficar desapontado. Ele disse que eles me pediriam bis."

"Então, não desaponte Matthew", disse a dama, rindo.

Sorrindo, corada e com os olhos límpidos, Anne voltou e fez uma declamação pequena, pitoresca e engraçada que cativou a plateia ainda mais. O resto da noite foi um pequeno triunfo para ela.

Quando o recital havia terminado, a dama robusta, que era esposa de um milionário americano, tomou-a sob suas asas e a apresentou a todos; e todos foram muito gentis com ela. A declamadora profissional, Sra. Evans, veio e conversou com ela, dizendo que ela tinha uma voz encantadora e que "interpretou" os textos lindamente. Até mesmo a menina de renda branca lhe fez um pequeno e lânguido elogio. Eles jantaram na grande e belamente decorada sala de jantar. Diana e Jane foram convidadas para participar também, uma vez que tinham vindo com Anne, mas Billy não podia ser encontrado em lugar algum, tendo escapado por um medo mortal de tal convite. Entretanto, quando tudo terminou, ele estava esperando ao lado da charrete, e as três meninas saíram alegremente para o radiante, calmo e branco brilho da lua. Anne respirou profundamente e olhou para o céu claro acima dos ramos escuros dos abetos.

Ah, como era bom estar lá fora novamente na pureza e silêncio da noite! Como tudo estava lindo, calmo e maravilhoso, com o murmúrio do mar soando e os penhascos escuros adiante como gigantes carrancudos protegendo praias encantadas.

"Não foi uma noite simplesmente esplêndida?", suspirou Jane, enquanto iam embora. "Eu só queria ser uma americana rica, poder passar meu verão em um hotel, usar joias e vestidos decotados, tomar sorvete e comer salada de frango todo santo dia. Eu tenho certeza de que seria mais divertido que ensinar na escola. Anne, sua recitação foi simplesmente ótima, embora no começo eu tenha pensado que você nem fosse abrir a boca. Eu acho que foi melhor que a da Sra. Evans."

"Ah, não. Não diga coisas assim, Jane", disse Anne rapidamente, "porque parece tão bobo. Eu não poderia ser melhor que a Sra. Evans, sabe, pois ela é uma profissional, e eu sou apenas uma estudante, com um pouco de jeito para recitar. Estou muito satisfeita por terem gostado tanto da minha recitação."

"Eu tenho um elogio para você, Anne", disse Diana. "Ao menos eu acho que deve ser um elogio, por causa do tom que ele usou. Parte dele foi, de qualquer modo. Havia um americano sentado atrás de mim e da Jane, um homem com um jeito tão romântico, com cabelo e olhos negros como carvão. Josie Pye disse que ele é um artista distinto, e que a prima da mãe dela em Boston é casada com um homem que costumava estudar com ele. Enfim, nós o ouvimos dizer, não ouvimos, Jane?, 'Quem é aquela menina no palco com o esplêndido cabelo de Ticiano? Ela tem um rosto que eu gostaria de pintar'. Aí está, Anne. O que significa 'cabelo de Ticiano'?"

"Interpretando, significa simplesmente vermelho, eu acho", riu Anne. "Ticiano era um artista muito famoso que gostava de pintar mulheres de cabelos vermelhos."

"Vocês VIRAM todos os diamantes que aquelas damas usavam?", suspirou Jane. "Eles eram simplesmente deslumbrantes. Vocês não amariam ser ricas, meninas?"

"Nós SOMOS ricas", disse Anne, com convicção. "Ora, temos dezesseis anos a nosso favor, somos tão felizes quanto rainhas e todas temos nossas imaginações, mais ou menos. Vejam o mar, meninas, todo prateado, cheio de sombras e visões de coisas ainda não vistas. Não poderíamos mais aproveitar sua beleza se tivéssemos milhões de dólares e cordões de diamantes. Vocês não se transformariam em nenhuma daquelas mulheres se pudessem. Vocês gostariam de ser aquela menina de renda branca e ter uma cara azeda por toda a vida, como se tivessem nascido torcendo o nariz para o mundo? Ou a dama de cor-de-rosa, gentil e agradável como ela era, tão robusta e baixa que não teriam silhueta alguma? Ou mesmo a Sra. Evans, com aquele olhar triste, triste nos olhos? Ela deve ter sido terrivelmente infeliz em algum momento para ter um olhar daqueles. Vocês SABEM que não ia querer isso, Jane Andrews!"

"Eu NÃO sei... exatamente", disse Jane, sem estar convencida. "Eu acho que diamantes seriam um grande conforto para uma pessoa."

"Bem, não quero ser ninguém além de mim mesma, mesmo que fique sem o conforto dos diamantes por toda a vida", declarou Anne. "Estou muito contente por ser Anne de Green Gables, com meu colar de contas de pérolas, que sei que Matthew me deu com mais amor do que as joias da Madame Cor-de-Rosa alguma vez já tiveram."

CAPÍTULO XXXIV
Uma garota da Queen's

As três semanas seguintes foram atarefadas em Green Gables, pois Anne estava se preparando para ir para a Queen's, e havia muitas costuras a fazer, e muitas coisas para ser discutidas e arranjadas. Os trajes de Anne eram vastos e bonitos, pois Matthew garantira isso, e Marilla, ao menos uma vez, não fez objeções a nada que ele comprasse ou sugerisse. E mais ainda: uma noite ela subiu até o frontão leste com os braços cheios de um delicado material verde-claro.

"Anne, aqui está algo para um belo vestido leve para você. Eu não acho que você realmente precise dele; você tem muitos vestidos bonitos. Mas eu achei que talvez você gostasse de algo realmente elegante para usar se for convidada para algum lugar à noite na cidade, uma festa ou algo do tipo. Eu ouvi dizer que Jane, Ruby e Josie têm 'vestidos de festa', como elas os chamam, e não quis que você ficasse para trás. Eu pedi à Sra. Allan para me ajudar a escolher o tecido na cidade na semana passada, e pediremos a Emily Gillis para fazê-lo para você. Emily tem bom gosto, e suas costuras são incomparáveis."

"Ah, Marilla, é simplesmente adorável", disse Anne. "Muito obrigada. Não sei como pode ser tão boa para mim, está ficando cada dia mais difícil ir embora."

O vestido verde foi feito com tantas pregas, babados e plissados quanto o bom gosto de Emily permitiu. Anne o vestiu em uma noite para agradar a Matthew e Marilla, e recitou "O Voto da Donzela" para eles na cozinha. Enquanto Marilla assistia ao rosto brilhante e animado e aos movimentos graciosos, seus pensamentos voltaram à noite em que Anne chegou a Green Gables, e a memória recordou uma imagem vívida da criança estranha e assustada em seu ridículo vestido de sarja amarelo-acinzentado, o coração partido transparecendo nos olhos cheios de lágrimas. Algo naquela memória trouxe lágrimas aos olhos da própria Marilla.

"Eu garanto que a minha recitação a fez chorar, Marilla", disse Anne alegremente saltando na cadeira de Marilla para dar um beijo suave em sua bochecha. "Agora, eu acho isso de um verdadeiro triunfo."

"Não, eu não estava chorando por causa disso", disse Marilla, que teria desprezado ser traída e fraquejar por qualquer coisa poética. "Eu só não consegui evitar pensar na menininha que você costumava ser, Anne. Eu estava desejando que você pudesse ter continuado a ser uma menininha, mesmo com todos os seus jeitos estranhos. Você está crescida agora e vai embora. E você está tão alta e elegante e tão... tão... completamente diferente nesse vestido, como se não pertencesse a Avonlea de jeito nenhum... E apenas me senti solitária ao pensar em tudo isso."

"Marilla!" Anne sentou-se no colo de algodão de Marilla, tomou o rosto enrugado dela entre as mãos e olhou séria e carinhosamente em seus olhos. "Eu não mudei nem um pouco. Não de verdade. Só estou um pouco podada e ramificada. O verdadeiro EU, lá no fundo, é exatamente o mesmo. Não faz diferença aonde eu vá ou quanto eu cresça por fora; no coração, eu sempre serei sua pequena Anne, que vai amar a senhora, Matthew e a querida Green Gables mais e mais por todos os dias da vida."

Anne pousou sua bochecha jovem e fresca na bochecha desbotada de Marilla, e levantou a mão para apertar o ombro de Matthew. Marilla teria dado tudo naquele momento para possuir o poder de Anne de colocar os sentimentos em palavras; mas a natureza e o hábito tinham desejado o contrário, e ela podia apenas colocar os braços ao redor da sua menina e apertá-la carinhosamente ao coração, desejando nunca precisar deixá-la ir.

Matthew, com uma umidade suspeita em seus olhos, levantou-se e foi lá para fora. Sob as estrelas da noite de verão azul, ele andou agitadamente pelo quintal, até o portão embaixo dos choupos.

"Ora, bem, acho que ela não tem sido muito mimada", ele murmurou, orgulhosamente. "Acho que eu ter me intrometido de vez em quando não fez nenhum mal no fim das contas. Ela é inteligente e bonita, e amável também, o que é melhor que todo o resto. Ela tem sido uma bênção para nós, e nunca houve um erro mais sortudo do que aquele que a Sra. Spencer cometeu, se é que FOI sorte. Eu não acredito que tenha sido. Foi a Providência, porque Deus Todo-Poderoso viu que nós precisávamos dela, eu acredito."

O dia finalmente chegou em que Anne teve que ir à cidade. Ela e Matthew foram em uma bela manhã de setembro, depois de uma despedida chorosa com Diana e uma prática e sem lágrimas – ao menos por parte de Marilla – com Marilla. Mas quando Anne havia partido, Diana secou suas lágrimas e foi a um piquenique na praia em White Sands com alguns de seus primos de Carmody, onde ela conseguiu se divertir o bastante; enquanto Marilla mergulhou fervorosamente em trabalhos desnecessários e manteve-se assim o dia inteiro, com o tipo mais amargo de dor de cabeça – a dor que queima, corrói e que não pode ser apenas lavada com lágrimas. Mas naquela noite, quando Marilla foi para a cama, profunda e miseravelmente consciente de que o pequeno quarto ao fim do corredor do frontão leste estava desocupado de qualquer vida jovem e intensa e sem o movimento de qualquer respiração suave, ela enterrou o rosto no travesseiro e chorou por sua menina em uma paixão de soluços que a horrorizaram quando ficou calma o suficiente para refletir quão errado deveria ser sofrer tanto por uma criatura pecadora semelhante.

Anne e o resto dos estudantes de Avonlea chegaram à cidade no momento exato de correr para a Academia. Aquele primeiro dia passou agradavelmente em um turbilhão de empolgação, conhecendo todos os novos alunos, aprendendo a reconhecer os professores de vista e sendo divididos e organizados em classes. Anne pretendia assumir o Segundo Ano, sendo aconselhada a tal pela Srta. Stacy; Gilbert Blythe escolheu fazer o mesmo. Isso significava obter a licença de professor de Primeira Classe em um ano em vez de dois, se eles tivessem sucesso; mas também significava um trabalho maior e mais árduo. Jane, Ruby, Josie, Charlie e Moody Spurgeon, não tendo grandes ambições, contentaram-se em assumir o trabalho da Segunda Classe. Anne estava consciente de uma pontada de solidão quando se encontrou em uma sala com cinquenta outros alunos, nenhum dos quais ela conhecia, exceto o garoto alto, de cabelos castanhos do outro lado da sala. E, conhecendo-o do modo que conhecia, aquilo não era de grande ajuda, refletiu ela, pessimista. Ainda assim, ela estava inegavelmente feliz de estarem na mesma sala. A velha rivalidade poderia continuar, e

Anne mal saberia o que fazer se aquela rivalidade não existisse.

"Eu não me sentiria confortável sem ela", pensou. "Gilbert parece terrivelmente determinado. Imagino que ele esteja se decidindo, aqui e agora, a ganhar a medalha. Que queixo esplêndido ele tem! Nunca notei antes. Eu gostaria que Jane e Ruby tivessem ido para a Primeira Classe também. Imagino que não vou me sentir tanto como um peixe fora d'água quando conhecer os outros, embora eu me pergunte quais das garotas aqui serão minhas amigas. É realmente uma especulação interessante. Claro que eu prometi a Diana que nenhuma garota da Queen's, não importa quanto eu goste dela, será algum dia tão querida por mim quanto ela é; mas eu tenho muitas afeições secundárias para conceder. Eu gosto do olhar daquela menina com os olhos castanhos e vestido escarlate. Ela parece tão intensa e rosada. Há aquela loira pálida, olhando para fora da janela. Ela tem um cabelo adorável, e parece que sabe uma coisa ou outra sobre sonhos. Eu gostaria de conhecer as duas, conhecê-las bem, o suficiente para andar com o braço em volta de suas cinturas e chamá-las por apelidos. Mas, neste momento, eu não as conheço, elas não me conhecem e, provavelmente, também não querem me conhecer. Ah, é tão solitário!"

Foi ainda mais solitário quando Anne se viu sozinha no quarto naquela noite durante o crepúsculo. Ela não ficaria hospedada com as outras garotas, todas as quais tinham parentes na cidade para sentirem pena delas. Madame Josephine Barry teria gostado de hospedá-la, mas Beechwood era tão longe da Academia que estava fora de questão; então, Madame Barry buscou um pensionato, garantindo a Matthew e Marilla que era o melhor lugar para Anne.

"A dama que o gerencia era da alta sociedade", explicou Madame Barry. "Seu marido era um oficial britânico, e ela é muito cuidadosa com os pensionistas que aceita. Anne não conhecerá nenhuma pessoa questionável sob o teto dela. A mesa é farta e a casa é perto da Academia, em uma vizinhança calma."

Tudo isso poderia ser verdade e, de fato, provou-se que era, mas não ajudou significantemente Anne em sua primeira agonia de saudades de casa que a atormentou. Ela olhou tristemente para o pequeno e estreito quarto, com suas paredes sem graça, sem papel de parede e sem quadros, sua pequena cama de ferro e sua estante vazia; e um sufoco horrível subiu por sua garganta enquanto pensava em seu próprio quarto branco em Green Gables, onde ela teria a agradável consciência de um maravilhoso campo lá fora, de ervilhas-de-cheiro crescendo no jardim, do luar caindo no pomar, do riacho abaixo da colina e dos ramos de espruce balançando no vento noturno adiante, do vasto céu estrelado e da luz da janela de Diana brilhando através do vão das árvores. Ali não havia nada daquilo. Anne sabia que fora de sua janela havia uma rua dura, com uma rede de fios telefônicos pendurada no céu, o som de passos estranhos e milhares de luzes brilhando em rostos desconhecidos. Ela sabia que ia chorar e lutou contra aquilo.

"Eu NÃO VOU chorar. É bobeira, e fraqueza... Aqui está a terceira lágrima caindo no meu nariz. Há mais delas vindo! Eu devo pensar em algo engraçado para fazê-las parar. Mas não há nada engraçado, a não ser o que está ligado a Avonlea, e isso só deixa as coisas piores... Quatro... Cinco... Eu vou para casa na próxima sexta-feira, mas parece a cem anos de distância. Ah, Matthew está quase chegando em casa agora, e Marilla está no portão, esperando por ele na estrada... Seis... Sete... Oito... Ah, não adianta contá-las! Elas estão vindo em um dilúvio. Não consigo me animar, eu não QUERO me animar. É melhor ficar infeliz!"

O dilúvio de lágrimas teria vindo, sem dúvidas, se Josie Pye não tivesse aparecido naquele momento. Com a alegria de ver um rosto familiar, Anne esqueceu que nunca havia existido muito amor entre ela e Josie. Mas como parte da vida de Avonlea, até mesmo uma Pye era bem-vinda.

"Estou tão feliz por você ter vindo", disse Anne, sinceramente.

"Você estava chorando", observou Josie, com uma pena irritante. "Eu imagino que você esteja com saudades de casa. Algumas pessoas têm tão pouco autocontrole nesse sentido. Eu não tenho intenção de sentir saudades de casa, posso lhe garantir. A cidade é muito alegre em comparação com a velha e insignificante Avonlea. Eu me pergunto como existi lá por tanto tempo. Você não deve chorar, Anne; não fica bem, pois seu nariz e seus olhos ficam vermelhos, e aí você fica parecendo TODA vermelha. Hoje é um dia formidável na Academia. Nosso professor de francês é simplesmente lindo. O bigode dele faz o coração palpitar. Você tem alguma coisa para comer por aqui, Anne? Estou morrendo de fome. Ah, eu imaginei que Marilla fosse encher você de bolos. Foi por isso que eu vim. Senão eu teria ido ao parque ouvir a banda tocar com Frank Stockley, ele está no mesmo pensionato que eu e é muito agradável. Ele notou você na classe hoje e me perguntou quem era a menina de cabelo vermelho. Eu disse a ele que você era a órfã que os Cuthbert tinham adotado, e ninguém sabia muito sobre o que você tinha sido antes disso."

Anne estava se perguntando se, afinal, solidão e lágrimas não eram mais satisfatórias que a companhia de Josie Pye, quando Jane e Ruby apareceram, cada qual com uma fita nas cores da Queen's – púrpura e escarlate – presa orgulhosamente ao casaco. Como Josie não estava "falando" com Jane naquele momento, ela precisou se rebaixar a um comportamento igualmente inofensivo.

"Bem", disse Jane com um suspiro, "sinto que vivi muitas primaveras antes da manhã de hoje. Eu deveria estar em casa estudando meu Virgílio. Aquele velho professor horroroso nos deu vinte linhas para começar amanhã. Mas simplesmente não consegui sossegar para estudar hoje à noite. Anne, acho que vejo um vestígio de lágrimas. Se você esteve chorando, admita LOGO. Vai devolver minha autoestima, pois estive derramando lágrimas deliberadamente antes de Ruby chegar. Eu não vou me importar por estar sendo boba se alguém mais também estiver sendo. Bolo? Você vai me dar um pedacinho, não vai? Obrigada. Tem o verdadeiro sabor de Avonlea."

Ruby, notando o calendário da Queen's em cima da mesa, queria saber se Anne tinha a intenção de tentar a medalha de ouro.

Anne corou e admitiu que estava pensando naquilo.

"Ah, isso me faz lembrar", disse Josie, "a Queen's vai receber uma das bolsas de estudos de Avery no fim das contas. As notícias chegaram hoje. Frank Stockley me disse, o tio dele é do gabinete dos governadores, sabe. Será anunciado na Academia amanhã."

Uma bolsa de estudos de Avery! Anne sentiu seu coração bater mais rápido, e os horizontes de sua ambição alteraram-se e expandiram-se como em um toque de mágica. Antes de Josie dar as notícias, a maior aspiração de Anne havia sido uma licença de professora provincial, Primeira Classe, no fim do ano, e talvez a medalha! Mas agora, em um instante, Anne viu-se ganhando a bolsa de estudos de Avery, fazendo um curso de artes na Redmond College, e formando-se de beca e capelo, antes que o eco das palavras de Josie tivesse desaparecido. Pois a bolsa de estudos de Avery era em língua inglesa, e Anne sentiu que estava pisando em terras conhecidas.

Um fabricante próspero de New Brunswick havia falecido e deixado parte de sua fortuna para financiar um grande número de bolsas de estudos a ser distribuídas entre as diversas escolas de ensino médio e academias das Províncias Marítimas, de acordo com suas respectivas classificações. Houve muitas dúvidas a respeito de uma ser atribuída à Queen's, mas o assunto foi finalmente resolvido, e, ao fim do ano, o aluno que tivesse a maior nota em língua inglesa e em literatura inglesa ganharia a bolsa: duzentos e cinquenta dólares por ano, durante quatro anos, na Redmond College. Não era de admirar que Anne tenha ido para a cama naquela noite com bochechas dormentes!

"Eu vou ganhar aquela bolsa de estudos, se depender do meu empenho", ela decidiu. "Matthew não ficaria orgulhoso se eu me tornasse bacharel? Ah, é encantador ter ambições. Estou tão feliz por ter tantas. E nunca parece haver um fim para elas, essa é a melhor parte. Assim que você atinge uma ambição, vê uma outra brilhando ainda mais acima. Deixa a vida tão interessante!"

CAPÍTULO XXXV
O inverno na Queen's

Anne esgotou sua saudade de casa, sendo grandemente ajudada pelas visitas ao lar nos fins de semana. Enquanto o belo clima durasse, os alunos de Avonlea iriam para Carmody pelo novo ramal da ferrovia todas as sextas-feiras à noite. Diana e muitos outros jovens de Avonlea estavam à disposição para encontrá-los, e todos andavam até Avonlea em uma festividade alegre. Anne pensava que aquelas perambulações de sexta à noite sobre as colinas outonais no ar fresco e dourado, com as luzes das casas de Avonlea brilhando adiante, eram as melhores e mais queridas horas da semana inteira.

Gilbert Blythe quase sempre andava com Ruby Gillis e carregava a bolsa para ela. Ruby era uma jovem muito bonita, agora pensando em si mesma como muito crescida, como realmente estava. Ela vestia saias tão longas quanto a mãe permitia e arrumava o cabelo na cidade, embora ela tivesse que desmanchá-lo quando ia para casa. Ela tinha olhos azuis grandes e brilhantes, uma pele reluzente e uma figura vistosa que chamava a atenção. Ela ria muito, era alegre e bem-humorada, e aproveitava francamente as coisas boas da vida.

"Eu não imaginava que ela fosse o tipo de garota de que Gilbert gostasse", cochichou Jane para Anne. Anne pensava o mesmo, mas não teria dito isso nem pela bolsa de estudos de Avery. Ela também não conseguia se furtar a pensar que seria muito agradável ter um amigo como Gilbert com quem rir, conversar e trocar ideias sobre livros, estudos e ambições. Gilbert tinha ambições, ela sabia, e Ruby Gillis não parecia o tipo de pessoa com quem tais coisas poderiam ser proveitosamente discutidas.

Não havia sentimentos tolos nas ideias de Anne envolvendo Gilbert. Garotos eram para ela, quando ela se dava ao trabalho de pensar neles, meramente possíveis bons camaradas. Se ela e Gilbert tivessem sido amigos, ela não teria se importado com quantos outros amigos ele tinha ou com os quais andava. Ela tinha talento para fazer amizades; amigas ela tinha aos montes; mas ela tinha uma vaga consciência de que a amizade masculina poderia ser uma coisa boa para completar suas concepções de companhia e fornecer mais pontos de vista sobre julgamentos e comparações. Não que Anne pudesse ter colocado seus sentimentos sobre o assunto em uma definição tão clara. Mas ela pensava que, se Gilbert a acompanhasse até em casa, saindo do trem, pelos campos frescos e ao longo dos atalhos cheios de samambaias, eles poderiam ter muitas conversas alegres e interessantes sobre o novo mundo que estava se abrindo ao seu redor e suas esperanças e ambições para ele. Gilbert era um jovem inteligente, com opiniões próprias sobre as coisas e uma determinação para tirar o melhor da vida e dar o seu melhor a ela. Ruby Gillis disse a Jane Andrews que ela não entendia metade das coisas que Gilbert Blythe dizia. Ele falava como Anne Shirley quando tinha uma ideia, e Ruby, por sua vez, não achava graça nenhuma em ser incomodada sobre livros e coisas do tipo quando não era necessário. Frank Stockley tinha muito mais carisma e atitude, mas não era tão bonito quanto Gilbert, e ela realmente não conseguia decidir de quem gostava mais!

Na Academia, Anne gradualmente formou um círculo de amigas ao seu redor, alunas atenciosas, imaginativas e ambiciosas como ela própria. Com a menina "rosada", Stella Maynard, e a menina "sonhadora", Priscilla Grant, ela logo criou intimidade, descobrindo que a última, uma donzela pálida e espirituosa, transbordava de travessuras, pegadinhas e diversão, enquanto a intensa Stella, de olhos negros, tinha um coração cheio de sonhos melancólicos e fantasias, tão aéreas e em tons de arco-íris quanto as de Anne.

Depois do feriado de Natal, os estudantes de Avonlea desistiram de ir para casa nas sextas-feiras e decidiram trabalhar duro. Àquela altura, todos os estudantes da Queen's haviam encontrado seus lugares nos níveis e diversas classes que haviam assumido distintamente e desenvolvido tons de individualidade. Certos fatos haviam sido amplamente aceitos. Admitia-se que os competidores da medalha haviam se reduzido a três – Gilbert Blythe, Anne Shirley e Lewis Wilson. A bolsa de estudos de Avery era mais duvidosa, sendo qualquer um dentre seis um vencedor em potencial. A medalha de bronze em matemática já era considerada vencida por um menino gordo e engraçado do norte da Ilha, com uma testa irregular e um casaco remendado.

Ruby Gillis era a garota mais bela do ano na Academia; nas classes do Segundo Ano, Stella Maynard levava o prêmio pela beleza, com uma pequena mas crítica minoria em favor de Anne Shirley. Todos os juízes competentes admitiam que Ethel Marr tinha o penteado mais elegante, e Jane Andrews – a simples, esforçada e cuidadosa Jane – levava as honras no curso de ciências domésticas. Até mesmo Josie Pye obtinha uma certa proeminência como a moça de língua mais afiada frequentando a Queen's. Portanto, poderia ser dito que cada um dos antigos pupilos da Srta. Stacy tinha sua posição na ampla arena do curso acadêmico.

Anne trabalhava duro e com afinco. Sua rivalidade com Gilbert era tão intensa quanto havia sido na escola de Avonlea, embora não fosse amplamente conhecida pela classe, mas de alguma forma o ressentimento havia desaparecido. Anne não desejava mais vencer para derrotar Gilbert; mas pela consciência orgulhosa de ter vencido de forma justa um candidato digno. Valeria a pena vencer, mas ela não pensava mais que a vida se tornaria insuportável se perdesse.

Apesar das lições, os estudantes encontravam oportunidades para a diversão. Anne passou muitas de suas horas vagas em Beechwood e geralmente almoçava lá nas noites de domingo, indo à igreja com Madame Barry. Esta, como ela própria admitia, estava envelhecendo, mas seus olhos negros não estavam apagados, nem o vigor de sua língua abatido. Mas ela nunca afiava a língua perto de Anne, que continuava a ser a favorita da velha e crítica senhora.

"Aquela menina Anne está sempre melhorando", ela disse. "Eu fico cansada de outras meninas, há uma provocação e uma mesmice eterna nelas. Anne tem muitos tons como um arco-íris, e cada tonalidade é mais linda que a anterior. Eu não sei se ela é tão divertida quanto era quando criança, mas ela me faz amá-la, e gosto de pessoas que me fazem amá-las. Elas me poupam o trabalho de me forçar a fazer isso."

Então, quase antes de qualquer um notar, a primavera chegou. Em Avonlea, as flores-de-maio estavam brotando rosadas na terra árida onde as coroas de neve permaneciam; e uma "bruma verde" estava nas florestas e nos vales. Mas, em Charlottetown, os agitados estudantes da Queen's pensavam e falavam apenas sobre os exames.

"Não parece possível que o período letivo esteja quase acabando", disse Anne. "Ora, no último outono, parecia tão longo... Um inverno inteiro de estudos e aulas. E aqui estamos nós, com as provas chegando em apenas uma semana. Meninas, às vezes eu sinto como se aquelas provas significassem tudo, mas quando olho para os grandes botões se abrindo naquelas castanheiras e o ar cheio de bruma azul no fim das ruas, elas não parecem tão importantes."

Jane, Ruby e Josie, que haviam aparecido para visitar, não tinham o mesmo ponto de vista. Para elas, os exames que estavam chegando eram sempre realmente muito importantes – muito mais importantes que os botões de flor de castanheira ou que as névoas de maio. Era muito fácil para Anne, que estava certa de ao menos passar, ter seus momentos de desprezo por eles, mas, quando todo o seu futuro dependia deles – como as meninas achavam verdadeiramente que os seus dependiam –, não era possível considerá-los filosoficamente.

"Eu perdi sete libras nas últimas duas semanas", suspirou Jane. "Não adianta me dizer para não me preocupar. EU VOU me preocupar. Preocupar-se ajuda um pouco, parece que você está fazendo algo quando se preocupa. Seria terrível se eu não conseguisse a minha licença depois de passar o inverno todo na Queen's e gastar tanto dinheiro."

"Eu não me importo", disse Josie Pye. "Se eu não passar neste ano, vou voltar no próximo. Meu pai tem dinheiro suficiente para me mandar de volta. Anne, Frank Stockley contou que o Professor Tremaine disse que Gilbert Blythe com certeza ganharia a medalha e que Emily Clay provavelmente ganharia a bolsa de estudos de Avery."

"Isso talvez faça eu me sentir mal amanhã, Josie", riu Anne. "Mas agora eu honestamente sinto que, enquanto souber que as violetas estão surgindo todas em púrpura no vale abaixo de Green Gables e que pequenas samambaias estão despontando na Estrada dos Amantes, não faz muita diferença eu ganhar ou perder a bolsa da Avery. Eu fiz o meu melhor e estou começando a entender o que querem dizer com a 'alegria da luta'. Depois de tentar e vencer, a melhor coisa é tentar e falhar. Meninas, não falem sobre exames! Olhem aquele arco de céu verde claro sobre aquelas casas e imaginem como ele deve parecer por cima dos bosques de faias púrpuros e escuros de Avonlea."

"O que você vai vestir na formatura, Jane?", perguntou Ruby, prática.

Jane e Josie responderam ambas de uma vez, e a conversa foi desviada para um redemoinho de modas. Mas Anne, com seus cotovelos no parapeito da janela, sua bochecha suave apoiada em suas mãos entrelaçadas e seus olhos cheios de visões, olhava imperturbável para telhados e torres da cidade sob aquela gloriosa redoma de céu poente e tecia seus sonhos de possíveis futuros com os fios dourados do otimismo de sua própria juventude. Tudo adiante era dela, com suas possibilidades rosadas espreitando os dias que viriam – cada ano uma rosa de promessa para ser entrelaçada a uma coroa imortal.

CAPÍTULO XXXVI
A glória e o sonho

Na manhã em que os resultados finais de todos os exames foram divulgados no quadro de avisos da Queen's, Anne e Jane desceram pela rua juntas. Jane estava sorridente e feliz. Os exames haviam acabado e ela estava confortavelmente certa de que tinha ao menos passado. Outras considerações não perturbavam Jane de forma alguma. Ela não tinha ambições elevadas e, consequentemente, não era afetada pela inquietação provocada por aquilo. Acontece que pagamos um preço por tudo aquilo que ganhamos ou obtemos neste mundo. E, embora valha a pena ter ambições, elas não são conquistadas a um preço baixo, mas exigem seu devido preço sob forma de trabalho e abnegação, ansiedade e desmotivação. Anne estava pálida e quieta; em dez minutos, ela saberia quem tinha ganhado a medalha e quem tinha obtido a bolsa de Avery. Além daqueles dez minutos, não parecia haver, naquele momento, nada que valesse a pena chamar de Tempo.

"Claro que você vai ganhar uma delas de qualquer jeito", disse Jane, que não conseguia entender como o corpo docente poderia ser tão injusto a ponto de decidir o contrário.

"Eu não tenho esperanças para a Avery", disse Anne. "Todos dizem que Emily Clay vai ganhá-la. E eu não vou marchar até aquele quadro de avisos e olhar para ele antes de todo mundo. Eu não tenho a coragem moral. Eu vou diretamente ao vestiário feminino. Você deve ler os anúncios e vir me contar, Jane. E eu imploro a você, em nome de nossa velha amizade, para fazer isso o mais rápido possível. Se eu tiver reprovado, apenas diga, sem tentar ser gentil; e o que quer que faça, NÃO se compadeça de mim. Prometa-me isso, Jane."

Jane prometeu solenemente. Mas, conforme aconteceu, não havia necessidade para tal promessa. Quando elas chegaram aos degraus de entrada da Queen's, encontraram o saguão cheio de garotos carregando Gilbert Blythe nos ombros e gritando a plenos pulmões, "Viva Blythe, o Medalhista!"

Por um momento, Anne sentiu uma pontada doentia de derrota e decepção. Ela havia falhado e Gilbert havia vencido! Bem, Matthew ficaria triste – ele estava tão certo de que ela ganharia.

E então!

Alguém chamou:

"Três vivas para a Senhorita Shirley, vencedora da Avery!"

"Ah, Anne", ofegou Jane, enquanto corriam para o vestiário feminino em meio a saudações calorosas. "Ah, Anne, estou tão orgulhosa! Não é esplêndido?"

E, então, as garotas estavam ao redor delas, e Anne estava no centro de um grupo que ria e a parabenizava. Seus ombros foram apertados e suas mãos foram sacudidas vigorosamente. Ela foi empurrada, puxada e abraçada, e em meio a tudo isso conseguiu cochichar para Jane:

"Oh, Matthew e Marilla vão ficar tão satisfeitos! Devo enviar as notícias para casa imediatamente."

A formatura foi o próximo acontecimento importante. A cerimônia foi realizada no grande salão de assembleias da Academia. Discursos foram feitos, ensaios foram lidos, músicas foram cantadas, e a premiação pública de diplomas, troféus e medalhas foi feita.

Matthew e Marilla estavam lá, com olhos e ouvidos para apenas uma aluna no palco – uma garota alta de verde claro, com bochechas levemente coradas e olhos estrelados, que leu o melhor ensaio e foi apontada e comentada como a vencedora da Avery.

"Imagino que esteja feliz por termos ficado com ela, Marilla?", cochichou Matthew, falando pela primeira vez desde que entrou no salão, quando Anne tinha terminado seu ensaio.

"Não é a primeira vez que fico feliz", retrucou Marilla. "Você gosta de esfregar as coisas na minha cara, Matthew Cuthbert."

Madame Barry, que estava sentada atrás deles, inclinou-se para a frente e cutucou Marilla nas costas com sua sombrinha.

"Você não está orgulhosa da menina Anne? Eu estou", ela disse.

Anne foi para seu lar em Avonlea com Matthew e Marilla naquela noite. Ela não tinha estado em casa desde abril, e sentia que não poderia esperar nem mais um dia. As flores de maçã tinham florescido, e o mundo estava fresco e jovem. Diana estava em Green Gables para encontrá-la. Em seu próprio quarto branco, onde Marilla havia colocado uma rosa desabrochada no parapeito da janela, Anne olhou ao seu redor e deu um longo suspiro de felicidade.

"Ah, Diana, é tão bom estar de volta. É tão bom ver aqueles abetos pontudos contra o céu rosado... Aquele pomar branco e a velha Rainha Branca. O aroma da hortelã não é delicioso? E aquela rosa-chá? Ora, é uma música, uma esperança e uma oração em um só lugar. E é tão BOM ver você de novo, Diana!"

"Eu pensei que você gostasse mais de Stella Maynard do que de mim", disse Diana, de forma reprovadora. "Josie Pye me disse que você gostava. Josie disse que você estava APAIXONADA por ela."

Anne riu e atirou em Diana os lírios de junho murchos de seu buquê.

"Stella Maynard é a garota mais querida do mundo, exceto por uma, e estou falando de você, Diana", ela disse. "Eu a amo mais do que nunca, e tenho tantas coisas para lhe contar. Mas agora sinto como se fosse alegria suficiente só me sentar aqui e olhar para você. Estou cansada, eu acho... Cansada de ser estudiosa e ambiciosa. Eu quero passar ao menos duas horas deitada na grama do pomar amanhã, pensando em absolutamente nada."

"Você foi esplêndida, Anne. Imagino que você não vai mais lecionar, agora que ganhou a Avery?"

"Não, vou para Redmond em setembro. Não parece maravilhoso? Eu terei um estoque novo em folha de ambições até lá, depois de três gloriosos e dourados meses de férias. Jane e Ruby vão lecionar. Não é esplêndido pensar que todos nós passamos, até Moody Spurgeon e Josie Pye?"

"Os administradores de Newbridge já ofereceram a escola deles para Jane", disse Diana. "Gilbert Blythe vai lecionar também. Ele precisa. O pai dele não tem dinheiro suficiente para mandá-lo para a faculdade no próximo ano, então ele pretende ganhar o próprio dinheiro. Eu espero que ele fique com a escola daqui, se a Senhorita Ames decidir partir."

Anne teve uma sensação estranha de preocupação e surpresa. Ela não sabia daquilo; ela esperava que Gilbert também fosse para Redmond. O que ela faria sem sua rivalidade inspiradora? Os estudos, mesmo em uma faculdade para rapazes e moças, com a possibilidade de uma verdadeira graduação, não ficariam sem graça sem seu amigo, o inimigo?

Na manhã seguinte, durante o café, Anne subitamente se deu conta de que Matthew não parecia bem. Certamente, ele parecia muito mais grisalho do que há um ano atrás.

"Marilla", ela disse, hesitante, quando ele havia saído, "Matthew está bem?"

"Não, não está", disse Marilla, em um tom perturbado. "Ele sentiu umas pontadas no coração durante a primavera e não quer se poupar nem um pouco. Eu estive muito preocupada com ele, mas ele tem melhorado ultimamente e nós contratamos um bom homem, então espero que ele descanse e melhore. Talvez ele faça isso, agora que você está em casa. Você sempre o anima."

Anne inclinou-se sobre mesa e pegou o rosto de Marilla em suas mãos.

"A senhora mesma também não parece tão bem quanto eu gostaria de vê-la, Marilla. A senhora parece cansada. Temo que esteja trabalhando demais. A senhora precisa descansar, agora que estou em casa. Vou apenas tirar este dia de folga para visitar todos os velhos lugares queridos e caçar meus sonhos antigos, e aí será sua vez de ficar preguiçosa enquanto eu faço o trabalho."

Marilla sorriu afetuosamente para sua menina.

"Não é o trabalho, é a minha cabeça. Eu sinto dor com tanta frequência agora, atrás dos meus olhos. O Doutor Spencer está fazendo um estardalhaço por causa de óculos, mas eles não me ajudam. Tem um oculista distinto vindo para a Ilha no final de junho e o doutor disse que devo vê-lo. Eu imagino que precise fazer isso. Não consigo ler ou costurar com comodidade agora. Bem, Anne, você se saiu muito bem na Queen's, devo dizer. Conseguir a Licença de Primeira Classe em um ano e vencer a bolsa de estudos de Avery, ora, ora. A Sra. Lynde diz que o orgulho vem antes da queda, e ela não acredita em ensino superior para mulheres de jeito nenhum; ela diz que é impróprio para a verdadeira esfera de uma mulher. Eu não acredito em uma só palavra. Falando sobre Rachel, isso me faz lembrar: você ouviu alguma coisa sobre o Banco Abbey ultimamente, Anne?"

"Ouvi dizer que estava passando por dificuldades", respondeu Anne. "Por quê?"

"Foi o que Rachel disse. Ela esteve aqui um dia na semana passada e disse que havia rumores sobre isso. Matthew ficou realmente preocupado. Tudo o que economizamos está naquele banco, cada centavo. Eu queria que Matthew colocasse no Banco Savings inicialmente, mas o velho Sr. Abbey era um grande amigo do nosso pai e sempre havia feito negócios com ele. Matthew disse que qualquer banco com ele no comando seria bom o suficiente para qualquer um."

"Acho que o cargo dele tem sido apenas nominal há muitos anos", disse Anne. "Ele é um homem muito velho. Seus sobrinhos é que estão mesmo no comando da instituição."

"Bem, quando Rachel nos disse isso, eu quis que Matthew sacasse todo o nosso dinheiro de uma vez, e ele disse que pensaria no assunto. Mas o Sr. Russel disse a ele ontem que o banco estava bem."

Anne teve seu belo dia em companhia do mundo ao ar livre. Ela nunca esqueceu aquele dia; foi tão brilhante, dourado e bonito, tão livre de sombras e tão exuberante de flores. Anne passou algumas de suas ricas horas no pomar. Ela foi até as Borbulhas da Dríade, ao Salgueiral e ao Vale Violeta. Foi até o presbitério e teve uma conversa satisfatória com a Sra. Allan. E, finalmente, durante a noite, ela foi com Matthew buscar as vacas, pela Estrada dos Amantes, até o pasto dos fundos. Os bosques estavam gloriosos com o pôr do sol e seu esplendor caloroso filtrado através dos vãos entre as colinas do oeste. Matthew andava lentamente com a cabeça baixa; Anne, alta e ereta, ajustou seu passo rápido ao dele.

"Você trabalhou demais hoje, Matthew", ela disse, em um tom reprovador. "Por que você não descansa um pouco?"

"Ora, bem, eu não consigo", disse Matthew, enquanto abria o portão do quintal para deixar as vacas passarem. "Só estou ficando velho, Anne, e fico me esquecendo disso. Ora, ora, sempre trabalhei duro e prefiro morrer na labuta."

"Se eu fosse o menino que vocês mandaram buscar", disse Anne, tristemente, "eu seria capaz de ajudá-lo muito mais agora, e poupá-lo de centenas de formas. Eu seria capaz de desejar do fundo do coração ser um rapaz, apenas para isso."

"Ora, bem, eu prefiro ter você a uma dúzia de rapazes, Anne", disse Matthew, dando-lhe batidinhas na mão. "Preste bastante atenção: uma dúzia de rapazes. Ora, bem, imagino que não foi um rapaz que ganhou a bolsa de estudos da Avery, foi? Foi uma garota... a minha garota... minha garota, da qual tenho muito orgulho."

Ele sorriu de seu jeito tímido para ela, enquanto entrava no quintal. Anne levou a lembrança com ela quando foi para seu quarto naquela noite e sentou-se por um longo tempo à sua janela aberta, pensando no passado e sonhando com o futuro. Lá fora, a Rainha Branca estava com uma névoa pálida sob o luar; os sapos estavam cantando nos charcos além do Pomar Slope. Anne sempre se lembraria da beleza prateada e pacífica e da calma perfumada daquela noite. Foi a noite antes de a dor tocar sua vida; e nenhuma vida é exatamente a mesma depois que aquele toque frio e santificado recai sobre ela.

CAPÍTULO XXXVII
O ceifador cujo nome é morte

"Matthew, Matthew, qual é o problema? Matthew, você está doente?"

Foi Marilla quem falou, com preocupação em cada palavra trêmula. Anne veio pelo vestíbulo, suas mãos cheias de narcisos brancos – demorou muito para que Anne pudesse amar a visão ou o cheiro de narcisos brancos novamente –, a tempo de ouvi-la e ver Matthew na soleira da porta da varanda, com um jornal dobrado na mão, seu rosto estranhamente cansado e cinzento. Anne deixou suas flores caírem e correu pela cozinha até ele ao mesmo tempo que Marilla. As duas chegaram tarde demais. Antes que pudessem alcançá-lo, Matthew caiu esparramado no chão.

"Ele desmaiou", ofegou Marilla. "Anne, corra e chame Martin, rápido, rápido! Ele está no celeiro."

Martin, o homem contratado, que havia acabado de voltar para casa, vindo do correio, correu de uma vez para chamar o médico, avisando no Pomar Slope durante o caminho para chamarem o Sr. e a Sra. Barry. A Sra. Lynde, que estava ali para dar um recado, foi também. Eles encontraram Anne e Marilla concentradas, tentando reanimar Matthew.

A Sra. Lynde as empurrou gentilmente para o lado, sentiu o pulso de Matthew, e então pousou a orelha no coração. Ela olhou dolorosamente para os rostos ansiosos de Anne e Marilla, e as lágrimas lhe vieram aos olhos.

"Oh, Marilla", ela disse, séria. "Acho que não podemos fazer nada por ele."

"Sra. Lynde, a senhora não pensa... A senhora não pode pensar que

Matthew está... está...". Anne não conseguia dizer a terrível palavra. Ela ficou enjoada e pálida.

"Criança, sim, eu receio que esteja. Olhe o rosto dele. Quando você tiver visto esse olhar tantas vezes quanto eu já vi, saberá o que significa."

Anne olhou para face imóvel e contemplou nela o selo da Grande Presença. Quando o médico veio, ele disse que a morte havia sido instantânea e provavelmente indolor, causada muito provavelmente por algum choque repentino. O segredo do choque foi descoberto no jornal que Matthew estava segurando e que Martin havia trazido do escritório naquela manhã. Trazia a notícia da falência do Banco Abbey.

As notícias se espalharam rapidamente por Avonlea, e durante o dia inteiro, amigos e vizinhos se aglomeraram em Green Gables, entrando e saindo com tarefas de gentileza para o morto e para as vivas. Pela primeira vez, o tímido e silencioso Matthew Cuthbert foi uma pessoa de importância central. A majestade branca da morte havia recaído sobre ele e o destacava como um dos coroados.

Quando a noite calma desceu suavemente sobre Green Gables, a velha casa estava silenciosa e tranquila. Na sala de visitas jazia Matthew Cuthbert em seu caixão, seu longo cabelo grisalho como uma moldura para seu rosto plácido, no qual havia um pequeno e gentil sorriso, como se ele estivesse apenas dormindo, tendo sonhos agradáveis. Havia flores a seu redor – flores doces e antiquadas, que sua mãe havia plantado no jardim da propriedade nos seus dias de noiva, e pelas quais Matthew sempre havia tido um secreto e silencioso amor. Anne havia colhido e trazido as flores para ele, seus olhos angustiados e sem lágrimas queimando em seu rosto pálido. Era a última coisa que ela poderia fazer por ele.

Os Barry e a Sra. Lynde ficaram com eles naquela noite. Diana, indo para o frontão leste, onde Anne estava de pé em frente à janela, disse gentilmente:

"Querida Anne, gostaria que eu dormisse com você esta noite?"

"Obrigada, Diana", Anne olhou encarecidamente para o rosto de sua amiga. "Acho que você não vai me entender mal quando eu disser que quero ficar sozinha. Não estou com medo. Não estive sozinha um minuto desde que aconteceu, e quero estar. Eu quero ficar bem silenciosa e quieta e tentar compreender. Eu não consigo compreender. Na metade do tempo me parece que Matthew não pode estar morto; e na outra metade parece que ele está morto há muito tempo e que sinto esta dor horrorosa e entorpecente desde então."

Diana não entendia direito. Ela conseguia compreender melhor o luto apaixonado de Marilla, quebrando todos os limites da privacidade natural e do hábito vitalício em seu ímpeto tempestuoso, do que a agonia sem lágrimas de Anne. Mas ela foi embora gentilmente, deixando Anne sozinha para fazer sua primeira vigília com o sofrimento.

Anne esperava que as lágrimas viessem com a solidão. Parecia-lhe terrível que não pudesse derramar uma lágrima por Matthew, que ela havia amado tanto e que tinha sido tão bom para ela, Matthew que havia andando com ela na noite anterior ao pôr do sol e agora estava deitado na sala escura lá embaixo com aquela terrível expressão de paz. Mas nenhuma lágrima veio no começo, mesmo quando ela se ajoelhou à janela na escuridão e rezou, olhando para a estrelas acima das colinas. Nenhuma lágrima, apenas a mesma sensação horrorosa e entorpecente de tristeza que continuou a doer até ela cair no sono, esgotada pela dor e agitação do dia.

Durante a noite, ela acordou, com a imobilidade e escuridão a seu redor, e a recordação do dia veio até ela como uma onda de sofrimento. Ela conseguia ver o rosto de Matthew sorrindo para ela, como tinha sorrido quando se separaram no portão naquela última noite. Ela conseguia ouvir sua voz dizendo, "Minha garota, minha garota, da qual tenho muito orgulho." Então, as lágrimas vieram e Anne chorou até não poder mais. Marilla a ouviu e veio silenciosamente para reconfortá-la.

"Pronto, pronto, não chore assim, querida. Não vai trazê-lo de volta. Não, não é certo chorar tanto. Eu sabia disso hoje, mas não consegui evitar. Ele sempre foi um irmão tão bom e gentil para mim... Mas Deus sabe o que é melhor."

"Oh, só me deixe chorar, Marilla", soluçou Anne. "As lágrimas não me machucam como a dor o fazia. Fique aqui um pouquinho comigo e deixe seu braço em volta de mim, assim. Eu não poderia deixar Diana ficar, ela é bondosa, gentil e doce, mas não é o sofrimento dela. Ela está fora disso, e não poderia chegar perto o suficiente para me ajudar. É nosso sofrimento, seu e meu. Ah, Marilla, o que vamos fazer sem Matthew?"

"Nós temos uma a outra, Anne. Não sei o que faria se você não estivesse aqui, se nunca tivesse vindo. Oh, Anne, sei que talvez eu tenha sido um tanto rígida e dura com você, mas você não deve pensar que não a amo tanto quanto Matthew, por tudo isso. Eu quero lhe dizer agora que posso. Nunca foi fácil para mim dizer as coisas do meu coração, mas em momentos assim é mais fácil. Eu a amo tanto quanto se você fosse da minha carne e do meu sangue, e você tem sido minha alegria e meu conforto desde que chegou a Green Gables."

Dois dias depois, eles carregaram Matthew Cuthbert através da soleira de sua propriedade e para longe dos campos que ele havia cultivado, dos pomares que ele havia amado e das árvores que havia plantado. E, então, Avonlea voltou à sua placidez usual, e mesmo em Green Gables os assuntos voltaram para suas antigas rotinas, o trabalho foi realizado e os deveres cumpridos com a regularidade de antes, embora sempre com uma sensação dolorosa de "perda em todas as coisas familiares". Anne, pela primeira vez de luto, pensava que era quase triste que fosse assim – que eles PUDESSEM continuar do mesmo jeito sem Matthew. Ela sentia algo como vergonha e remorso quando descobria que o nascer do sol atrás dos abetos e os botões cor-de-rosa florindo no jardim davam a ela a antiga corrente de alegria quando os via; que as visitas de Diana eram agradáveis, e que as palavras alegres e os modos de Diana a levavam a rir e a sorrir; que, em resumo, o lindo mundo de flores, amor e amizade não havia perdido nenhum de seus poderes de agradar às fantasias e emoções de seu coração, que a vida ainda a chamava com muitas vozes insistentes.

"Parece deslealdade com Matthew, de alguma forma, encontrar prazer nessas coisas agora que ele se foi", ela disse, melancólica, para a Sra. Allan, em uma noite em que estavam juntas no jardim do presbitério. "Eu sinto tanta falta dele, o tempo inteiro. E ainda assim, Sra. Allan, o mundo e a vida parecem tão lindos e interessantes para mim. Hoje, Diana disse algo engraçado, e me peguei rindo. Eu pensei que, quando isso acontecesse, eu nunca conseguiria rir de novo. E, de alguma forma, parece que não deveria rir."

"Quando Matthew estava aqui, ele gostava de ouvir você rir, assim como gostava de saber que você encontrava prazer nas coisas agradáveis a seu redor", disse a Sra. Allan, gentilmente. "Ele só está longe agora; e ele gosta de saber que tudo continua igual. Eu tenho certeza de que não devemos fechar nosso coração contra as influências curativas que a natureza nos oferece. Mas entendo seu sentimento. Acho que todos experimentamos a mesma coisa. Nós ressentimos o pensamento de que qualquer coisa possa nos dar prazer quando alguém que amamos não está mais aqui para compartilhar o prazer conosco, e quase sentimos como se fôssemos infiéis com nossa dor quando descobrimos que nosso interesse na vida está retornando."

"Estive no cemitério para plantar uma roseira no túmulo de Matthew hoje à tarde", disse Anne, sonhadoramente. "Fiz um enxerto da pequena roseira escocesa branca que a mãe dele trouxe da Escócia há muito tempo. Matthew sempre gostou mais daquelas rosas... Elas eram tão pequenas e doces em suas hastes espinhosas. Fiquei feliz de poder plantá-las em seu túmulo, como se estivesse fazendo algo que o agradaria ao levá-las lá para perto dele. Eu espero que ele tenha rosas como aquelas no paraíso. Talvez as almas de todas aquelas pequenas rosas brancas que ele amou durante tantos verões estivessem lá para recebê-lo. Preciso ir para casa agora. Marilla está sozinha e ela fica solitária quando anoitece."

"Ela vai ficar ainda mais solitária, eu receio, quando você for embora de novo para a faculdade", disse a Sra. Allan.

Anne não respondeu; ela disse boa noite e voltou lentamente para Green Gables. Marilla estava sentada nos degraus da porta da frente e Anne sentou-se ao seu lado. A porta estava aberta atrás delas, mantida assim por uma grande concha rosada com vestígios de pores do sol no mar em suas suaves espirais internas.

Anne colheu alguns ramos de madressilvas de um tom amarelo-claro e os colocou no cabelo. Ela gostava do delicioso toque da fragrância, como uma bênção etérea acima dela cada vez que se mexia.

"O Doutor Spencer esteve aqui enquanto você estava fora", disse Marilla. "Ele disse que o especialista estará na cidade amanhã e insiste que eu vá examinar meus olhos. Eu suponho que seja melhor ir e acabar com isso. Eu ficarei mais do que grata se o homem puder me dar o tipo certo de óculos para se adequar aos meus olhos. Você não vai se importar de ficar aqui sozinha enquanto eu estiver fora, vai? Martin terá que me levar e é preciso passar a roupa e assar os pães."

"Eu vou ficar bem. Diana vai vir me fazer companhia. Cuidarei da roupa e dos pães perfeitamente, a senhora não precisa temer que eu vá engomar os lenços ou saborizar o bolo com bálsamo."

Marilla riu.

"Que menina você era para cometer erros naqueles dias, Anne. Você estava sempre se metendo em confusão. Eu costumava achar que você estava possuída. Você se lembra da vez em que tingiu o cabelo?"

"Sim, é claro. Nunca esquecerei", sorriu Anne, tocando a pesada trança de cabelo que estava enrolada ao redor de sua formosa cabeça. "Eu às vezes rio um pouco agora, quando penso na preocupação que o meu cabelo costumava ser para mim... Mas não rio MUITO, porque costumava ser um verdadeiro problema. Eu sofri terrivelmente por causa do meu cabelo e das minhas sardas. Minhas sardas desapareceram de vez; e as pessoas são gentis o suficiente para me dizer que meu cabelo é castanho-avermelhado agora... Todos, menos Josie Pye. Ela me informou ontem que realmente pensava que estava mais vermelho do que nunca, ou ao menos meu vestido preto o fazia parecer mais vermelho, e ela me perguntou se as pessoas que tinham cabelo vermelho algum dia se acostumavam a ele. Marilla, eu praticamente desisti de tentar gostar de Josie Pye. Eu fiz o que antigamente teria chamado de 'esforço heroico' para gostar dela, mas Josie Pye não DEIXA que gostem dela."

"Josie é uma Pye", disse Marilla, severa, "então ela não pode evitar ser desagradável. Imagino que pessoas desse tipo servem a algum propósito útil na sociedade, mas devo dizer que não sei qual é mais do que sei qual a utilidade dos cardos. Josie vai lecionar?"

"Não, ela vai voltar para a Queen's no próximo ano. Moody Spurgeon e Charlie Sloane também. Jane e Ruby vão lecionar, e as duas já têm escolas... Jane em Newbridge e Ruby em algum lugar do oeste."

"Gilbert Blythe também vai lecionar, não vai?"

"Sim", respondeu secamente.

"Que belo rapaz ele é", disse Marilla, distraída. "Eu o vi na igreja no domingo passado e ele parecia tão alto e crescido. Ele se parece muito com o pai quando tinha a mesma idade. John Blythe era um bom garoto. Nós costumávamos ser muito bons amigos, ele e eu. As pessoas falavam que ele era meu namorado."

Anne olhou para cima com pronto interesse.

"Oh, Marilla... E o que aconteceu? Por que os dois não..."

"Nós tivemos uma briga. Eu não o perdoei quando ele me pediu desculpas. Eu queria, depois de um tempo, mas eu estava mal-humorada e com raiva, e queria puni-lo primeiro. Ele nunca voltou. Os Blythe eram todos bastante independentes. Mas eu sempre me senti... um tanto arrependida. De certa forma, sempre desejei tê-lo perdoado quando tive a oportunidade."

"Então, a senhora também teve um pouco de romance em sua vida", disse Anne, suavemente.

"Sim, suponho que possa chamar de romance. Você não pensaria isso olhando para mim agora, não é? Mas nunca podemos julgar as pessoas pela aparência. Todos esqueceram sobre mim e John. Eu mesma esqueci. Mas me lembrei de tudo quando vi Gilbert no domingo passado."

CAPÍTULO XXXVIII
A curva na estrada

Marilla foi à cidade no dia seguinte e retornou à noite. Anne havia ido até o Pomar Slope com Diana e encontrado Marilla na cozinha ao retornar, sentada à mesa, com a cabeça apoiada na mão. Algo em sua atitude abatida causou um calafrio no coração de Anne. Ela nunca havia visto Marilla sentada flacidamente, inerte daquele jeito.

"A senhora está muito cansada, Marilla?"

"Sim... Não... Não sei", disse Marilla, cansada, olhando para cima. "Suponho que eu esteja cansada, mas não pensei sobre isso. Não é isso."

"Você foi ao oculista? O que ele disse?", perguntou Anne, ansiosa.

"Sim, eu o vi. Ele examinou meus olhos. Ele disse que se eu parar de ler e costurar completamente e de fazer qualquer trabalho que force os olhos, se eu tiver cuidado para não chorar e se usar os óculos que ele me deu, ele acha que meus olhos podem não piorar, e as minhas dores de cabeça serão curadas. Mas se eu não fizer isso, ele disse que certamente ficarei completamente cega em seis meses. Cega! Anne, apenas pense nisso!"

Por um minuto, depois de sua primeira exclamação rápida de horror, Anne ficou quieta. Parecia que ela NÃO conseguiria falar. Então, ela disse, corajosamente, mas com uma voz de quem estava segurando o choro:

"Marilla, NÃO pense nisso. A senhora sabe que ele lhe deu esperança. Se for cuidadosa, não vai perder toda a sua visão; e se os óculos dele curarem suas dores de cabeça, será ótimo."

"Eu não chamaria de esperança", disse Marilla, amargamente. "Para o que vou viver se não puder ler, costurar ou fazer qualquer coisa do tipo? Seria melhor ficar cega... ou morrer. Mas quanto a chorar, não consigo evitar quando me sinto solitária. Mas, basta, não adianta falar sobre isso. Se você me fizer uma xícara de chá, ficarei grata. Estou esgotada. Mesmo assim, não diga nada sobre isso para ninguém por um tempo. Eu não poderia suportar se o pessoal viesse aqui me questionar, simpatizar e falar sobre isso."

Quando Marilla havia se alimentado, Anne a persuadiu a ir para a cama. Então, a própria Anne foi para o frontão leste e sentou-se à janela na escuridão, sozinha com suas lágrimas e o peso de seu coração. Como as coisas haviam mudado de um jeito tão triste desde que ela havia se sentado ali na noite em que chegou em casa! Naquele momento, ela estava cheia de esperança e de alegria, e o futuro parecia rosado com promessas. Anne sentia que tinha vivido anos desde então, mas, antes de ela ir para a cama, havia um sorriso em seus lábios e paz em seu coração. Ela havia encarado seu dever corajosamente, e nele encontrou um amigo – como o dever sempre se torna, quando o encaramos francamente.

Em uma tarde, alguns dias depois, Marilla veio lentamente do quintal da frente, onde estava conversando com um visitante – um homem que Anne conhecia de vista como Sandler de Carmody. Anne se perguntou o que ele poderia ter dito para trazer aquela expressão ao rosto de Marilla.

"O que o Sr. Sandler queria, Marilla?"

Marilla sentou à janela e olhou para Anne. Havia lágrimas em seus olhos, desrespeitando a proibição do oculista, e sua voz se partiu quando ela disse:

"Ele ouviu dizer que eu estava vendendo Green Gables e quer comprá-la."

"Comprá-la! Comprar Green Gables?" Anne se perguntou se tinha ouvido bem. "Ah, Marilla, a senhora não quer vender Green Gables!"

"Anne, eu não sei o que mais pode ser feito. Já pensei em tudo. Se meus olhos estivessem fortes, eu poderia ficar aqui e dar um jeito de cuidar das coisas e lidar com tudo, contratando um bom homem. Mas como as coisas estão, não consigo. Eu poderia perder toda a minha visão; e de qualquer forma não estarei apta para organizar as coisas. Oh, eu nunca pensei que viveria para ver o dia em que teria que vender meu lar. Mas as coisas só ficariam piores e cada vez piores, até que ninguém mais iria querer comprar. Cada centavo do nosso dinheiro estava naquele banco, e há algumas contas do outono passado que Matthew deixou para ser pagas. A Sra. Lynde me aconselhou a vender a fazenda e me hospedar em algum lugar – com ela, eu suponho. Não vai render muito dinheiro, a fazenda é pequena e as construções são velhas. Mas será suficiente para eu viver, eu acho. Sou grata por você estar segura graças àquela bolsa de estudos, Anne. Sinto muito por você não ter um lar para o qual voltar durante as férias, é isso, mas imagino que você dará algum jeito."

Marilla rompeu em lágrimas amargas.

"A senhora não deve vender Green Gables", disse Anne, resoluta.

"Oh, Anne, eu gostaria de não precisar fazer isso. Mas você pode ver por si mesma. Não posso ficar aqui sozinha. Eu ficaria maluca com os problemas e a solidão. E a minha visão iria desaparecer... Eu sei que iria."

"A senhora não vai precisar ficar aqui sozinha, Marilla. Vou ficar com você. Não vou para Redmond."

"Não vai para Redmond!" Marilla levantou seu rosto cansado das mãos e olhou para Anne. "Como, o que você quer dizer?"

"Exatamente o que eu disse. Não vou aceitar a bolsa de estudos. Eu decidi na noite em que a senhora voltou da cidade. A senhora com certeza não pensou que eu poderia deixá-la sozinha com seus problemas, Marilla, depois de tudo que fez por mim. Eu estive pensando e planejando. Deixe-me contar meus planos para você. O Sr. Barry quer alugar a fazenda para o próximo ano. Então, a senhora não vai precisar se preocupar com isso. E eu vou lecionar. Eu me candidatei para a escola daqui... Mas não espero conseguir, pois entendo que os administradores prometeram a vaga para Gilbert Blythe. Mas posso ficar com a escola de Carmody, o Sr. Blair me disse isso na loja na noite passada. Claro que não será tão agradável ou conveniente quanto ficar com a escola de Avonlea. Mas posso morar aqui, e ir e voltar de Carmody, ao menos quando o tempo estiver bom. E mesmo no inverno, eu posso vir para casa às sextas-feiras. Vamos manter um cavalo só para isso. Ah, eu planejei tudo, Marilla. E eu vou ler para você e mantê-la animada. A senhora não vai ficar entediada ou solitária. E vamos ficar aconchegadas e felizes juntas aqui, você e eu."

Marilla tinha ouvido como uma mulher em um sonho.

"Oh, Anne, eu conseguiria muito bem se você estivesse aqui, sei disso. Mas não posso deixar você se sacrificar tanto por mim. Seria terrível."

"Bobagem!" Anne riu alegremente. "Não há sacrifício. Nada seria pior do que desistir de Green Gables, nada me magoaria mais. Nós devemos manter este velho e querido lugar. Eu estou decidida, Marilla. NÃO vou para Redmond, e EU VOU ficar aqui e lecionar. Não se preocupe comigo nem um pouco."

"E as suas ambições... e..."

"Estou tão ambiciosa quanto antes. Apenas mudei o objeto da minha ambição. Serei uma boa professora e salvarei a sua visão. Além disso, quero estudar em casa aqui e fazer um pequeno curso universitário sozinha. Oh, eu tenho uma dúzia de planos, Marilla. Estive pensando neles durante uma semana. Vou dar à vida aqui o meu melhor, e acredito que ela vai me dar o seu melhor de volta. Quando eu deixei a Queen's, meu futuro parecia estender-se diante de mim como uma estrada reta. Eu pensava que podia ver muitas milhas lá na frente. Agora há uma curva nela. Não sei o que existe depois da curva, mas vou acreditar que vai ser o melhor. Aquela curva tem uma fascinação própria, Marilla. Eu me pergunto como vai ser a estrada depois dela, quais as glórias verdejantes e suaves e as luzes e sombras quadriculadas... Quais as novas paisagens, quais as novas belezas... Quais as curvas, colinas e vales mais além."

"Eu sinto que não devo deixar você desistir de tudo", disse Marilla, referindo-se à bolsa de estudos.

"Mas não pode me impedir. Tenho dezesseis anos e meio, e sou 'teimosa feito uma mula', como a Sra. Lynde uma vez me disse", riu Anne. "Oh, Marilla, não fique com pena de mim. Não gosto que sintam pena de mim, e não há necessidade disso. Estou feliz pelo simples pensamento de ficar na querida Green Gables. Ninguém poderia amá-la como você e eu amamos... Então devemos mantê-la."

"Que menina abençoada!", disse Marilla, cedendo. "Sinto que você me deu uma nova vida. Imagino que eu devesse insistir e fazer você ir para a faculdade, mas sei que não posso, então nem vou tentar. Contudo, vou compensá-la por isso, Anne."

Quando o fato de Anne ter desistido da ideia de ir para a faculdade e pretender ficar em casa e lecionar ficou conhecido por todos em Avonlea, houve muitas discussões a respeito. A maioria das pessoas, não sabendo a respeito dos olhos de Marilla, pensou que ela era tola. A Sra. Allan não. Ela disse isso a Anne com palavras de aprovação que trouxeram lágrimas de prazer aos olhos da garota. Nem a boa Sra. Lynde. Ela veio em uma tarde e encontrou Anne e Marilla sentadas na porta da frente sob o anoitecer morno e perfumado. Elas gostavam de se sentar ali quando a noite caía, as mariposas brancas voavam pelo jardim e o cheiro da hortelã preenchia o ar refrescante.

A Sra. Rachel depositou seu corpo volumoso no banco de pedra perto da porta, atrás do qual crescia uma fileira de malvas-rosa altas em tons de rosa e amarelo, com um longo suspiro, que misturava cansaço e alívio.

"Eu garanto que estou feliz por me sentar. Estive de pé o dia inteiro, e duzentas libras é um bocado para dois pés carregarem por aí. É uma bênção não ser gorda, Marilla. Espero que você dê valor a isso. Bem, Anne, ouvi dizer que você desistiu da intenção de ir para a faculdade. Fiquei muito feliz em ouvir isso. Você já recebeu tanta educação agora quanto qualquer mulher poderia ter para se sentir confortável. Eu não aprovo garotas indo para a faculdade com os homens e enchendo a cabeça de latim, grego e toda essa bobagem."

"Mas eu vou estudar latim e grego mesmo assim, Sra. Lynde", disse Anne rindo. "Vou fazer meu curso de artes bem aqui em Green Gables e estudar tudo o que aprenderia na faculdade."

A Sra. Lynde levantou as mãos em um horror santo.

"Anne Shirley, você vai se matar."

"De jeito nenhum. Vou prosperar. Ah, eu não vou exagerar. Como a 'esposa de Josiah Allan' diz, vou ser 'mediana'. Mas vou ter muito tempo livre durante as longas tardes de inverno, e não tenho vocação para artesanato. Vou lecionar em Carmody, sabe."

"Não sei, não. Imagino que você vá lecionar bem aqui em Avonlea. Os administradores decidiram dar a vaga a você."

"Sra. Lynde!", exclamou Anne, ficando de pé em sua surpresa. "Ora, pensei que eles a houvessem prometido a Gilbert Blythe!"

"E prometeram. Mas assim que Gilbert ficou sabendo que você tinha se candidatado, foi até eles. Tiveram uma reunião de negócios na escola ontem à noite, sabe... Disse a eles que retiraria a candidatura dele, e sugeriu que aceitassem a sua. Ele disse que lecionaria em White Sands. Claro que ele sabia quanto você queria ficar com Marilla, e devo dizer que foi muito gentil e atencioso da parte dele, isso sim. Um verdadeiro autossacrifício também, pois ele terá que pagar sua hospedagem em White Sands, e todos sabem que ele precisa ganhar o próprio dinheiro para pagar a faculdade. Então, os administradores decidiram ficar com você. Fiquei muito satisfeita quando Thomas veio para casa e me contou."

"Sinto que não devo aceitar", murmurou Anne. "Quero dizer... Acho que não posso deixar Gilbert fazer um sacrifício desses por... por mim."

"Acho que não pode impedi-lo agora. Ele assinou os papéis com os administradores de White Sands. Então, você não estaria lhe fazendo nenhum favor se recusasse. Claro que você vai ficar com a escola. Você vai se dar bem, agora que não há nenhum Pye frequentando. Josie foi a última deles, e graças a Deus por isso, isso sim. Sempre houve um ou outro Pye frequentando a escola de Avonlea pelos últimos vinte anos, e imagino que a missão da vida deles era não deixar os professores esquecerem que não pertencem a este mundo. Jesus Amado! O que significam essas luzes piscando na casa dos Barry?"

"Diana está sinalizando para eu ir até lá", riu Anne. "A senhora sabe que mantemos o velho costume. Deem-me licença para correr e ver o que ela quer."

Anne correu pela colina de trevos como um cervo, e desapareceu nas sombras dos abetos da Floresta Assombrada. A Sra Lynde a observou, indulgentemente.

"De certa forma, ainda há muito de criança nela."

"De outras formas, há muito mais de mulher nela", retrucou Marilla, com um retorno momentâneo de sua velha rigidez.

Mas a rigidez não era mais a característica distinta de Marilla. A Sra. Lynde disse a Thomas naquela noite:

"Marilla Cuthbert ficou MOLE. Isso sim."

Anne foi até o pequeno cemitério de Avonlea na tarde seguinte para colocar flores frescas no túmulo de Matthew e regar o roseiral escocês. Ela permaneceu ali até o anoitecer, aproveitando a paz e a calma do pequeno lugar, com seus choupos, cujo farfalhar era como um discurso baixo e amigável, e sua grama sussurrante, crescendo à vontade entre os túmulos. Quando ela finalmente o deixou e desceu pela longa colina que se inclinava até o Lago das Águas Brilhantes, já era depois do pôr do sol e Avonlea inteira estendia-se perante ela como um sonho de lusco-fusco, "um refúgio de paz antiga". Havia um frescor no ar como de um vento que houvesse soprado por campos de trevos doces como o mel. As luzes das casas brilhavam aqui e ali entre as árvores da propriedade. Mais além estava o mar, nebuloso e purpúreo, com seu murmúrio assombroso e incessante. O oeste era uma glória de matizes suaves misturados, e a lagoa refletia todos em nuances ainda mais suaves. A beleza de tudo emocionava o coração de Anne, e ela abriu agradecida os portões de sua alma para ela.

"Querido e velho mundo", ela murmurou, "você é muito adorável, e estou feliz de estar viva em você."

Na metade da descida pela colina, um rapaz alto veio assoviando para fora de um portão na frente da propriedade dos Blythe. Era Gilbert, e o assovio morreu em seus lábios quando ele reconheceu Anne. Ele levantou o chapéu, cortês, mas teria seguido em silêncio, se Anne não houvesse parado e estendido a mão.

"Gilbert", ela disse, com as bochechas escarlates, "quero agradecê-lo por desistir da escola por mim. Foi muita bondade sua, e quero que saiba que fico muito grata."

Gilbert aceitou ansiosamente a mão oferecida.

"Não foi exatamente bondade minha, de jeito nenhum, Anne. Fiquei muito feliz em poder fazer um pequeno favor para você. Vamos ser amigos depois disso? Você realmente perdoou meu velho erro?"

Anne riu e tentou, sem sucesso, recolher sua mão.

"Eu o perdoei naquele dia, na margem da lagoa, embora eu não soubesse disso. Que tolinha teimosa eu fui. Eu... É melhor fazer uma confissão completa... Eu me arrependo desde aquele dia."

"Nós vamos ser os melhores amigos", disse Gilbert, jubilosamente. "Nós nascemos para ser bons amigos, Anne. Você já contrariou bastante o destino. Sei que podemos ajudar um ao outro de muitas formas. Você vai continuar seus estudos, não vai? Eu também. Venha, vou levar você até sua casa."

Marilla olhou para Anne curiosamente quando ela entrou na cozinha.

"Quem era aquele que veio pela estrada com você, Anne?"

"Gilbert Blythe", respondeu Anne, envergonhada ao perceber que estava corando. "Eu o encontrei na colina do Barry."

"Eu não sabia que você e Gilbert eram tão bons amigos a ponto de ficar conversando no portão por meia hora", disse Marilla, com um sorriso seco.

"Nós não éramos... Éramos bons inimigos. Mas decidimos que é muito mais sensato sermos amigos daqui para a frente. Nós ficamos mesmo ali por meia hora? Pareceu só alguns minutos. Mas, sabe, nós temos cinco anos de conversas perdidas para recuperar, Marilla."

Anne sentou-se à janela naquela noite acompanhada de um contentamento alegre. O vento ronronou suavemente nos ramos da cerejeira, e o aroma de hortelã subiu até ela. As estrelas brilhavam sobre os abetos pontudos no vale, e a luz de Diana cintilava pelo velho vão.

Os horizontes de Anne haviam se fechado desde a noite em que se sentou ali, ao voltar da Queen's. Mas se o caminho diante dela fosse estreito, ela sabia que flores de felicidade calma desabrochariam ao longo dele. A alegria do trabalho sincero, da aspiração digna e da amizade afável seriam dela. Nada poderia roubá-la de seu direito inato de fantasiar, ou de seu mundo ideal de sonhos. E haveria sempre a curva na estrada!

"Deus está no céu, tudo vai bem no mundo", suspirou Anne, suavemente.

Fim